PROCURE NAS CINZAS

Livros de Charlie Donlea

A Garota do Lago
Deixada para trás
Não confie em ninguém
Uma mulher na escuridão
Nunca saia sozinho
Procure nas cinzas

CHARLIE DONLEA

PROCURE NAS CINZAS

Tradução: Carlos Szlak

Copyright © 2021 by Charlie Donlea
First Published by Kensington Publishing Corp.
Translation rights arranged by Sandra Bruna Agencia Literaria, SL
All rights reserved

Todos os direitos reservados.
Nenhuma parte deste livro pode ser reproduzida sob quaisquer meios existentes sem autorização por escrito do editor.

Diretor editorial **PEDRO ALMEIDA**
Coordenação editorial **CARLA SACRATO**
Preparação **ARIADNE MARTINS**
Revisão **BÁRBARA PARENTE**
Capa e diagramação **OSMANE GARCIA FILHO**
Imagens de capa **HECKMANNOLEG | ISTOCK**

Dados Internacionais de Catalogação na Publicação (CIP)
Angélica Ilacqua CRB-8/7057

Donlea, Charlie
    Procure nas cinzas / Charlie Donlea ; tradução de Carlos Szlak. — São Paulo : Faro Editorial, 2021.
352 p.

Título original: Twenty years later
ISBN 978-65-5957-028-7

1. Ficção norte-americana I. Título II. Szlak, Carlos

21-2674   CDD-813.6

Índice para catálogo sistemático:
1. Ficção norte-americana 813.6

FARO EDITORIAL

1ª edição brasileira: 2021
Direitos de edição em língua portuguesa, para o Brasil, adquiridos por FARO EDITORIAL

Avenida Andrômeda, 885 — Sala 310
Alphaville — Barueri — SP — Brasil
CEP: 06473-000
www.faroeditorial.com.br

Da invenção, nasce o progresso.
Da reinvenção, nasce a liberdade.
— Anônimo

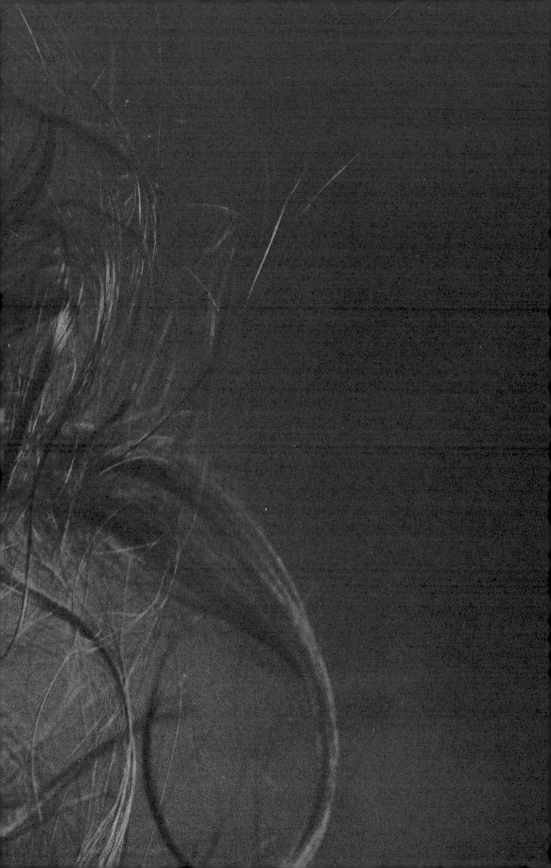

Montanhas Catskill
15 de julho de 2001
Dois meses antes do Onze de Setembro

A MORTE ESTAVA NO AR.

Ele sentiu seu cheiro assim que passou por baixo da fita amarela que isolava a cena do crime e pisou no gramado da frente da suntuosa propriedade. As montanhas Catskill se erguiam acima do perfil do telhado, ao mesmo tempo que o sol do amanhecer estendia as sombras das árvores no jardim. A brisa soprava por cima dos muros e trazia o odor da putrefação, fazendo seu lábio superior se contrair ao alcançar as narinas. O cheiro da morte o encheu de excitação. Ele esperava que fosse porque era seu primeiro caso como detetive do Departamento de Homicídios, e não devido a algum fetiche perverso que nunca soube que possuía.

Um policial fardado o conduziu pelo gramado até os fundos do imóvel. Ali, ele encontrou a origem do odor desagradável. A vítima estava pendurada nua em uma varanda do segundo andar, com os pés suspensos na altura dos olhos de quem observava e com uma corda branca em volta do pescoço, inclinando a cabeça como um pirulito com o palito quebrado. O detetive olhou para a varanda. A corda estava estendida sobre o parapeito, esticada e desafiada pelo peso do corpo, desaparecendo pelas portas de correr que levavam, ele presumiu, para o interior do aposento.

Provavelmente, a vítima havia girado um bom tempo durante a noite, o detetive imaginou, e naquele momento infelizmente estava imóvel em uma posição encarando a casa. Infelizmente porque, enquanto o detetive caminhava pelo gramado dos fundos, a primeira coisa que viu foi o traseiro nu do homem. Ao se aproximar do corpo, notou vergões na nádega direita e na parte superior da coxa direita. As contusões refulgiam um lilás pálido em comparação com o azul da lividez cadavérica da pele do morto.

O detetive enfiou a mão no bolso interno do paletó, tirou um par de luvas de látex e as colocou. A rigidez cadavérica tinha inflado o corpo do homem, deixando-o a ponto de explodir. Os membros pareciam recheados de massa. As mãos da vítima estavam amarradas por trás das costas com uma corda, impedindo que os braços inchados e enrijecidos se estendessem para fora do tronco. Corte essa corda, o detetive imaginou, e esse sujeito se desdobraria como um espantalho.

Ele acenou para o fotógrafo da cena do crime, que esperava na margem do gramado.

— Vá em frente.

— Sim, senhor — o fotógrafo respondeu.

A unidade de investigação criminal já tinha passado pela propriedade, tirando fotos e gravando vídeos para registrar tudo na cena do crime como evidência *anterior*. A segunda vez seria depois que o detetive desse sua primeira olhada. O fotógrafo ergueu a câmera e espiou pelo visor.

— Então, qual é a ideia inicial nesse caso? — o fotógrafo perguntou, tirando uma sequência de fotos com o obturador da câmera estalando repetidas vezes. — Alguém amarrou esse cara e o jogou da varanda?

O detetive olhou para o segundo andar.

— Talvez. Ou ele se amarrou e pulou.

Com expressão interrogativa, o fotógrafo parou com os cliques e lentamente afastou o rosto da câmera.

— Acontece mais do que você imagina — o detetive afirmou. — Assim, se a pessoa tiver dúvida, não pode se salvar — ele prosseguiu e apontou para o rosto do morto. — Tire algumas fotos da mordaça na boca dele.

O fotógrafo semicerrou os olhos, aproximou-se do corpo e olhou para a boca do defunto.

— É uma mordaça com bola, não é? Do tipo que usam em sexo sadomasoquista?

— Com certeza anda de mãos dadas com as marcas de chicote na bunda dele. Vou subir para ver o que está segurando esse sujeito.

Além das luvas de látex que cobriam as mãos do detetive, protetores descartáveis naquele momento envolviam seus sapatos. Ao chegar ao quarto, as portas da varanda, abertas para o interior do aposento, permitiram que ele sentisse a rajada da mesma brisa que antes encheu suas narinas com o cheiro da morte. O odor acre era menos perceptível ali, um andar mais alto do que onde a morte pairava no ar matinal. Ele ficou parado junto à porta e olhou ao redor. Sem dúvida, era a suíte principal. Os tetos abobadados tinham seis metros de altura. No meio do dormitório, havia uma cama king-size ladeada por mesas de cabeceira. Uma cômoda estava encostada na parede oposta, com seu espelho refletindo a imagem do detetive. Através das portas abertas da varanda, ele viu a corda branca se curvando para cima, passando sobre o parapeito e seguindo na altura da cintura pelo dormitório até o *closet*.

Ele entrou na suíte e seguiu a corda. O *closet* não tinha porta, apenas uma entrada em arco. Ao chegar ali, viu um espaçoso armário aberto cheio de roupas impecavelmente organizadas, penduradas em um grande número de cabides. Os sapatos ocupavam os numerosos cubículos que cobriam a parede do fundo. Entre os cubículos, havia um cofre preto com cerca de um metro e meio de altura, provavelmente pesando cerca de uma tonelada. A ponta da corda estava amarrada em um dos pés do cofre. A outra ponta estava presa no pescoço do homem, e se ele pulou da varanda ou foi empurrado, o cofre tinha cumprido sua missão. Os quatro pés apoiados no tapete sem marcas de depressão adjacentes sugeriam que o peso do homem não tinha deslocado o cofre nem um centímetro.

Uma faca grande de cozinha estava no chão ao lado do cofre. A luz do sol penetrava pelas portas da varanda e alcançava o *closet*, projetando a sombra do detetive no chão e na parede do fundo. Ele tirou uma lanterna do bolso e iluminou o tapete, focalizando as pequenas fibras ao lado da faca. Agachou-se e as examinou sob o feixe intenso de sua lanterna. Aparentavam ser fragmentos de náilon esfiapado resultantes do corte da corda. Nas fibras do tapete, havia uma pequena poça de sangue. Algumas gotas também haviam caído no cabo da faca. O detetive colocou uma placa de evidência amarela em forma de triângulo sobre o sangue e as fibras, e outra ao lado da faca.

Ele se virou e saiu do *closet*, notando uma taça de vinho quase vazia em uma das mesas de cabeceira. Sem tocar na taça colocou ao lado dela outra placa de evidência. Havia uma mancha de batom na borda. Saltando por cima da corda esticada, passou pela cômoda com espelho e entrou no banheiro. Olhou em volta e não viu nada fora do lugar. Em minutos, os peritos estariam ali com luminol e luzes negras. Naquele momento, o detetive estava interessado na primeira impressão do lugar. A tampa do vaso sanitário se encontrava aberta e o assento estava abaixado e seco. Ele notou que a cor da água do vaso sanitário estava amarela e sentiu um cheiro forte de urina. Alguém tinha usado o vaso sanitário, mas não deu a descarga. Um pedaço de papel higiênico flutuava na água. Ele colocou outra placa de evidência junto ao vaso sanitário.

O detetive saiu do banheiro e mais uma vez examinou o dormitório. Seguiu a corda até a varanda e olhou para o homem morto pendurado na outra extremidade. Ao longe, as montanhas Catskill estavam encobertas pela névoa do amanhecer. Aquela era a casa de um homem muito rico, e o detetive fora escolhido a dedo para descobrir o que tinha acontecido com ele. Em questão de minutos, ele havia identificado indícios de sangue, impressões digitais em uma taça de vinho e uma amostra de urina que provavelmente pertencia ao assassino.

Naquela altura, ele não fazia ideia de que tudo aquilo corresponderia a uma mulher chamada Victoria Ford. E o detetive não poderia ter previsto que, em apenas dois meses, no exato momento em que ele tinha todas as provas organizadas e uma condenação quase certa, dois aviões — o voo 11 da American Airlines e o voo 175 da United Airlines — atingiriam as Torres Gêmeas do World Trade Center. Em uma manhã ensolarada e de céu azul, três mil homens e mulheres morreriam, e o caso do detetive viraria fumaça.

Lower Manhattan
11 de setembro de 2001

ERA UMA MANHÃ CLARA E SEM NUVENS, COM O CÉU AZUL ATÉ onde a vista alcançava. Em qualquer outro dia, Victoria Ford o teria considerado lindo. Mas naquele dia, o ar fresco da manhã e o céu limpo passaram despercebidos. As coisas tinham corrido muito mal e naquele momento ela estava lutando por sua vida. Estava naquela situação já havia algumas semanas. Ela embarcou no metrô no Brooklyn e subiu as escadas da estação para a manhã luminosa. Ainda era cedo e as ruas não estavam tão cheias como de costume. Era o primeiro dia de aula e muitos pais estavam ausentes do seu trajeto matinal normal, deixando seus filhos na escola e tirando fotos do primeiro dia. Victoria aproveitou as calçadas livres e caminhou em passo acelerado pelo distrito financeiro em direção ao escritório do seu advogado. Ela empurrou as portas do saguão e entrou no elevador, que levou quarenta e cinco segundos para levá-la ao septuagésimo oitavo andar. Ali, pegou uma escada rolante e subiu mais dois andares e, então, empurrou as portas do escritório. Um momento depois, Victoria estava sentada na frente da mesa do seu advogado.

— Serei bem direto. Papo reto — Roman Manchester disse assim que Victoria se sentou. — Essa é a única maneira pela qual dou notícias.

Victoria assentiu com um gesto de cabeça. Roman Manchester era um dos advogados de defesa mais conhecidos do país. Também era um dos mais caros. Mas Victoria tinha decidido, depois que as coisas tinham desandado, que Manchester era sua melhor opção. Alto, com abundante cabelo escuro, Victoria teve um momento surreal ao olhar para o homem naquele instante e se lembrar das tantas vezes que o tinha visto na televisão, respondendo a perguntas dos repórteres ou realizando uma entrevista coletiva para proclamar a inocência do seu cliente. O nome de Victoria logo estaria na mesma categoria dos outros homens e mulheres que Roman Manchester tinha defendido. Mas se isso significava que ela escaparia da condenação e da prisão, Victoria estava de acordo com aquilo. Desde o início, ela sabia que seria daquele jeito.

— A promotora entrou em contato comigo ontem para dizer que convocou um grande júri.

— O que isso significa? — Victoria perguntou.

— Em breve, provavelmente essa semana, apresentará a um júri de vinte e três cidadãos todas as provas que têm contra você. Não tenho permissão para estar presente, e os trabalhos não são abertos ao público. A promotora não está tentando provar a culpa além de uma dúvida razoável. O objetivo dela é mostrar ao júri as provas que tem até aqui, a fim de determinar se um indiciamento se justifica.

Victoria concordou com um gesto de cabeça.

— Você e eu já abordamos isso antes, mas vou apresentar uma breve visão geral do caso contra você. As provas físicas são substanciais. Suas impressões digitais, seu DNA via prova sanguínea e sua urina foram encontrados na cena do crime. Tudo isso parece ser incontestável porque colocaram os pingos nos is com mandados de busca e apreensão. A corda em volta do pescoço da vítima correspondeu à corda que os peritos recuperaram em seu carro. Há outras provas físicas menores, além de uma grande quantidade de provas circunstanciais que serão apresentadas ao grande júri.

— Você não pode contestar isso? Isso faz parte de me defender.

— Eu vou defendê-la, mas não no grande júri. Nossa hora de brilhar será quando o caso for a julgamento. E haverá muito trabalho a fazer até chegar a tal momento. Serei capaz de contestar grande parte das provas circunstanciais, mas as provas físicas, francamente, são um obstáculo difícil de superar.

— Eu já lhe disse — Victoria afirmou. — Eu não estava naquela casa na noite em que Cameron morreu. Não tenho explicação de como meu sangue e urina foram parar lá. Esse é o seu trabalho. Não é para isso que estou te pagando?

— Em algum momento, vou ver todas as provas e me empenharei em descobrir o quão sólidas são. Mas ainda não chegamos a esse ponto. Por enquanto, minha expectativa é de que o grande júri vai decidir em favor do indiciamento.

— Quando?

— Esta semana.

— O que devo fazer? — Victoria perguntou, fazendo um gesto negativo com a cabeça.

— A primeira coisa é descobrir quanto dinheiro você tem em mãos e quanto mais você pode conseguir com amigos e familiares. Você vai precisar para pagar a fiança.

— Quanto?

— Difícil dizer uma quantia exata. Vou alegar que você não possui antecedentes criminais e não representa risco de fuga. Mas a promotora está pressionando por homicídio qualificado, e em relação a essa acusação há precedentes em matéria de fiança. No mínimo, um milhão. Provavelmente mais. Além disso, o restante dos meus honorários.

Pela janela do escritório do advogado, Victoria observou os edifícios de Nova York. Ela fez uma lista mental dos seus bens. Ela tinha pouco mais de dez mil dólares em uma conta poupança conjunta com seu marido. Seus investimentos somavam outros oitenta mil, mas Victoria provavelmente teria que lutar com unhas e dentes contra o marido por cada centavo, já que as contas estavam em nome de ambos. Eles não se falavam desde que os detalhes do seu caso vieram à tona durante a investigação, o que ela sabia que seria inevitável. A mídia tinha se empolgado com cada detalhe sujo, espalhando-os por toda parte. Seu marido tinha ido embora logo depois.

Victoria poderia contrair um empréstimo do seu plano de aposentadoria, onde tinha outros cem mil dólares. O patrimônio líquido da casa deles talvez rendesse uma cifra de cinco dígitos. Mesmo com tudo isso, ainda faltaria muito. Ela poderia pedir aos pais e à irmã, mas sabia que isso não a levaria muito longe. A melhor amiga de Victoria tinha todo o dinheiro do mundo, e um milhão de dólares não faria muita falta a Natalie Ratcliff. Era a única opção de Victoria. A situação pesou sobre seus ombros e trouxe lágrimas aos seus olhos. As coisas não deveriam ter terminado assim. Apenas dois meses antes, ela e Cameron estavam felizes. Estavam planejando um futuro juntos. Mas então tudo mudou. A gravidez, o aborto e tudo o que se seguiu. O ciúme e o ódio. Tudo tinha acontecido tão rapidamente que Victoria mal teve tempo de digerir. E então ela estava no meio de um pesadelo sem saída. Ela desviou o olhar da janela e se voltou para o advogado.

— O que acontece se eu não conseguir o dinheiro?

Roman Manchester franziu os lábios, pegou sua caneca de café e tomou um gole lento antes de recolocá-la cuidadosamente na mesa.

— Acho que você deveria encontrar uma maneira de conseguir o dinheiro. Será muito mais fácil preparar uma defesa viável se você não estiver na prisão antes do julgamento. Não é impossível, mas é mais fácil.

Um zumbido tomou conta da mente de Victoria. Uma vibração real e audível. Ela imaginou que eram os neurônios de seu cérebro tentando entender a gravidade do momento, até que se deu conta de que era outra coisa. A vibração era real, uma agitação crescente que fez sua cadeira sacudir e a mesa tremer. O som que acompanhou isso mudou de um zumbido distante para um gemido estridente. De repente, um objeto passou pela sua visão periférica, mas desapareceu antes que ela conseguisse olhar para a janela. Então, o escritório de seu advogado foi sacudido e balançou. Os quadros caíram da parede e o vidro se estilhaçou no exato momento em que o choque de uma explosão encheu seus ouvidos. As luzes piscaram e as placas do forro caíram sobre ela. Do lado de fora das janelas, o céu azul que havia estado visível apenas um momento antes tinha desaparecido. Em seu lugar, havia uma parede de fumaça negra que tinha apagado o sol brilhante da manhã. Aquela mesma fumaça escura escapou em espiral através do sistema de ventilação, ao mesmo tempo em que um cheiro agourento encheu suas narinas. Ela reconheceu o odor, mas não conseguiu identificá-lo imediatamente. Não era exatamente o mesmo, mas o mais próximo que Victoria chegou foi que cheirava a gasolina.

Manhattan, Nova York
Vinte anos depois

O INSTITUTO MÉDICO LEGAL DE NOVA YORK SE SITUAVA EM UM desinteressante prédio de tijolos brancos de seis andares no bairro de Kips Bay, na esquina da rua 26 Leste com a Primeira Avenida. Se os escritórios tivessem ocupado os dois últimos andares, teriam proporcionado vista do East River e do extremo norte do Brooklyn. Porém, os andares mais altos não eram destinados aos cientistas e médicos que trabalhavam no prédio. Em vez disso, eram reservados para os sistemas de purificação do ar e da água. O ar que circulava no interior do maior laboratório forense do mundo era limpo, puro e seco. Muitíssimo seco. A umidade era ruim para o DNA, e a extração de DNA era um dos pontos fortes do laboratório.

No porão frio e úmido, ficava o laboratório de processamento ósseo. Um técnico abriu a vedação hermética do tanque criogênico, liberando névoa de nitrogênio líquido no ar. Uma camada tripla de luvas de látex cobria as mãos do técnico. Seu rosto estava protegido atrás de uma viseira de plástico. Mediante um fórceps, tirou um tubo de ensaio do interior do tanque em meio à névoa. Estava cheio de um pó branco que, minutos antes, fora uma pequena amostra de fragmento ósseo. O nitrogênio líquido tinha sido usado para congelar o osso e, em seguida, a amostra congelada foi sacudida violentamente no tubo de ensaio à prova de balas. O resultado foi a pulverização total da amostra óssea original em um pó fino. A técnica permitia aos cientistas acessar a parte mais interna do osso, tornando mais provável a chance de extrair DNA aproveitável. O conceito era bastante simples e fora desenvolvido com base em dois conceitos básicos da física: as leis de Newton e a termodinâmica. Se uma maçã fosse arremessada contra uma parede, ela se fragmentaria em muitos pedaços. Mas se a mesma maçã fosse congelada por nitrogênio líquido e depois arremessada contra a parede, ela se estilhaçaria em milhões de pedaços. Para extrair o DNA do osso, quanto mais pedaços, melhor. E quanto mais fino o pó, melhor ainda.

O técnico colocou o tubo de ensaio em um rack com uma dúzia de outros tubos contendo osso pulverizado. Com a névoa de nitrogênio ainda subindo em espiral do último tubo, ele mergulhou uma seringa de titulação em um béquer com fluido, puxou dez centímetros cúbicos para o corpo da seringa e adicionou os produtos de extração ao osso pulverizado. No dia seguinte, em vez de pó ósseo, os tubos estariam cheios com um líquido rosado. Era daquele líquido que um código genético seria obtido: uma sequência de vinte e três números única para cada ser humano do planeta. O perfil genético de cada um.

Na sala ao lado do laboratório de processamento ósseo, uma fileira contínua de computadores revestia as quatro paredes. Era ali que os cientistas recebiam os perfis genéticos gerados dos fragmentos ósseos originais e tentavam procurar correspondências com os perfis armazenados no banco de dados do Sistema Combinado de Índices de DNA, conhecido como CODIS. Mas aquele não era o banco de dados nacional que o FBI utilizava para procurar correspondências entre os perfis genéticos coletados das cenas de crime e os de criminosos condenados anteriormente. O banco de dados pesquisado ali era um arquivo independente de perfis genéticos fornecidos pelas famílias das vítimas do Onze de Setembro que nunca foram identificadas após a queda das torres.

Greg Norton trabalhava no Instituto Médico Legal há três anos. Ele havia passado grande parte daqueles anos no laboratório de informática. Diariamente, recebia uma pilha de perfis genéticos recentemente sequenciados dos fragmentos ósseos coletados dos escombros das Torres Gêmeas. Ele inseria cada sequência no banco de dados do CODIS e procurava correspondências. Em três anos de emprego, nunca tinha encontrado uma sequer. Porém, naquela manhã, assim que ele se sentou com sua segunda xícara de café e digitou a sequência, uma luz indicadora verde piscou na parte inferior da tela.

Verde?

Uma luz vermelha significava que nenhuma correspondência fora encontrada quanto às sequências digitadas, e George já ficara tão acostumado a insucessos que a luz vermelha era tudo o que esperava. Ele nunca tinha visto uma luz indicadora verde durante sua permanência no IML. George clicou no ícone e dois perfis genéticos apareceram na tela: números brancos contra um fundo preto. Eram idênticos.

— Chefe? — ele disse em um tom cuidadoso, mantendo os olhos no conjunto de vinte e três números diante dele para ter certeza de que não mudaram.

— O que foi? — o dr. Trudeau perguntou enquanto tamborilava um teclado no outro lado da sala.

Como chefe da Biologia Forense, Arthur Trudeau era o responsável por identificar os restos mortais das vítimas em massa de todo o estado de Nova York. Por quase vinte anos, sua missão havia sido identificar todas as amostras coletadas dos mortos no ataque ao World Trade Center.

— Temos uma correspondência.

Trudeau parou de digitar e olhou lentamente para a estação de trabalho de Greg Norton.

— Diga isso de novo.

O técnico fez que sim com a cabeça e sorriu, ao mesmo tempo que continuava a olhar para os números em sua tela.

— Temos uma correspondência. Temos uma maldita correspondência!

O dr. Trudeau levantou-se de sua cadeira e atravessou o laboratório.

— Paciente?

— Um um quatro cinco zero.

Trudeau se dirigiu até outra estação de trabalho, puxou o teclado em sua direção e digitou os números.

— Quem é a pessoa? — Greg perguntou.

Outros técnicos ouviram a notícia de uma identificação confirmada e se aproximaram. Trudeau observou a tela e a pequena ampulheta que girava durante a busca pelo computador. Finalmente, um nome apareceu nela.

— Victoria Ford — ele respondeu.

— Familiares? — Greg perguntou.

Trudeau fez um gesto negativo com a cabeça.

— Pais, mas já morreram.

— Algum outro contato?

— Sim — Trudeau respondeu, rolando a página para baixo. — Uma irmã. Endereço no estado de Nova York.

— Quer que eu ligue para ela?

— Não. Vamos executar o programa mais uma vez para termos certeza. Do início ao fim. Se corresponder uma segunda vez, vou ligar para ela.

— A primeira correspondência em quanto tempo, chefe?

O dr. Trudeau olhou para o jovem técnico.

— Anos. Agora, volte a rodar o programa.

PARTE I
ARMADILHA

1

Los Angeles, Califórnia
Sexta-feira, 14 de maio de 2021

AVERY MASON NÃO ESTAVA À PROCURA DA FAMA. COM UM cemitério de segredos em seu passado, a fama era a última coisa de que ela precisava. Mesmo assim, ela a havia encontrado. Se tinha sido por acaso ou com intenção, era uma questão que só a terapia poderia responder. Exigiria um mergulho profundo em sua educação tumultuada, uma análise do relacionamento complicado com seu pai e uma autocrítica e autorreflexão honestas. Porém, Avery não tinha tempo para nada daquilo. Porque, seja como for, o que Avery sabia com certeza a respeito da fama era que ela chegou como um vagalhão vindo em direção à praia. Você surfava a onda ou deixava que ela a afogasse. Ela escolheu surfar e de maneira espetacular.

Avery Mason tinha trinta e dois anos e era a mulher mais jovem a ancorar *American Events*, a revista eletrônica mais popular do horário nobre da televisão. Sua ascensão ao topo da audiência era improvável, estatisticamente sem precedentes e algo que Avery nunca esperou. Mack Carter fora o âncora popular e de longa data do *American Events*. Sua morte no ano anterior, durante a cobertura dos massacres na Escola Preparatória de Westmont, tinha abalado a indústria dos telejornais. Também criou uma vaga no topo do *American Events*. Em pânico, a emissora recorreu a Avery para ocupar o lugar de Mack até que um âncora mais permanente fosse encontrado. Com participação frequente no programa, as intervenções de Avery tinham conseguido constantemente índices elevados de audiência. Tão altos, de fato, que ela foi designada como a primeira coapresentadora da história lendária do programa. Avery havia ocupado aquela função por exatamente um mês antes da morte de Mack Carter. Empurrada para a súbita notoriedade e com a expectativa de que falhasse totalmente, Avery Mason assumira o papel de âncora principal no outono anterior e tinha arrasado. *American Events* não só se manteve em primeiro lugar da audiência, mas o índice também cresceu vinte por cento.

A crítica explicou seu sucesso como um acaso feliz de curiosidade mórbida. De acordo com ela, os telespectadores assistiam ao programa para ver como aquela mulher inexperiente lidaria com a pressão esmagadora de substituir um dos âncoras mais amados dos Estados Unidos na revista eletrônica mais antiga da televisão. O problema com o argumento dos críticos era que, com o programa sob o comando de Avery, os índices de audiência nunca caíram. O fato de ela ser jovem e atraente certamente não prejudicou sua ascensão, e Avery admitiu que sua aparência provavelmente atraíra um determinado segmento demográfico masculino que normalmente não assistia a uma revista eletrônica. No entanto, sua aparência não era a fonte do sucesso. Seu talento, seu carisma e o conteúdo do programa mantiveram a audiência nas alturas. A massiva presença de Avery na mídia também não a tinha prejudicado. No ano anterior, ela havia adornado as capas de várias revistas de entretenimento, dado inúmeras entrevistas, feito diversas sessões de foto e sido assunto de um artigo em três partes da *Events Magazine* sobre suas habilidades naturais diante da câmera e sua ascensão ao topo da cadeia alimentar dos telejornais. E ainda assim, de alguma forma, em meio a tudo isso, Avery tinha conseguido manter seu passado escondido.

O forte de Avery eram os crimes reais, encontrar um mistério não resolvido e dissecá-lo para os telespectadores de uma maneira que os fisgassem e os impedissem de mudar de canal. Sua incursão sombria e instigante em alguns dos crimes mais sórdidos do país foi onde ela fez seu nome. Porém, em contraste com as histórias sinistras que Avery abordava, ela também contava histórias de sobrevivência e esperança. Eram essas histórias de milagres e de superação que mantinham as pessoas ligadas. Não passava uma semana sem que Avery apresentasse algum fato de vida real, tirado da classe média americana, uma história inspiradora, como a de Kelly Rosenstein, a mulher cuja minivan mergulhou na represa de

Devil's Gate, em Pasadena, depois que um motorista bêbado a forçou a sair da estrada. A indômita mãe de quatro filhos não só conseguiu escapar do veículo submerso, mas fez isso milagrosamente com todos os seus filhos a reboque. Avery entrevistou a mulher uma semana depois do acidente. Com até seiscentas pessoas morrendo por ano nos Estados Unidos devido a um acidente com veículo ficando submerso, como aquela mãe de família tinha conseguido escapar? Era simples. Anos antes, Mack Carter havia demonstrado a melhor maneira de escapar de um carro submerso no fundo de um lago. Kelly Rosenstein tinha assistido à matéria e se lembrado do que viu.

Instigada pela história, Avery decidiu ver a antiga gravação. Foi assim que, naquela tarde, ela acabou com o cinto de segurança afivelado, postada ao volante de uma minivan que estava estacionada no centro aquático de uma escola secundária, com uma equipe de televisão pronta para gravar a ação. Naquele dia, a ação envolveria um guindaste erguendo o veículo sobre a piscina e o jogando, junto com a apresentadora, ao fundo. As câmeras situadas sob a água captariam sua tentativa de escapar do veículo submerso. Sem dúvida ou vergonha, Avery estava morrendo de medo.

Avery sabia que os telespectadores tinham amado Mack Carter pelas proezas que ele havia realizado, e ela não conseguia pensar em melhor maneira de encerrar sua primeira temporada completa como apresentadora de *American Events* do que com uma alusão ao seu antecessor. A gravação daquele dia era o seu rito de passagem. Seria sua última matéria antes das férias de verão. Um verão que com certeza seria o mais difícil de sua vida. Avery estava seguindo uma pista de Nova York que achava que tinha potencial: os restos mortais de uma mulher que morreu nos ataques ao World Trade Center, em 11 de setembro de 2001, tinham acabado de ser identificados por meio de uma nova e promissora tecnologia de DNA, e ela queria ter a oportunidade de contar a história. Se conseguisse passar pela proeza daquele dia, iria para Nova York atrás de algumas pistas.

Pelo menos, aquela era a sua história. Ela achou que era o disfarce perfeito.

2

Los Angeles, Califórnia
Sexta-feira, 14 de maio de 2021

A MINIVAN HONDA ESTAVA PRESA A UM GUINDASTE AO LADO
da piscina de uma escola secundária de Los Angeles. Avery escolheu a
marca e o modelo por causa de sua ligação com a classe média. As mini-
vans eram um dos veículos mais populares nos Estados Unidos. Afundar
um BMW de sessenta mil dólares em uma piscina poderia ser excitante de
se ver, mas mostrar para donas de casa como escapar de um veículo submerso era muito melhor usando um carro comum.

Avery verificou a fivela do cinto de segurança pela terceira vez em
menos de um minuto. Christine Swanson, sua produtora executiva, inclinou-se pela janela aberta do lado do motorista.

— Tudo bem? — ela perguntou.

Avery assentiu.

— Mostre-me o sinal de abortar novamente — Christine pediu.

Avery moveu os quatro dedos de sua mão direita de um lado para o
outro na frente da garganta.

— Se você entrar em pânico, ou simplesmente não conseguir lembrar
o que fazer, faça o sinal e os mergulhadores a tirarão da água em dez
segundos. Entendeu?

Ela fez que sim com a cabeça.

— Palavras, Avery! Eu preciso ouvir sua voz.

— Sim, Christine! Eu entendi, pelo amor de Deus. Vamos!

— Estamos prestes a afundar você e o carro em que você está sentada
para o fundo de uma piscina — Christine disse com a voz calma, tentando
controlar o momento de pânico. — Só quero ter certeza de que sua cabeça
está no lugar certo.

— Claro que minha cabeça não está no lugar certo, Chris. Se estivesse,
eu não estaria fazendo isso. E se não fizermos isso logo, vou perder a coragem. Então, vamos em frente.

Christine assentiu.

— O.k. Vamos nessa!

Christine se afastou da minivan, enfiou os dedos entre os lábios e assobiou. Foi um silvo ensurdecedor que ecoou nas paredes do cavernoso centro aquático.

— Vamos lá!

Um zumbido ruidoso tomou conta do ambiente quando o sistema hidráulico do guindaste foi ativado, sacudiu a plataforma com a minivan estacionada nela e começou a içá-la. Avery agarrou o volante com força como se estivesse dirigindo sob uma chuva torrencial. Ela fechou a janela e deixou o barulho do lado de fora do carro: os produtores gritando instruções, os engenheiros orientando o operador do guindaste, o zumbido do sistema hidráulico e os murmúrios dos trezentos espectadores que enchiam as arquibancadas retráteis e compunham a plateia do estúdio. Naquele momento, tudo o que ela ouvia era o exagero de sua respiração. Até o cheiro de cloro desapareceu.

O içamento finalmente terminou, e então o carro voltou a sacudir quando a parte traseira da plataforma começou a subir, posicionando a frente da minivan para baixo, em direção à água. Um grupo de engenheiros que prestou consultoria para a proeza decidiu que trinta e oito graus era o ângulo de inclinação mais preciso para melhor representar um veículo saindo da estrada e mergulhando em águas profundas. Para Avery, parecia que ela estava pendurada verticalmente em um penhasco. O cinto de segurança ficou bem apertado junto ao seu peito quando a força da gravidade a puxou para a frente. Ela firmou as pernas sobre o assoalho para manter sua posição no assento do motorista.

A piscina olímpica inteira com suas oito raias ficou à vista através do para-brisa quando a minivan se inclinou para a frente. A superfície da água refletiu as luzes dos refletores que foram montados ao redor da piscina coberta. Os sinalizadores vermelhos das raias balançavam em imagens trêmulas tornadas mais claras pela iluminação submersa. Ela viu os mergulhadores de resgate pairando perto do fundo da piscina, com as bolhas de seus tanques de oxigênio ondulando a superfície enquanto esperavam pela chegada de Avery a quatro metros de profundidade. Na fase de planejamento, ela tinha imaginado que a presença deles acalmaria seus nervos. O fato de saber que a ajuda estava a alguns poucos metros de distância proporcionaria uma sensação de conforto no momento em que a minivan afundasse. O fato de saber que tudo o que ela precisava fazer era dar o sinal de abortar e os mergulhadores a retirariam imediatamente do carro acalmaria seus nervos e lhe daria confiança. Porém, naquele momento, enquanto Avery pairava acima da piscina com o peso do seu corpo contra o cinto de segurança, ela não sentia aquele conforto ou confiança. As coisas *podiam* dar errado. E se ela não conseguisse aplicar com sucesso as técnicas que os especialistas em sobrevivência lhe ensinaram? E se sua mente paralisasse e ela simplesmente não conseguisse se lembrar do que fazer? E se o cinto de segurança travasse por causa da força do impacto? E se a janela não quebrasse como deveria? E se os mergulhadores não vissem o sinal dela? E se...

A sensação de queda interrompeu abruptamente seus pensamentos. O equipamento que segurava a minivan havia sido liberado. Avery estava em queda livre. Pareceu muito mais do que os três segundos que deveriam levar para o carro deixar a plataforma e cair quatro metros e meio antes de atingir a água. Naqueles segundos paralisantes, Avery notou a câmera de televisão do outro lado da piscina, uma das oito que estavam posicionadas ao redor do centro aquático. Outras quatro câmeras GoPro estavam montadas no interior do carro, com seus indicadores luminosos repentinamente brilhantes e voyeurísticos. Pouco antes do impacto, Avery vislumbrou uma tela de cinema que exibiria seu progresso para a plateia cativa do estúdio que ocupava as arquibancadas ao lado da piscina. E então, houve um estrondo.

O impacto foi violento. O cinto de segurança se cravou no esterno de Avery quando sua cabeça se projetou para a frente. A minivan mergulhou na água e então, como se um elástico estivesse preso ao para-choque traseiro, começou a seguir para o fundo da piscina, ao mesmo tempo que a flutuabilidade natural do ar preso dentro do carro o puxava de volta à superfície. A minivan balançou e se inclinou quando a Mãe Natureza encontrou o centro de gravidade e, então, começou a puxar lentamente o carro para debaixo da água. Primeiro, a parte dianteira, onde se situava o motor. A água entrou através de brechas invisíveis e começou a encher o interior. Avery se esforçou ao máximo para controlar o pânico que crescia a cada segundo. No entanto, o pânico era um bom sinal. Significava que ela estava consciente do que estava acontecendo e não tinha sofrido de "inação comportamental"; sintoma descrito pelos especialistas em sobrevivência que tinham prestado consultoria para a matéria. Também chamado de "deslocamento de expectativa", era a resposta mental a uma situação traumática. O cérebro procura correlacionar a situação corrente com uma experiência conhecida do passado. Enquanto o lóbulo frontal se move em círculos repetitivos, tentando encontrar uma situação semelhante para agir, mas sem sucesso, o corpo fica paralisado e espera as instruções do cérebro. É a ciência atrás do proverbial fenômeno de não saber o que fazer.

Felizmente para Avery, ela não estava sofrendo daquele deslocamento em relação ao seu ambiente. As sinapses de seu cérebro responderam com uma experiência anterior, quando ela se viu lutando contra as águas impiedosas do mar que tentavam afogá-la. Avery se lembrou do dia em que seu veleiro naufragou ao largo da costa de Manhattan e ela quase perdeu a vida. Era impossível se lembrar daquele dia e não pensar em seu irmão. E naquele momento, seus pensamentos em Christopher a trouxeram de volta à situação do presente. A minivan estava afundando e a água invadia rapidamente o interior do veículo. Ela cogitou fazer o gesto com a mão na frente da garganta e acabar com aquela loucura. Mas então se lembrou de Kelly Rosenstein, a mãe que não teve a opção de desistir quando seu carro, lotado com seus quatro filhos, afundou na represa de Devil's Gate. Foi um milagre o fato de Kelly ter ficado calma o suficiente para salvar a si mesma, e ainda por cima os filhos. Foi ainda mais incrível que ela creditasse sua sobrevivência ao fato de ter assistido a uma matéria do *American Events*. Se o que Avery tinha aprendido com os especialistas em sobrevivência na semana anterior pudesse ser usado naquele momento para mostrar a alguém como salvar sua vida, pelo menos valia seu esforço.

Enquanto a minivan era tomada pela água, Avery desafivelou o cinto de segurança. No assento do motorista, ela se virou para um lado, erguendo as pernas para fora da água que ocupava o espaço para as pernas do motorista, fazendo com que seus pés ficassem de frente para a porta. Ela se apoiou no console do meio e apontou o calcanhar para o canto da janela do lado do motorista. A curva inferior direita da janela era crucial, disseram-lhe os especialistas em sobrevivência. A junção onde o vidro temperado encontrava a moldura era a parte mais fraca da janela. Atingida devidamente, a janela podia ser desalojada inteira da moldura da porta. Por outro lado, golpear o centro da janela abriria um buraco no vidro temperado e cortaria seu pé. Abrir a porta seria impossível, pois a água já estava batendo na metade da janela e a pressão externa seria muito grande.

Avery dobrou a perna, trazendo o joelho para perto do rosto, agarrou o volante com a mão direita e o encosto de cabeça do assento do motorista com a esquerda, e chutou o canto da janela. Com o impacto, ela fechou os olhos e esperou que a água entrasse pela abertura. Quando nada aconteceu, abriu os olhos. O chute não teve efeito algum. A minivan afundou mais na piscina, com a linha de água já ultrapassando a parte superior da janela do lado do motorista. Ela fechou os olhos e deu um novo chute. Então, uma fratura do tipo teia de aranha surgiu no canto da janela. Sentindo as lentes ao seu redor — das câmeras GoPro montadas dentro do carro e das câmeras submersas posicionadas na piscina e focadas nela —, Avery dobrou a perna para trás mais uma vez e deu um chute com toda a força. Imediatamente, sentiu a invasão violenta da água. Estava mais fria do que ela esperava e a força era tão grande que cobriu sua cabeça num instante.

Avery sentiu um pânico maior ainda quando se deu conta de que tinha esquecido as instruções dos especialistas em sobrevivência para respirar fundo antes de dar um chute na janela, pois a invasão de água seria rápida e furiosa, impedindo-a de encher os pulmões de ar. Eles estavam corretos. Além de se esquecer de respirar fundo antes de a água encobri-la, os três chutes que deu para desalojar a janela a deixaram exausta. Avery precisava desesperadamente de fôlego. Um momento frenético se seguiu antes que ela olhasse ao redor. Estava tranquilo e silencioso debaixo da água, e sua visão estava menos embaçada do que ela imaginava. Ela se forçou a se acalmar. Diante de uma situação de vida ou morte, manter a calma era a regra número um de sobrevivência.

Quando a minivan completou sua descida de quatro metros até o fundo da piscina, Avery fechou os olhos e permitiu que os ouvidos se ajustassem à pressão. No momento em que o carro tocou o fundo, ela sentiu um impacto muito mais suave do que o de alguns segundos antes, quando a minivan se chocou contra a superfície da água. Ela abriu os olhos e viu o cinegrafista apontando a lente para a janela ausente. Avery percebeu os mergulhadores de resgate observando atentamente para ver se ela daria o sinal de abortar. Em vez disso, Avery enfiou os pés pela moldura da porta, agarrou a alça de teto com a mão direita e se lançou pela abertura em um deslizamento suave que a levou para fora do carro. Em seguida, endireitou-se, fez um sinal de positivo para o cinegrafista com o polegar e subiu à tona.

A gravação subaquática ficou espetacular. Christine mandou ver na produção da matéria e a emissora veiculou chamadas nas redes sociais até a data de apresentação do programa, que aconteceria durante a semana de maio das grandes atrações. Quando a matéria "A minivan" foi ao ar, como ela foi intitulada, Avery Mason e *American Events* alcançaram a maior audiência da história do programa.

3

Playa del Rey, Califórnia
Sábado, 5 de junho de 2021

O QUINTAL DE MOSLEY GERMAINE ERA O OCEANO PACÍFICO.

Na verdade, era um trecho exuberante de praia e mar, mas a primeira coisa que alguém notava ao entrar na casa da Playa del Rey era a visão magnífica do oceano através de todos os janelões. O projeto incluía uma cozinha com ilha que se juntava à imensa sala de estar. Naquele anoitecer, as portas retráteis de vidro para o terraço estavam abertas, tendo desaparecido nas paredes, como se nunca tivessem existido e permitindo que a brisa marinha circulasse pela casa. O terraço dos fundos era composto de vários níveis e construído com pedra italiana importada. Uma mesa longa e retangular que parecia ter sido retirada de uma sala de diretoria dominava o meio do piso de pedra a poucos passos da piscina. Preparada para quarenta convidados, cada lugar estava meticulosamente arrumado com dois pratos, três copos, talheres em ângulos perfeitos de noventa graus e uma plaqueta de identificação impondo uma disposição dos assentos criada pelo próprio sr. Germaine.

Naquela noite era a reunião anual de fim de temporada para os rostos conhecidos da emissora HAP News, a então líder de audiência. Não havia segundos colocados próximos. No comando da gigante da mídia estava Mosley Germaine. Ele era o diretor da HAP News desde a década de 1990, contratado quando a programação do horário nobre era encabeçada por figuras anônimas, os índices de audiência não passavam de traços e a emissora mal aparecia no cenário televisivo. Mas Germaine possuía uma visão para veicular as notícias. Ele escolheu as personalidades e impôs o conteúdo. Quando um programa não conseguia atrair a audiência adequada, Germaine substituía os apresentadores. Quando uma hora de noticiário deixava de competir com os telejornais noturnos das principais redes abertas, o âncora era afastado em favor de um novo rosto. Ele fazia isso com frequência suficiente para manter seu pessoal na linha e alerta, e para que todos soubessem que as pessoas assistiam a HAP News e não apenas uma única personalidade. Porém, quando o programa dava certo e se destacava dos demais, ele fazia questão de manter o apresentador feliz; encurralado e sem outras opções, mas feliz. Mosley Germaine era o mestre titereiro, controlando tudo que acontecia na emissora. Aquela noite era a comemoração de outra temporada de sucesso no topo do noticiário da tevê a cabo; de toda a programação da tevê a cabo, na verdade. Era uma festa de gala anual na impressionante propriedade à beira-mar do chefe, onde o sucesso era celebrado, a riqueza era ostentada e a ideia de que, com dedicação, trabalho duro e lealdade, tudo era possível para os poucos selecionados que foram convidados. Avery Mason odiava cada minuto disso.

Ela chegou sozinha. Não estava namorando ninguém; ou seja, era outro assunto a ser discutido com seu terapeuta. Mesmo que ela estivesse se relacionando com alguém, trazer um namorado para aquele suplício anual seria uma má ideia. Ela precisava ficar concentrada. Precisava ficar ligada no jogo. Não podia permitir se distrair ao entrar na cova dos leões. O sr. Germaine era conhecido por encurralar seus talentos e forçá-los a acordos aos quais não tinham planejado se comprometer. Com o contrato de Avery terminando em poucas semanas, tinham acontecido apenas negociações superficiais até aquele momento sobre seu futuro na HAP News e como apresentadora do *American Events*. Ela havia recusado uma prorrogação do contrato que lhe foi oferecida algumas semanas antes. Foi uma sondagem para ver que tipo de resistência a emissora iria enfrentar. Com a ajuda de seu agente, Avery rejeitou a proposta sob o argumento de que queria se concentrar nos últimos dois meses de *American Events* e manter o programa em primeiro lugar na audiência antes de se preocupar com algo tão juvenil como dinheiro e o futuro de sua carreira. O argumento era absurdo. Ela sabia disso, Mosley Germaine também, assim como todos os outros executivos da emissora. No entanto, Avery formulou a rejeição de tal forma que tornou difícil para o sr. Germaine rechaçar. Mas naquela noite, em sua própria casa, ele certamente rechaçaria.

Em relação ao poder de negociação, o movimento foi excelente. Avery terminou a temporada com a audiência nas alturas e então poderia voltar à mesa de negociação com alguma munição. Ela e seu agente estavam trabalhando em uma contraproposta, mas, até aquele instante, tinham deixado a emissora esperando. Naquele momento, enquanto Avery dirigia o carro rumo à casa de praia de seu chefe, ela estava no limite. Sua presença na casa de Mosley Germaine certamente levaria a uma discussão com seu chefe sobre seus planos para o futuro. A noite tinha sido anunciada como uma celebração, um momento para adiar os negócios e saborear o sucesso que todos encontraram na HAP News. Mas Avery era mais esperta. Aquela noite era uma emboscada bem coreografada, e ela precisava estar preparada.

Avery atravessou os portões com seu Range Rover vermelho e pegou o acesso circular. Germaine tinha contratado um serviço de manobrista para a conveniência de seus convidados e Avery entregou seu carro — um presente que ela comprara para si mesma depois de sua contratação para apresentar *American Events* — para um jovem educado que lhe entregou um comprovante em troca. Avery tinha se vestido estrategicamente para o evento daquela noite. Ela estava usando uma calça afunilada que realçava suas longas pernas. Com quase um metro e oitenta de altura, ela não precisava de muita ajuda. Uma blusa branca e sem mangas deixava à mostra seus braços malhados e emanava uma aura de força, que ela sempre precisava ao negociar com Mosley Germaine. Seu cabelo com mechas castanhas estava preso para trás em um rabo de cavalo estiloso para mantê-lo fora de seu rosto quando os ventos de Playa del Rey soprassem com mais força. Ficar cara a cara com o sr. Germaine e ter constantemente que jogar as mechas rebeldes de cabelo para trás da orelha era uma desvantagem que ela não permitiria. Ela subiu a escadaria da frente com seus saltos altos estalando na pedra enquanto avançava: outro movimento tático. Os saltos a deixavam inequivocamente com mais de um metro e oitenta. Quando Germaine conseguisse encontrá-la, Avery ficaria no mesmo nível dele.

Uma *hostess* a recebeu na porta da frente com uma bandeja de taças de champanhe. Avery pegou uma e tomou um gole. Como de costume, a champanhe foi uma das melhores que ela já tinha provado. Germaine não poupava despesas naquelas festas de gala anuais, para as quais Avery fora convidada duas vezes antes.

Depois de atravessar o vestíbulo de entrada, Avery avistou Christine Swanson enquanto caminhava até a cozinha.

— Ah, você conseguiu, garota! — Christine disse.

— Graças a Deus — Avery disse e agarrou a mão de Christine. — Que tal? Me dê uma rápida situação do terreno.

— Ah, você está no modo de luta. Adoro isso.

— Deveria ter posto um traje camuflado.

— Germaine está no terraço e em clima de festa. E o sr. Hillary também nos honrou com sua presença.

— Hillary?

David Hillary era o dono bilionário do conglomerado de comunicações HAP Media, do qual a HAP News era uma das muitas empresas afiliadas. Como presidente executivo, muito pouca coisa acontecia na empresa que não tivesse seu selo de aprovação.

— Sim. Ele está usando um terno branco de anarruga, parece que acabou de sair de uma cabine de bronzeamento e está de braço dado com sua quinta mulher. Ela parece que acabou de se formar na faculdade.

— Provavelmente com um diploma em comunicações.

Christine riu.

— Ela não vai precisar de um diploma. Se for esperta, vai se divorciar dele em alguns anos e levar cem milhões com ela.

— Sempre gosto quando uma de suas ex-mulheres leva outro naco da fortuna dele — Avery disse.

Isso já tinha acontecido duas vezes durante a curta permanência de Avery na HAP News.

— Por que homens incrivelmente ricos são tão idiotas quando se trata de mulheres? — Christine perguntou.

— Porque eles pensam com a genitália e não conseguem se conter.

Uma imagem do pai de Avery surgiu em sua mente. Rapidamente, ela a repeliu. Naquela noite, Avery não podia permitir que seus pensamentos se desgarrassem, e o ódio que ela sentia por seu pai era o que mais fazia eles se desgarrarem. Seu pai era outro assunto a ser discutido com o terapeuta que ela algum dia consultaria. Mas naquela noite ela precisava estar concentrada e decidida. Avery tomou um longo gole da champanhe, ao mesmo tempo que corria os olhos pelos convidados. Ela se permitiria uma taça antes de mudar para um copo de água com gás, com muito gelo e um pouco de limão espremido. Ela queria misturar livremente, mas precisava da cabeça limpa. Champanhe era sua bebida preferida para tal método. Relaxava-a de uma forma que a vodca e o vinho não conseguiam, e não eram necessários mais do que alguns goles para fazer isso.

— Qual é o plano? — Christine perguntou.

— Vamos até a praia sem dar na vista e nos esconder até o jantar.

Isso também era estratégia. Avery queria que o sr. Germaine e agora o sr. Hillary soubessem que ela tinha chegado. Mas ela também queria ficar fora de vista. Ela os evitaria o máximo possível. Tempo suficiente para eles beberem bastante e perderem a vantagem. Então, quando o jantar fosse servido, ela encontraria seu lugar previamente determinado na mesa longa, envergaria um grande sorriso e se sentaria com todas as outras personalidades que faziam parte da programação da HAP News. Fora de alcance e intocável. Pelo menos por aquela noite. Amanhã era outro dia.

— Esconder-se na praia parece delicioso — Christine disse. — Vou surrupiar uma garrafa de Dom Pérignon, ou seja lá o que for essa coisa maravilhosa, e encontro você lá embaixo.

As duas trocaram um beijo rápido no rosto antes de seguirem em direções opostas. Avery começou seu avanço cuidadoso pela festa, fazendo o seu melhor para evitar as minas terrestres que ela sabia que estavam esperando.

4

Playa del Rey, Califórnia
Sábado, 5 de junho de 2021

ALÉM DE SUA PRODUTORA EXECUTIVA, AVERY TAMBÉM RECRU-
tou Katelyn Carson, apresentadora de um programa matinal, para se
esconder com ela na praia. As ondas espumosas cascateavam na direção
delas, arrebentando na praia a alguns passos de onde estavam. As ondas
estrondosas complementavam as harmonias acústicas tocadas pela banda
de três homens no terraço de Mosley Germaine, algum tipo de música folk:
um cover do The Lumineers ou talvez do Mumford & Sons. O cenário inci-
tava Avery a tomar uma segunda taça de champanhe. Ela resistiu.

Vista da praia, a casa era uma estrutura magnífica, com um telhado
de ardósia e revestimento externo de estuque iluminado pelo sol poente.
Os troncos retos das palmeiras pintavam longas sombras que flanquea-
vam a propriedade. Uma prancha de madeira atravessava uma curta faixa
de pedregulhos e tifas que separava a casa da praia. Com todas as janelas
e portas abertas, o espaço interior se misturava com o terraço, que estava
povoado pelos profissionais da HAP News, da manhã ao meio-dia, do horário nobre aos fins de semana.

— Sua última matéria da temporada foi uma loucura — Katelyn Carson
disse. — Não faço ideia de como você fez. Estava morrendo de medo por você.

A matéria da minivan submersa de Avery, que ela dedicara ao seu
falecido predecessor, continuava a ser popular. Não foi apenas a matéria
mais vista da temporada, mas acumulou milhões de visualizações no serviço de *streaming on-line* da emissora.

— O que você não podia ver na tevê eram os mergulhadores de resgate em torno do carro e prontos para me salvar se eu tivesse algum problema — Avery afirmou.

— Pouco me importa se o Aquaman estava naquela piscina. Eu nunca
teria sido capaz de fazer aquilo. Todo mundo aqui estava falando sobre a
matéria mais cedo.

— Tenho que agradecer a Christine por ter feito parecer tão boa.

Negando, Christine balançou a cabeça.

— Não precisei fazer muito mais do que gravar a cena. Você fez o resto.

— Ouvi dizer que a audiência foi altíssima — Katelyn disse.

— Nas alturas, de fato — uma voz grave afirmou atrás delas.

Avery sentiu o sorriso sumir do rosto ao olhar por cima do ombro e ver não apenas Mosley Germaine, mas também David Hillary. Ela se recuperou rapidamente e se forçou a sorrir novamente.

— Realmente, *American Events* fez sua estrela brilhar — Mosley disse.

A alfinetada sutil — de que *o programa* tinha criado a popularidade de Avery — não passou despercebida. Nem o fato de ela ter tirado os sapatos de salto alto para andar pela areia. Ela queria muito os centímetros de volta quando Mosley Germaine se aproximou dela.

— Mosley — Avery disse, ainda sorrindo. — A casa está linda, como sempre.

— Obrigado. Isso suscita a questão de por que você está se escondendo aqui na praia.

— Nao estou me escondendo. Estou apenas curtindo o ambiente. Deve ser incrível ter o mar como vizinho.

— Esperávamos que você tivesse se juntado a nós para um drinque antes do jantar — David Hillary afirmou, conduzindo a conversa apesar dos melhores esforços de Avery por um papo informal.

— Não vi você quando cheguei — Avery disse para Germaine. — E, sr. Hillary, eu nem sabia que o senhor estava aqui. Que surpresa — ela prosseguiu e apontou para o traje branco dele. — Adorei seu terno.

— O jantar está quase para ser servido — Mosley afirmou. — Então, acho que não vamos ter tempo para drinques.

— Já? Acho que acabei de chegar. Christine e eu estávamos pondo a conversa em dia com Katelyn. Não a vemos muito ultimamente.

Mosley sorriu e olhou para Katelyn e Christine.

— Vocês se importariam de dar a David e a mim um momento a sós com Avery?

— Sem problema — Katelyn respondeu.

— Claro — Christine afirmou, assentindo.

— Todos já estão se sentando — Mosley informou. — Vamos demorar só um minuto.

Apesar dos melhores esforços de Avery para evitar tal situação, ela se viu sozinha não só com seu chefe, mas também com o chefe do seu chefe.

— Avery — David disse após a partida de Katelyn e Christine. — Queria reservar um momento em particular para que você soubesse o quanto fiquei impressionado este ano com o que você fez em *American Events*. Você apostou realmente no programa e permitiu que ele revelasse seus pontos fortes como jornalista e apresentadora.

Avery sorriu. Outro elogio ambíguo. Ela mordeu a língua e não mordeu a isca. Isso poderia ficar feio rapidamente se ela não tomasse cuidado.

— Mosley e eu estamos confusos a respeito do motivo pelo qual você rejeitou a prorrogação do contrato.

— Sim, o motivo. Meu agente e eu estamos preparando uma contraproposta, mas ainda não temos tudo finalizado.

— Nós oferecemos a prorrogação semanas atrás.

— Eu sei, mas me concentrei em finalizar as últimas matérias do programa e, infelizmente, todo o meu foco acabou indo para isso.

— Compreensível — David afirmou. — Mas a temporada acabou e precisamos de uma resposta sua. Se você está dentro ou fora. Veja bem, nós administramos uma das emissoras de maior sucesso por um motivo. Planejamos as coisas para o futuro e não gostamos de surpresas. Estamos tentando fechar a programação do outono e precisamos saber se ela vai incluir você ou não.

— Claro. Vou me encontrar com Dwight esta semana.

— Qual foi o problema com a proposta? Só ouvimos dizer que você a tinha rejeitado, mas nenhum detalhe foi dado — Mosley disse.

— Bem… — Avery balbuciou. — Sabe, eu não estava preparada para discutir isso esta noite. Talvez pudéssemos adiar até a próxima semana quando eu puder trazer Dwight para a discussão.

— O tempo urge — Mosley advertiu. — Estamos trabalhando com um prazo apertado para ter as coisas organizadas para o outono. Talvez você possa dar uma dica de qual é o empecilho.

Era mais uma afirmação do que uma pergunta.

— Dwight está obcecado com o valor — Avery explicou.

— *Dwight Corey* está obcecado? — David perguntou.

— À primeira vista, sim. Mas ele e eu íamos recalcular os números agora que a temporada do programa terminou.

— O ajuste anual que oferecemos a você a remunera generosamente e equipara seus ganhos com os da concorrência. Após apenas seu primeiro ano como apresentadora do programa, acreditamos que é uma proposta bastante generosa.

Uma vontade enorme se apossou de Avery de dizer que "equipará--la" com a concorrência era um insulto. Ela tinha superado os índices de audiência da concorrência todas as semanas durante o último ano. Assim, a emissora deveria recompensá-la não por estar *no mesmo nível* dos outros apresentadores, mas por estar muito acima deles em todos os segmentos demográficos. Avery também queria mencionar como era inadequado que esses dois egocêntricos presunçosos a encurralassem na praia e usassem seus cargos de chefia para intimidá-la a negociar um contrato sem a presença do seu agente. Mas ela conteve seus impulsos e ofereceu um sorriso falso que disse a eles sem palavras o que ela pensava da proposta.

— Como eu disse, prometo dar uma boa olhada no contrato esta semana, agora que tenho um pouco de tempo livre. E Dwight entrará em contato logo em seguida apresentando nossa resposta.

— Faça isso — David afirmou. — Estamos ansiosos para ouvir sua resposta. *American Events* fará uma pausa durante o verão, mas não podemos deixar que o programa fique no limbo por muito tempo. *American Events* terminou em *primeiro lugar* na audiência e queremos recomeçar no outono exatamente de onde paramos. Se por qualquer motivo você decidir não participar desse esforço, gostaríamos de ter tempo suficiente para escolher alguém para substituí-la.

— A lista de possíveis substitutos é longa — Mosley disse. — *American Events* tem a capacidade de transformar qualquer pessoa que o apresente em uma estrela. Se você decidir seguir outro caminho, a emissora gostaria de ter algum tempo para preparar devidamente um novo apresentador na condução exigida pelo programa.

Avery queria muito pagar para ver. Substituí-la naquele momento, depois da temporada de maior sucesso do programa, seria suicídio. Mas ela fingiu que concordava.

— Ligarei para Dwight amanhã de manhã — Avery afirmou. — Vamos resolver isso imediatamente.

Os dois homens assentiram como se a conversa tivesse se desenrolado exatamente como o planejado. Então, eles se viraram e voltaram para a casa. Avery levou alguns minutos para parar de tremer depois da partida deles. Finalmente, atravessou a praia e alcançou a prancha de madeira. Os últimos raios do pôr do sol lançavam a sombra de Avery em uma silhueta fina na sua frente enquanto ela caminhava. A brisa estava fresca e a fez perceber o quanto ela estava suando. Ao chegar ao terraço, Avery recalçou os sapatos de salto alto e caminhou ao longo da lateral da piscina, cuja água estava com uma cor vermelha brilhante por causa da iluminação subaquática, passou pelas tochas que demarcavam o perímetro do terraço e contornou as lareiras externas a gás, que emitiam calor suficiente para conter o frio da brisa marítima. Os garçons empurravam os carrinhos com o banquete da noite — pato assado com verduras variadas — e começaram a servir o jantar. No momento em que Avery ocupou seu lugar, Mosley Germaine se levantou do seu trono na cabeceira da mesa e usou um garfo para dar uma batidinha em sua taça de vinho e chamar a atenção de todos.

— Gostaria de dar formalmente as boas-vindas a todos nesta noite maravilhosa. Todos nós nos reunimos aqui para comemorar o nosso sucesso coletivo como líder do noticiário da tevê a cabo pelo décimo primeiro ano consecutivo. Nenhum de nós sozinho é responsável por uma conquista tão esplêndida e nenhum de nós sozinho pode ficar com os louros. Foi, e continuará a ser, um esforço coletivo.

Mosley ergueu sua taça.

— Pelas conquistas passadas e pelo sucesso futuro.

Todos se juntaram a ele.

— *Saúde!*

Avery pegou a taça de champanhe diante dela, ergueu-a rapidamente e tomou um longo gole, quebrando sua regra de um único drinque. Sua estratégia já tinha ido para o inferno. Qual era o sentido de ficar sóbria?

5

Coronado, Califórnia
Terça-feira, 15 de junho de 2021

— **SETECENTOS E CINQUENTA MIL POR ANO DURANTE QUATRO** anos. Essa é a nova proposta. Inclui uma opção de quinto ano com base nos índices de audiência durante o último ano do contrato. Os incentivos por alcançar padrões de excelência em certos segmentos demográficos serão incluídos como bônus de final de ano.

— Setecentos e cinquenta? — Avery perguntou. — Foi isso que eles ofereceram? Ainda está baixo, Dwight.

— Eles saíram de seiscentos e cinquenta, Avery. Três milhões em quatro anos é uma boa oferta — Dwight Corey disse. — Como seu agente, aconselho que você aceite a proposta.

Faziam agradáveis vinte e dois graus em Coronado, na Califórnia, onde estava situada a terrível pista de obstáculos do Navy SEAL, o grupo de elite da Marinha americana. A pista estava em toda a sua glória na frente deles. Avery tinha mantido contato com o SEAL quando o grupo prestou consultoria para a matéria da minivan e, depois de ouvir sobre os rigores de admissão ao SEAL, Avery teve a ideia de levar a seu público uma visão privilegiada da vida de um membro do Navy SEAL, incluindo o recrutamento, a Semana Infernal e o programa de treinamento de seis meses. Outras revistas eletrônicas haviam feito reportagens semelhantes, mas Avery tinha ideias a respeito de como poderia dar um toque diferente em sua matéria. Ela tentaria completar algumas das atividades que os combatentes altamente treinados deveriam superar antes de serem admitidos como membros da força especial da Marinha. Ela pularia em uma piscina com os braços amarrados atrás das costas e tentaria sobreviver durante sessenta minutos, como todos os SEALS tinham feito. Ela enfrentaria as águas geladas do mar e se submeteria ao notório nado noturno com tubarões. A pista de obstáculos do Navy SEAL era considerada um dos mais difíceis do mundo, e Avery achou que era um bom lugar para começar.

Avery acionou seu contato do Navy SEAL e conseguiu autorização para realizar um teste abreviado na pista naquela manhã. Renúncias de direitos e documentos de confidencialidade foram assinados. Se ela conseguisse obter a aprovação da emissora para sua ideia, em algum momento durante a temporada seguinte de *American Events*, Avery tentaria completar todo o circuito da pista de obstáculos, ou tanto quanto fosse fisicamente possível, diante das câmeras. Ela usaria coturnos e uniforme militar se chegasse a tal ponto, mas para o teste daquele dia Avery usava short esportivo, camiseta de elastano, meias soquetes e tênis Nike. Dwight, por outro lado, estava vestido impecavelmente com um terno Armani bege com o paletó aberto, mas com o colete abotoado e a gravata apertada no pescoço. O sol da manhã fazia brilhar as gotas de suor na testa de seu agente e era refletido por seus óculos escuros de aviador.

— Qual é sua altura, Dwight? Um metro e noventa e cinco? E quanto você pesa? Cem quilos?

— Um metro e noventa e oito e cento e dez quilos.

— Tenho um metro e setenta e oito e… Bem, peso muito menos do que isso. Tire esse terno estiloso e faça o teste comigo.

— Nem pensar. Precisamos resolver seu contrato antes que retirem a proposta.

— Faça o teste comigo e então vou considerar essa proposta horrível que você negociou.

Dez dias haviam se passado desde que Avery ficou cara a cara com Mosley Germaine e David Hillary na praia. Desde então, tinham ocorrido negociações difíceis.

— É um bom acordo, Avery. Eles fizeram uma proposta, nós apresentamos uma contraproposta e agora eles estão oferecendo uma alternativa intermediária. Isso mostra o interesse deles por você.

— Eles não ofereceram uma alternativa intermediária. Eles mal saíram do lugar — Avery afirmou, flexionando-se na cintura para alongar os tendões da perna. — Mack Carter estava ganhando oito milhões de dólares por ano para apresentar *American Events* e meus índices de audiência são melhores do que os dele.

— Mack apresentou o programa durante anos. Caramba, ele praticamente o criou. Não existia *American Events* antes de Mack Carter. Pelo menos não o *American Events* que conhecemos hoje. E com certeza ele não ganhou oito milhões no seu segundo ano como apresentador.

— A audiência e o faturamento falam mais alto que os anos de serviço, e você sabe disso, Dwight. É uma proposta miserável que me manteria presa durante o que deveriam ser os anos mais produtivos da minha carreira.

— Você é jovem. Tem décadas de anos nobres pela frente. Avery, me escute com atenção. Não podemos pedir o que Mack Carter ganhava. Ele era uma anomalia. As emissoras não baseiam suas propostas em valores atípicos e sim em índices de audiência. Isso está de acordo com outros apresentadores de revistas eletrônicas.

— Meus índices de audiência *médios* são mais altos do que os de qualquer um dos meus concorrentes.

Avery se endireitou e então se curvou para o lado, estendendo o braço ao lado do rosto para alongar os oblíquos.

— O programa bancou o salário de Mack por muitos anos — ela prosseguiu. — Hoje, comigo como apresentadora, a receita publicitária é maior. Doze por cento maior, na verdade, mas eles querem me pagar uma fração do que pagavam para Mack. Eles acham que sou ingênua ou apenas muito ruim em matemática? Ou é porque sou mulher?

Avery se endireitou e encarou seu agente.

— Minha última matéria foi um arraso. As audiências alcançaram índices acima da média em todos os segmentos. Terminamos a temporada em alto estilo e devemos aproveitar a oportunidade. Temos tudo do nosso lado, todas as moedas de troca.

— Ah, você está falando da matéria em que você permitiu que sua produtora insana a mergulhasse no fundo de uma piscina dentro de uma minivan? Foi uma cena tresloucada para aumentar a audiência na semana das grandes atrações e eu a proíbo de fazer algo parecido novamente. Continue fazendo matérias arriscadas como essa e você não terá nem um ano pela frente, nobre ou não.

— É muito bom saber que você se importa tanto, Dwight. Gosto desse seu lado mais sensível, mas prefiro o agente implacável e negociante que sempre me protegeu. Principalmente quando você está negociando o contrato mais importante da minha carreira.

— Eles não vão se basear na semana das grandes atrações em relação ao seu contrato.

— Não estou pedindo que se baseiem na semana das grandes atrações. Estou pedindo que se baseiem em toda a última temporada. Os números falam por si, incluindo os índices de audiência e as receitas publicitárias.

Ao longo do último ano, Avery havia reformulado a revista eletrônica clássica. A maior diferença entre Avery e sua concorrência? Ela nunca falava de política. Os apresentadores de revistas eletrônicas abordavam esse assunto, mas Avery não tinha estômago para isso. Ela falava superficialmente dos acontecimentos atuais e realizava a entrevista obrigatória com dignitários quando a ocasião assim o exigia. No entanto, permitia que os âncoras coadjuvantes abordassem as notícias sérias e importantes do dia, enquanto ela se encarregava dos assuntos não políticos da sociedade. Avery tinha transformado um curso de direito em uma especialização em jornalismo, e cada um deles a servia bem em sua função no *American Events*. Ela tinha um talento especial para farejar a verdade ao investigar histórias de crimes reais e a inteligência jurídica para saber quando entregar suas descobertas para as autoridades. Uma de suas reportagens mais vistas abordava os detalhes sobre o desaparecimento de um bebê da Flórida. A investigação de Avery — que incluiu entrevistas com os pais, uma análise forense detalhada do boletim de ocorrência e a descoberta de novas informações fornecidas pelo pai — revelou provas perturbadoras que sugeriam que a criança havia se afogado enquanto estava sob os cuidados da avó, que então escondeu o corpo da criança em um galpão atrás de sua casa. As descobertas de Avery foram tão surpreendentes e suas fontes foram tão checadas que as autoridades prestaram atenção e reabriram o caso. As câmeras de *American Events* estavam gravando quando a polícia apareceu na casa da avó com mandados de busca e confirmou as trágicas descobertas.

Ao longo do último ano, suas matérias especiais sobre crimes reais conhecidos se tornaram lendárias, e suas histórias de esperança e sobrevivência — desde afundar uma minivan em uma piscina para mostrar como escapar até pular de um avião para revelar a melhor maneira de se recuperar de um paraquedas defeituoso — atraíram telespectadores de todas as classes sociais. Em suma, Avery Mason estava redefinindo a revista eletrônica televisiva enquanto os outros estavam lutando para não ficar para trás.

Seu primeiro contrato com a HAP News foi um modesto acordo de dois anos de duração que a designou como colaboradora do *American Events*. Permitiu que Avery apresentasse diversos segmentos a cada temporada e ocasionalmente substituísse Mack Carter em suas férias. Ela usou esses anos iniciais para se ambientar e aprender o ofício. Sua crescente popularidade logo trouxe um contrato mais substancial que a designou como coapresentadora do *American Events*. Mack Carter era a estrela, mas Avery estava fazendo um nome para si mesma e conquistando uma audiência. Com a morte de Mack — um acontecimento traumático que surpreendeu o país — a emissora modificou o contrato de Avery, oferecendo-lhe um lucrativo acordo de um ano de vigência no valor de meio milhão de dólares, ao mesmo tempo que procurava um apresentador permanente. O futuro do programa era incerto e, naquele momento, ela era um teste. Avery era jovem, inexperiente e não tinha sido colocada à prova. Todos acreditavam que ela era uma solução temporária. Porém, Avery Mason tinha provado que todos estavam errados. Ela se mostrou à altura do desafio e nunca hesitou.

Um ano depois, Avery ostentava um impressionante histórico de sucesso durante seu período como apresentadora principal do *American Events*. Ela não era mais uma novata. Ela não estava mais esperando ser descoberta e conquistar uma audiência. Ela já tinha conquistado, e aquela audiência era fiel. Ela estava estabelecida, era esmerada e planejava deixar seu legado no contexto da emissora. Ao estilo de Katie Couric e Diane Sawyer. Mas só se ela se mantivesse firme durante essas negociações e não mostrasse nenhum sinal de fraqueza. E, Avery estava bem ciente, se conseguisse impedir que seu passado arruinasse tudo. Porque se havia uma coisa que despertasse o interesse do público ainda mais do que assistir ao nascimento de uma jovem estrela em ascensão para a fama, era vê-la caindo em desgraça. A alegria pela desgraça alheia tinha se tornado o novo passatempo americano.

Avery caminhou até Dwight.

— Estou saindo de um contrato que, sob qualquer parâmetro, era uma pechincha para a HAP News. O resultado é que, comigo como apresentadora, *American Events* trouxe um faturamento maior do que qualquer outro programa produzido pela emissora e, no último ano, fui uma das âncoras mais mal pagas. David Hillary ganhou muito comigo. Agora é hora de ele me recompensar.

Dwight respirou fundo e respondeu:

— Me dê um número.

— Sete dígitos.

Pensativo, Dwight passou a mão pela cabeça calva.

— Não é um pedido exagerado — Avery disse. — Não se você analisar os números. E não só os meus números. A audiência de toda a programação noturna de sexta-feira subiu porque o público não troca de canal depois que o *American Events* termina.

— Se eu procurá-los com uma nova contraproposta tão alta, eles vão querer saber o que estão pagando.

— Estão pagando por mim e pela audiência que eu trago comigo.

— Conteúdo, minha jovem e indestrutível guerreira. Eles vão perguntar que tipo de conteúdo você planejou para o outono. Sabe, sua *segunda* temporada completa — Dwight disse, espalmando as mãos e olhando em volta. — Uma reapresentação do programa de treinamento do Navy SEAL não vai ser suficiente.

— Isso é só por diversão. E eu vou fazer muito mais do que reapresentar o programa de treinamento do SEAL. Eu vou mergulhar nele. Mas a matéria é para mais tarde do próximo ano. Para esse próximo outono, estou farejando uma história que está vindo de Nova York. Tem a ver com o Onze de Setembro e o momento é incrível.

— Me dê alguns detalhes. Vou precisar de munição se você está me mandando de volta para a mesa de negociação.

— Um médico-legista de Nova York acaba de identificar os restos mortais de uma vítima que morreu no ataque ao World Trade Center. Vinte anos depois e ainda estão identificando as vítimas. Estou indo para Nova York para averiguar a história.

— Mason! É a sua vez. Vamos! — um capitão de fragata da Marinha gritou da linha de largada da pista de obstáculos.

— Tenho que ir, Dwight. Fale com Germaine e Hillary. Mostre-lhe os números e os lembre de como fui uma pechincha para eles no último ano.

Avery correu até a linha de largada, colocou-se na posição correta e disparou na direção da parede para escalada. Ela agarrou a corda com nós e começou a subida.

— Droga — Dwight disse enquanto tirava o celular do bolso interno do paletó de seu terno impecável.

6

Negril, Jamaica
Terça-feira, 15 de junho de 2021

WALT JENKINS ALUGOU UMA CASA SOLITÁRIA NA REGIÃO FLO- restal entre Negril e West End. Um trajeto de dez minutos para o leste o levou ao coração de Negril e ao interior da Jamaica, longe das praias de areia branca que circundavam a ilha e dos *resorts* lendários que ornavam seu litoral. O interior da Jamaica era menos glamoroso. As casas azuis, amarelas e cor-de-rosa apresentavam a pintura desbotada, cachorros vagavam pelas ruas e a população trabalhava para sobreviver. No entanto, era um povo amável, que recebia bem os americanos que tinham se mudado para sua terra para fugir de algum problema inconfesso em seu país. Os moradores locais nunca perguntaram a Walt do que ele estava fugindo. Amor ou a lei, seus amigos jamaicanos gostavam de dizer, eram os dois únicos problemas do homem neste mundo. Mas Walt tinha vindo ao lugar certo, disseram para ele. Naquela ilha, "não existiam problemas, *mon*". Durante três anos, Walt tinha tentado acreditar em tal filosofia. O rum ajudou.

Um trajeto de trinta minutos para o oeste o levou aos penhascos de West End e a mais turistas que ele gostaria de ver em toda a sua vida. Mas havia um estabelecimento ali chamado Rick's Café e que era o único lugar onde Walt podia encontrar o rum Hampden Estate, do qual já tinha visitado a própria destilaria, uma enorme área situada em Trelawny onde o rum era destilado em gigantescos alambiques. Walt havia visitado a destilaria diversas vezes e tinha se tornado amigo íntimo do dono. Sua predileção pelo rum Hampden Estate o fazia ir ao Rick's Café algumas vezes por semana.

O gelo retiniu em seu copo quando Walt caminhou para a varanda de sua casa. Ele se sentou na cadeira de balanço e ficou olhando para o horizonte. Aquele fora seu ritual noturno desde que ele tinha chegado à Jamaica. Nas profundezas das florestas de Negril, os pores de sol em sua varanda não eram tão espetaculares como os de quando ele se aventurava no litoral, mas ainda eram dignos de trinta minutos de solidão tranquila. Em vez de mergulhar no Atlântico, ali em sua varanda o sol simplesmente submergia sob os galhos e as folhagens das palmeiras e dos manguezais, silhuetando-os enegrecidos contra o céu tingido de cereja.

Walt bebeu o rum até o sol desaparecer e as estrelas tomarem conta do céu. Era silencioso ali, muito diferente da sua antiga vida em Nova York. O latido ocasional de um cachorro abandonado substituía o barulho constante de buzinas, e ele nunca tinha sido acordado pelo som estridente da sirene de uma ambulância ou de um caminhão de bombeiros durante o tempo em que estava na Jamaica. Em sua primeira semana na casa, um daqueles cachorros abandonados tinha vagado até a varanda de Walt e se sentou ao lado da cadeira de balanço. Walt coçou atrás da orelha do cachorro e lhe trouxe uma tigela de água e um prato de carne-seca. O cachorro nunca mais foi embora. Walt o chamou de Bureau e uma amizade nasceu.

Depois que Walt acendeu a luz da varanda e pôs o livro que estava lendo no colo, Bureau se deitou junto aos seus pés. Havia uma televisão na casa, mas só sintonizava emissoras locais e oferecia pouco em termos de esportes. Ele a ligou uma vez em sua primeira semana na Jamaica, mas não havia perdido tempo com ela desde então. Três anos depois, Walt não tinha certeza se a televisão ainda funcionava. Ele lia o jornal local e seguia o Yankees e outros eventos relacionados à sua terra natal pelo seu iPhone. Era um aparelho destinado à comunicação, mas Walt não conseguia se lembrar da última vez que o tinha usado para fazer uma ligação. Ainda fazia mais tempo desde que aquela maldita coisa tinha tocado.

Walt tomou outro gole de rum e abriu seu livro, o mais recente John Grisham, que ele estava lendo como distração para não pensar muito sobre sua vindoura viagem. Porém, assim que abriu o livro, seus métodos de autossabotagem impediram o desvio de atenção que ele estava esperando encontrar na leitura. O capítulo em que ele tinha parado estava marcado por uma passagem da American Airlines que havia imprimido no dia anterior. Walt estava voltando para Nova York, e a visão da passagem fez a ansiedade despertar em seu peito. Ele tomou outro gole de rum, seu antídoto autoprescrito para tal inquietação, amaldiçoando o funcionamento subliminar do seu cérebro que o levara a colocar a passagem em um lugar onde ele nunca a perderia e, ao mesmo tempo, o faria admirar seu gesto. Em sua vida anterior, Walt tinha sido um agente de vigilância do FBI. Ele havia trabalhado nas sombras, nunca sob os holofotes, e suas ações sempre foram secretas e discretas. Walt estava feliz em saber que, depois de tantos anos afastado do FBI, ou simplesmente Bureau, ele não tinha perdido o jeito, mesmo que naquela noite tivesse sido o seu próprio alvo.

Walt transferiu a passagem aérea para o final do livro e começou a ler. Porém, ele não conseguiu se concentrar na leitura. Enquanto passava os olhos pelas páginas, sua mente já estava repassando os detalhes de sua vindoura viagem, o que ele diria e como lidaria com o fato de voltar a vê-la depois de tanto tempo.

Amor ou a lei, os dois únicos problemas do homem neste mundo.

7

Los Angeles, Califórnia
Quarta-feira, 16 de junho de 2021

O RANGE ROVER VERMELHO ERA O CARRO PERFEITO PARA A viagem de Avery através do país. Com o piloto automático configurado para cento e trinta quilômetros por hora e nada à frente a não ser estrada aberta e um país inteiro a vencer, o Range Rover quase transitava sozinho. Ela tinha comprado o carro um ano depois de ter sido contratada como apresentadora temporária do *American Events*. Foi a primeira vez em sua vida adulta que Avery Mason havia ganhado algum dinheiro de verdade por sua própria conta. Ela tinha gastado uma quantia absurda de dinheiro em quatro rodas e um motor turbinado, mas havia alguma parte da sua psique — talvez o elo inquebrantável com sua vida passada — que tornou fácil aquela compra. Talvez ela tivesse mais sangue do seu pai do que gostaria de admitir. A diferença, Avery nunca parava de lembrar a si mesma, era que seu *status* no mundo fora conquistado de forma honesta e de acordo com a lei. O mesmo certamente não poderia ser dito de seu pai.

Avery estava indo para Nova York via Wisconsin. Era uma viagem de quase cinco mil quilômetros. Uma viagem de avião era mais rápida e fácil, mas estava fora de questão. Assim como uma viagem de trem ou em um carro alugado para evitar rodar milhares de quilômetros em seu Range Rover. As reservas aéreas, as passagens de trem e os recibos de locação de veículo deixavam rastros digitais e de papel. Avery queria deixar o mínimo possível de pegadas. Ela tinha assuntos a tratar em Nova York e faria o possível para tratá-los na surdina. Ninguém a estava vigiando, ela tinha se convencido, e pegar a estrada em vez de voar era pura paranoia. Ainda assim, quanto menos rastros ela deixasse, melhor.

Na quarta-feira de manhã, Avery saiu de Los Angeles pela Rodovia 650 e depois pegou a Interestadual 15, onde guiou por dez horas seguidas, exceto por duas paradas para ir ao banheiro. Passou para a I-70 e chegou a Grand Junction, no Colorado, exatamente quando os últimos raios de sol brilhavam no horizonte. Avery achou um hotel Hyatt e pagou em dinheiro por um pernoite. Quando encostou a cabeça no travesseiro, ainda podia sentir a vibração suave das longas horas na estrada. Fechou os olhos e esperou pegar no sono, sempre um fator evasivo durante suas viagens de verão. Como um relógio, as memórias de sua família passaram a ocupar o primeiro plano de sua mente em suas viagens pelo país. Como não ocupariam? Sua família era o motivo pelo qual ela tinha fugido. Sua família era o que ela estava escondendo.

No resto do ano, Avery dormia que nem uma pedra e nunca se lembrava dos seus sonhos. No entanto, em todos os verões, quando ela voltava ao passado, seus sonhos eram vívidos e extravagantes. Geralmente se alternavam entre sua mãe e seu pai: uma mãe morta e um pai condenado. Ela amava a mãe de todo o coração e outrora tinha amado o pai da mesma maneira. Mas aquele amor fora maculado pela traição do seu pai, e em seu rastro havia uma combinação de ódio e desprezo pelo homem que Avery tinha anteriormente considerado seu herói. Naquela noite, porém, escondida em um hotel em algum lugar perto das Montanhas Rochosas, seus pais ficaram ausentes de seus sonhos. Quando o sono chegou para ela, também vieram as memórias do seu irmão.

* * *

O modelo Oyster 625 pesava mais de trinta toneladas e media mais de dezenove metros de comprimento. Capaz de navegar no mar agitado da costa do estado de Nova York, o veleiro oceânico era grande, robusto e caro. Avaliado em mais de três milhões de dólares, foi um presente insolente do pai de Avery pelo seu aniversário de vinte e um anos. Projetado para acomodar uma tripulação de oito membros para a disputa de regatas, o barco também foi feito para passeios sem pressa, que podiam ser realizados por dois marinheiros hábeis, que Avery e Christopher eram. Contudo, duas horas depois que o *Claire Vidente* deixou a marina, o mar ficou muito agitado, com ondas furiosas que se encrespavam a um metro e meio e quebravam nas laterais do barco. Nas fases descendentes, as ondas pareciam engolir a proa. A chuva veio torrencial, reduzindo a visibilidade a quase nada.

Eles recolheram as velas e o motor ficou lutando contra as ondas e as correntes marítimas. A marina estava a mais de três quilômetros de distância e apenas o mar agitado e as nuvens escuras eram visíveis. O mar erguia o grandioso barco no ar e o deixava cair como um brinquedo nas ondas que quebravam. Avery sentiu o Oyster sendo arrastado para estibordo e teve problemas para controlá-lo. O timão queria girar no sentido horário e ela se esforçou para manter seu curso para oeste. Contudo, o grande barco estava sendo arrastado com muita força. Algo estava errado. Então, Avery se deu conta de um adernamento. Não, não era um adernamento, mas sim um mergulho. A proa estava em lenta trajetória descendente, como se estivesse pronta para mergulhar no mar. Avery achou que fosse uma ondulação do mar que tinha mergulhado a proa do barco, mas quando ele não se corrigiu, ela soube que o *Claire Vidente* estava afundando.

Avery ergueu a tampa do botão do sistema de chamada seletiva digital e o pressionou, enviando um sinal de socorro para a Guarda Costeira informando o nome da embarcação e sua localização exata em longitude e latitude. Por via das dúvidas, e porque Avery estava morrendo de medo, ela pegou o transmissor e o levou junto à boca.

— Mayday, mayday, mayday. Este é o *Claire Vidente*. Mayday, mayday, mayday.

O som da voz chegou alto e cheio de estática, mas quase inaudível por causa da chuva e do vento.

— Prossiga, *Claire Vidente*, aqui é a Guarda Costeira. Temos sua localização e estamos enviando uma equipe. Qual é sua situação?

— Estamos em um Oyster 625 sob chuva torrencial e ventos fortes. Ondas de cristas espumosas de um metro e vinte a um metro e oitenta e está entrando água.

— Entendido, *Claire Vidente*. Quantas pessoas a bordo?

— Duas — Avery gritou sobre o rugido das ondas. — Estamos em uma borrasca e afundando. Estamos bastante adernados para estibordo.

— Qual é o seu prazo, *Claire Vidente*?

— Não tenho certeza — ela respondeu, quando uma onda desabou sobre a proa. — Meu irmão foi para baixo do convés para encontrar a origem da invasão de água. Para ver se ele consegue contê-la.

— Diga a seu irmão para subir para o convés. Ficaremos com você até a chegada do nosso pessoal.

— Não vamos ter tempo — Avery avisou quando outra onda engolfou a proa. — Estamos emborcando.

* * *

Avery saltou da cama antes mesmo de saber que estava acordada. Era sua reação normal ao sonho recorrente. Ela havia decidido que era um mecanismo de defesa. Forçava-se a acordar para não ter que reviver a cena da proa do Oyster mergulhando abaixo da superfície e, em seguida, rodopiando na vertical antes de alcançar o fundo do mar. Ela despertava antes que sua mente repetisse sua batalha contra o mar, enfrentando ondas de quase dois metros que faziam o possível para afogá-la.

Avery deitou-se na cama e afundou a cabeça no travesseiro, afastando todos os pensamentos confusos que se escondiam nas sombras da sua mente e esperavam para vir à tona todos os verões quando fazia sua viagem para casa. Ela não podia permitir que esses pensamentos a distraíssem do que precisava fazer. Avery tinha o verão para amarrar as pontas soltas e desgastadas da saga de sua família. O que aconteceria depois disso estaria fora do seu controle. Se, naquele momento, as comportas se abrissem e todos os detalhes sórdidos do seu passado vazassem, pelo menos teria feito o seu melhor por seus entes queridos.

8

Sister Bay, Wisconsin
Sexta-feira, 18 de junho de 2021

ÀS SEIS DA MANHÃ DO DIA SEGUINTE, AVERY ESTAVA DE VOLTA ao volante do Range Rover com um copo grande de café no console, um reggae tranquilo no rádio e a estrada aberta à sua frente. A leste de Denver, ela pegou a I-80, por onde seguiria por dois dias. Passou sua segunda noite em Lincoln, em Nebraska. Na manhã de sexta-feira, Avery cruzou todo o estado de Iowa antes de chegar à divisa com Wisconsin. Ela seguiu para nordeste, atravessando o estado em um trajeto diagonal. Os cedros brancos e os pinheiros logo dominaram a paisagem até onde a vista alcançava. Os pinheiros a lembraram de sua adolescência e dos verões passados naquela parte do país.

Às três e meia da tarde da sexta-feira, Avery chegou à extremidade sul da península de Door County. Seguiu para o norte pela Rodovia 42 e trafegou pela estrada de duas pistas por sessenta quilômetros. As margens do braço Green Bay do Lago Michigan estavam situadas à oeste quando ela passou pelas cidades de Egg Harbor e Fish Creek. Eagle Harbor brilhava ao sol vespertino durante sua passagem pela movimentada cidade de Ephraim. O toldo de listras vermelhas da sorveteria Wilson's encheu sua mente de lembranças dos verões longos e quentes da sua adolescência. A melhor fase da sua vida.

Perto da ponta da península, Avery se viu em Sister Bay, em Wisconsin, o lugar onde tinha passado todos os verões da sua infância. A partir da sexta série, os pais dela a enviavam de Manhattan para Wisconsin, onde se encontrava com outras crianças ricas de todo o país, na escola de vela de Connie Clarkson. Oitenta por cento das crianças no acampamento de verão vinham do Meio-Oeste. As demais eram das Costas Oeste e Leste e eram crianças cujos pais estavam ávidos para que elas aprendessem a velejar em uma das instituições mais prestigiosas e procuradas do país.

Os pais de Avery fizeram o mesmo por Christopher, seu irmão mais velho, que, quando regressava para casa no final de cada verão, trazia grandes histórias de aventura na água, aproveitando os ventos do lago Michigan e deslizando através de Green Bay. Os nomes e os lugares se tornaram lendários para Avery: Washington Island, Rock Island, St. Martin Island, Summer Island, Big Bay de Noc e península Point Lighthouse. Avery mal podia esperar por sua vez. Quando finalmente chegou, ela agarrou a oportunidade. Quando estava na oitava série, Avery já conseguia encarar uma escuna de vinte e dois pés sozinha. No ensino médio, Avery voltava para Sister Bay a cada verão como instrutora de vela; uma posição normalmente reservada para universitários, mas que ela conquistou por suas habilidades avançadas na água. Aos dezessete anos, ela velejava melhor do que qualquer um dos rapazes em idade universitária que davam aula na escola, e era páreo duro para muitos adultos. Durante a faculdade, Avery passava os verões administrando a escola de Connie como instrutora-chefe. Ela devia sua ética de trabalho e espírito indômito aos verões passados em Sister Bay, e especificamente a Connie Clarkson, a proprietária da escola de vela e mentora de Avery. Enquanto percorria o último quilômetro de sua jornada, seus pensamentos mudaram daqueles verões maravilhosos de sua juventude para os períodos conturbados dos últimos tempos. As coisas eram mais simples na infância, quando tudo o que importava era estar na água e aproveitar o vento. Naquela época, as coisas eram mais fáceis, antes que Avery aprendesse que tudo em sua vida era uma fraude.

Ela conduziu o Range Rover pelo longo caminho coberto pela copa das árvores que levava ao estacionamento da escola de vela de Connie. Ocupando quatro hectares, a propriedade era arborizada e localizada ao longo da baía. Doze cabanas ao estilo Northwoods estavam situadas na propriedade para abrigar trinta e dois alunos a cada verão. Avery estacionou o carro e ficou olhando para as águas do lago Michigan. Uma dúzia de barcos estava atracada no cais, com dois elevadores ancorados no local para tirar os esquifes da água. Em meados de junho, o lugar estava cheio de alunos e instrutores. Avery permitiu que a torrente de emoções — advindas do seu tempo ali como garota, do seu relacionamento com Connie Clarkson, das memórias do seu irmão e da traição e destruição que as mentiras do pai tinham causado — a dominassem.

Avery não se preocupou em camuflar os olhos vermelhos ou a maquiagem borrada antes de cruzar o estacionamento e subir os degraus da casa principal. Ela bateu duas vezes e esperou. Um minuto depois, Connie Clarkson atendeu. Um sorriso surgiu no rosto da mulher. Elas se abraçaram como mãe e filha.

— Claire — Connie disse em seu ouvido. — Que bom que você veio.

Manhattan, Nova York
Sexta-feira, 18 de junho de 2021

FAZIA TRÊS ANOS QUE WALT JENKINS TINHA DEIXADO NOVA York; 1.140 dias desde que ele trocara a agitação, as ruas congestionadas e o ar cheio de fumaça pela tranquilidade silenciosa da Jamaica. O tempo havia transcorrido em períodos aleatórios de semanas extremamente lentas e de meses que passaram voando. Por qualquer medida, ele estava melhor naquele momento do que quando partiu. Não totalmente de volta para onde havia estado, mas recuperado em um grau ligado ao fato de que o tempo cura todas as feridas, tanto físicas quanto emocionais. Ele estava de volta a Nova York por apenas uma noite; a mesma noite para a qual Walt tinha voltado em cada um dos últimos três anos. Mantendo a tradição da sua vida, o retorno para Nova York era contraproducente na melhor das hipóteses e flagrantemente destrutivo na pior. Ele era muito inteligente para acreditar que algo de bom viria daquela noite, mas muito estúpido para se manter longe.

À medida que junho se aproximava e a reunião anual dos sobreviventes surgia no horizonte, Walt se via verificando o preço das passagens aéreas. Ele retornava todos os anos para a reunião anual, extraía de forma egoísta dos participantes qualquer iluminação espiritual que precisava para sobreviver mais um ano e, em seguida, embarcava em um avião de volta para a Jamaica, onde bebia rum em um isolamento tranquilo e tentava desfazer o estrago que a viagem tinha causado. Não era maneira de existir e não podia continuar. No entanto, ali estava ele novamente, preso em uma espiral descendente da qual não conseguia escapar. Algo precisava mudar ou ele iria escorrer pelo ralo da vida e nunca mais seria visto. Ele tinha estado à beira do alcoolismo antes do Bureau demiti-lo; *aposentá-lo*, Walt se corrigiu, com aposentadoria integral. Isso já fazia três anos, e ele definitivamente passava dos limites agora. Ele não falava com o pai ou irmãos havia três anos, exceto por telefone no Natal. Walt tinha perdido quase todos os amigos. A razão por trás de tudo era uma mulher. A mesma que ele ia a Nova York para ver todos os anos. Walt Jenkins deu um novo significado à palavra *autossabotagem*.

A filial nova-iorquina da organização Trauma Survivors realizava seu encontro todos os meses de junho no Ascent Lounge do edifício Time Warner, em Manhattan. Era uma reunião anual das vítimas de trauma que tinham conseguido enganar a morte por milagre e saíram vivos, mas diferentes das pessoas que eram antes. A noite consistia em discursos e prêmios, convidados de honra e ilustres membros fundadores, histórias antigas e novas. Toda uma parte da noite era reservada para homenagear médicos e enfermeiras, paramédicos e bombeiros, e outros socorristas cujos raciocínios rápidos e habilidades salvaram a vida de todos os sobreviventes presentes.

Naquela noite, estavam presentes sobreviventes de todos os tipos: uma mulher que foi a única a sobreviver a um acidente aéreo que matou outros 82 passageiros; um homem que saltou de um carro em chamas pouco antes que explodisse ao capotar encosta abaixo de uma montanha; um excursionista que tinha suportado duas semanas no deserto sem comida e com pouca água; um motociclista que não sabia como tinha escapado de uma colisão que transformou sua moto em um monte de metal retorcido; e Walt Jenkins, o agente do FBI que tinha sobrevivido a dois tiros no tronco: um que dilacerou seu pescoço e outro que perfurou seu coração. Em 99 por cento das vezes, esses ferimentos à bala eram fatais, seu traumatologista lhe disse.

Além dos sobreviventes, a lista de convidados incluía membros de famílias que perderam entes queridos devido aos mesmos traumas a que os outros convidados sobreviveram. As famílias das vítimas do acidente aéreo que matou todos os passageiros, menos aquela mulher. Os pais do adolescente bêbado que morreu no acidente que jogou o carro em chamas do homem montanha abaixo. A irmã do homem que não conseguiu sair do deserto com seu companheiro de excursão. O motorista do caminhão cuja cabine tinha sido a barreira para a moto deslizante. Walt voltava para Nova York todos os anos para ver um membro da família em particular.

Tão longe de seu antigo trabalho no FBI, Walt tinha apenas um terno. Trajes formais não eram necessários em sua nova vida na Jamaica, e ele tinha se livrado de todos os blazers e gravatas que possuía antes de ter se mudado anos antes. Ele puxou as lapelas com força, endireitou a gravata e respirou fundo antes de abrir as pesadas portas do Ascent Lounge. E seguiu direto para o bar.

— Que marcas de rum você tem? — ele perguntou ao barman.

O jovem deslizou a carta de bebidas pelo balcão. Walt passou o dedo pela seleção surpreendentemente grande de runs e escolheu um Mount Gay 1703. O barman serviu a dose com gelo em um copo de fundo pesado, que pareceu perfeitamente equilibrado na mão de Walt quando o levou aos lábios. Sua aposentadoria não era grande o suficiente para se permitir um Mount Gay, e pedir um rum que ele não podia pagar sempre agitava seu estômago. Até que Walt tomou o primeiro gole. Com a bebida na mão, ele se encostou no balcão e examinou o recinto. Ainda era cedo. As apresentações e os discursos ainda não tinham começado. Ele queria uma dose ou duas antes de ficar cara a cara com ela. Ao tomar seu segundo gole de rum, Walt sentiu uma mão leve no ombro.

— Walt — uma mulher disse.

Walt reconheceu a voz imediatamente. A dra. Eleanor Marshfield era a traumatologista que o tinha operado. Ele se virou com um sorriso.

— Não me admira encontrá-lo no bar — a dra. Marshfield disse.

Walt assumiu uma expressão facial pesarosa e, em seguida, mostrou seu copo com rum.

— Sim, sou culpado da acusação. Posso lhe oferecer uma bebida?

— Não, obrigada. Estou de plantão.

Walt assentiu com um gesto de cabeça. Ela passava a vida esperando por tragédias: acidentes de carro e ferimentos à bala. Era uma forma de viver infernal, mas Walt ficou feliz em relação à vocação dela. A dra. Marshfield salvara sua vida.

— Como você está, Walt?

— Bem — ele respondeu, balançando a cabeça para cima e para baixo. — *Muito* bem.

— Como está o trabalho?

— Eu… Eu não estou mais trabalhando.

Mostrando espanto, a dra. Marshfield franziu a testa.

— Achei que fosse apenas algo temporário.

Walt sorriu.

— Eu também. Mas acho que existe uma regra tácita no FBI que, depois que um agente leva dois tiros no coração, seus serviços não são mais necessários.

— Foi apenas um no coração. O outro foi no seu pescoço. Eu estou bem, mas não *tão* bem.

— Obrigado pela correção.

— O que tem preenchido seu ócio como aposentado?

Rum, surfe, culpa e arrependimento.

— Ainda não entendi direito a coisa da aposentadoria — ele finalmente disse. — Mas estou trabalhando nisso.

— Você é jovem. Tem toda a sua vida pela frente.

Walter não se deu ao trabalho de mencionar que era exatamente com isso que ele estava preocupado.

O celular da dra. Marshfield vibrou e ela olhou para a tela.

— Esperava ficar mais tempo. Só falei com alguns dos meus antigos pacientes, mas tenho que correr para o hospital. Foi ótimo ver você, Walt. Fico feliz que você esteja bem.

— Obrigado, doutora. Fico feliz de você ter me encontrado.

Ela sorriu.

— Vejo você ano que vem?

— Se eu ainda estiver vivo.

— Você vai estar. Só não cruze com mais nenhuma bala. E pegue mais leve com o álcool.

Walt acompanhou com o olhar a saída da dra. Marshfield e tomou mais um gole de rum. Em seguida, voltou a dar uma olhada no público. Passou trinta minutos procurando por ela, com seus olhos o enganando algumas vezes; achando que a tinha visto só para ficar desapontado quando a mulher se virava, permitindo que Walt visse o rosto de uma estranha. Ele pediu outra dose de rum.

— Maldito Walt Jenkins!

Walt olhou para a esquerda. O rosto que se materializou era do seu passado distante. Scott Sherwood era seu ex-chefe de equipe, de quando trabalhava para o Departamento de Investigação Criminal do estado de Nova York nos anos noventa.

— Scott? — Walt exclamou e sorriu. — Que diabos você está fazendo aqui?

— Vim com uma amiga. Ela disse que precisava de apoio moral, mas, assim que entramos, ela passou a conversar com os médicos e as enfermeiras que a ajudaram. Estava prestes a me mandar quando achei que tinha reconhecido meu velho amigo no bar. Caramba! Quanto tempo faz?

— Não sei. Vinte anos?

— Tudo isso? Nossa! — Scott exclamou. — O que você tem feito nos últimos tempos? Pergunto por aí a respeito do meu velho amigo Walt Jenkins, mas ninguém sabe de nada.

— Sim, eu fiquei fora do circuito. Tive que abandonar Nova York para me endireitar. Nunca encontrei meu caminho de volta.

— Você sabe que tentei entrar em contato com você, não sabe? Depois que você foi baleado.

— Fiquei sabendo, Scott. Obrigado. Perdoe-me por nunca ter dado um retorno a você. Foi uma época esquisita para mim. Droga, nunca dei retorno para muita gente. Mas fiquei sabendo que você tinha ligado. Significou muito para mim. Sou um merda por não ter te avisado.

— Não — Scott disse, desconsiderando o juízo de Walt com um gesto de mão. — Imagino o que você estava passando. Só queria que você soubesse que tomei conhecimento sobre sua situação e que pensei em você. Só isso. Todos no Departamento pensaram em você.

Walt apontou para o bar atrás dele.

— Posso lhe pagar uma bebida?

Scott fez que sim com um gesto de cabeça.

— Claro. Um gim-tônica.

Walt pediu ao barman e entregou a bebida para Scott.

— Aos velhos amigos — Scott disse, pegando seu copo e o inclinando na direção de Walt.

Walt sorriu.

— Velhos amigos.

— Então, o que você tem feito? Só Deus sabe para quanta gente eu já perguntei. Ninguém sabe o que aconteceu com você.

Walt sorriu.

— Nada interessante. Tive que sair da cidade por um tempo. Então, saí.

— Para onde você foi?

Walt fez uma pausa antes de responder.

— Ah, eu fui para a Jamaica. Achei que seria por um ou dois meses. Acontece que nunca mais voltei.

— Jamaica?

Walt assentiu.

— Negril, no West End.

— Não saberia distinguir a Jamaica de Aruba. E o quê? Você vai passar o resto da sua vida na praia?

— Não sei bem. O Bureau me deu uma boa aposentadoria. Não tenho nenhum plano definitivo no momento.

— Parece que a vida está boa. Me alegro em ver que você está bem, Walt.

Walt sorriu e voltou a assentir. Por cima do ombro de Sherwood e no meio da multidão, ele finalmente a avistou. Walt não estava olhando, mas de alguma forma seu olhar foi atraído para ela. Ela estava conversando com alguém e rindo de uma maneira que trouxe conforto ao seu coração. Um coração que realmente doía de vez em quando, principalmente por causa do tecido de cicatrização que tinha se formado, mas às vezes, ele tinha certeza, porque sentia muita falta dela.

— Scott — Walt disse, tirando os olhos dela para olhar o velho amigo.

— Foi muito bom revê-lo, amigo. Não queria interromper o nosso papo, mas tenho que falar com uma pessoa que acabo de reparar que está aqui.

— Claro. Obrigado pela bebida. Muito bom também revê-lo. Jamaica, hein?

Walt sorriu.

— Apareça por lá algum dia. Tenho um quarto sobrando.

— Você está falando sério?

Walt olhou de volta para o público, sentindo uma urgência de falar com ela. Como se o atraso de mais um momento o fizesse perder a oportunidade. Ele voltou a olhar para Scott Sherwood.

— Claro que estou falando sério.

Scott colocou seu copo sobre o balcão e pegou seu celular.

— Me dê o seu número. Talvez eu ligue para aceitar a sua oferta.

Walt sorriu com impaciência e ditou o número do seu celular.

— Acho bom você atender quando eu ligar.

Walt deu um tapinha no ombro do amigo.

— Com certeza. Gostei de revê-lo, Scott.

Walt se virou e abriu caminho no meio do público. Ela pareceu sentir sua presença porque se virou no exato momento em que ele estava se aproximando. Imediatamente, ela sorriu. Por um instante, eles se entreolharam e todas as outras pessoas no recinto desapareceram. Muito foi dito entre eles sem que nenhum deles dissesse uma palavra.

Finalmente, ela estendeu os braços e os colocou em volta do pescoço dele.

Walt a envolveu em um abraço apertado.

— Oi, Meghan.

— Meu Deus, que bom ver você — ela sussurrou no ouvido de Walt.

Havia mil coisas que Walt queria dizer. Mil coisas que havia ensaiado. Coisas que tinha pensado todos os dias durante o ano que se passara desde que a vira pela última vez. Que ele a amava tanto agora quanto três anos antes. Que ele sentia falta dela de uma maneira que nunca tinha sentido em relação a outra pessoa. Que se o universo fosse um lugar menos cruel, eles teriam se conhecido mais cedo na vida. Que ele não tinha ido embora porque seu amor por ela havia desaparecido, mas porque era mais fácil ser infeliz morando em uma ilha do Caribe do que na mesma cidade da mulher que ele amava, mas com quem não poderia estar.

No entanto, Walt não disse nada disso. Ele apenas fechou os olhos e a abraçou forte, sentindo o coração dela bater com força junto ao seu.

10

Sister Bay, Wisconsin
Sexta-feira, 18 de junho de 2021

FAZIA ANOS QUE NINGUÉM A CHAMAVA DE CLAIRE. NA VER-dade, atualmente, todos se referiam a ela apenas como Avery Mason. Ela se perguntou se era mesmo possível apagar um passado e se tornar outra pessoa. As lembranças da infância profundamente enraizadas em seu subconsciente lhe responderam que não. Não importava quanto anos se passassem, alguma parte dela sempre seria Claire Montgomery. A parte que estava presa a Connie Clarkson não tinha outra identidade.

Nascida Claire Avery Montgomery, ele não alterara legalmente seu nome para Avery Mason, mas usou seu apelido para assinar seu primeiro artigo para o *LA Times* quando tinha vinte e oito anos. O apelido pegou. Não por acaso, foi no mesmo ano em que seu pai foi indiciado por um dos maiores esquemas de pirâmide da história americana. A mudança de nome foi um movimento estratégico realizado depois que ela se formou na faculdade de direito e tentou escapar do legado da sua família. O fato de ser filha de Garth Montgomery tinha acabado com sua carreira jurídica antes mesmo que ela começasse. Ninguém confiaria na filha de um dos maiores ladrões dos Estados Unidos para perseguir criminosos honestamente. Então, ela nem tinha tentado. Com um diploma de direito inútil e uma origem familiar que ela estava tentando apagar, fugiu de Nova York e pousou no sul da Califórnia. Recorreu a uma especialização em jornalismo para garantir um emprego como redatora do *Los Angeles Times*. Pagava pouco e estava muito longe da vida que ela tinha deixado para trás. Outrora filha de um bilionário e beneficiária de um fundo fiduciário destinado a proporcionar uma vida de independência financeira, ela desembarcou em Los Angeles e, pela primeira vez em sua vida, precisava se virar sozinha.

Logo depois de começar no *LA Times*, ela se deparou com a história do bebê desaparecido na Flórida. A reportagem ganhou repercussão nacional e a investigação dela chamou a atenção de Mack Carter. Ela, como *Avery Mason*, foi chamada a participar como convidada do *American Events* para contar a história, o que levou a uma matéria especial com três partes. A parte final de duas horas incluiu a gravação dramática de Avery, seguida pelas câmeras do programa, acompanhando os policiais quando fizeram a descoberta perturbadora em um galpão atrás da casa da avó. Mack Carter ficou tão impressionado com os instintos investigativos de Avery que a convidou diversas vezes naquele ano para participar do programa. Na época, ela tinha apenas vinte e nove anos. As participações especiais frequentes como convidada levaram a um cargo mais permanente como colaboradora regular. Seus índices de audiência demonstraram que a jovem jornalista era popular. Após dois anos como colaboradora, ela foi convidada a se juntar ao programa permanentemente como coapresentadora. Quando Mack Carter morreu, ela se viu na posição improvável como o novo rosto de uma das revistas eletrônicas mais antigas da televisão americana. Superficialmente, Avery Mason era uma jovem jornalista de sucesso com toda a carreira pela frente. Por dentro, ela estava uma pilha de nervos, achando que o destaque iluminaria o seu passado e a ligaria a Garth Montgomery: seu pai, o Ladrão de Manhattan.

Ao longo das décadas de 1990 e 2000, a família Montgomery havia sido um símbolo do sonho americano: uma família esforçada que havia alcançado o alto escalão da sociedade por meio de coragem e determinação.

Em 1986, Garth Montgomery fundou a Montgomery Investment Securities, um fundo de hedge com sede em Nova York que oferecia corretagem de valores mobiliários e serviços de consultoria de investimentos para bancos, instituições financeiras e pessoas físicas com grande patrimônio líquido. Após três décadas administrando as carteiras de algumas das pessoas mais ricas do país, aconselhando algumas das maiores empresas do mundo, supervisionando fundos de previdência para os maiores sindicatos americanos e controlando fundos de doações de universidades influentes, a empresa tinha cinquenta bilhões de dólares em ativos sob gestão. Parecia um fundo global bem administrado, ganhando milhões para seus clientes. Na realidade, era um gigantesco esquema de pirâmide que pagava aos investidores de longo prazo rendimentos exorbitantes a partir dos depósitos dos novos investidores. Um castelo de cartas à espera de cair, que finalmente caiu e de um modo impressionante.

Os contadores forenses estipularam que mais de trinta bilhões de dólares foram obtidos de forma fraudulenta e desperdiçados no estilo de vida ostentoso de Garth Montgomery. O restante dos "ativos" da empresa eram fictícios. Os livros contábeis estavam tão maquiados que quase mancharam as mãos dos agentes do FBI quando eles finalmente os apreenderam. Os indiciamentos da Justiça Federal vieram no verão após a formatura de Claire Montgomery na faculdade de direito. Ela ainda tinha memórias vívidas dos agentes do FBI irrompendo através da porta da frente da cobertura de sua família em Manhattan, arrancando seu pai da cama de pijama e o levando algemado até a viatura policial estacionada em frente ao prédio. O desfile do acusado tinha sido visto em todo o mundo. Fotos daquele desfile foram exibidas com destaque na primeira página de todos os jornais e imagens de vídeo foram veiculadas em todos os telejornais. Bastava digitar o nome *Garth Montgomery* em qualquer mecanismo de busca que a primeira imagem que surgia era a de seu pai, usando pijama, com as mãos algemadas atrás das costas e vários agentes do FBI conduzindo-o para fora do prédio.

Apesar de ter sido avisada dos detalhes, Claire ainda se surpreendeu com a gravidade da situação quando os pormenores da Castelo de Cartas — o nome dado pelo FBI à operação que acabou com a Montgomery Investment Securities — se tornaram públicos. Era como assistir a um filme de terror protagonizado pelo pai como o vilão. Se as alegações fossem verdadeiras, e ela sabia que eram, isso significava que o pai tinha espoliado milhares de pessoas de suas poupanças, inúmeros operários de suas aposentadorias e diversas universidades de décadas de contribuições para seus fundos patrimoniais. As alegações significavam que a família Montgomery era uma miragem, moral e materialmente. Tudo o que possuíam estava contaminado pela cobiça e embuste: a cobertura em Manhattan, a mansão nos Hamptons, o palacete em Aspen, o apartamento à beira-mar em St. Barts, os carros, o jato e o fundo fiduciário dela. Até o *Claire Vidente*, seu majestoso veleiro que naufragara no verão anterior, tinha vindo de dinheiro de origem ilícita. Mas não eram apenas as *coisas* que eram uma ilusão, era a mentira de que eles sempre foram uma família feliz.

Talvez pior do que a fraude financeira foi a decepção pessoal que veio à tona na sequência da condenação do seu pai. A amante de Garth Montgomery foi descoberta. Uma mulher de quarenta anos com quem o pai vinha mantendo um relacionamento por mais de uma década, com todo seu estilo de vida financiado por Garth Montgomery e o dinheiro que ele havia roubado. O caso remontava à adolescência de Avery e, de repente, as noites em que o pai trabalhava até tarde e as frequentes viagens de negócio fizeram sentido. Mesmo a ideia de que Avery e o irmão tinham sido enviados para Wisconsin todos os verões parecia maculada pelo logro. A revelação da vida dupla do pai tinha ferido mais profundamente do que saber que toda a sua vida havia sido uma fantasia. A descoberta devastou sua mãe: uma desconstrução completa da vida que ela acreditava ter construído com o homem que amava. Um ataque cardíaco matou Annette Montgomery quando ela tinha apenas sessenta e dois anos, somente oito meses depois que os agentes do FBI tiraram seu marido da cama nas primeiras horas do amanhecer. Apesar da autópsia revelar uma doença arterial coronariana crônica e indetectável, Avery não conseguia superar a ideia de que a traição do pai tinha sido a verdadeira causa da morte. Era aquele pensamento purulento que continuava a fomentar a aversão que ela sentia por ele. Embora a morte da mãe tivesse sido outra tragédia a suportar, havia alguma sensação de paz em saber que a mãe não teria que suportar o estigma de ser a mulher de um dos homens mais odiados dos Estados Unidos.

Com o tempo, a angústia e a raiva deram lugar à clareza. A vida que Claire Montgomery havia levado durante vinte e oito anos tinha acabado. A sobrevivência só viria a partir da sua reinvenção. Foi o que ela fez, e Avery Mason nasceu.

11

Sister Bay, Wisconsin
Sábado, 19 de junho de 2021

AVERY PASSOU A NOITE NA CASA DE CONNIE CLARKSON bebendo vinho e pondo a conversa em dia. No início do dia, ela percorreu a propriedade, visitou a cabana onde costumava se hospedar em todos os verões, caminhou pelo cais e falou com os alunos que estavam passando o verão ali. À noite, ela e Connie compartilharam histórias e os acontecimentos mais importantes da vida desde que tinham se visto pela última vez, no ano anterior. Avery perguntou sobre a escola. Não havia vagas e a lista de espera era longa. A escola sobreviveria. Connie conseguiria fazer isso. As coisas não eram as mesmas como antes, mas Connie estava se virando. Se ela guardava rancor sobre o que tinha acontecido, nunca havia demonstrado.

Claro que foi o vínculo de Connie com as crianças Montgomery e os muitos verões que passaram em Sister Bay que permitiram que Garth Montgomery a abordasse com uma oportunidade de investimento. Inicialmente, Connie hesitou em se tornar tão intimamente ligada aos negócios ao pai de dois dos seus alunos, mas ela acabou cedendo ao mago financeiro de fala mansa. Havia muitos benefícios em investir em uma empresa tão célebre para Connie recusar. Garth Montgomery prometeu trabalhar incansavelmente para ela e obter os rendimentos que eram tão comuns na Montgomery Investment Services. A firma tinha regras rígidas acerca de investimentos mínimos, mas o sr. Montgomery estava disposto a abrir mão das regras para uma amiga tão próxima da família. Connie tinha economizado dois milhões de dólares ao longo de sua vida e entregou cada centavo ao pai de Avery. Ele prometeu dobrar o valor em cinco anos.

Os agentes do FBI bateram à porta da Montgomery Investment Services um ano depois. Mandados de busca se seguiram, assim como o congelamento de contas e a apreensão de bens. Quando a poeira baixou, juntamente com todos os outros clientes de Garth Montgomery, Connie Clarkson descobriu que seu dinheiro tinha sumido. Uma contabilidade detalhada revelou que parte do dinheiro havia sido paga a investidores de longo prazo a quem eram devidos rendimentos exagerados que o fundo não podia cobrir legitimamente. Com certeza, outra parte do dinheiro foi dissipada no estilo de vida luxuoso de um bilionário que tinha roubado o caminho de Connie para o sonho americano. Garth Montgomery havia prometido a ela e a tinha deixado sem nada.

A conversa delas acabou se afastando de Garth Montgomery e se fixou na morte da mãe de Avery. Connie era a mãe substituta de Avery e, então, era natural que ela abrisse seu coração para aquela mulher. E assim, como sempre, a conversa migrou para o irmão de Avery. Afinal de contas, Christopher tinha sido o aluno mais querido de Connie ao longo dos anos.

Foi só mais tarde naquela noite, depois que Avery foi acomodada no quarto de hóspedes de Connie, que seus pensamentos voltaram ao seu pai. Apesar do argumento da promotoria de que Garth Montgomery era a própria definição de risco de fuga, ele tinha desaparecido após o pagamento da fiança. Os agentes do FBI suspeitaram que ele não tinha ido longe, tendo entregado seu passaporte e com todos os seus bens congelados. México, provavelmente, mas a América do Sul não poderia ser excluída. Embora alertas tivessem sido notificados até na Europa e na Austrália. A única coisa que as autoridades sabiam com certeza era que Garth Montgomery tinha ido longe o suficiente para permanecer escondido nos últimos três anos e meio.

Os agentes do FBI tinham falado com Avery diversas vezes ao longo daqueles anos e a interrogaram a respeito do paradeiro do pai. Ela sempre respondia a mesma coisa: ela não fazia ideia de onde seu pai estava escondido, não tinha interesse em encontrá-lo e se sentia feliz por ele ter ido embora. Sempre tinha sido a verdade. Então, o cartão-postal chegou e mudou tudo.

Na manhã de domingo, Avery e Connie embarcaram no Moorings 35.2 que estava atracado no cais de Connie. Avery sabia que o barco, construído pela Beneteau, era robusto, bem projetado e fabricado com maestria. Isso não a impediu de inspecionar meticulosamente todos os detalhes. Por volta das sete da manhã, elas zarparam com Connie no timão. Mesmo depois de perder suas economias, a paixão de Connie Clarkson nunca desapareceu. A mulher vivia para velejar. Avery tinha um Catalina de trinta e cinco pés atracado em Santa Monica e velejava quase todos os fins de semana. Apesar disso, ela seguia as instruções de sua antiga mentora como se não velejasse há anos. Elas chegaram a Washington Island antes de voltar. A vela balão se agitou furiosamente quando elas viraram de bordo e depois se encheu novamente quando orçaram em sua nova direção. Quando o barco adernou em quinze graus, elas relaxaram e desfrutaram do passeio. Nos últimos anos, Avery tinha visto a dor e a decepção afetarem Connie de maneira inconfundível. Porém, naquele dia, enquanto ela estava junto ao timão daquele veleiro em particular, Avery viu o brilho que ela lembrava de sua adolescência retornar aos olhos de Connie.

À tarde, Avery estava de volta ao volante do seu Range Rover e na estrada novamente, com os olhos avermelhados por causa da despedida. Cinco horas depois, ela enfrentou o trânsito da Dan Ryan Expressway enquanto passava por Chicago. Já estava escuro quando ela conseguiu atravessar Indiana, entrou em Ohio e começou a procurar um hotel. A primeira parada de sua jornada ficou para trás: a peregrinação anual à casa de Connie Clarkson. Avery ainda tinha outro dia inteiro de viagem antes de chegar a Nova York. Ali, ela iria correr atrás da história da vítima do Onze de Setembro identificada vinte anos depois da queda das Torres Gêmeas. No entanto, na realidade, ela iria correr atrás de outra coisa.

Enquanto dirigia, o cartão-postal estava no assento do passageiro. Exibia uma imagem de uma cabana de madeira cercada por folhas de outono. No verso, havia uma caligrafia que Avery reconheceu no instante em que tirou o cartão-postal da sua caixa de correio. Ela o havia rasgado ao perceber de quem era. Mais tarde, porém, a atração indomável do amor incondicional se apossou dela, e o vínculo natural que amarra as filhas aos pais emergiu e a forçou a colar os pedaços e ler as palavras do seu pai. Não demorou muito para ela começar a entender que o pai não tinha enviado o cartão porque sentia sua falta. Ele não tinha enviado para reconhecer a morte de sua mulher. Ele o enviou porque precisava de ajuda.

Entrar em contato com o pai seria perigoso. Oferecer ajuda de qualquer tipo seria completamente estúpido. Ela não tinha nada a ganhar com aquilo e sim tudo a perder. Mesmo assim, ela não conseguia parar de olhar para os números que o pai havia escrito na parte inferior do cartão.

777

Ela sabia o que queriam dizer e tinha feito um grande esforço para ignorá-los. Os agentes do FBI que fizeram perguntas a Avery sobre o paradeiro de seu pai tinham se enganado. Ele não estava no México nem na América do Sul. Ele não tinha ido tão longe quanto a Europa ou a Austrália. Ele estava bem ali nos Estados Unidos, e Avery sabia exatamente onde.

12

Manhattan, Nova York
Terça-feira, 22 de junho de 2021

EXAUSTA DEPOIS DE UMA SEMANA DE VIAGEM E EXAURIDA pelo transtorno emocional de ver Connie Clarkson, Avery tinha tirado o dia para descontrair. Porém, naquele momento, sentindo-se rejuvenescida, ela precisava da perturbação do seu trabalho para clarear a mente. Ela veio a Nova York para coletar informações. Veio atrás de uma história. O encontro naquela noite era para testar a força daquela história. Avery acreditava que a identificação de uma vítima do Onze de Setembro vinte anos depois da queda das torres era algo fascinante. Se os detalhes acabassem sendo tão interessantes quanto pareciam, Avery apresentaria a ideia para seus produtores e faria a emissora dar a aprovação formal para a gravação de entrevistas para a produção no outono a fim de coincidir com o vigésimo aniversário do Onze de Setembro.

Ao anoitecer, Avery tomou um longo banho quente, se recompôs, pegou o elevador até o saguão e chamou um táxi para Kips Bay. O táxi se arrastou pelo trânsito de Manhattan até o motorista parar junto ao meio-fio do lado de fora do Cask Bar. Avery passou o cartão de crédito para pagar a corrida, atravessou a calçada e entrou no bar. Ali dentro, ela se sentou junto ao longo balcão de mogno e pediu uma vodca Tito's e uma garrafa de água com gás. Avery consultou seu relógio. Eram sete e meia e ela ficou de olho na porta. Quando estava no meio do seu drinque, ela avistou uma mulher alta passar pela porta e a reconheceu de imediato.

A dra. Lívia Cutty tinha concluído sua residência e sua bolsa de estudos na Carolina do Norte antes de começar a trabalhar no Instituto Médico Legal de Nova York. Seu tempo na Carolina do Norte fora marcado por seu envolvimento em um caso perturbador de mulheres desaparecidas de estados vizinhos e pelas provas que tinha descoberto que ajudaram a resolver o caso. Após sua vinda para Nova York, ela colaborou com um dos programas de crimes reais de maior audiência da história da televisão, quando seu conhecimento em patologia forense ajudou a resolver com sucesso o caso de um estudante de medicina americano que havia sido morto no Caribe. Sua exposição em ambos os casos atraiu a atenção mundial. Tanto os advogados de defesa quanto os promotores buscaram o conhecimento de Lívia Cutty como patologista forense de alto nível. Ela era consultora médica da NBC e da HAP News, e Avery tinha trabalhado com ela em várias ocasiões nos últimos anos, quando seus programas especiais de crimes reais exigiam o conhecimento de uma patologista de renome. Avery tinha entrado em contato para discutir a recente descoberta que sua equipe fizera: a primeira identificação bem-sucedida de uma vítima do Onze de Setembro em anos.

— Lívia, muito obrigada por isso — Avery disse ao alcançar o balcão.

— Você está brincando comigo? Quando Avery Mason liga, fico muito interessada. O que você está fazendo em Nova York?

— Estou nas férias de verão, mas quando essa notícia surgiu, sabia que precisava falar com você para conseguir os detalhes.

— Fico feliz em ajudar como puder.

Elas se sentaram em banquetas adjacentes e Lívia pediu um vinho branco.

— Estou fascinada com a descoberta que vocês fizeram recentemente — Avery disse. — Adoraria obter alguns detalhes sobre isso. Espero apresentar o processo e a descoberta em meu programa no outono. O momento é estranho.

— Sim, é — Lívia concordou. — Vinte anos depois e ainda estamos identificando vítimas do World Trade Center. É estarrecedor.

— Estou curiosa para saber como isso é possível. Fale-me sobre isso.

— Bem, obviamente eu não era médica-legista em Nova York no Onze de Setembro. Mas ouvi histórias de pessoas que estavam na linha de frente. Algumas delas ainda fazem parte do instituto hoje em dia. Foi terrível, como você pode imaginar. Quando as torres caíram, a perda de vidas não foi apenas trágica, mas também destrutiva. Pavorosa, até. Havia muito poucos corpos totalmente intactos recuperados dos escombros. Principalmente o que foi encontrado foram partes de corpos. Isso tornou a identificação das vítimas um desafio monumental. Muitas partes de corpos recuperadas estavam lesionadas demais para ser juntadas; então, cada uma teve que ser identificada. Como muitos corpos estavam bastante queimados, os métodos usuais de identificação — encontrar uma tatuagem, uma marca de nascença ou outras características distintivas — eram inviáveis. Em vez disso, tivemos que depender do DNA. Em certos casos, os registros odontológicos ajudaram. Mas depender da identificação odontológica e da análise do DNA tinha suas limitações. Esses métodos dependem de as famílias entregarem registros odontológicos e amostras de DNA de seus entes queridos para o Instituto Médico Legal. Enquanto estamos sentadas aqui esta noite, há mais de vinte mil restos mortais, principalmente fragmentos ósseos, que ainda não foram identificados. Extraímos DNA de uma parte desses restos mortais, mas não temos nada para procurar correspondências.

— Porque as famílias nunca forneceram uma amostra de DNA de referência?

— Exato.

— E os resíduos dos vinte mil restos mortais?

— Até recentemente, não tínhamos como extrair DNA deles — Lívia respondeu. — E lembre-se, estamos falando de milhares de fragmentos ósseos. A matemática é simples. Pouco menos de três mil pessoas morreram quando as torres desabaram. Temos mais de vinte mil amostras para identificação. Muitas dessas amostras pertencem à mesma vítima. Ocasionalmente, extraímos DNA do osso e constatamos que os restos mortais pertencem a uma vítima já identificada. Nós o retiramos da lista e seguimos em frente. Mas muitos dos fragmentos ósseos ficaram tão queimados que quase todo o DNA foi destruído.

— Até que você desenvolveu essa nova tecnologia.

— Exato. E eu gostaria de levar o crédito por desenvolvê-la, mas não posso. Estou envolvida apenas marginalmente no processo de identificação. Isso é realizado pelo dr. Arthur Trudeau que, junto com sua equipe de cientistas e técnicos, trabalha incansavelmente todos os dias no projeto do Onze de Setembro.

— Fale-me sobre o processo. De novo, espero voltar no final do verão e entrevistá-la formalmente para as câmeras. E o dr. Trudeau também.

Lívia assentiu.

— Sem dúvida, isso pode ser arranjado. Eu também acho isso fascinante. Veja como funciona. Geralmente, extrair DNA do osso é algo fácil. Uma raspagem é realizada na superfície do osso para obtenção de células ósseas. Então, o DNA é extraído dessas células usando EDTA e proteinase K, que são enzimas que rompem a parede celular e permitem que o DNA se espalhe. Se você quiser se aprofundar na química de como funciona, será um prazer ajudá-la.

Avery fez um gesto negativo com a cabeça.

— Não, obrigada. Vamos achar um jeito mais fácil de explicar o processo quando chegarmos a esse ponto. Por enquanto, vou acreditar na sua palavra. É um processo simples, se você assim o diz.

Lívia sorriu.

— É o método clássico ou o padrão-ouro. É realizado todos os dias nos laboratórios forenses em todo o país. Mas a maior parte dos ossos coletados no Marco Zero estava muito queimada para extrair DNA da superfície. Lembre-se, o combustível do jato queimou a mais de mil graus por mais de cem horas. Provavelmente, alguns dos corpos foram completamente incinerados até as cinzas. Mas os restos mortais que *foram* encontrados foram levados ao Instituto Médico Legal para identificação. Os restos mortais que não puderam ser identificados imediatamente foram armazenados e preservados para análise posterior. Essa análise está em andamento há anos e ainda está acontecendo hoje, vinte anos depois. Essa última identificação veio de um novo processo de pulverizar o osso quase até a cinza e, em seguida, retirar o resíduo do elemento mais interno do osso, a área que estava mais distante das chamas, e extrair DNA das células que encontramos lá. Esse processo provou ser bastante eficaz. Estamos otimistas de que muitas outras identificações virão.

— Fascinante — Avery disse. — E a família da vítima que foi identificada? Como a descoberta é apresentada a ela?

— Há um protocolo vigente para cada família nos fornecer amostras de DNA. Primeiro, um telefonema é dado e, depois, uma visita presencial é agendada.

— Você faz as visitas?

— Não. Isso fica a cargo do dr. Trudeau.

— A identificação mais recente era de uma mulher chamada Victoria Ford — Avery afirmou. — Você pode me dizer algo a respeito dela ou de sua família?

— Só sei o que o dr. Trudeau me disse. Os pais da vítima não estão mais vivos. Ela era casada, mas não tinha filhos. Seu marido se casou novamente. Então, sua irmã era a parente mais próxima. O dr. Trudeau se encontrou com ela.

— Você tem o nome da irmã da vítima?

Lívia fez que sim com a cabeça.

— Seu nome foi divulgado. Então, posso dar para você. Emma Kind. Ela mora aqui em Nova York. No interior, acho. Perto das montanhas Catskill.

— O.k. — Avery respondeu. — Então, você estaria disposta a receber minha equipe de produção em seu laboratório forense no final do verão?

— Teria imenso prazer em mostrar para você o maior laboratório forense do mundo, assim como o laboratório de processamento ósseo onde essa recente identificação foi feita.

— Ótimo. Vou marcar algumas datas e entrar em contato.

— Bom ver você, Avery.

— Você também, Lívia. Obrigada novamente.

— Aliás, vi sua matéria da minivan. Foi incrível.

— Obrigada. Foi um pouco exagerada, mas os índices de audiência controlam o meu mundo. Porém, essa história, a vítima do Onze de Setembro sendo identificada, acho que tem o poder de atrair uma mega-audiência, mas de uma maneira mais pessoal. Estamos todos ligados de maneiras diferentes ao Onze de Setembro. Todos nós nos lembramos de onde estávamos quando vimos a cena se desenrolar na televisão. Eu quero contar essa história da maneira certa.

— Eu sei que você vai conseguir. E agora?

Retraindo-se, Avery encolheu os ombros.

— Vou para Catskills para encontrar Emma Kind e ver se ela está disposta a falar sobre a irmã.

Avery passou o dia seguinte dando telefonemas, utilizando todos os contatos que tinha para localizar pessoas que conheciam Victoria Ford. Ela não fazia ideia de que sua presença em Nova York, ou seu interesse em Victoria Ford, chamaria tanta atenção.

13

Negril, Jamaica
Quarta-feira, 23 de junho de 2021

O RICK'S CAFÉ ERA UM ESTABELECIMENTO CONHECIDO situado em um penhasco de West End, na Jamaica. Naquela tarde, como em todos os outros dias do ano, estava ocupado por uma multidão de turistas em trajes de banho bebendo coquetéis de frutas e olhando para o mar do Caribe. Ao ar livre, a área de estar em diversos níveis se localizava na beira do penhasco, onde os clientes se sentavam a cerca de doze metros acima da água azul-turquesa, separados da queda íngreme do penhasco por um muro de pedra na altura da cintura. Degraus entalhados nas rochas davam acesso aos níveis mais baixos, onde guarda-sóis circulares ponti-lhavam os terraços e proporcionavam sombra para os turistas bronzeados que almoçavam no café. Uma enseada esculpia o seu caminho nas rochas e propiciava acesso aos catamarãs que velejavam até o destino da moda e permitia que seus ocupantes desembarcassem do barco; o que geralmente era feito por meio de um deslocamento embriagado pelo escorregador na popa que jogava os turistas no mar. Escadas cobriam as encostas do penhasco e levavam os clientes sedentos ao bar ao ar livre do café.

Walt Jenkins estava sentado no canto do bar, à sombra da folhagem de uma palmeira, olhando para o mar. Uma garrafa de rum Hampden Estate repousava no balcão à sua frente, com o gelo que derretia lenta-mente suavizando o elevado teor alcoólico da bebida. Ainda se recupe-rando de sua viagem a Nova York, onde ele ficou cara a cara com a mulher que amava, Walt não tinha sido tímido nos últimos dias a respeito de sua admiração pelo rum jamaicano. Ele não fumava maconha, como muitos dos seus amigos daquela ilha, e nunca tinha engolido um comprimido mais forte do que um analgésico. O rum era sua panaceia para qualquer coisa que a vida jogasse nele. Ele bebia na alegria e na tristeza, e aquilo o afetava de maneira diferente em cada circunstância. Daquela vez, porém, apesar de seus melhores esforços, o rum não estava proporcionando seu bálsamo reconfortante de costume.

Meghan Cobb não saía de sua mente. Apesar do fato de que ele ainda a amava, Walt sabia que não poderia ficar perto dela pelo simples fato de que alguma parte dele também a odiava. Ele tomou um gole de Hampden Estate, olhou para o mar e amaldiçoou o universo como sempre fazia nos dias seguintes ao seu regresso de Nova York. Então, ele deixou que sua mente voltasse para o dia em que a conheceu.

* * *

Na casa dos quarenta anos, divorciado duas vezes e sem filhos, Walt Jenkins tinha parado de acreditar que a vida perfeita apareceria de repente diante dele. Ele estava havia mais de uma década em sua carreira no FBI, satisfeito com sua situação no mundo, e se aproximando do meio de sua vida e carregando os arrependimentos normais de um homem que nunca teve filhos e naquele momento se encontrava sozinho na maioria das vezes. Esses eram seus pensamentos enquanto dirigia o carro pelas montanhas Adirondack. Ele tinha decidido tirar alguns dias de folga no longo fim de semana do feriado de Quatro de Julho, o dia da Independência dos Estados Unidos, em uma cabana alugada nas montanhas e estava curtindo alguns dias de isolamento tranquilo. Walt estava indo para a cidade para comprar carne e repor sua cerveja quando viu o SUV parado no acostamento. Uma inclinação evidente para o lado do passageiro sugeria um pneu furado. Embora ele já fosse agente do FBI por muito mais tempo do que tinha sido policial, sua psique interior carregaria para sempre um senso de obrigação quando via um veículo avariado.

O SUV estava no acostamento, mas estava perigosamente parado logo depois de uma curva na estrada, onde motoristas imprudentes poderiam não vê-lo. Walt encostou e manteve uma boa distância entre os dois carros, para que o seu ficasse visível para o tráfego de passagem. Ele ligou o pisca-alerta, desembarcou do carro e caminhou em direção ao SUV, sem deixar de dar uma distância razoável. A última coisa que ele queria era assustar a mulher ao volante, que estava em dificuldade e sozinha em uma estrada remota de montanha.

Walt acenou de vários metros de distância. A janela desceu e ele viu uma mulher atraente sorrir nervosamente.

– Pneu furado? – Walt perguntou.

A mulher assentiu.

– Estou tentando entrar em contato com a assistência do seguro.

– Vou levar quinze minutos para trocar o pneu. Vinte no máximo.

– Obrigada – a mulher disse, ainda com o celular no ouvido. – Já estou na fila.

Walt sentiu o medo dela.

– Anos atrás, eu era policial. Ou seja, já troquei muitos pneus na minha vida. Se você preferir esperar pela assistência do seguro, não me importo de voltar para o meu carro e esperar lá para ter certeza da chegada do socorro. Mas aqui nas montanhas, e em um fim de semana prolongado, você provavelmente terá que esperar uma hora ou duas até que mandem alguém.

Walt tirou a carteira do bolso e mostrou sua identificação para a mulher.

— FBI?

Ele sorriu.

— Sou agente em Nova York. Walt Jenkins — ele respondeu, estendendo a mão.

A mulher o cumprimentou através da janela aberta.

— Meghan Cobb — ela se apresentou e sorriu nervosamente. — Quinze minutos.

— Talvez vinte, mas não será um problema.

Poucos minutos depois, o macaco inclinou o suv em um ângulo oblíquo. Walt estava ajoelhado trocando o pneu. Eles conversaram o tempo todo e, ainda, mais trinta minutos depois que o pneu sobressalente estava no lugar. Uma escapada destinada a ser passada sozinha foi, em vez disso, passada com Meghan Cobb. Ela estava se livrando de um relacionamento desagradável. Ele estava divorciado havia três meses. Nem sonhando o relacionamento deles deveria ter sido uma recuperação para ambos. Ao contrário, durante o ano seguinte, eles se apaixonaram. E então, em uma noite quente de verão, pouco depois do seu aniversário de quarenta e cinco anos, Walt foi baleado quando ele e seu parceiro estavam em uma operação de vigilância de rotina. As balas que o atingiram tinham percorrido caminhos fortuitos por seu corpo. A primeira entrou pelo esterno, saiu pela escápula e perfurou o coração no meio, milagrosamente poupando a aorta. A segunda passou pelo pescoço e milagrosamente poupou a medula espinhal. No entanto, nenhum milagre fora concedido ao seu parceiro, que estava sentado ao lado de Walt no carro sem identificação. As balas que devastaram o corpo de Jason Snyder tinham atingido órgãos e vasos importantes. Ele estava morto antes da chegada da ambulância.

Depois disso, Walt descobriu o que era a verdadeira solidão.

* * *

Na sequência da morte do seu parceiro, uma tempestade perfeita se formou, do tipo que Walt nunca tinha experimentado antes, e Meghan Cobb estava no meio dela. Para remediar a situação, Walt concordou em se aposentar mais cedo, garantiu sua aposentadoria e foi para o Caribe, limitando seu contato com Meghan a uma vez por ano; uma noite em junho, quando ele voltava para Nova York para participar da reunião anual dos sobreviventes. Nos dias que antecediam o evento, ele lutava contra uma combinação de excitação e medo. Nos dias seguintes, Walt sofria do remorso do comprador em relação ao que ele tinha ganhado com a viagem e sempre desejava uma segunda oportunidade. Walt gostaria de ter tido a coragem de confrontar Meghan a respeito das mentiras dela. Ele gostaria de ter encontrado forças para expressar sua raiva a respeito de ter sido colocado em uma posição tão precária.

O arrependimento passava. Sempre. Então, apenas uma emoção dominante perdurava. No fundo de cada copo de rum, ele encontrava a culpa. Era uma espiral perigosa, e Walt Jenkins não fazia a mínima ideia de como sair dela.

14

Negril, Jamaica
Quarta-feira, 23 de junho de 2021

ELE TOMOU OUTRO GOLE DE HAMPDEN ESTATE E SABOREOU a queimação doce no fundo da garganta. Um grande catamarã deslizou para o interior da enseada. Turistas bêbados mergulharam nas águas azuis e nadaram em direção ao Rick's Café. Como formigas emergindo de uma encosta, os viajantes de ombros vermelhos e rostos pálidos subiram as escadas e se materializaram nas rochas abaixo para infestar o bar. Alguns cambaleavam depois de terem entornado muito ponche de rum no veleiro aproveitando o pacote turístico com tudo incluído. A horda gritava ordens

para o barman enquanto Peter Tosh e Bob Marley ressoavam nos alto-
-falantes suspensos.

— Um Rum Runner.

— Uma Red Stripe.

— Um Jamaican Breeze.

Walt pegou o copo no balcão, levantou-se da banqueta, abriu caminho no meio do público e se dirigiu até o terraço ao lado do penhasco.
Uma mesa para dois estava livre e ele se sentou. Ele queria algum tempo
para curtir o sol e a vista, beber seu rum e deixar que ele fizesse sua mágica,
mas a chegada de um catamarã era geralmente o seu sinal para voltar para
casa. À sua esquerda, um mergulhador de penhasco local subiu até o alto
de uma bétula cujos galhos se estendiam ao longo da borda do penhasco.
Uma plataforma tinha sido construída ao estilo de uma casa da árvore nos
galhos e permitia que o escalador ficasse a cerca de trinta metros acima da
enseada. Todos pararam de beber e esticaram o pescoço para observar seu
progresso, com as câmeras e os celulares apontados para ele. O reggae
silenciou quando o homem se sentou com as pernas abertas na plataforma
de madeira e balançando na brisa vespertina, provocando o público e o
fazendo esperar pelo seu mergulho iminente.

Com todos preocupados e olhando para o penhasco, um homem sentou-se em frente a Walt. Quando Walt o notou, os dois sorriram.

— Que entrada! — Walt exclamou. — Muito Jack Ryan da sua parte.

— Sentar-se junto a um velho amigo é considerado uma forma de
espionagem? — o homem perguntou.

— É, sim, quando você se aproxima de mansinho de mim no meio do
nada — Walt respondeu e riu. — Maldito James Oliver. O que diabos você
está fazendo na Jamaica?

— Estou procurando por você há algum tempo e um passarinho me
contou onde você estava se escondendo.

Até aquele momento, naquela tarde, Walt mal tinha bebido duas doses
de rum. Sua mente estava clara, ainda não turvada como estivera nos últimos dias desde que chegara de Nova York. Ele estava pensando com luci-
dez, e a visão do seu antigo chefe do FBI fez com que os neurônios de sua
mente se excitassem como era o costume quando ele estava ativo no Bureau.
Veterano de dezoito anos de serviço, a reação e a análise de todas as

circunstâncias por parte de Walt foram moldadas pelo ensino e experiência de Oliver. Após três anos afastado do Bureau, esses velhos sentidos tinham se embotado um pouco. No entanto, a visão de seu antigo supervisor trouxe o aprendizado e os instintos de volta para ele. Nos últimos anos, Walt tinha tido o cuidado de não contar para as pessoas onde estava morando. Apenas seus pais e irmãos sabiam que ele havia alugado uma casa na Jamaica e não tinha planos de retornar aos Estados Unidos. E nem mesmo sua família sabia que o visto original de Walt havia sido transformado em dupla cidadania. Ele tinha sido especialmente cuidadoso em evitar de contar a qualquer um de seus velhos companheiros do FBI onde estava escondido. Havia muitos motivos para sua natureza reclusa, mas principalmente porque, depois do tiroteio e do escândalo que estourou na sequência, Walt tinha se tornado indesejável no Federal Bureau of Investigation. Ele tinha esperado que o tempo resolvesse aquele problema, mas três anos não ajudaram a restaurar sua reputação aos olhos de seus ex-colegas.

Enquanto Walt encarava seu antigo chefe do Bureau, duas coisas lhe ocorreram. Em primeiro lugar, Scott Sherwood — seu antigo chefe de delegacia de quando Walt era um jovem detetive no estado de Nova York, e a quem Walt tinha *acidentalmente* encontrado na reunião dos sobreviventes — foi quem dedurou sua localização. De repente, ficou óbvio o motivo pelo qual Scott tinha insistido tanto em trocar informações de contato. Em segundo lugar, se James Oliver se deu ao trabalho de plantar Scott Sherwood na reunião dos sobreviventes para descobrir o paradeiro de Walt, ele com toda certeza queria algo. E se o Bureau queria algo dele três anos depois de forçar sua aposentadoria, não era nada bom.

— Deixe-me adivinhar — Walt afirmou. — Esse passarinho era um idiota chamado Scott Sherwood.

— Você sempre foi o agente mais esperto que eu já tive. Vejo que nada mudou.

— Muita coisa mudou, Jim.

Jim Oliver percorreu com os olhos o Rick's Café.

— Com certeza — ele disse e apontou para o copo de rum de Walt. — Mas algumas coisas continuaram iguais.

— Velhos hábitos custam a desaparecer. Posso pedir uma dose para você?

Jim deu de ombros.

— Dancemos conforme a música.

Walt acenou para a garçonete.

— Mais duas doses, por favor. Hampden Estate com gelo.

— Tudo bem — a garçonete respondeu com um sotaque jamaicano agradável.

Enquanto ela caminhava em direção ao bar, Walt voltou a olhar para Oliver.

— Essa porcaria é cara. Suponho que o Bureau está pagando a conta.

— Por que você suporia isso?

— Porque se você está sentado na minha frente, em um bar ao lado de um penhasco, em Negril, na Jamaica, o Bureau quer algo. E se essa é uma reunião oficial, a agência pode pagar a conta.

Jim deu de ombros.

— Por que não. É o mínimo que podemos fazer.

Um suspiro veio do público quando o mergulhador de penhasco ficou de pé sobre a plataforma empoleirada no alto da bétula. Com as pernas bem juntas, ele estufou o peito e estendeu os braços para os lados, em estilo crucifixo. Em seguida, ajoelhou-se e saltou. Seu corpo girou em um lento salto de costas voando em direção à água. Ele levou dois segundos completos para realizar o salto de trinta metros antes de pousar com os pés primeiro e desaparecer na água cor de cobalto, mal gerando um respingo no processo. O público irrompeu em gritos e aplausos.

— Devo admitir que a aposentadoria parece boa no momento — Oliver disse, tirando o olhar da ação e olhando para Walt.

— Aposentadoria *forçada*. Lembra? Você fez com que eu a pedisse. Mas acabei gostando. E, Jim, estou muito feliz aqui sozinho.

— Qual é, Walt? Um cara de quarenta e tantos anos, no auge da vida, bebendo sozinho em um bar da Jamaica? Você não está feliz. Você é um maldito clichê.

— O que quer que você pense a meu respeito, saiba apenas o seguinte: não estou interessado.

— Isso é jeito de tratar seu antigo chefe? Vim até aqui para ver meu amigo e bater um papo.

— Isso é exatamente o que está me preocupando.

A garçonete serviu as bebidas e Oliver ergueu o copo.

— Aos velhos amigos?

Walt hesitou por um momento e, então, balançou a cabeça e deixou escapar uma golfada de ansiedade reprimida.

— Porra, Jim. É bom te ver.

— Você também, amigo.

Eles tocaram os copos e cada um tomou um gole de rum.

— Agora pare de enrolar e me diga o que você quer.

Oliver assumiu uma expressão impassível.

— Tem a ver com um caso que você investigou. Precisamos de ajuda.

— Eu não investigava casos para o FBI. Eu coletava informações.

— É um caso de antes de você ingressar no Bureau.

— *Antes* de eu ingressar no Bureau? Estamos retrocedendo muito, meu amigo.

Oliver concordou com um gesto de cabeça.

— Vinte anos.

Curioso, Walt semicerrou os olhos.

— Que caso?

— Cameron Young.

— Nossa! Isso é mesmo um fantasma do passado.

— Então você se lembra do caso?

— Claro que me lembro. Foi meu primeiro homicídio. Um romancista rico encontrado pendurado nu em sua varanda em Catskills. A imagem ainda está gravada na minha memória.

Além da cena do crime, Walt também se recordava de outras coisas sobre o caso. Ele tinha começado sua carreira em segurança pública como policial no Departamento de Investigação Criminal do estado de Nova York antes de chegar à equipe de detetives na madura idade de vinte e oito anos. O assassinato de Cameron Young foi seu primeiro caso solo. Como a vítima era um escritor famoso, a primeira investigação de Walt tinha sido conduzida sob o escrutínio atento da mídia. Todas as descobertas se tornaram públicas e sua margem de erro era estreita. Desde o início, ele sabia que não poderia cometer erros. E Walt não cometeu. Ele realizou uma investigação meticulosa e coletou suas provas de acordo com as regras e sem queimar etapas. Os atalhos vieram de quem estava acima dele.

82

Mas não era trabalho de Walt produzir o processo para a acusação. Sua função era apenas coletar as provas e entregá-las para a promotoria. E ele tinha feito isso. Todas as suas provas foram reunidas de modo adequado, a promotora tinha convocado um grande júri e o indiciamento de Victoria Ford era iminente. Então, veio o Onze de Setembro e o caso malogrou e desapareceu. Posteriormente, Walt ouviu rumores sobre a promotora pública e a manipulação das provas. Ao procurar pelos detalhes, ele encontrou apenas resistência e becos sem saída. Um ano depois, o FBI o recrutou para preencher um dos muitos buracos em contraterrorismo. Walt se esqueceu do caso Cameron Young, desistiu do trabalho de detetive e começou a perseguir terroristas.

— Geralmente sou muito bom em reconhecer jogadas — Walt disse. — Mas não sou capaz de descobrir o motivo pelo qual o FBI estaria interessado em um homicídio de vinte anos atrás.

— Algo surgiu e precisamos de sua ajuda. Seu envolvimento no caso Cameron Young pode propiciar uma fachada perfeita.

— Fachada para o quê?

— Você já ouviu falar de uma mulher chamada Avery Mason?

Intrigado, Walt juntou as sobrancelhas.

— A apresentadora de *American Events*? Claro. É o único programa de tevê que assisto aqui. Vejo por *streaming* no meu *tablet*.

— Seu nome de batismo é Claire Avery Montgomery. Ela mudou para Avery Mason quando foi morar em Los Angeles.

Num gesto de desdém, Walt deu de ombros.

— Muitos tipos de Hollywood não mudam de nome?

— Talvez. Mas a mudança de nome de Avery Mason não tem nada a ver com Hollywood e tem tudo a ver com origem. Você sabe quem é Garth Montgomery?

— O trapaceiro do esquema de pirâmide?

— Ele mesmo.

— Ele não roubou algo como dez bilhões de dólares dos investidores?

— Chute cinquenta. Ele convenceu megaempresas a investir em seu fundo de hedge com base em seus rendimentos. Mas os livros contábeis foram maquiados. Os agentes do FBI perceberam e resolveram agir. Para escapar da prisão, Garth Montgomery se ofereceu para testemunhar contra seus parceiros. Em seguida, ele sumiu. Ninguém mais o viu desde então.

— O que isso tem a ver com a apresentadora de *American Events*?

— Ela é filha de Garth Montgomery e fez um trabalho magnífico de se esconder à vista de todos. Ninguém dos milhões de telespectadores que assistem ao seu programa conhece a sua verdadeira identidade. Mas nós conhecemos e já a estamos vigiando há algum tempo. Acreditamos que ela sabe onde o pai está escondido e achamos que o tem ajudado.

Walt assentiu lentamente.

— Ainda não estou fazendo a ligação com o caso Cameron Young.

— Houve um fato novo no caso. Você se lembra do nome da mulher que matou?

— Victoria Ford — Walt respondeu. — Qual é o fato novo?

— Há cerca de um mês, o IML de Nova York fez uma identificação positiva em restos mortais encontrados no Marco Zero. Pertenciam a Victoria Ford, e é aí que você entra, meu amigo.

Walt se inclinou para mais perto de seu antigo chefe.

— Estou ouvindo.

— Avery Mason está xeretando em Nova York, esperando montar uma história sobre uma vítima do Onze de Setembro identificada vinte anos depois da queda das torres. Não vai demorar muito até que ela obtenha informações sobre a história de Victoria Ford e o crime pelo qual ela foi acusada. Se você já viu o programa de tevê dela, sabe que ela não vai parar na história de Victoria Ford. Ela vai querer saber tudo sobre o assassinato de Cameron Young. Não é um exagero suspeitar que a senhora Mason ficará muito interessada nessa velha investigação. É o forte dela. E a história de Cameron Young envolve um jovem detetive chamado Walt Jenkins.

Jim Oliver sorriu e tomou um gole de rum, fazendo Walt esperar um momento antes de continuar.

— Avery Mason vai querer falar com esse detetive e descobrir tudo o que ele lembra sobre o caso. Precisamos que você pegue um avião e volte para Nova York para se reaproximar do caso Cameron Young.

Ainda inclinado sobre a mesa, Walt, surpreso, ergueu lentamente as sobrancelhas.

— E então faço o quê?

— Espere Avery Mason entrar em contato com você. Quando ela fizer isso, precisamos que você a ajude com o caso. Ela vai querer recontar a história de Cameron Young, que era cheia de sexo e traição. Um prato cheio para um programa de tevê. Trabalhe com Avery. Dê tudo o que ela precisar. E durante o processo, esperamos que você consiga descobrir algum detalhe sobre onde o pai dela está escondido.

— Como vou fazer isso?

— Aproxime-se dela. Ela não está em Nova York só por causa da história de Victoria Ford. Achamos que ela está prestes a ajudar o pai de alguma forma. Ou pelo menos está prestes a fazer contato com ele. Se você estiver ao lado dela, mesmo se você estiver apenas *ao redor* dela, poderá descobrir algo que nos ajudará.

Walt se recostou na cadeira e balançou a cabeça.

— Essa pequena tramoia que você planejou vem dos chefões? Parece hipócrita e desesperada.

— Uma tramoia? Isso é um pouco dramático. É simplesmente uma operação de coleta de informações, exatamente como nos velhos tempos.

— Isso vem do alto escalão, Jim?

— A ideia é minha. Ou seja, vem de mim. Se você está querendo saber se é legítima, a resposta é sim. Os superiores estão nessa porque estamos perplexos com o problema com Garth Montgomery e nos faz ficar malvistos. A Castelo de Cartas foi uma operação de dois anos que custou milhões aos pagadores de impostos e, de alguma forma, permitimos que o alvo principal escapasse por entre os nossos dedos *depois* que o agarramos. Esse é o fim da estrada para mim, Walt. Toda a minha carreira será definida pelo que acontecer com Garth Montgomery. Darei a volta por cima ou serei o perdedor.

Oliver se inclinou para mais perto de Walt.

— Em resumo, *tenho* que encontrar esse filho da puta. Para encontrá-lo, temos que ser criativos. A minha ideia foi a coisa mais criativa que consegui imaginar. Então, sim, todos estão nessa, mas eu pressionei para levá-los a isso. Preciso da sua ajuda. Você voltaria para a folha de pagamento pelo tempo que fosse necessário.

Walt ficou algum tempo digerindo a oferta. Ele estava procurando por algo para tirá-lo da espiral descendente em que estava preso. Walt nunca imaginou que a ajuda viria do seu antigo empregador. E ele não fazia ideia que envolveria um caso do seu passado distante.

— O que você acha, Walt? A aposentadoria nunca satisfez você. Nós dois sabemos disso.

Walt voltou a olhar para Jim Oliver, ainda fez uma pausa breve e então concordou com um gesto de cabeça.

— Excelente — Oliver exclamou e ergueu seu copo de rum quase vazio. — Agora, vou precisar de outra dose antes de entrar em detalhes.

Por um longo momento, Walt encarou o antigo chefe. Finalmente, ergueu a mão e fez um sinal para a atraente garçonete com o melodioso sotaque jamaicano. Pelo resto da tarde e até tarde da noite, ele ouviu Jim Oliver descrever a operação que o levaria de volta a Nova York. Ele fez o possível para afogar suas dúvidas no rum.

PARTE II
DESTINO

15

Montanhas Catskill, Nova York
Sexta-feira, 25 de junho de 2021

A CASA SE SITUAVA EM ALGUM LUGAR NO SOPÉ DAS MONTA-
nhas Catskill. Avery estava ao volante do Range Rover enquanto cruzava as estradas de montanha de duas pistas ladeadas em cada lado por florestas. A viagem estava tranquila, com apenas um carro ocasional passando na direção oposta. Uma hora e meia depois de deixar a cidade, ela pegou o caminho de entrada da casa de Emma Kind. Era uma linda construção em estilo vitoriano com uma varanda envolvente e diversos hibiscos em vasos pendurados em longas filas nos beirais. Antes mesmo de Avery desligar o motor, uma mulher corpulenta com cabelo grisalho atravessou a porta de tela e parou na varanda. Ela parecia estar na casa dos sessenta anos. Sorriu por trás dos óculos de armação de metal e ergueu a mão em um aceno amigável. O gesto instigou Avery a fazer o mesmo do assento dianteiro.

— Você deve estar brincando comigo — a mulher disse quando Avery desembarcou do seu carro. — Avery Mason, na entrada da minha casa.

Caminhando em direção à varanda, Avery sorriu. Ao telefonar no início da semana, percebeu certo ceticismo na voz de Emma Kind sobre se ela estava mesmo falando com Avery Mason, a apresentadora de *American Events*.

— Isso é demais — a mulher disse. — Eu disse que só acreditaria vendo e agora estou vendo.

— Sua casa é muito bonita — Avery afirmou quando chegou ao pé dos degraus da varanda.

— Obrigada. Vamos entrar, por favor.

Ela subiu os degraus.

— Avery Mason.

A mulher apertou a mão de Avery com força.

— Emma Kind. Isso é mesmo demais. Entre.

Avery seguiu Emma. O interior da casa era bastante pitoresco: uma mistura entre o estilo vitoriano clássico e um ambiente silvestre. Vigas de carvalho robustas se estendiam pelos tetos inclinados, pisos de cerejeira brilhavam com o sol da tarde e molduras ornamentadas contornavam as entradas.

— O que você gostaria de beber? — Emma perguntou. — Chá, água, café?

— Ah, eu estou bem. Obrigada mesmo assim.

Emma abriu a geladeira e tirou uma garrafa de vinho branco.

— Avery Mason está em minha cozinha e vou me servir de uma taça de vinho. Você gostaria de me acompanhar?

— Acho que seria indelicado dizer não duas vezes.

Emma sorriu e tirou duas taças de vinho do armário. Elas se dirigiram para os fundos da casa, sentaram-se à sombra de um grande guarda-sol no terraço e ficaram olhando para os picos das montanhas ao longe. Então, Emma serviu duas taças de chardonnay.

— Obrigada por se encontrar comigo — Avery disse, tomando um gole de vinho. — Tenho certeza de que não é fácil falar sobre sua irmã, mesmo depois de tantos anos.

Emma desviou o olhar das montanhas e olhou para Avery com um sorriso.

— Mesmo depois de vinte anos, ainda sinto falta dela.

— Victoria era sua irmã mais nova?

Emma assentiu.

— Cinco anos mais nova. Ela tinha trinta e cinco anos quando foi tirada deste mundo — ela disse, mostrando surpresa e desaprovação. — Difícil de acreditar que ela teria cinquenta e cinco anos hoje. Simplesmente não tenho como imaginar minha irmãzinha na casa dos cinquenta e tantos anos. Sabe, quando um ente querido morre jovem, sua percepção dele fica presa em uma cápsula do tempo. Você só é capaz de se lembrar dele como ele era então, não como seria hoje. Victoria era muito jovem e saudável, cheia de vida. Para mim, ela será para sempre aquela jovem vibrante. É a única maneira pela qual sempre vou conhecê-la.

— A notícia de que identificaram finalmente os restos mortais de Victoria pôs fim ao caso para você?

Emma tomou um gole de vinho.

— De certa forma, suponho. Mas não do tipo que procuro.

— Que tipo é esse?

Emma piscou e estudou Avery por um momento; um olhar de curiosidade pairando sobre ela.

— Você sabe muita coisa sobre Victoria?

— Não muito. Só que ela morreu no Onze de Setembro e seus restos mortais acabaram de ser identificados pelo IML. Estava esperando que você pudesse me falar sobre ela.

— Sim, claro. E esperei vinte anos para finalmente colocar minha irmã para descansar. Talvez isso seja possível agora, mas duvido que eu seja capaz de fazer isso adequadamente.

— Quer dizer com um funeral?

Emma sorriu de uma maneira que fez Avery sentir como se estivesse deixando escapar alguma coisa.

— Você não sabe mesmo nada a respeito do passado de Victoria, não é?

— Não — Avery respondeu. — É por isso que estou aqui.

Emma desviou seu olhar de volta para a vista panorâmica e tomou outro gole de vinho.

— Minha irmã estava envolvida em uma investigação de assassinato antes de morrer. Foi um caso aqui nas redondezas. Fizeram um grande sensacionalismo em relação ao caso. Um caso terrível, pavoroso por sua natureza e cheio de perversão sexual. A mídia e a polícia transformaram Victoria em um monstro.

Avery se endireitou na cadeira.

— Victoria estava envolvida na investigação, o que significa...?

— O que significa que disseram que minha irmãzinha era uma assassina. Algo que eu sei sem dúvida que é falso. Assim, até que eu encontre uma maneira de confrontar isso, nunca vou ser capaz de colocar Victoria para descansar adequadamente.

Avery tinha vindo para o interior em busca de uma história inspiradora sobre uma mulher que encontrou um fim para o seu caso vinte anos depois que a irmã foi morta no Onze de Setembro. Em vez disso, topou com uma investigação de assassinato de vinte anos. Sua mente fervilhou com as possibilidades, e o centro de curiosidade do seu cérebro ansiou por cada detalhe.

— Você poderia me contar sobre isso? — Avery perguntou, procurando não parecer muito ansiosa.

Emma assentiu.

— É para isso que serve o vinho.

16

Shandaken, Nova York
Sexta-feira, 25 de junho de 2021

O AVIÃO DE WALT JENKINS POUSOU NO DIA ANTERIOR. SE ELE recentemente não tivesse chegado à conclusão de que sua vida estava em uma espiral descendente, ele poderia ter recusado a oferta de Jim Oliver. Mas Walt estava procurando uma oportunidade para parar de fugir, e talvez a tivesse encontrado. O Bureau o hospedou em uma suíte no Grand Hyatt, em Midtown. Walt levou pouco mais de uma hora para fazer a viagem para o interior. O Departamento de Investigação Criminal da polícia estadual de Nova York era uma divisão investigativa de detetives à paisana que, na maioria das vezes, ajudava a polícia local, que carecia de recursos investigativos necessários para crimes graves. O assassinato de Cameron Young em 2001, nas montanhas Catskill, perto da cidade de Shandaken, certamente tinha sido um exemplo de um departamento de polícia de condado pego de surpresa. A comunidade consistia em gente rica que possuía casas de campo na região e passavam fins de semana prolongados e férias na cidade. Antes de Cameron Young ter sido encontrado pendurado em sua varanda, não tinha havido nenhum homicídio na região em quatro décadas.

O Departamento de Polícia de Shandaken não estava preparado para investigar o assassinato, e o delegado rapidamente ligou para as autoridades estaduais em busca de ajuda. Walt tinha sido designado para o caso. Aos vinte e oito anos, ele era o detetive mais jovem do Departamento de Investigação Criminal. Os policiais mais velhos em Shandaken não ficaram contentes em vê-lo chegar à cena do crime. O sentimento deles, Walt sabia, era que, se eles quisessem os conselhos de um garoto sobre como lidar com um homicídio, pediriam a seus próprios adolescentes. Contudo, Walt não tinha se intimidado com a fria recepção e trabalhou duro para conquistá-los. Ele teve o cuidado de incluir o delegado da polícia em todas as decisões, apesar de que, uma vez convidado, o Departamento de Investigação Criminal tinha plena jurisdição. Quando o nome da vítima vazou — Cameron Young, um famoso romancista —, a mídia prestou atenção. Depois que os detalhes sobre a natureza macabra do crime foram revelados, assim como as ligações com desvios sexuais, a mídia mergulhou de cabeça na história. Para manter a paz jurisdicional, Walt nomeou o delegado da polícia como porta-voz oficial e o convidou a falar em cada entrevista coletiva. Diante das câmeras, não era Walt Jenkins que revelava os detalhes do caso e respondia às perguntas da imprensa, mas sim o delegado Dale Richards. Walt trabalhava nos bastidores. Ele ficava feliz em estar fora dos holofotes e se concentrar em reunir as provas.

Então, na sexta-feira à tarde, Walt encostou o carro sem identificação do governo — emprestado pelo escritório de Nova York do FBI — no pequeno estacionamento da delegacia de polícia de Shandaken. Como o delegado Richards tinha sido o principal homem da investigação do caso Cameron Young, o prontuário estava na sede da polícia de Shandaken. Vinte anos depois, Walt esperava que ainda existisse.

Walt atravessou o estacionamento e entrou pela porta da frente. Assim que abriu a porta, Dale Richards lhe ofereceu uma xícara de café com um sorriso enorme.

— Walt Jenkins, um homem que achei que nunca mais veria.

Walt retribuiu o sorriso.

— Dale, é bom ver você. Já faz um bom tempo.

— Vinte anos — Dale disse.

Aqueles anos não foram favoráveis para Dale Richards. Ele tinha ganhado algo que Walt estimou conservadoramente como cinquenta quilos. Dale usava uma camisa polo de manga curta que envolvia firmemente sua barriga proeminente, esticando as microfibras até a capacidade máxima. Seu queixo tinha se juntado ao pescoço, afunilando-se como a papada de um peru em seu peito. Vinte anos antes, Dale ostentava cabelo escuro penteado para trás e mantido no lugar com fixador, revelando então sua calva incipiente. As entradas calvas nunca tinham estagnado e agora só restava uma camada fina de cabelo, envolvendo a base do seu crânio.

— Caramba, parece que você não envelheceu nem um dia desde que trabalhamos juntos. Você ainda tem aquela cara de bebê.

— Obrigado. Você também está muito bem.

— Vejo que você não perdeu sua polidez. Olhe, não estou virando a cabeça de ninguém, mas me sinto bem. O médico continua me dizendo para perder peso se eu não quiser morrer cedo. Mas prefiro ser gordo e feliz do que magro e infeliz. E ainda consigo dar uma sova na maioria dos fedelhos que passam por aqui achando que vão ser os próximos grandes policiais.

— Não duvido disso.

— Fiquei surpreso ao receber sua ligação, Walt. O caso Cameron Young foi há muito tempo.

— Você conseguiu encontrar alguma cosia?

— Ainda não, mas já consegui reduzir a busca — Dale respondeu. — Me acompanhe.

Walt tomou um gole de café, fez uma expressão de desagrado ao engoli-lo e seguiu Dale Richards até o porão do pequeno departamento de polícia. Levaram uma hora vasculhando antes de encontrá-la: uma única caixa de papelão sobre uma prateleira junto a milhares de outras. Estava marcada com a inscrição *Cameron Young, 2001*. Dale a tirou da prateleira, soprou uma grossa camada de poeira e a entregou para Walt.

— Sabia que estava aqui embaixo.

— Obrigado, Dale. Você é minha salvação.

— Qual é o interesse?

— Você se lembra de Victoria Ford? — Walt perguntou.

— Claro.

— Seus restos mortais acabaram de ser identificados pelo IML de Nova York.

— Sério?

— Sério. Recebemos a informação de que pode haver uma retomada do interesse no caso. Assim, pensei em me atualizar a respeito dos detalhes.

— Tudo deve estar aí dentro. De qualquer maneira, é tudo o que tínhamos.

— Posso devolver isso para você em mais ou menos uma semana?

Indiferente, Dale deu de ombros.

— O caso foi encerrado há vinte anos. Fique com isso o tempo que quiser.

Três horas depois, Walt estava sentado na cama de casal do seu quarto de hotel com as páginas do prontuário do caso Cameron Young espalhadas ao seu redor. No caminho de volta para Nova York, ele tinha parado em uma loja de bebidas e encontrado uma garrafa de rum Richland. Não era o seu preferido, mas serviria. Pela primeira vez nos últimos tempos, ele não estava à procura do rum para levar embora seus problemas. Naquele dia, ao ler o velho prontuário, ele estava interessado apenas em se familiarizar novamente com os personagens envolvidos na investigação do caso Cameron Young. Se era para se encontrar com Avery Mason e discutir o caso com ela, Walt precisava se lembrar de cada detalhe. Mas havia outro motivo para a ansiedade de Walt em rever o caso Cameron Young. Apesar do que Dale Richard havia dito, Walt sabia que o caso fora abandonado, mas nunca fora oficialmente encerrado.

A INVESTIGAÇÃO DO CASO CAMERON YOUNG

Situada em uma clareira de dois hectares no sopé das montanhas Catskill, a casa principal era um projeto de Murray Arnott ao estilo de grandes troncos de madeira. Construída com madeira do Alasca, o exterior apresentava uma grande galeria em forma de A colossal, lembrando um hotel em área de esqui em Vail com janelas duplas voltadas para o pico e proporcionando vistas das montanhas. De cada lado do telhado acentuadamente inclinado, a casa continuava com extensões rústicas de troncos horizontais que compunham os quartos de um lado e a área de lazer do outro. O interior possuía salas de estar e jantar formais, um home theater, uma biblioteca ornamentada e cinco quartos, cada uma com um banheiro privativo. O piso plano aberto ficava centralizado em torno de uma lareira de pedra impressionante que subia até o teto abobadado. Janelas com seis metros de altura ofereciam vistas ilimitadas das montanhas Catskill. Os móveis da cozinha eram de mogno e aço inoxidável, com vigas de madeira robustas subindo pelo teto inclinado. Uma ampla escadaria de madeira que saía do terraço dos fundos levava a uma piscina, que ainda estava coberta com uma lona naquele início da primavera. Riachos idênticos corriam em ambos os lados da propriedade e proporcionavam um ritmo constante de água murmurante que excluía o resto do mundo. Uma ponte formava um arco sobre um dos riachos e levava ao pequeno estúdio que o proprietário usava para dias tranquilos escrevendo seus romances.

Invisíveis e privadas, outras grandes casas povoavam os montes isolados das Catskills. Pertenciam aos ricos e às vezes famosos. Cameron e Tessa Young tinham comprado a casa de madeira três anos antes, quando o terceiro romance de Cameron entrou na lista de *best-sellers* do *New York Times* e ficou lá por um ano, vendendo mais de um milhão de exemplares. Seus dois primeiros romances lhe renderam uma vida agradável, mas o terceiro o diferenciou. E os dois que se seguiram o colocaram em uma classe de romancistas de elite. Seus livros tinham alçado voo em todo o mundo, e os Young estavam curtindo seu sucesso financeiro. Anos antes, eles tinham usado o segundo adiantamento de direitos autorais recebido por Cameron como entrada para o pagamento da casa em Catskills. Seu último cheque de direitos autorais quitou a hipoteca. Sob todos os aspectos, Tessa e Cameron Young estavam vivendo na fartura.

Tessa era professora de literatura inglesa na Universidade Columbia, onde ensinava literatura comparada e dissecava algumas das maiores obras encadernadas entre duas capas. A ironia de que o marido daquela ilustre professora ganhasse fortunas escrevendo ficção comercial de baixo nível não passava despercebida por nenhum dos dois. Tessa suportava a produção literária do marido porque bancava seu estilo de vida, mas a considerava pelo que era: lixo espetacularmente bem-sucedido.

No terraço dos fundos, quatro cadeiras ao estilo adirondack estavam posicionadas ao redor da lareira externa a gás. Tessa e Cameron estavam sentados nas cadeiras e observavam o céu púrpura junto à silhueta noturna das montanhas. O fogo oferecia calor suficiente para evitar o frio que batia quando o sol mergulhava abaixo dos picos das montanhas. Eles estavam saboreando bebidas com seus amigos Jasper e Victoria Ford. Jasper era o corretor de imóveis que tinha encontrado a casa, negociado o preço e intermediado o negócio. Para comemorar a compra, Cameron e Tessa tinham convidado Jasper e sua mulher para velejar. Os quatro se tornaram amigos rapidamente. Nos últimos três anos, Jasper e Victoria tinham feito inúmeros passeios de veleiro com os Young, que eram velejadores assíduos, e os quatro chegaram a passar férias juntos nas Ilhas Virgens Britânicas.

— Cameron, quando será o lançamento de seu último livro nesse verão? — Jasper perguntou.

— Em junho — Cameron respondeu. — Farei uma turnê de divulgação durante três semanas. Começando na Costa Oeste e passando por quinze cidades antes de voltar para casa. Estarei de volta pouco antes do Quatro de Julho – ele prosseguiu e apontou para seu estúdio do outro lado do riacho. – Então voltarei ao trabalho tentando cumprir meu prazo para o lançamento do próximo ano.

– Não sei como você faz isso – Victoria disse. – Não consigo colocar as palavras para fora tão rápido quanto você. Quem me dera ter essa disciplina.

Victoria era analista financeira de uma empresa de médio porte, mas nutria uma paixão por escrever romances. Ao longo da amizade deles, aquele segredo tinha vindo à tona. Cameron deu conselhos e mexeu todos os pauzinhos possíveis para ajudar Victoria em sua atividade literária.

– Prazos são motivadores bastante eficazes. E do pouco que você compartilhou, parece que você também é uma escritora bastante prolífica.

– Qual é o ditado? – Victoria perguntou a si mesma. – Se uma árvore cai na floresta e ninguém está perto para ouvir, será que ela faz um som? No mercado editorial, se você escreve um livro e ninguém lê esse livro, você é mesmo um escritor?

– Claro que você é – Cameron respondeu, com um incentivo carinhoso na voz. – Um escritor é alguém que escreve, não apenas alguém que vende livros publicados. Estou morrendo de vontade de ler seu original. Quando posso fazer isso?

– Ah, meu Deus, nunca – Victoria respondeu.

– Ela não deixa nem eu ler – Jasper disse. – Estamos casados há oito anos e nunca li uma frase de nenhum dos originais dela. Quantos são agora? Cinco ou seis, pelo menos.

– Cinco – Victoria respondeu. – E mesmo com a recomendação de Cameron, sua agência literária rejeitou minha consulta. Até o momento, mais de cem agentes literários e editores recusaram educadamente meu trabalho. A última coisa que vou fazer é deixar meu marido ou meus amigos lerem meus originais quando nem mesmo consigo encontrar um agente para me representar.

– É tudo subjetivo – Cameron disse. – O que um agente odeia, o outro adora. Não desista, Victoria.

– O *timing* também – Tessa interveio, estendendo a mão para friccionar o joelho de Victoria. – O mercado pode não estar pronto para suas histórias agora, mas algum dia vai estar.

– O.k. – Victoria murmurou e ergueu as mãos em sinal de rendição. – Vamos mudar de assunto.

Ela enfiou a mão no balde de gelo e tirou uma garrafa de vinho.

– Esse é um Happy Canyon Blanc do Vale de Santa Ynez. Jasper e eu o escolhemos em nossas férias no outono passado – Victoria disse e encheu a taça de todos.

– Aos amigos – ela exclamou. – E ao novo livro de Cameron que sai neste verão.

Os quatro amigos encostaram seus copos e os tocaram levemente.

Cameron olhou para Victoria.

– À literatura, em todas as suas formas e tamanhos.

17

Manhattan, Nova York
Sexta-feira, 25 de junho de 2021

WALT ESTAVA DEITADO NA CAMA DO QUARTO DO HOTEL COM um braço atrás da cabeça e o outro segurando as páginas dos arquivos do caso Cameron Young. Ele já estava lendo havia uma hora, e os detalhes do caso e seus personagens estavam voltando a sua mente. Walt largou as páginas e pegou o copo de rum na mesa de cabeceira. Ele tomou um longo gole, sabendo que precisaria do rum para encarar as páginas que estava prestes a ler. Sua passagem pelo FBI nunca o deixou cara a cara com assassinatos e mortes como em seu tempo como detetive de homicídios. Era algo de que ele não sentiu falta. Mas naquele momento ele iria se aventurar de volta àquele tempo. Ele recolocou o copo na mesa de cabeceira e começou a ler o laudo da autópsia.

A INVESTIGAÇÃO DO CASO CAMERON YOUNG

O corpo de Cameron Young, depois que os peritos o baixaram da varanda, foi transferido para o IML de Nova York. O dr. Jarrod Lockard foi encarregado da autópsia. Os médicos-legistas sempre foram considerados bastante peculiares por Walt. Ele achava que eram seres estranhos que não escolheram o caminho de salvar vidas e sim o que os levava literalmente para a morte. Ser capaz de dissecar o corpo humano, Walt acreditava, tinha algo a ver com alguma falha na psique. O dr. Lockard foi apelidado de Mago por sua habilidade de fazer aparecer todas as pistas deixadas para trás nos corpos que chegavam ao seu necrotério. Jarrod Lockard era um gênio naquele nicho específico, tanto que outros aspectos da vida tinham passado despercebidos, como higiene pessoal e aparência, assim como qualquer esforço para exibir o menor indício de consciência social. Walt se perguntava se o exame dos mortos tinha cobrado seu preço do dr. Lockard, como se cada excursão pelo corpo do falecido arrastasse o homem para mais longe da vida. Não tanto para a morte, mas para algum lugar intermediário que o deixava alienado dos vivos e só capaz de se associar aos cadáveres que ocupavam seus dias.

Apesar de ter acabado de fazer cinquenta anos, o cabelo do dr. Lockard estava branco e cheio de nós selvagens que não viam um pente havia anos. Alguns cachos especialmente empolgados se destacavam do resto e pareciam carregados de eletricidade. Combinado com os olhos tão fundos em suas órbitas que ele precisava forçar a testa para manter as pálpebras abertas, o dr. Lockard oferecia um perpétuo olhar de surpresa recordatório de Doc Brown, o personagem do filme *De volta para o futuro.*

— Entre — o médico disse quando Walt bateu na porta do seu escritório.

Walk obedeceu.

— Doutor — ele disse, estendendo a mão e fazendo o possível para não parecer tão nervoso quanto se sentia. Por que o doutor Lockard causava tanto medo em todos os detetives do Departamento de Investigação Criminal era um mistério que nenhum dos colegas de Walt tentava explicar.

— Obrigado por tratar disso tão rapidamente — Walt disse.

O dr. Lockard deu um aperto de mão frouxo, que pareceu uma massa mal amassada, e exibiu uma expressão impassível que não era nem receptiva nem desdenhosa. Ele apontou para uma cadeira na frente de sua mesa.

— Você tem algo interessante aqui. Sente-se. Há muito que discutir.

O dr. Lockard serviu café em dois copos de isopor e entregou um para Walt. Ele se sentou atrás de sua mesa e pôs uma pasta na frente dele.

— Cameron Young — ele disse, abrindo a pasta e folheando suas anotações. — Você já leu algum dos livros dele?

Walt fez que não com a cabeça.

— Nunca tive muito tempo para ler ficção.

— Pena. Eu era um grande fã dele. Romances de suspense. Coisa fina.

Uma imagem rápida passou pela mente de Walt: Jarrod Lockard lendo à luz de velas, ao mesmo tempo que comia asinhas de frango e virava as páginas, deixando impressões digitais gordurosas para trás.

O médico pegou uma foto do corpo nu de Cameron Young deitado na mesa de autópsia. Uma incisão em forma de Y ia dos ombros até a pélvis e estava fechada por suturas grossas que formavam pequenas ondulações na pele pálida. O dr. Lockard deslizou a foto pela mesa.

— Gostaria de poder dizer a você que foi uma autópsia de rotina. Infelizmente, não foi nada disso. Aqui está o que eu tenho para você. O exame externo mostrou extensa lesão por ligadura no pescoço da vítima compatível com uma longa queda pendurada. O pescoço da vítima foi quebrado na quarta vértebra cervical, que depois foi deslocada anteriormente, rompendo a medula espinhal. O sr. Young sofreu uma queda de dois metros e meio da varanda do segundo andar, antes que a corda interrompesse sua descida, produzindo aproximadamente 450 quilos de pressão em seu pescoço. Mais trinta ou sessenta centímetros, e ele poderia ter sido decapitado.

Walt assentiu lentamente, examinando a imagem macabra como se houvesse algo a ser extraído dela. Finalmente, ele deslizou a foto de volta para o dr. Lockard.

— Parece muito claro para mim, doutor.

— À primeira vista. Mas fica confuso quando damos uma olhada mais atenta na anatomia do pescoço. Você sabe a diferença entre enforcamentos com queda longa e queda curta?

— Quedas longas são o que o senhor acabou de descrever. As vítimas caem de certa altura e a desaceleração repentina do laço corrediço quebra o pescoço. Como os enforcamentos da época medieval, e a merda que ainda estão fazendo no Irã. A morte acontece instantaneamente. As quedas curtas ocorrem quando a vítima desce lentamente de uma posição suspensa e acaba morrendo por sufocamento tradicional.

— Impressionante, detetive. Você está correto em todos os aspectos. Alguns outros detalhes que são pertinentes: nos casos de queda curta, o trauma da ligadura no pescoço é menos extenso. O laço aperta lentamente e impede que o oxigênio chegue ao cérebro. Ficando nessa posição durante muito tempo, o cérebro para de dizer aos pulmões para respirar. Ou, se o laço estiver bastante apertado para contrair a traqueia, ele impede a inalação. Em ambos os casos, a causa resultante da morte é asfixia. Nas quedas longas, ao contrário, a morte resulta do rompimento da medula espinhal. Isso é especialmente verdadeiro se o laço estiver posicionado sob o queixo, como foi o caso do sr. Young. O súbito solavanco da corda que fica sem folga provoca a hiperextensão do pescoço e o consequente deslocamento anterior da vértebra. O problema que estou tendo com a autópsia no caso do sr. Young é que ele apresentou sinais de enforcamento com queda curta e queda longa.

O médico deslizou outra foto pela mesa, exibindo um *close* do pescoço de Cameron Young.

— Você está vendo aqui? Uma faixa de equimoses está presente ao redor do pescoço, *acima* da laceração que a ligadura produziu pela queda longa, sugerindo que a corda foi apertada lentamente por certo tempo anterior à morte, ou *antes* de o sr. Young sofrer o trauma por queda longa. A congestão pulmonar, assim como as petéquias das bochechas e da mucosa bucal sustentam essa conclusão. As hemorragias subconjuntivais pintam um quadro típico de uma lenta privação de oxigênio associada ao aumento da pressão venosa na cabeça.

— Em linguagem coloquial, por favor, doutor.

— Ele foi sufocado até a morte lentamente *antes* que alguém o jogasse da varanda.

Walt virou a cabeça ligeiramente para o lado ao digerir as palavras do médico.

— Ele estava morto *antes* de cair da varanda?

— Exato. O trauma por queda longa veio depois da morte. Essa conclusão é apoiada pela quantidade de sangue gerada a partir da lesão da ligadura. Além da vértebra que rompeu a medula espinhal, a artéria carótida esquerda foi decepada. Se isso tivesse ocorrido no momento da morte, eu esperaria encontrar jato arterial das últimas batidas do coração. Porém, o padrão sanguíneo e a perda eram compatíveis com o derrame de sangue residual que se juntou no vaso, em vez da propulsão de um vaso sob pressão.

Ao considerar as descobertas do médico, Walt passou o dorso da mão pela barba por fazer. Enquanto ele pensava, o dr. Lockard deslocou a foto do pescoço de Cameron Young para o lado e deslizou outra em seu lugar.

— Eu tenho uma teoria a respeito das lesões no pescoço.

A nova foto era das nádegas de Cameron Young deitado de bruços sobre a mesa de autópsia.

— Olhe aqui — o dr. Lockard pediu, apontando para a foto. — A face lateral de cada nádega tinha sinais de trauma. São vergões finos. Marcas semelhantes foram observadas no tórax e nas partes superiores dos braços. Algum palpite a respeito do que são essas marcas?

— Eu vi essas marcas quando o sr. Young estava pendurado na varanda. Achei que foram feitas por um chicote.

— Você está me impressionando esta tarde, detetive. As marcas são de um azorrague. Ou seja, um chicote com tiras finas de couro. Instrumento usado em práticas sadomasoquistas. Nesse caso, bastante brutal pela aparência dos vergões. E acredito que essa descoberta se coaduna com o trauma da queda lenta no pescoço.

Walt fez um gesto negativo com a cabeça.

— Não estou seguindo o senhor.

— Suspeito que o sr. Young estava alcançando gratificação sexual enquanto era sufocado.

— Uma asfixia autoerótica que deu errado?

O dr. Lockard fez que não com a cabeça.

— Asfixia erótica, sim, mas não havia nada de *auto* nisso.

O dr. Lockard tirou outra foto da sua pasta e a colocou diante de Walt. Era um close do pênis de Cameron Young. Sem mover a cabeça, Walt desviou o olhar da foto e olhou para o dr. Lockard.

— Por que estou olhando para isso, doutor? — Walt perguntou, fazendo ar de espanto.

— Com base nos vasos sanguíneos intumescidos no corpo do pênis e as abrasões superficiais na epiderme, o sr. Young foi objeto de felação pouco antes de morrer.

— Alguém o chupou?

— Linguagem grosseira, detetive. Mas sim. Pouco *antes* da morte, alguém fez estimulação oral para levar o sr. Young à beira do orgasmo. O corpo cavernoso estava intumescido, mas o canal deferente estava sem esperma e a vesícula seminal não tinha liberado o acúmulo de sêmen.

— Doutor, vá direto ao ponto, por favor — Walt disse, devolvendo a foto.

— Meu exame sugere que alguém fez sexo oral no sr. Young, levando-o à beira do orgasmo, mas antes que ele ejaculasse a corda em seu pescoço o fez parar de respirar.

— Meu Deus! O senhor descobriu tudo isso em uma autópsia?

— Cada corpo conta uma história, detetive.

O Mago tinha estado ocupado, Walt pensou, passando a mão pelo cabelo e se recostando na cadeira.

— Pelo que o senhor vê, o sr. Young era um participante voluntário em tudo o que acontecia? — Walt perguntou.

— Talvez até quase o fim. Havia grandes quantidades de células da pele da própria vítima sob suas unhas, sugerindo que ela agarrou a corda em volta do pescoço antes de morrer. Notei arranhões no pescoço acima das lesões da ligadura.

— Então, ele entrou em pânico no final e tentou aliviar a pressão no pescoço, mas era tarde demais.

— Exato.

— E sem chance que tenha sido um suicídio, como algum advogado de defesa certamente vai alegar?

— Sem chance.

O dr. Lockard pegou outra foto na pasta.

— A corda usada para sufocar o sr. Young era de juta, que geralmente vemos em práticas sexuais sadomasoquistas.

Elevado atrito e baixo estiramento — ele disse e deslizou a foto pela mesa. — A mesma corda usada para amarrar as mãos e os pulsos da vítima. Dois pontos importantes aqui. Primeiro, falemos dos nós que prendiam as mãos do sr. Young. Como você sabe, algumas vítimas de suicídio prendem as mãos nas costas para evitar que se salvem se mudarem de ideia.

Walt fez que sim com a cabeça.

— A voz da insanidade se protegendo contra a voz da razão.

— Neste caso, está claro que outra pessoa amarrou as mãos do sr. Young.

O dr. Lockard tirou outras duas fotos da pasta. A primeira era de Cameron Young ainda pendurado na varanda: um *close* de suas mãos amarradas com uma corda bem esticada por causa da rigidez cadavérica. A segunda foto, tirada no necrotério após a diminuição da rigidez, era do nó.

— Os nós usados para amarrar as mãos do sr. Young não eram do tipo visto em suicídios. Você está vendo aqui? — o dr. Lockard perguntou e apontou para a foto. — Para uma vítima de suicídio amarrar as próprias mãos, ela tem que usar algum tipo de nó corrediço. A vítima enfia as mãos em nós folgados, separa os braços e os nós se apertam. É o único jeito possível. Mas esses não eram nós corrediços. Eram nós dados com força. Ao fazer um pouco de pesquisa, descobri que são nós borboleta alpina. Isso está fora da minha área de conhecimento, mas parece que esses nós são usados geralmente em alpinismo e precisam de duas mãos para serem dados. É impossível dar dois nós borboleta alpina tão próximos e passar por eles para colocar as mãos atrás das costas. E sem dúvida é impossível dar os nós às cegas nas costas.

— Então, outra pessoa o amarrou?

— Exato.

Walt juntou todas as fotos, bateu nelas algumas vezes para organizar a pilha e, depois, colocou-as viradas para baixo ao lado.

— Então, Cameron Young estava se divertindo durante uma noite sórdida de sadomasoquismo. Com base nas muitas marcas de chicote em seu corpo, foi uma noite violenta de jogos sexuais. Parte das preliminares incluiu uma corda sendo amarrada em seu pescoço. A corda foi apertada até certo ponto para acrescentar erotismo, ao mesmo tempo que alguém simultaneamente fazia sexo oral nele. A corda ficou muito apertada e ele morreu antes de chegar ao orgasmo. A outra pessoa entrou em pânico, amarrou a ponta de um longo pedaço de corda na coisa mais pesada que encontrou, que acabou sendo o cofre no *closet*, e depois o jogou da varanda para parecer suicídio. Entendi bem sua teoria?

— É um resumo bastante claro do meu exame. Você suspeita de alguém?

Walt ficou de pé.

— Estou trabalhando nisso. Obrigado, doutor.

18

Manhattan, Nova York
Sexta-feira, 25 de junho de 2021

JIM OLIVER O TINHA ACOMODADO EM UMA SUÍTE DO GRAND Hyatt, e Walt estava feliz por se livrar da claustrofobia que certamente teria se manifestado em um quarto de solteiro. Depois de se lembrar do dr. Lockard, com seus olhos em forma de contas e seu cabelo revolto, assim como da imagem vívida que o médico tinha pintado de Cameron Young na noite anterior, Walt precisava de um pouco de espaço para se mover e se livrar da inquietação de seus membros. Mesmo vinte anos depois, o médico teve a capacidade de perturbá-lo. Walt caminhou do quarto até o frigobar e se serviu de outros dois dedos de rum. Sentou-se à escrivaninha na sala de estar, onde mais páginas do arquivo o aguardavam. Eram transcrições do seu primeiro interrogatório com Tessa Young, a mulher da vítima.

A INVESTIGAÇÃO DO CASO CAMERON YOUNG

Eles estavam de volta a Catskills para um fim de semana prolongado, reunidos ao redor do terraço de piso de pedra nos fundos, com a ampla escadaria que descia até a piscina e com as montanhas espalhadas ao longo do horizonte. Era uma linda tarde de verão. Eles tinham passado a manhã no veleiro dos Young e agora uma garrafa de sauvignon blanc estava no centro da mesa e as taças de todos estavam cheias.

Victoria tomou um gole e Tessa girou sua taça, sem ainda ter provado o vinho.

— Vi que o *Times* resenhou seu livro — Victoria disse para Cameron. — Uma resenha incrível.

— Pela primeira vez — Cameron disse. — Geralmente, acabam comigo. Personagens falsos e rasos, enredo mal desenvolvido, tenta ser inteligente mas fracassa, nada além de uma leitura de praia, e assim por diante. Ouvi todo tipo de insultos ao longo dos anos, mas dessa vez gostaram de verdade. É um milagre.

— Como foi a turnê? — Jasper perguntou.

— Cansativa. Mas foi legal fazê-la e encontrar os leitores, embora eu esteja feliz por estar em casa e ansioso por um verão menos agitado. Tenho que entregar um original no outono e planejo usar o verão para finalizar o trabalho.

— Victoria, talvez Cameron empreste a cabana para você escrever um pouco — Tessa disse, apontando para o estúdio de Cameron, que ficava do outro lado do riacho murmurante.

Com 75 metros quadrados, era uma pequena réplica da casa principal.

Cameron fez um gesto negativo com a cabeça.

– Desculpe. O estúdio é só meu. Ninguém tem permissão para entrar lá além de mim e da minha musa inspiradora.

– Ele é bem egoísta – Tessa disse.

– Não sou egoísta. Sou sim supersticioso. Funcionou até agora e não vou mexer nisso. Assim que cruzo a ponte, sinto um estalo e não volto atrás até alcançar meu objetivo de escrita do dia.

– É a caverna de um homem detestável e às vezes me pergunto o que acontece lá dentro. Mas como não tenho permissão para entrar, acho que nunca saberei – Tessa afirmou, acenando para o marido. Em seguida, ela começou a se afastar da mesa. – Vou pegar queijo e biscoitos lá dentro.

– Eu vou te ajudar – Victoria disse.

Uma vez lá dentro, Victoria pegou Tessa pelo cotovelo e a levou para o corredor para que ficassem fora da vista do terraço.

– Você não está bebendo – Victoria disse.

– Você quer dizer o vinho?

– Sim, Tessa. Quero dizer o vinho. Você não está bebendo.

Tessa balançou a cabeça.

– Só estou pegando leve. São duas da tarde e estou exausta da nossa velejada desta manhã.

– Você está grávida.

– O quê?

– Está?

Houve uma longa pausa. Finalmente, Tessa sorriu.

– Não tenho certeza. Pode ser.

– Ah, meu Deus! Por que você não me contou?

– Não há nada para contar. Cameron e eu estamos tentando. Só isso. Não achei que fosse acontecer tão rápido. E ainda não tenho certeza. Minha menstruação está atrasada. Mas não quero beber por precaução – Tessa disse e voltou a sorrir. – Provavelmente farei um teste na próxima semana. Não diga nada.

— Não vou dizer uma palavra — Victoria afirmou e puxou Tessa para um abraço apertado.

Naquele anoitecer, Jasper correu ao supermercado para comprar carne. Tessa dormia profundamente em uma espreguiçadeira no terraço. Cameron desceu a escada e Victoria o encontrou no corredor onde Tessa tinha contado seu segredo no início da tarde.

— Você é um canalha! — Victoria disse, levantando a mão e dando um sonoro tapa no rosto dele.

— O que é isso? — Cameron exclamou e agarrou o pulso de Victoria.

— Ela está grávida?

— O quê?

— Tessa está grávida?

— Não.

— Vocês estão tentando. Ele me contou.

— Fale mais baixo! Você quer que ela acorde?

— Não estou nem aí. Você é um canalha!

Ela tentou dar um tapa nele com a outra mão, mas Cameron também agarrou aquele pulso.

— Pare com isso — ele disse, esforçando-se para dominá-la enquanto ela se debatia.

— Você me disse que não estava transando com ela — Victoria disse.

— Ela tomou a iniciativa. O que eu deveria fazer? Dizer a minha mulher que fiz voto de celibato?

— Então, o que está acontecendo aqui? Você está tentando engravidar sua mulher? A mesma de quem você me prometeu que está prestes a se divorciar?

— Você está sendo irracional. Foi a primeira vez que dormimos juntos em meses.

Victoria cerrou os dentes.

— Você me fez fazer um maldito aborto, Cameron. Abortei o nosso bebê porque você me convenceu de que não era o momento adequado. Que era muito cedo e que isso detonaria nossas vidas. Você se lembra disso?

— Claro que me lembro.

— Mas o momento com Tessa é adequado, não é? Você é um puta monstro! É um maldito mentiroso!

Cameron aproximou seu rosto do de Victoria, de modo que os lábios deles ficaram a apenas alguns centímetros de distância.

— Você sabe que eu te amo. E sabe que quero estar com você.

— Então por que não está?

— O que você sugere que eu faça? Que eu vá até lá fora agora e diga para Tessa que quero o divórcio? Que eu espere Jasper voltar para que todos nós tenhamos uma discussão durante o jantar sobre o nosso caso, sobre como nos apaixonamos e que planejamos deixá-los?

— Teremos que ter essa discussão em algum momento.

— Eu sei disso. Mas eu diria que durante o Quatro de Julho, enquanto estamos todos juntos, não é o momento certo.

Por um momento, Victoria ficou calada e olhou para o chão.

— Tessa não tem mesmo permissão para entrar no seu estúdio?

— Claro que não — Cameron respondeu, abaixando-se para que pudesse olhar nos olhos desviados de Victoria. — O estúdio é só para nós. Você pode usá-lo quando quiser. Adoro ver você escrever lá dentro.

Victoria manteve o olhar voltado para o chão, esforçando-se ao máximo para não olhar nos olhos dele.

— Mais cedo ou mais tarde, você vai ter que me deixar ler um dos seus originais — Cameron afirmou.

Ele se endireitou e ela deixou que seu olhar o seguisse. Suas bocas se uniram em um beijo apaixonado. Ele a encostou na parede e suas mãos seguraram a parte de trás do short dela. Ela mordeu o lábio inferior dele e, por um momento, temeu que as coisas fossem longe demais enquanto eles estavam no corredor, e apenas a alguns passos de onde

111

Tessa dormia na espreguiçadeira do terraço. Naquele momento, enquanto os dois estavam abraçados, a porta do terraço se abriu e Tessa entrou na cozinha. Naquele mesmo instante, o alarme da porta da frente soou quando Jasper voltou do supermercado. Em pânico, Victoria se afastou bruscamente do beijo e afastou Cameron com um empurrão. Em seguida, entrou no banheiro e trancou a porta atrás dela. Cameron arrumou o cabelo com a mão, recuperou o fôlego e entrou na cozinha.

— Você não devia ter me deixado adormecer — Tessa disse, dando um tapinha em sua bochecha com a palma da mão. — Acho que o sol queimou meu rosto.

— Desculpe, querida — Cameron afirmou, pigarreando. — Você parecia tão serena. Não quis te acordar.

Jasper entrou na cozinha segurando um saco de papel do supermercado.

— Quatro filés de costela. Corte grosso. Além de aspargos e cogumelos portobello.

— Boa, cara — Cameron disse, forçando um sorriso.

Curioso, Jasper olhou para ele com um vinco grosso entre as sobrancelhas.

— O que aconteceu com o seu lábio?

Cameron estendeu a mão e tocou o lábio inferior, ainda sentindo os dentes de Victoria. Ao afastar a mão, seus dedos estavam sujos de sangue.

— Ah — ele murmurou, passou a língua sobre o lábio inferior e limpou o sangue com o dorso da mão. — Devo ter mordido.

— Você quase o arrancou. Melhor colocar um pouco de gelo nesse bandido — Jasper disse, colocando a carne na bancada da cozinha. — Vou temperar os filés para que estejam prontos para hoje à noite.

— Ótima ideia — Tessa afirmou, mantendo a expressão impassível e o olhar dirigido para o marido, enquanto caminhava até o congelador, tirava uma pedra de gelo e entregava a Cameron. — Para o seu lábio.

112

19

Manhattan, Nova York
Sexta-feira, 25 de junho de 2021

WALT TOMOU OUTRO GOLE DE RUM E RAPIDAMENTE VIROU A
página. Ficou surpreso com a rapidez com que os detalhes da investigação voltavam à sua mente. Ele se deu conta de que as memórias não tinham
se desvanecido nem desaparecido. Ficaram simplesmente armazenadas.
Guardadas e lentamente cobertas pela poeira da vida: a acumulação dos
anos e as distrações que as acompanharam. Mas ao folhear as páginas da
pasta, ele voltou a ser aquele garoto de vinte e oito anos que se vira no
meio de uma investigação de homicídio que estava prestes a chamar a
atenção do país todo.

A INVESTIGAÇÃO DO CASO CAMERON YOUNG

Walt terminou sua segunda inspeção na mansão nas montanhas
Catskill e começou a longa viagem de volta para a cidade. Ele
trabalhou a partir do que sabia até então. A comunidade que
ele estava deixando era pacata, calma e tranquila. As pessoas
lá eram ricas. As pessoas se conheciam. Crimes eram incomuns.
Havia pouca chance de Cameron Young ter sido morto ao acaso.
Havia pouca chance de que ele não conhecesse seu assassino.

Enquanto dirigia, Walt revisava o que tinha aprendido
nas últimas vinte e quatro horas acerca da arte do sexo
pervertido, tendo se atualizado a respeito das nuances das
práticas sexuais BDSM durante um porre na internet às duas da
manhã da noite anterior. Amedrontado, ele se encolheu ao
pensar em alguém vasculhando o histórico do seu navegador. As
práticas sexuais BDSM – bondage, dominação, sadismo e
masoquismo – eram consensuais entre dois adultos. Eram

113

práticas agressivas, muitas vezes rudes e dolorosas, incluindo uma grande variedade de acessórios e brinquedos eróticos. *Consensual* era uma palavra da moda que Walt tinha visto em quase todos os artigos que leu, embora se perguntasse até que ponto a prática em que Cameron Young se meteu fora consensual na noite em que morreu. Algo sombrio e perigoso tinha acontecido naquele quarto.

A análise do sangue encontrado no tapete do *closet*, assim como da urina no vaso sanitário, estava sendo agilizada para que pudesse ser comparada com as amostras de DNA que Walt logo coletaria dos suspeitos em potencial. Da mesma forma, as impressões digitais retiradas da faca da cozinha e da taça de vinho deixada na mesa de cabeceira também seriam comparadas com as impressões que Walt obteria. Após seu interrogatório inicial, Walt decidiu que as primeiras amostras que pediria seriam da mulher de Cameron Young.

Walt atravessou a ponte George Washington com sua viatura sem identificação. Ele enfrentou o trânsito congestionado de Manhattan até encontrar uma vaga em que não era proibido estacionar no bairro West Seventies, no Upper West Side. A residência dos Young em Manhattan era um apartamento de dois quartos no piso térreo na rua 76. Walt vestiu seu paletó e ajustou os punhos. Em seguida, dirigiu-se até a porta da frente e tocou a campainha. Tessa Young atendeu. Seus olhos estavam vermelhos e úmidos, e seu nariz estava esfolado.

– Sra. Young, obrigado por concordar em falar comigo novamente. Sei que você está passando por um momento difícil, mas gostaria de atualizá-la a respeito do que descobri.

Tessa assentiu, passou o dorso da mão pelo nariz e permitiu que Walt entrasse em sua casa. Ele a seguiu até a cozinha e aceitou o café que a viúva lhe ofereceu. Ela serviu duas xícaras e os dois se sentaram junto à mesa da cozinha.

– De novo, lamento não te dar espaço nesse momento difícil, mas meu trabalho é descobrir o que aconteceu com seu marido e fazer isso o mais rápido possível. Para isso, preciso fazer algumas perguntas incisivas.

Tessa assentiu novamente.

— Entendo.

— Cameron estava em sua casa de férias em Catskills quando foi morto. Quando foi a última vez que você esteve lá?

— No feriado de Quatro de Julho.

Walt pegou seu bloco de notas.

— Só estavam você e o seu marido?

— Não, estávamos lá com amigos.

— Você pode dar os nomes deles?

— Jasper e Victoria Ford.

— Bons amigos seus?

Tessa assentiu, mas Walt notou algo mudar no comportamento dela.

— Jasper nos vendeu a nossa casa em Catskills. Ele foi o corretor e intermediou o negócio. Convidamos ele e sua mulher para um passeio de barco para comemorar. Ficamos amigos desde então.

— Então, vocês eram amigos há alguns anos?

Tessa assentiu.

— Três anos.

— A última vez que você esteve na casa foi no feriado de Quatro de Julho, mas não no dia 14 ou 15, quando seu marido foi morto?

— Não.

— Era comum o seu marido ir para a casa de férias sem você?

— Sim. Ele estava terminando de escrever um livro e muitas vezes ia para as montanhas em busca de sossego. Ele tinha um estúdio lá, ao lado da casa principal.

Walt tinha estado no espaço de trabalho de Cameron Young. Era uma pequena edificação que ficava do outro lado do riacho, no lado norte da casa principal. Era uma pequena réplica da casa de troncos em forma de A, com uma escrivaninha

115

e o computador de um lado e uma lareira a lenha e uma cadeira reclinável do outro. Um frigobar ficava no canto e servia de apoio para uma cafeteira para as manhãs e uma pequena coleção de bebidas alcoólicas para as tardes ou noites. Se Walt fosse alguém criativo, teria se maravilhado com o ambiente tranquilo que tinha gerado uma série de *best-sellers* nos últimos anos. No entanto, Walt Jenkins não era criativo; era analítico. Ele fez uma abordagem clínica do espaço e procurou descobrir se o estúdio oferecia alguma pista do que tinha acontecido com Cameron Young.

— Quando seu marido ia para Catskills, quanto tempo ele costumava ficar?

— Dependia do quanto ele estava atrasado em relação ao prazo. Geralmente, um ou dois dias. Ele nem sempre ia sozinho. Às vezes, eu ia com ele. Ele tinha seu estúdio e eu tenho meu escritório na casa principal, onde ficava trabalhando.

— Então, cada um de vocês tinha seu espaço de trabalho particular?

— Sim.

— Você e Cameron estavam se dando bem?

— Às vezes — Tess respondeu depois de alguma hesitação.

Walt assentiu.

— Como você descreveria seu casamento?

— O meu casamento?

— Sim. Existiam problemas no casamento?

— Existem problemas em todos os casamentos.

— Mas especificamente no seu, sra. Young.

Retraindo-se, Tessa encolheu os ombros.

— Claro. Nós tínhamos muitos problemas.

— Pode descrevê-los?

Outra hesitação.

— Se você está perguntando se éramos felizes no casamento, eu diria que não. Tivemos problemas durante anos, mas estávamos tentando dar um jeito.

— Vocês estavam tendo problemas financeiros?

— Como?

— Problemas de dinheiro são uma fonte comum de brigas em casamentos. Então, estou perguntando se vocês tinham algum problema com dinheiro.

— Não, dinheiro não era problema. Nos últimos anos, os livros de Cameron fizeram muito sucesso. Não tínhamos dívidas, exceto a hipoteca desse apartamento. A casa em Catskills está paga e há muito dinheiro investido.

— Quando você diz *muito*...?

Calculando, Tessa ficou balançando a cabeça.

— Três milhões. Talvez mais. Cameron cuidava das finanças. Eu via o saldo uma vez por ano, quando assinava a declaração de imposto.

— O dinheiro estava em uma conta conjunta?

— Sim, detetive. Eu poderia dispor de todo o dinheiro que precisasse a qualquer momento. Não precisava matar meu marido para isso.

Walt fez uma anotação em seu bloco.

— Seu marido tinha uma apólice de seguro de vida?

— Nós dois tínhamos. Fizemos logo depois que nos casamos. Apólices de um milhão de dólares para cada um de nós.

O tom de Tessa Young a respeito dos milhões de dólares que ela e o marido valiam era tão prosaico que Walt não sabia o que fazer com isso. Ela era uma atriz muito boa ou não tinha nada a esconder.

— Você é professora, não é, sra. Young?

— Sim.

— Você diria que a maior parte da renda de vocês vinha do seu marido?

— Ganho cento e cinquenta mil dólares por ano como professora na Universidade Columbia. Mas sim, nossa renda vinha principalmente do meu marido.

Walt fez mais algumas anotações em seu bloco. Em seguida, tirou os olhos da página e fez contato visual com a viúva de Cameron Young.

— Parte disso será difícil de ouvir e pode ser um assunto incômodo, mas preciso perguntar.

Tessa esperou e finalmente assentiu.

— Seu marido foi amordaçado, sra. Young, com aquilo que é chamado de mordaça com bola. É um acessório de bondage usado em sexo sadomasoquista.

Tessa não disse nada, apenas ficou encarando Walt.

— Você e seu marido eram adeptos de comportamentos sexuais que incluíam bondage?

— Pelo amor de Deus, não!

Walt fez uma pausa.

— Seu marido foi amarrado com uma corda também geralmente usada em sexo sadomasoquista. Você possui esse tipo de corda?

— Claro que não.

— Você me permitiria dar uma olhada em sua casa?

— Meu advogado me diria para deixá-lo procurar onde você quisesse, mas insistiria em um mandado de busca.

Walt tirou um papel de sua pasta.

— Nunca pediria sem um.

— Procure o que quiser, detetive. Vasculhe nas minhas gavetas e pegue amostras de minhas roupas íntimas ou qualquer coisa pervertida que você tenha em mente.

Walt continuou sem se intimidar.

— Encontramos sangue, urina e impressões digitais no quarto da sua casa em Catskills. Será importante saber quais pertencem a você, pois tenho certeza de que suas impressões digitais serão encontradas no quarto da sua casa. Você está disposta a fornecer amostras de impressões digitais e permitir que os meus peritos esfreguem um cotonete em seu rosto para análise de DNA?

— Sou suspeita do assassinato do meu marido, detetive Jenkins?

Pensando, Walt apertou os lábios e abriu as palmas das mãos.

118

– Estou coletando informações nesse momento, sra. Young. Em qualquer homicídio, peço amostras do cônjuge. É apenas parte do processo.

– Você parece que acabou de ser formar no ensino médio. Quantos homicídios você já investigou antes desse?

Walt manteve uma expressão impassível e não lhe deu uma resposta.

Finalmente, Tessa assentiu.

– Claro. Vou lhe dar tudo o que você precisa.

– Vou providenciar para esta tarde.

Ela assentiu. Walt voltou para o seu bloco de notas.

– Quando diz que você e seu marido estavam tentando dar um jeito no casamento, o que isso significa?

– Significa que estávamos tentando não nos divorciar.

Walt ficou em silêncio.

– Estou grávida – Tessa finalmente disse, como se estivesse admitindo um crime. – Achávamos que se tivéssemos um filho isso consertaria as coisas. Pelo menos, era o que eu achava.

Por um momento, Walt fechou os olhos. Talvez ele tivesse pressionado demais. Ainda assim, ele anotou sobre a gravidez dela em seu bloco e então ficou de pé.

– Lamento fazer você falar sobre tudo isso. Só estou tentando descobrir quem matou o seu marido.

Tessa colocou a mão na testa, como se estivesse combatendo uma enxaqueca. O celular de Walt tocou. Era uma chamada da sede.

– Com licença – ele disse, virando-se e atendendo. – Jenkins.

– Ei, Walt, é Ken Schuster.

Schuster era o principal perito designado para o caso Young.

– O que está acontecendo, Ken?

– Estava classificando as provas que coletamos na mansão de Catskills. Há algo aqui que você precisa ver.

Walt saiu da cozinha, atravessou o corredor e foi até o vestíbulo, onde sua conversa não seria ouvida.

— Estou no apartamento dos Young agora, falando com a esposa. Estou prestes a fazer uma busca no imóvel.

— Você vai querer ver isso. Imediatamente.

— O que é?

— Encontramos um pen drive na gaveta da escrivaninha do escritório. Tem um vídeo arquivado nele.

— Que tipo de vídeo?

— Ah, bem… Parece um vídeo de sexo caseiro.

Walt olhou de volta para a cozinha. Sua mente voltou alguns momentos antes, quando Tessa Young descreveu os espaços de trabalho separados dela e do marido. O estúdio era *dele*. O escritório da casa principal era *dela*.

— Quem está no vídeo?

— Cameron Young e uma mulher.

Walt baixou a voz ainda mais.

— A mulher dele?

— Não.

— Já vou para aí.

Walt correu de volta para a sede do Departamento de Investigação Criminal após interrogar brevemente Tessa Young e fazer uma busca ainda mais breve na casa dela. Naquele momento, ele estava sentado diante do iMac com Ken Schuster assistindo ao vídeo na tela. Cameron Young estava nu e em uma posição comprometedora, curvado sobre um aparelho BDSM que Walt reconheceu de sua pesquisa da madrugada na internet.

— Olhe para essa porra. Que diabos é isso? — Ken perguntou.

— Um cavalo de tortura — Walter disse sem rodeios.

Lentamente, Ken virou o rosto e olhou de soslaio para Walt.

— Pesquise — Walt disse, apontando para a tela para afastar o olhar de Ken dele.

120

Na tela, Cameron Young estava deitado de bruços no aparelho, expondo as nádegas à punição ou ao prazer máximo. O vídeo foi reproduzido por quase um minuto, com o traseiro em plena exposição. Walt reconheceu o segundo plano do vídeo e percebeu que havia sido gravado no estúdio de Cameron, embora o enquadramento estivesse um pouco fora de centro. Parecia que a câmera tinha se deslocado e então a ação ocorria do lado esquerdo da tela.

— Alguma coisa além da bunda dessa cara? — Walt perguntou.

Ken apontou para o cronômetro na parte inferior direita da tela e levantou três dedos para iniciar a contagem regressiva. *Três, dois, um*. Assim que Ken abaixou seu terceiro dedo, um *estalo* sonoro saiu dos alto-falantes do computador. Walt se assustou, quase tanto quanto o corpo de Cameron Young se contraiu, quando um chicote com diversas tiras fustigou suas nádegas. O barulho de estalo foi ouvido novamente com uma segunda chicotada.

— Meu Deus.

— Ah, é algo bem selvagem — Ken disse.

O golpe veio pela terceira vez.

— Não acho que consigo assistir a isso — Walt afirmou.

— É melhor assistir.

Uma voz feminina podia ser ouvida, mas suas palavras exatas estavam abafadas demais para serem entendidas, como se o microfone da câmera não estivesse funcionando corretamente.

— De quem era essa voz? — Walt perguntou.

Ken apontou para a tela, sem tirar os olhos da ação. Finalmente, a parte posterior da mulher ficou à vista. Apenas as costas, as nádegas e as pernas estavam visíveis por causa da natureza amadora do vídeo e do ângulo fora de centro. Logo, porém, a mulher continuou andando e ficou totalmente à vista. Usando traje de couro preto de dominatrix, pulseiras com tachas e um colar enforcador com tachas prateadas espetadas em volta do pescoço, a mulher passou pelas nádegas expostas de Cameron Young e foi até o final do enquadramento. O chicote pendia perigosamente da sua mão direita. Quando ela se virou para a câmera, Ken pausou o vídeo, capturando sua imagem claramente.

— Quem é ela? — Walt perguntou.

— Victoria Ford. A melhor amiga de Tessa Young.

Walt ficou de pé.

— Você tem certeza sobre a identidade?

— Positivo.

— Há mais alguma coisa que preciso ver?

— Se não curtiu até agora, tenho certeza de que você não vai gostar do resto.

— Marque isso como evidência e proteja. Documente uma cadeia de custódia clara.

— Entendido, chefe.

Walt correu de volta para seu escritório para descobrir tudo o que pudesse sobre uma mulher chamada Victoria Ford.

20

Montanhas Catskill, Nova York
Sexta-feira, 25 de junho de 2021

A GARRAFA DE CHARDONNAY ESTAVA VAZIA QUANDO EMMA terminou de contar a Avery a respeito da investigação de assassinato em que sua irmã estava envolvida quando veio a falecer. Avery tinha ido até Catskills para entrevistar Emma Kind sobre a recente identificação dos restos mortais de Victoria Ford e para avaliar se havia material suficiente ali para produzir uma atração do *American Events*. A noção de que ela tinha chegado por acaso a uma história de um assassinato pavoroso fez sua mente fervilhar de ideias sobre o programa especial que ela poderia criar com os detalhes daquele caso.

Avery sentiu a cabeça girar com o inebriamento reconfortante do vinho, mas ela não protestou quando Emma apareceu com uma segunda garrafa. Avery queria saber tudo a respeito da irmã de Emma morta havia muito tempo e do crime do qual ela era acusada. Outra garrafa de vinho pareceu o canal perfeito para manter Emma falando. Além disso, Avery ficou fascinada com o objeto antigo que Emma trouxera junto com a segunda garrafa de vinho. Ela o reconheceu como uma secretária eletrônica saída direto dos anos noventa, e agora estava no meio da mesa do terraço. Emma tinha pedido licença no meio da história sobre Victoria para revirar a casa à procura de algo. Tinha sido quase uma produção e tanto para Emma resgatar a secretária eletrônica da despensa. Era uma ainda maior ressuscitá-la. Uma relíquia do passado, o aparelho precisava tanto de pilhas como de uma tomada elétrica para trazê-lo de volta à vida. O tempo todo, Avery tomava goles de chardonnay e tentava controlar o suspense do que havia no aparelho. Naquele momento, uma extensão elétrica vinha da tomada da cozinha, passava pelas portas do terraço e chegava até a mesa onde estava a secretária eletrônica. Pilhas palito acenderam o indicador luminoso na superfície. De fato, o aparelho estava vivo e gozando de boa saúde.

— Inicialmente, a notícia era só que um escritor rico havia sido morto em Catskills — Emma disse e prosseguiu. — Então, surgiram rumores de um caso amoroso. Quando Victoria foi associada ao assassinato, não acreditei. Não acreditei, na verdade, até o momento em que aquele vídeo terrível vazou e Victoria se tornou o centro da história. A imprensa era como um animal raivoso. Os jornalistas esperavam por ela na portaria do prédio onde ela trabalhava e do lado de fora do prédio onde morava. O vídeo estava em toda parte. Não existiam redes sociais naquela época, mas a internet estava começando a bombar. A imagem de Victoria naquele traje de dominatrix apareceu em todos os jornais, da tevê e impressos. O vídeo foi baixado milhares de vezes e visto sem parar em todas as casas cujos donos tinham tendências voyeurísticas. A mídia se empolgava com cada detalhe. Por um breve período, sadomasoquismo e bondage se tornaram manchetes diárias e comentários dos âncoras de telejornais em todo o país.

Na época, Avery estava no ensino fundamental, mas mesmo agora se lembrava vagamente da comoção causada pelo vídeo. Era difícil para ela acreditar que duas décadas depois ela havia se deparado com a história. Avery entendeu por que a mídia teve tanto interesse naquela ocasião. As manchetes tinham sido como ganchos de carne gigantes para capturar a audiência, movimentar os jornais e vender *spots* publicitários. Não só vinte anos atrás, ela pensou, mas atualmente também. Avery imaginou as manchetes para o seu programa de tevê. Os restos mortais de uma vítima do Onze de Setembro identificada vinte anos depois da queda das torres, uma mulher no centro de uma investigação de assassinato sensacional envolvendo um escritor famoso e uma tórrida história de sexo e traição. As possibilidades eram inesgotáveis. Provavelmente, os detalhes da cena do crime seriam impactantes e certamente se conectariam com o fascínio mórbido dos fãs de crimes reais do *American Events*. Avery se perguntou se conseguiria pôr as mãos nas fotos da cena do crime e em outros pormenores da investigação. Ou mesmo, ela se permitiu imaginar, trechos editados do vídeo de sexo.

— Nas semanas que antecederam o Onze de Setembro, uma notícia ruim após a outra foi veiculada — Emma disse. — As provas começaram a se acumular e eu não conseguia acreditar no que estava vendo no noticiário noturno. Um pedaço de corda foi descoberto no carro de Victoria que, segundo a polícia, correspondia à corda em volta do pescoço de Cameron Young. Aparentemente, toda a maldita cena do crime tinha as impressões digitais e o DNA de Victoria. Sua urina foi recuperada do vaso sanitário do banheiro e seu sangue foi encontrado na suíte principal.

Avery sentiu a mente ficar cada vez mais confusa pelo consumo de chardonnay. Ela ainda estava pensando em como obter as imagens daquele vídeo de sexo caseiro. Mas Avery precisava de mais do que aquilo. Ela precisava conseguir acesso ao prontuário do caso e aos detalhes sobre a investigação. Por um momento, ela pensou a respeito dos canais que poderia examinar para obter tais detalhes. Finalmente, ela trouxe seus pensamentos de volta ao presente e apontou para a secretária eletrônica.

— O que a secretária eletrônica tem a ver com tudo isso?

Emma tomou um gole de vinho para se acalmar.

— Victoria me ligou naquele dia.

— Que dia?

— Onze de setembro. Depois que o primeiro avião atingiu a Torre Norte. Ela me ligou para dizer que estava presa. Ela me ligou para... Para se despedir.

Vagarosamente, Avery pousou sua taça de vinho.

— Ah, Emma, isso é terrível. E você manteve a mensagem todos esses anos?

— Sim. Mas não por esse motivo. Não porque fosse de Victoria se despedindo. Ela me disse outra coisa naquele dia. Eu quero que você ouça.

Avery esperou, sem piscar e mal respirando. O barato etílico estava simultaneamente interferindo e facilitando sua concentração. Lentamente, Emma estendeu a mão até a secretária eletrônica e a ligou. Depois de alguns segundos de estática, uma voz foi ouvida.

"Emma!"

A voz de Victoria Ford estava surpreendentemente clara ao ecoar do aparelho de vinte anos.

"Se você estiver aí, atenda o telefone!"

Houve uma longa pausa enquanto Victoria esperava que a irmã respondesse ao seu apelo desesperado. Avery desviou o olhar do aparelho e olhou para Emma, mas ela estava com os olhos fechados. Avery se perguntou quantas vezes Emma tinha ouvido aquela gravação nos últimos vinte anos. No fundo da gravação, Avery ouviu gritos, choros e caos generalizado.

"Emma, estou na cidade... No World Trade Center. Aconteceu alguma coisa. Houve uma explosão e as pessoas estão dizendo que um avião bateu no prédio. Estou na Torre Norte e... Acho que estamos presos. Há um incêndio nos andares abaixo de nós que está nos impedindo de chegar ao andar térreo. Estamos todos indo para a cobertura. Algumas pessoas estão dizendo que mandarão helicópteros para nos resgatar. Não sei se acredito, mas estou seguindo a multidão. Não há outro lugar para ir. Eu te amo! Diga à mamãe e ao papai que também os amo. Ligo de novo quando souber o que está acontecendo. Adeus por agora."

Emma desligou a secretária eletrônica e olhou para Avery, que tinha lágrimas nos olhos.

— Emma, isso é... Trágico. Eu sinto muito. Deve ser horrível ter essa gravação. Ter essa lembrança.

125

— Tem mais — Emma disse. — Outra mensagem. E é isso que eu quero muito que você ouça.

Emma respirou fundo, tomou outro gole de vinho e ligou a secretária eletrônica novamente.

"Emma, sou eu. Hum... Escute. Estou ouvindo algumas coisas malucas agora. Está tudo muito caótico e não sei no que acreditar. Terroristas e aviões. Houve outra explosão e as pessoas estão dizendo que um segundo avião bateu na torre. Ou na Torre Sul. Eu não... Não há para onde ir. A porta da cobertura estava trancada e então vamos tentar descer novamente. Alguém disse que conhece uma escada diferente que pode estar aberta... Então... Estou indo agora. Mas..."

O suspense provocado por uma longa pausa fez com que Avery sentisse alguma dificuldade para respirar. Ela se inclinou para mais perto da secretária eletrônica, esperando as próximas palavras de Victoria Ford. Naquela gravação, havia uma suavidade ausente na primeira. A falta de ruído de fundo e do caos que tinham estado presentes na primeira gravação emprestaram uma quietude àquela mensagem que deu a Avery a impressão de que não só Victoria Ford, mas o próprio prédio havia cedido ao seu destino. Finalmente, a voz de Victoria veio.

"Tudo o que está acontecendo comigo. Tudo o que está acontecendo com a investigação. Por favor, saiba... É importante para mim que você saiba... Eu não fiz as coisas de que estão me acusando. Eu amava Cameron. Isso é verdade. Mas eu não o matei. Você me conhece, Em. Você sabe que não sou capaz disso. Disseram que encontraram meu sangue e minha urina no local. Mas não pode ser verdade. Nada disso pode ser verdade. Por favor, acredite em mim. Se eu... Emma, se eu não conseguir escapar do prédio... Por favor, acredite que sou inocente. Por favor..."

Avery esperou durante vários segundos de silêncio. Por um instante, ela achou que a gravação tinha acabado, mas Emma não fez nenhum movimento para desligar o aparelho. Finalmente, a voz de Victoria Ford voltou para elas uma última vez.

"Encontre um jeito, Em. Encontre um jeito de provar isso. Por favor. Encontre um jeito de provar ao mundo que não sou o monstro que pintaram. Tenho que ir agora. Eu te amo."

Emma estendeu a mão até o meio da mesa e desligou a secretária eletrônica. Em seguida, olhou para Avery.

— Então, aí está. O último pedido de minha irmã era para eu provar sua inocência. Tentei por vinte anos, mas fiz pouco progresso. As pessoas que estavam envolvidas com o caso naquela época, como o resto do mundo, ficaram estupefatas com as consequências do Onze de Setembro. Quando as coisas voltaram a algum estado de normalidade, minha irmã e o processo contra ela foram empacotados. O caso foi considerado encerrado. Tentei fazer que a investigação prosseguisse, sabendo que as coisas que alegavam que minha irmã tinha feito poderiam não ser verdade. Mas ninguém queria ouvir falar de mim. Ninguém queria falar comigo. Ninguém se importou.

— Eu me importo — Avery afirmou.

Avery não tinha encontrado apenas uma história que se destacaria na programação de outono das reportagens comemorando o vigésimo aniversário do Onze de Setembro, mas também havia encontrado um mistério. Ela tinha atravessado o país por outro motivo, talvez mais importante. Avery estava usando a identificação dos restos mortais de Victoria Ford como disfarce para esconder o verdadeiro propósito da sua presença em Nova York, que era encerrar o assunto da família Montgomery para sempre. No entanto, de alguma forma, sem procurar, Avery se viu no meio das montanhas Catskill sentindo um inebriamento de vinho vespertino e encarando um mistério gigantesco.

— Acredito piamente no destino — Emma disse. — Tudo acontece por uma razão. Acredito que o destino trouxe você até minha porta. Victoria me pediu para limpar seu nome. Ela não queria ser lembrada como uma assassina. Ao longo dos anos, não tive muito sucesso em refutar qualquer parte do processo contra Victoria. O sangue, a urina ou qualquer outra prova. Mas também não tive muita ajuda. Quem sabe isso não esteja prestes a mudar? Com sua ajuda... Quer dizer, juntas, talvez você e eu tenhamos mais sorte. Da mesma forma que Victoria sempre será aquela mulher jovem e saudável na minha mente, também sempre será inocente para mim. Então, quando você perguntou se finalmente a identificação dos restos mortais da minha irmã pôs fim ao caso para mim... Talvez um pouco. Mas a única coisa que vai me trazer *paz* é finalmente provar que minha irmãzinha nunca matou ninguém. Você vai me ajudar?

O agente de Avery tinha pedido detalhes sobre o conteúdo que ela planejava trazer para a próxima temporada de *American Events*. Dwight Corey havia pedido munição antes de voltar à mesa de negociações. Avery tinha acabado de tropeçar numa fábrica de munições.

— Você vai me ajudar? — Emma voltou a perguntar.

Avery assentiu lentamente.

— Vou.

PARTE III
MENTIRAS

21

Manhattan, Nova York
Segunda-feira, 28 de junho de 2021

— ONDE? – DWIGHT COREY PERGUNTOU.

Avery estava sentada no Jacques, o bar do Hotel Lowell, e usava o canudo para mexer o gelo da sua vodca Tito's com água gaseificada. Três dias tinham se passado desde sua tarde etílica com Emma Kind, quando duas garrafas de chardonnay tinham acompanhado algumas revelações surpreendentes sobre Victoria Ford.

— Nova York — Avery respondeu.

— O que você está fazendo em Nova York?

— Estou correndo atrás de uma história.

— Bem, seu *timing* é uma droga. Mosley Germaine quer se encontrar para discutir seu contrato. Ele deixou uma série de mensagens para eu ligar de volta.

— Ofereceram mais do que setecentos e cinquenta mil?

— Não estão cedendo, mas querem falar sobre incentivos e regalias.

— Não vou falar de incentivos e regalias até que a base seja definida. Você recebeu meu e-mail?

Avery tinha enviado um e-mail ao seu agente detalhando os salários dos apresentadores de revistas eletrônicas nos últimos vinte anos, corrigidos pela inflação e de acordo com a audiência. A planilha incluiu os apresentadores de *Dateline*, *20/20*, *48 Hours* e *60 Minutes*, juntamente com a respectiva audiência de cada programa. Segundo os exemplos que Avery compilou, contrapondo seus índices de audiência em relação à concorrência, setecentos e cinquenta mil dólares por ano seria um salário bastante baixo.

— Avery, você está em Nova York tendo reuniões com outras emissoras? — Dwight perguntou com mais do que um pouco de ceticismo em sua voz.

— Claro que não. Nunca faria uma reunião sem a presença do meu intimidante agente de um metro e noventa e oito de altura, em seu terno impecável e com suas unhas impecavelmente feitas, ao meu lado. Estou começando a questionar suas habilidades de negociação, mas você ainda assusta a maioria das pessoas. Estou em Nova York correndo atrás de uma história, só isso.

— Precisamos conversar sobre a proposta de Germaine.

— Não até que ele leve a sério o que está oferecendo. Olhe, você me disse para encontrar algum conteúdo para a próxima temporada. Eu encontrei.

— Tudo bem — Dwight afirmou. Houve uma longa pausa antes que ele falasse novamente em um tom abatido. — Dê-me uma recapitulação de trinta segundos dessa história que a levou para Nova York.

— Recentemente, os restos mortais de uma vítima do Onze de Setembro foram identificados por meio de uma nova tecnologia de DNA no IML de Nova York. Falei com a médica-legista, a dra. Lívia Cutty, e ela está disposta a me dar uma explicação sobre a nova técnica, que ela considera um avanço significativo para identificar os cerca de vinte mil restos mortais do Onze de Setembro não identificados e que ainda estão armazenados no laboratório forense.

— Parece interessante e o momento é apropriado para esse outono. Mas não tenho certeza se é uma matéria muito atraente.

— Só estou começando. Localizei Emma Kind, a irmã da mulher que acabou de ser identificada. Estava procurando um lado pessoal para a história. Algo que tivesse a chance de se destacar nesse outono quando todos vão produzir reportagens sobre o vigésimo aniversário do Onze de Setembro. Então, fiquei sabendo que os restos mortais identificados pertencem a uma mulher chamada Victoria Ford, que por acaso enfrentava um indiciamento pelo assassinato do seu amante casado, um escritor rico chamado Cameron Young, quando ela morreu.

— Espere aí — Dwight disse. — Por que conheço esse nome?

— Porque na década de 1990 ele escreveu uma série de livros de suspense que foram *best-sellers*. Pela pesquisa que fiz no fim de semana, ele era muito conhecido. Seus livros ocuparam o primeiro lugar em todas as listas e foram vendidos em todo o mundo. Milhões de exemplares. Sua morte foi um grande acontecimento na época. E então, quando essa investigação de assassinato estava se tornando o foco do país, ela foi ofuscada.

— Pelo Onze de Setembro.

— Isso mesmo. A maioria das pessoas se esqueceu de Cameron Young e da amante que o matou. De forma compreensível, voltou sua atenção para a nova e real ameaça do terrorismo que tinha chegado ao nosso país.

— Tudo bem — Dwight disse de forma arrastada. — Então, qual é a sua perspectiva? Os restos mortais da última vítima identificada do Onze de Setembro pertencem a uma mulher acusada de assassinato? Não tenho certeza se é exatamente uma história inspiradora para o aniversário de vinte anos.

— Esqueça essa coisa de história inspiradora. Esqueça a comemoração de vinte anos do Onze de Setembro. Esse é apenas o gancho. Eu pretendo investigar o assassinato de Cameron Young. Essa é uma história de crime real que vai superar tudo que eu já fiz antes.

— Não estou entendendo. O caso foi aberto e encerrado, não foi?

— Não necessariamente. Emma Kind conta uma história bastante interessante sobre sua irmã. Victoria Ford pode ser culpada por pecado, mas algo me diz que não é só isso. Algo me faz querer examinar os detalhes. Em apenas alguns dias, coletei uma tonelada de informações sobre o caso, e ainda nem falei com ninguém diretamente ligado à investigação. Mas Emma está me ajudando nessa frente. Ela me deu uma lista de todas as pessoas que estiveram na vida de sua irmã. Estou procurando o viúvo de Victoria Ford. Vou falar com seus amigos e suas amigas. Com sua família. O advogado que a representou. Estou tentando entrar em contato com o detetive que investigou o caso. Falei com as autoridades e elas estão me respondendo. Também vou me comunicar com a família de Cameron Young. Há muitos ângulos aqui, Dwight. O assassinato em si foi grotesco: uma cena de bondage sadomasoquista que incluiu a vítima pendurada na varanda de sua mansão. Ah, e existe um vídeo de sexo caseiro em algum lugar.

133

— Caramba. Tudo bem, desacelere um pouco. Não tenho certeza se este é o melhor uso do seu tempo nesse momento, enquanto estamos no meio da negociação do seu contrato.

— Com certeza é. Estou pisando fundo no acelerador. Vou investigar esse assassinato e ver se os policiais não acusaram a pessoa errada, como Emma Kind acredita que seja o caso. Se eu encontrar alguma prova para tal fim, vou reunir tudo e fazer uma revelação surpreendente sobre a última vítima do Onze de Setembro a ser identificada, que foi acusada injustamente antes de morrer.

— E se tudo que você descobrir for que ela era culpada da acusação?

— Então *ainda* não deixa de ser uma história interessante. Porque é com bons motivos que Emma Kind acredita que sua irmã era inocente.

Houve um silêncio na linha entre eles.

— Sabe, Avery, enquanto você está circulando por Nova York, Germaine pode cancelar a proposta a qualquer momento e escolher outra pessoa. Você está disposta a se arriscar?

— Ela tem uma gravação — Avery revelou.

— Quem?

— Emma Kind.

— Que tipo de gravação?

— Uma secretária eletrônica com uma gravação da irmã dela da manhã do dia 11 de setembro. Depois que Victoria ficou sabendo que estava presa na Torre Norte, ela ligou para a irmã. A gravação foi feita um pouco antes de a torre desabar.

— Caramba — Dwight disse em um tom desgostoso.

— O quê?

Avery ouviu seu agente respirar fundo e deixar o ar escapar lentamente.

— Você está começando a despertar meu interessante. Siga.

— No recado gravado, Victoria Ford afirma ser inocente. Ela diz a Emma que não há como ser capaz de matar alguém, e pede para a irmã provar isso se ela não conseguir sair da Torre Norte.

— Você consegue essa gravação?

— Já estou com ela.

— Você já está com ela? Com a permissão dessa mulher para reproduzi-la para milhões de telespectadores.

— Isso mesmo. Emma e eu viramos melhores amigas depois de duas garrafas de vinho no terraço da casa dela. Ela me deu a secretária eletrônica para que eu pudesse analisar cada detalhe da gravação. Emma vai me dar toda a ajuda de que eu precisar, desde que eu concorde em ajudar a limpar o nome da irmã.

— De todas as ideias malucas que você teve nos últimos dois anos, essa parece ter mesmo alguma base.

— Ah, se tem. E planejo investigá-la durante todo o verão até encontrar a verdade.

— Você parece empolgada.

— Estou na estrada, sozinha e nas trincheiras. Estou me sentindo bem com isso, Dwight.

— Vou enrolar Germaine por mais uma ou duas semanas. Mantenha-me informado.

— Sempre — Avery respondeu e sorriu.

22

Manhattan, Nova York
Terça-feira, 29 de junho de 2021

AVERY SAIU DO SAGUÃO DO HOTEL. O CONTRASTE COM OS subúrbios de Los Angeles sempre a impressionava quando ela ia para Manhattan. Seu apartamento de dois quartos no décimo segundo andar do prédio Ocean Towers em Santa Mônica oferecia uma vista eterna do oceano Pacífico e de longos trechos de praias acolhedoras ao norte e ao sul. Tudo em Santa Mônica era baixo e espaçado. Ali em Manhattan, tudo era empilhado e comprimido, com a infraestrutura projetada para embalar as pessoas umas em cima das outras. Era uma grande mudança de ritmo enquanto ela corria atrás da sua história, mas não em um lugar onde ela quisesse voltar a viver. Ela tinha passado a infância naquela cidade, mas havia ansiado fugir do congestionamento desde o primeiro verão em que os pais a enviaram para o acampamento de vela de Connie Clarkson em Sister Bay, em Wisconsin. Avery não tinha esperado chegar tão longe quanto a Costa Oeste, mas agora que ela tinha morado ali por vários anos, não conseguia pensar em montar acampamento em nenhum outro lugar.

As paisagens e os cheiros do reduto da sua infância produziam uma nostalgia normal, mas outra coisa também. Muitas coisas ruins acontece-ram naquela cidade. Muitas coisas que Avery queria esquecer. Coisas que viraram sua vida de cabeça para baixo, a expulsaram e a forçaram a se tor-nar outra pessoa. Voltar sempre desencavava lembranças que turvaram as águas da sua vida. Só o tempo teve a capacidade de assentá-las e acalmá--las. Claro, a solução para esse habitual despertar de más lembranças seria parar de voltar a Nova York. Porém, sempre coisas continuavam a puxá--la de volta para aquele lugar santificado. A primeira era a lembrança da última vez que ela tinha estado na água em seu Oyster 625.

Avery desceu as escadas da Penn Station e passou por uma catraca para pegar o metrô. Acomodou-se em um assento perto da parte traseira do vagão e fez o trajeto em silenciosa contemplação até sair na rua Cham-bers. Caminhou por vários quarteirões, em direção ao sul, até encontrar a rua Vesey, onde acabou pegando a direção oeste para a marina North Cove. Todos os seus sentidos a bombardearam — os cheiros, os sons e as imagens — e conspiraram para colapsar o tempo e apagar os anos que se passaram desde que ela esteve ali pela última vez. Foi no verão antes do terceiro ano na faculdade de direito. Seus pais tinham ido para a casa dos Hamptons para um fim de semana prolongado, e ela e Christopher deve-riam se juntar a eles no dia seguinte. Enquanto isso, o Oyster 625 estava à disposição dos irmãos.

Enquanto Avery olhava para a marina e os barcos, pensou em Chris-topher e naquela manhã de verão. Eles sabiam que uma tempestade estava se formando no Atlântico. Sabiam que encontrariam mau tempo. Sabiam que seria perigoso. Sabiam que não era uma boa ideia sair para velejar com o Oyster naquele dia. Mas, mesmo assim, Avery subiu a bordo e zarpou da marina com o motor ligado.

Naquele momento, Avery começou a percorrer o longo cais, um passeio lento que a levou de volta no tempo. Então, ela parou na rampa onde o *Claire Vidente* ficava atracado antigamente. Em seu lugar, havia um outro barco de propriedade de outra família. Avery fechou os olhos enquanto lembranças passavam pela sua mente como ondas de crista espumosa quebrando na proa. Ela apertou as pálpebras enquanto pensava na chuva torrencial que transformou o dia em noite e na proa que deslizava sob a superfície do mar. Sentiu um calafrio quando se lembrou do salto sobre a amurada, do mergulho nas águas frias e turbulentas e das ondas golpeando sua cabeça. Pressionando os dedos nas têmporas, ela tentou, mas não conseguiu embotar a imagem da popa do veleiro subindo no ar, não muito diferente da imagem do *Titanic*, antes de afundar em direção ao fundo do mar. O colete salva-vidas mal a tinha mantido viva até a Guarda Costeira encontrá-la.

Contudo, a lembrança da última vez que ela tinha velejado com o *Claire Vidente* e o que aquela viagem final significou para o irmão não era a única coisa que continuava a trazer Avery de volta para Nova York. Ela tirou da sua bolsa o cartão-postal que tinha chegado em sua caixa de correio alguns meses antes. Observou a imagem da cabana de madeira na frente e então virou o cartão para ler a mensagem escrita ali.

Para a primeira e única Claire Clarividente,
apenas curtindo e assistindo a Events of America.
Gostaria de companhia.

No canto inferior direito do cartão, Avery voltou a ver os números.

777

Ela poderia mesmo fazer isso? Ela tinha atravessado todo o país por um motivo, mas será que realmente conseguiria ir até o fim? Avery sabia que tinha a vida dele nas mãos e que as decisões que tomava enquanto estava em Nova York podiam garantir a liberdade dele ou tirá-la.

23

Manhattan, Nova York
Terça-feira, 29 de junho de 2021

AVERY DEIXOU A MARINA E COMEÇOU A SEGUIR NA DIREÇÃO leste. Caminhar pelas ruas de sua cidade da infância naquela tarde a fez se dar conta de quão longe tinha chegado desde que havia jogado montes de terra sobre sua antiga identidade e fugido para Los Angeles. O plano tinha sido nunca olhar para trás, mas Avery havia falhado de forma miserável nisso. Ela checava o espelho retrovisor de sua vida com tanta frequência que era um milagre que não tivesse causado uma colisão frontal. No entanto, seu sucesso em *American Events* propiciava períodos em que se esquecia daquela cidade e dos seus segredos. A viagem daquele ano, e tudo o que tinha planejado, talvez proporcionasse o novo começo que estava procurando.

A caminhada de volta para Midtown levou mais de uma hora, mas ela precisava de tempo e solidão para desanuviar a mente das lembranças suscitadas pela sua visita à marina North Cove. Eram quase seis da tarde quando alcançou a Sétima Avenida e virou na rua 47 Oeste. Ela encontrou o nome *The Rum House* pintado na janela da frente do estabelecimento, abriu a porta e entrou. Avery o avistou antes que ele a notasse. Sentado em uma banqueta, ele girava um copo no balcão diante de si com a mão direita, ao mesmo tempo que coçava um ponto no meio do peito com a mão esquerda. A pesquisa de Avery revelou que aquele homem tinha apenas vinte e oito anos quando conduziu a investigação do caso Cameron Young. Aquilo o colocava na casa dos quarenta no presente, mas daquela distância e com a iluminação fraca do bar escurecendo suas feições, ele parecia mais jovem. Num segundo olhar, conforme ela se aproximava, Avery achou que era o homem errado. Mas não, ela estava olhando para o detetive Walt Jenkins. Ele não parecia muito diferente das imagens de 2001 que ela vira dele, quando seu rosto apareceu nos artigos de jornal que ela lera e nos vídeos arquivados de coletivas de imprensa a que assistira *on-line*. Walt Jenkins poderia passar por seus trinta e poucos anos e tinha o tipo de aparência que tornava Daniel Craig atraente: cabelo curto e costeletas aparadas, marcas de sorriso que delimitavam seus lábios, que estavam vincados agora que ele examinava sua bebida, e a presença precoce de pés de galinha nos cantos dos olhos. Enquanto Avery se aproximava, ele tirou os olhos da bebida. Quando eles fizeram contato visual, ela notou que os olhos dele tinham uma cor azul-glacial que à primeira vista poderia ser confundida com cinza.

Avery sentiu que ele a reconheceu. A celebridade nunca tinha sido algo que ela procurou desde que fugiu de Nova York, muito pelo contrário. Contudo, a fama a tinha encontrado de alguma forma. Milhões de pessoas assistiam a *American Events* todas as semanas, de modo que era inevitável que ela fosse reconhecida. Walt Jenkins levantou o queixo, que Avery notou que tinha uma fenda no meio, e sorriu. Os dentes dele eram alinhados e muito brancos, contrastando com sua pele bronzeada. Avery estendeu a mão.

— Detetive Jenkins? — ela perguntou.

Surpreso, ele ergueu uma sobrancelha ao apertar a mão dela.

— Agora isso soa estranho. Faz anos que não sou chamado de detetive. Walt Jenkins.

— Oi, Walt. Avery Mason. Li que você está aposentado, o que é difícil de acreditar. Você não parece ter idade para isso. Quer dizer, você não parece um aposentado.

— Ainda não sou membro de carteirinha do Sindicato dos Aposentados, Retirados e Pensionistas, mas estou definitivamente aposentado do trabalho de detetive. Por muitos e muitos anos agora.

— Do Departamento de Polícia da cidade de Nova York?

— Não, nunca trabalhei no Departamento de Polícia da cidade de Nova York. Quando era policial, trabalhei para o Departamento de Investigação Criminal do estado de Nova York.

— Sim, o seu trabalho no Departamento; era sobre isso que eu esperava trocar algumas ideias com você.

— Certo. Sente-se. Posso te oferecer uma bebida?

Avery sentou-se na banqueta ao lado de Walt e apontou para a bebida dele.

— O que é isso, bourbon?

— Rum.

— Rum?

— O lugar se chama Rum House.

— Com gelo?

— É como um bom rum deve ser apreciado. E não arruinado misturando-o com refrigerante, Red Bull ou que diabos a garotada está fazendo hoje em dia. Posso pedir um para você?

— Sou uma garota de Tito's e água com gás, se é que servem vodca em um bar de rum.

Avery acenou para o barman, que preparou a bebida em tempo recorde e a colocou diante dela.

— Então, qual é o seu histórico? — Avery perguntou. — Você se tornou detetive com vinte e oito anos e se aposentou mais cedo?

— Não exatamente. Depois de minha passagem pelo Departamento de Investigação Criminal, fui para o FBI.

Avery ergueu o copo para tomar um gole, mas fez uma pausa, com a borda do copo a um centímetro dos lábios, com a menção do FBI. Finalmente, ela tomou um longo gole de vodca, balançando a cabeça ao recolocar a bebida no balcão.

— Como não fiquei sabendo disso?

— Me diga você. Você é a jornalista investigativa.

Avery procurou processar a ideia de que estava sentada em um bar com um membro do FBI, uma agência que tinha interesse especial em sua família.

— Em sua defesa, minha carreira no Bureau não foi o que você chamaria de *notável*. É fácil de passar despercebida. Eu trabalhei basicamente como burocrata durante alguns anos após o Onze de Setembro e ainda não tenho certeza se alguns dos meus esforços ajudaram na guerra contra o terrorismo. Em seguida, fui transferido para vigilância, onde passei o restante da minha carreira.

Vigilância, Avery pensou. Não *crimes de colarinho-branco*.

— Então, como você conseguiu se aposentar na casa dos quarenta anos? Invista na casa dos vinte e viva feliz para sempre?

— Não exatamente. Sofri um acidente de trabalho e fui educadamente convidado a me afastar. Concordei educadamente.

— Sério. E agora?

— Moro em uma casa alugada na Jamaica, onde passei os últimos anos. Só volto para Nova York quando necessário. Esta cidade guarda algumas lembranças difíceis, e voltar sempre as atiça.

Avery pensou em sua tarde, em sua ida até a marina e na longa caminhada pelas ruas de Manhattan, onde tentou assentar as próprias lembranças preocupantes. Ele tinha feito o possível para se distanciar das mazelas da família Montgomery, pelo menos para se esconder delas. Especificamente, ela tentou escapar da sua ligação com o Ladrão de Manhattan, como o pai era conhecido na imprensa. A infâmia do pai era o motivo pelo qual ela sentia uma sensação incômoda sentada ao lado de um ex-agente do FBI, e o seu passado tórrido explicava o motivo pelo qual ela se perturbou com sua atração por Walt Jenkins. A batalha travada entre seu antigo e atual eu a estava consumindo. Dominava sua vida profissional e privada. Tinha a impedido de ter um relacionamento significativo com um homem nos últimos anos. Seu último relacionamento sério tinha sido com um colega de turma no segundo ano da faculdade de direito. Ela se afastou dele quando a verdade sobre os negócios do pai começou a chegar ao público e os desdobramentos mostraram sua face nefasta. Avery sabia que os anos passados aprendendo direito foram tão perdidos quanto se ela os tivesse passado em uma boca de fumo. Nenhum escritório de advocacia ou município contrataria a filha de Garth Montgomery para colocar criminosos atrás das grades. A ironia seria grande demais até mesmo para o sistema político disfuncional dos Estados Unidos engolir.

Sua história contada explicava o motivo pelo qual Avery nunca tinha se apaixonado mesmo tendo trinta e dois anos. Os relacionamentos eram complicados. Relacionamentos *reais*, aqueles que duravam mais do que poucos meses de namoro intermitente. Porque além daquele ponto as coisas ficavam confusas com os homens. Ela não sabia bem onde sua vida como Avery Mason começava e a de Claire Montgomery terminava. Aquelas duas personalidades se sobrepunham de uma maneira que tornava a honestidade um desafio monumental. Sua mente tinha tentado muitas vezes percorrer os caminhos sinuosos que constituíam as primeiras conversas no início de um relacionamento, quando ambas as partes compartilhavam histórias sobre seu passado, sobre a infância e sobre seus pais e irmãos. Para Claire Montgomery, a tela do seu passado estava respingada com os pingos de tinta de um pintor frenético e enlouquecido. Para Avery Mason, aquela tela estava em branco. O fato de que ambas as identidades estavam ligadas para sempre por um ódio ao pai que traiu sua família complicava as coisas. O fato de que ela não conseguia deixar de amar o filho da puta só tornava as coisas mais confusas. Junte tudo isso e não será difícil entender o motivo pelo qual Avery acolhia homens em sua vida — e especificamente em sua cama — com grande apreensão.

Avery se recuperou dos seus pensamentos.

— Você estava na Jamaica quando eu liguei?

Walt assentiu.

— Estava.

— O que há na Jamaica?

— Um rum muito bom e um cachorro chamado Bureau.

— Quem está tomando conta do cachorro?

— Geralmente, ele sabe se cuidar. Bureau era um cachorro abandonado, mas eu o deixei manso. Um amigo está cuidando dele enquanto estou fora — Walt disse.

Avery apontou para o balcão e curvou a cabeça para baixo.

— Agora o rum faz sentido. E o bronzeado. Sinto-me honrada por você ter voltado aos Estados Unidos a meu pedido.

— Sou um grande fã de *American Events*. Quando soube que Avery Mason estava tentando me localizar, isso despertou meu interesse. Então me diga, o que você tem em mente?

— Cameron Young.

— Isso eu sei. O que tem ele?

— Estive pesquisando a morte dele e a investigação do assassinato que a cercou. Estou pensando na possibilidade de rever o caso como uma atração em potencial no *American Events*. Dar uma boa olhada no caso e recontar a história para um dos meus programas especiais de crimes reais. Já que você foi o detetive-chefe, achei que seria um bom lugar para começar.

Walt concordou com um gesto de cabeça.

— O caso Cameron Young preenche todos os requisitos para uma reportagem sensacionalista em uma revista eletrônica, com certeza.

— Sim — Avery admitiu.

— Escritor rico.

Avery assentiu.

— Cena do crime pavorosa.

— Sexo — Walt afirmou com as sobrancelhas erguidas. — E pervertido.

— Sim, loucuras de sadomasoquismo pelo que li. Além de traição.

— Muito disso.

— E agora, a identificação dos restos mortais de Victoria Ford vinte anos depois do Onze de Setembro.

Walt ergueu seu copo de rum.

— Caramba, eu assistiria ao especial com certeza.

Avery riu.

— Obrigada, vou considerá-lo um admirador fiel se eu conseguir tirar esse projeto do papel. Mas, sinceramente, estou querendo fazer mais do que apenas *recontar* o caso.

— Sim? O que você tem em mente?

Avery fez uma pausa para tomar um gole de vodca, sabendo que seu próximo comentário não seria bem recebido.

— Estou querendo contar uma história diferente. Uma que seja menos focada no escritor rico que foi morto e mais dedicada à mulher acusada de matá-lo.

— De que maneira?

Avery fez uma nova pausa.

— Existe alguma hipótese de que o Departamento de Investigação Criminal tenha se enganado a respeito de Victoria Ford?

Ela observou Walt Jenkins considerar a pergunta enquanto ele girava o copo na poça fina de condensação que se formara no balcão de mogno. Ele ergueu o copo e tomou um gole. Em seguida, olhou para ela com uma expressão séria.

— Não — Walt respondeu.

Curiosa, Avery semicerrou os olhos.

143

— Assim tão simples? Não pode haver outra hipótese? O crime aconteceu há vinte anos. Você se lembra de todos os detalhes de tanto tempo atrás?

— Claro que não. Mas desde que você ligou, dediquei algum tempo para rever o caso e refrescar minha memória. O processo contra Victoria Ford era incontestável. Tinha que ser, devido à cobertura da mídia na época. Não foi circunstancial. Não foi especulativo. Baseou-se em provas físicas coletadas na cena: DNA, impressões digitais, um vídeo muito incriminador e muito mais. Tudo se encaixava. Se você examinar os detalhes do caso, vai ver do que estou falando.

— O.k. — Avery disse, assentindo com um gesto de cabeça. — Isso é o que eu esperava fazer. Você estaria disposto a examinar esses detalhes comigo? Voltar a mergulhar fundo no caso para que eu possa reconstituir como você passou a suspeitar de Victoria Ford como assassina de Cameron Young?

Com certo descontentamento, Walt projetou o lábio inferior para fora, mas assentiu.

— É por isso que estou aqui. Ainda conheço algumas pessoas no Departamento de Investigação Criminal e me dediquei nos últimos dias a rever o caso. Fotos da cena do crime, provas registradas, transcrições de interrogatórios, gravações, vídeos e atualizações. Há milhares de páginas de relatórios, mandados, registros telefônicos, e-mails. Além disso, todas as provas coletadas.

— Isso é exatamente o que estou procurando.

— Preciso consultar os burocratas para ter certeza de que não se importam que uma jornalista veja o prontuário, mas isso, tantos anos depois, não acho que será um problema. Se eu conseguir a aprovação, não me importarei de compartilhar tudo com você.

Naquele momento, Walt fez uma pausa e logo prosseguiu.

— Mas para quê? Para você esmiuçar as coisas e convencer alguns céticos de que Victoria Ford era inocente? Transformá-la em vítima, acusada injustamente e toda a merda que os programas de crimes reais apresentam hoje em dia? Então ligar essa especulação com os restos mortais dela que acabaram de ser identificados?

Avery tomou outro gole de vodca, ganhando tempo para reunir seus pensamentos e organizar uma apresentação.

— Vim de Los Angeles porque queria fazer uma reportagem sobre a última vítima do Onze de Setembro cujos restos mortais foram identificados. Essa vítima acabou sendo Victoria Ford. Quis vir aqui e tomar conhecimento sobre a nova técnica utilizada no processo de identificação e talvez falar com a família de Victoria, o que fiz. Conheci a irmã dela e ela me contou uma história bastante interessante sobre Victoria.

— Deixe-me adivinhar. Ela acredita que Victoria Ford era inocente e não há como sua irmã ter matado alguém.

Avery fez que sim com a cabeça.

— Sim, algo do gênero.

— Você tem irmãos?

Avery permaneceu calada, contemplando brevemente os cubos de gelo de sua vodca antes de voltar a olhar para Walter Jenkins. Era por isso que era tão difícil conhecer novas pessoas: descobrir o quanto de verdade revelar sobre si mesma e o quanto esconder. Cada detalhe que ela oferecia era uma pista sobre seu passado.

— Eu tinha um irmão — ela respondeu, finalmente. — Ele morreu.

— Desculpe. Não foi um bom exemplo.

— Não, isso saiu da maneira errada. Caramba, sou uma idiota. Não quis ser tão direta a esse respeito.

Houve uma curta pausa antes de a conversa ser reiniciada.

— Deixe-me tentar de novo — Walt disse. — Pense na sua melhor amiga. Se ela fosse condenada por assassinato, você acreditaria que ela era culpada?

— Sem dúvida. Ela pode ser uma vadia vingativa.

Walt riu.

— Você não está facilitando as coisas para mim.

— Entendo seu ponto de vista. Nenhum irmão ou irmã está disposto a acreditar que a irmã tenha matado alguém.

Inicialmente, Avery não tinha acreditado que o pai era um dos maiores criminosos de colarinho-branco da história americana. Mas, diante das provas contundentes, ela não teve escolha. No entanto, ainda havia uma parte dela que se agarrava à percepção ideal do pai, que remontava a antes de ele detonar a família e fazer ruir suas vidas.

145

— A maioria dos familiares reage negando — Walt explicou. — Mesmo quando confrontados com provas inegáveis. Há assassinos no corredor da morte cujas mães, pais, irmãs e irmãos acreditam que são inocentes. Acreditam nisso, apesar da própria confissão do cara. Apesar do arrependimento do cara. Os familiares têm dificuldade em imaginar seus entes queridos como assassinos. Portanto, não tenho nenhuma dúvida de que a irmã de Victoria Ford acredita que ela é inocente. Mas uma revisão do caso provará o contrário. No final das contas, as provas não se importam com seus sentimentos.

Avery ficou tentada a mencionar a gravação que ouvira de Victoria Ford implorando para que Emma limpasse seu nome depois que ela se deu conta do seu destino na Torre Norte. Avery acreditava que o tom sincero do apelo de Victoria seria um adversário digno se confrontado até mesmo com as provas mais contundentes. Se não em um tribunal real, então pelo menos no tribunal da opinião pública. E aquela arena era tudo com que Avery se importava quando considerava o projeto Victoria Ford e como este dizia respeito ao *American Events*.

Chegaria o momento de compartilhar a gravação na secretária eletrônica de Emma Kind. Chegaria o momento de desenvolver a narrativa da história que Avery esperava contar. Mas ela precisava de informações primeiro. Estava em busca de material, abastecendo-se para um longo inverno: a metáfora que ela e sua equipe usavam para descrever o processo de construção de uma história. Coletar todas as informações possíveis de ser encontradas e reduzi-las ao essencial. Avery não tinha certeza de como seria a história, se funcionaria e se Walt Jenkins desempenharia um papel significativo na construção da história ou seria a bola de demolição que a derrubaria. Até que soubesse, ela guardaria para si a secretária eletrônica de Emma Kind.

— Vamos começar por aí — Avery disse. — Com as provas. Eu gostaria de rever o caso com você para que possa me mostrar aonde essas provas o levaram.

— Levaram-me diretamente para Victoria Ford. Mas está bem. Me dá um dia para fazer algumas ligações e organizar minhas anotações?

— Com certeza. Você ainda tem o meu número?

— Sim — Walt respondeu.

Avery enfiou a mão na bolsa para pagar a conta do bar.

— É por minha conta — Walt disse.

— Eu fiz você vir da Jamaica. O mínimo que posso fazer é pagar uma bebida para você.

Avery deixou o dinheiro ao lado do seu copo, levantou-se da banqueta e se dirigiu para a saída do bar.

24

Manhattan, Nova York
Terça-feira, 29 de junho de 2021

WALT JENKINS FICOU OBSERVANDO A JORNALISTA ALTA E atraente que tinha visto mil vezes na tevê sair do Rum House. Fazia uma semana desde que seu antigo chefe do Bureau o tinha localizado em um café ao lado de um penhasco na Jamaica, e ali estava ele agora, sentado em um bar escuro em Manhattan. O contraste era surpreendente. Depois de apenas três anos em Negril, Walt percebeu o quão acostumado tinha ficado com a vida insular e o quão distante estava do seu tempo como agente de vigilância. Porém, ainda assim ele se viu assentando as bases, tijolo por tijolo, como tinha feito diversas vezes antes, sem saber para onde estava indo ou como seria o próximo trecho da estrada.

O plano era ser franco e honesto sobre seu passado se Avery Mason abordasse o assunto. Ela era uma jornalista investigativa, e tentar esconder qualquer coisa a respeito de sua carreira no Bureau seria um erro. Pareceu abalá-la momentaneamente quando ele mencionou sua ligação passada com o FBI, mas ela se recuperou rapidamente. Walt tinha certeza de que ela passaria o tempo entre esse encontro e o próximo pesquisando a história dele. Tudo iria se mostrar correto. A única coisa que ele não tinha mencionado era que ele estava de volta à folha de pagamento do FBI. Jim Oliver tinha tido o cuidado de explicar que estavam pagando a

Walt como um consultor independente, e não o recolocado com seu antigo título de *agente especial*. Se Avery Mason ficasse nervosa e começasse a xeretar, Oliver queria que o vínculo de Walt com o Bureau terminasse onde tinha terminado três anos antes: aposentado em bons termos e com aposentadoria integral.

Walt tomou um gole de rum, um Samaroli Jamaican Rhapsody, que era caro demais para o seu bolso. Felizmente, o governo estava pagando a conta. Ele coçou a cicatriz em seu esterno, como tinha feito trinta minutos antes, enquanto esperava a chegada de Avery. De vez em quando, a cicatriz ainda o incomodava, provocando uma coceira persistente que o deixava injuriado. Os médicos prometeram que ela acabaria por desaparecer, mas advertiram que, até que isso acontecesse, ele deveria trabalhar para identificar os gatilhos que provocavam os sintomas e fazer o possível para evitá-los. Enquanto Walt estava sentado no Rum House, na Times Square, ele se deu conta de que a última vez que a cicatriz o incomodou tinha sido algumas semanas antes, quando estava na varanda de sua casa fingindo ler um romance de John Grisham, mas na verdade pensando em sua viagem vindoura para Nova York para a reunião dos sobreviventes. A cidade em si era o gatilho ou toda a bagagem que o esperava ali?

Walt tomou seu rum até o último gole. Nova York guardava os erros e as dores do seu passado, e ele acreditava, como a maioria das pessoas, que para superar aqueles erros e aliviar a dor precisava fugir deles. Mas aquilo não era verdade. Para consertar as coisas, ele precisava enfrentá-las. Enquanto estava decidindo a melhor maneira de fazer aquilo, uma operação surgiu do nada. Sua primeira em anos. Era uma oportunidade de se levantar, sacudir a poeira e voltar à ação. Se era uma oportunidade de deixar o passado para trás ou um exercício de procrastinação, ele ainda não tinha descoberto.

Walt esperou mais um pouco e depois saiu do bar para vigiar seu novo alvo: uma mulher que por acaso era uma das jornalistas de televisão mais populares da atualidade. Se ele não tivesse feito um esforço concentrado para limitar o consumo de álcool, poderia ter achado que o rum o estava afetando.

25

Manhattan, Nova York
Quarta-feira, 30 de junho de 2021

NA MANHÃ SEGUINTE, AVERY ACORDOU CEDO. USANDO UM jeans skinny e sapatos confortáveis, ela pôs a bolsa no ombro, ajeitou os óculos escuros Prada, saiu do saguão do hotel e se dirigiu à estação de metrô mais próxima. Avery pegou a linha F de Midtown para o Brooklyn e viajou durante trinta minutos até sair na Quarta Avenida, no bairro de Park Slope. Ela tinha planejado sua rota na noite anterior e podia quase encontrar seu caminho de olhos fechados. Ainda assim, tirou um pequeno pedaço de papel da bolsa durante a caminhada e olhou para o endereço mais uma vez. A casa geminada de arenito vermelho ficava a seis quarteirões do metrô. Enquanto caminhava, tentou controlar seus nervos. Acabou virando na Décima Sexta Avenida, onde, no meio da rua, encontrou o endereço. Depois de subir os degraus da varanda, tocou a campainha e agarrou a bolsa ao lado do corpo como se estivesse com medo de ser assaltada.

A porta da frente se abriu e revelou um homem usando calça de pijama e uma camisa branca canelada sob um longo roupão. Seu cabelo estava oleoso, um cigarro apagado pendia dos seus lábios e os dedos da mão direita estavam em torno da asa de uma xícara de café. Minúsculos óculos ovais, cujas lentes estavam riscadas e sujas, protegiam seus olhos.

— Quinhentos — o homem disse com um sotaque alemão que fora americanizado ao longo dos anos e depois maculado ainda mais por seu tempo no Brooklyn.

— Perdão? — Avery disse, confusa com a afirmação sem sentido.

— Quinhentos — ele repetiu, com o murmúrio fazendo o cigarro tremer entre seus lábios.

Com ar de espanto, Avery ergueu as sobrancelhas e deu uma olhada ostensiva por toda a rua.

— Vamos fazer isso na entrada da sua casa?

— Quinhentos leva você para dentro. Daí nós conversamos.

Ela assentiu, enfiou a mão na bolsa e tirou cinco notas novinhas de cem dólares. O homem arrancou o dinheiro das mãos dela como um cachorro faminto mordendo um petisco nas mãos do dono, deu um passo para o lado e deixou a porta de entrada totalmente aberta. Avery entrou na casa sentindo uma pontada fria de apreensão que se deslocou em uma onda lenta pela sua nuca. O homem apontou para um sofá gasto e depois se dirigiu até um cofre encostado na parede oposta. Ele se curvou diante dele, girou o disco da combinação e abriu a porta. Depois de colocar o dinheiro dentro, retirou uma pasta e fechou a porta do cofre. O homem se virou e se sentou em uma poltrona lateral, deixando sua xícara de café sobre a mesa.

Avery não tinha se mexido do seu lugar bem junto à porta da frente. O homem olhou para ela com uma expressão confusa. Ele empurrou os óculos até a ponta do nariz.

— Sente-se — ele disse. — Eu não mordo.

Avery caminhou até o sofá e se sentou.

— Meu nome é André — o homem disse. — Ouvi dizer que temos um amigo em comum.

Ela assentiu.

— É por isso que estou aqui.

— Então é assim que isso funciona. Passaportes são difíceis. Não impossíveis, mas difíceis. Pelo menos, se você quiser que sejam bem-feitos. Se você quiser algo… — André disse e acenou com as mãos, procurando a palavra certa em inglês. — Merda — ele balbuciou e deu de ombros. — Você vai a qualquer lugar. Você quer algo bom, você vem ao André. É por isso que o meu preço é o meu preço. Então, vou perguntar, ainda que eu saiba a resposta devido ao *background* do nosso amigo em comum. Mas há muito trabalho envolvido para que eu fabrique um passaporte confiável. E alguma responsabilidade também. Então, devo perguntar, você pode pagar?

— Sim — Avery disse sem hesitação.

Aquele homem cobrava cinco mil dólares para fabricar um único passaporte americano. Passaportes legítimos e confiáveis que, segundo André, passariam pelo escrutínio de qualquer agente de imigração do planeta. Claro que a validade daquela afirmação só poderia ser provada na prática. Só poderia ser confirmada quando o portador do passaporte o entregasse a um agente de imigração ao tentar entrar em outro país. Naquele momento, a afirmação de André se mostraria falsa ou verdadeira. Naquele momento também seria tarde demais para reclamar se as coisas dessem errado. Se algum sensor apitasse quando o documento fosse lido opticamente e alguma advertência fosse acionada, o "amigo em comum" deles estaria sem sorte.

— Imaginei que o preço não era um problema — André disse. — Agora, o tempo. Para quando você precisa disso?

— O mais breve possível.

André estendeu a mão e contraiu o dedo indicador.

— Dê-me a foto. Deixe-me ver com que estou trabalhando.

Avery tirou a foto da bolsa e a entregou para André, que abriu a pasta que tinha pegado no cofre e colocou a foto em um gabarito para checar as dimensões.

— Boa qualidade. Tamanho certo — disse, acenando com a cabeça enquanto analisava a foto. — O.k., isso vai levar uma semana. Vou precisar de dois mil e quinhentos agora e dois mil e quinhentos na entrega.

— E os quinhentos que acabei de te dar?

— Eu te disse: foi seu bilhete de entrada.

Avery não estava em posição de pechinchar. Ela tirou um envelope da bolsa e o deixou na mesa de centro. Rapidamente, André pegou o dinheiro e o contou para se certificar de que o valor estava correto. Ele ficou de pé e caminhou até a porta da frente, com seu roupão de seda ondulando com uma capa atrás. Espiou pelo olho mágico e então abriu a porta.

— Pode ir — ele disse. — Volte em uma semana.

26

Brooklyn, Nova York
Quarta-feira, 30 de junho de 2021

OS ARRANJOS E BUQUÊS VIÇOSOS DECORAVAM A CALÇADA DO lado de fora da floricultura. Ao abrir a porta, a florista cheirava a girassóis, amarílis e gipsófilas. No interior, o aroma doce era ainda mais forte. Os cheiros capturaram sua atenção e a distraíram da preocupação que havia sentido desde que tinha deixado a casa geminada de arenito vermelho. Não pela primeira vez, Avery se perguntou em que diabos tinha se metido. Ela estava arriscando tudo para conseguir aquilo, e quanto mais permitia que a metade racional de sua mente considerasse a possibilidade de aquele plano funcionar, mais ela se preocupava que seu calcanhar de aquiles — o amor incondicional — iria derrubá-la como o resto dos membros da família Montgomery. Contudo, aquele amor incondicional a tinha forçado a chegar tão longe. Ela sabia que não poderia simplesmente arrancá-lo.

Avery passou dez minutos na floricultura, um momento de alívio em que ela fruiu os aromas doces e admirou os arranjos. Finalmente, ela fez sua escolha, pagou no caixa e levou o buquê de rosas porta afora. O ar estava úmido e o sol estava quente naquela manhã de verão sem nuvens. Avery andou durante dez minutos até chegar à entrada do cemitério Green-Wood. Caminhos sinuosos cortavam as colinas além do portão, e o ocasional mausoléu espalhafatoso destacava-se entre as lápides que pontilhavam a paisagem. Avery percorreu a trilha familiar até chegar ao Terreno, o nome que deram e ela guardou em sua mente. Precisou de mais um pouco de tempo para criar coragem para se aproximar. Ela tinha viajado cinco mil quilômetros — quilômetros difíceis e fatigantes que a levaram de uma costa a outra do país, fazendo uma parada de partir o coração para ver Connie Clarkson no caminho, uma mulher que havia sido devastada pela família Montgomery — e, no entanto, aqueles últimos passos eram a parte mais difícil da jornada.

Muitos anos depois, ainda era um desafio observar a lápide. Era tão absurdo que ela mal conseguia ler o nome escrito nela. Ela deveria ter chorado, mas não chorou. Aquela parte do seu cérebro não podia mais ser acionada. Aquela viagem anual tinha se tornado mais um negócio do que um ritual, e ela sentia sobretudo a necessidade de acabar com aquilo. Avery ficou de pé diante do túmulo por um ou dois minutos e finalmente se agachou e esfregou a mão na frente da lápide.

Ela se lembrou novamente do dia em que o irmão mais velho insistiu que ela pegasse o barco enquanto as nuvens de tempestade se avolumavam ameaçadoras no horizonte.

— Maldito seja, Christopher — ela sussurrou para a lápide do irmão.

Em seguida, se levantou, deu alguns passos para a direita e colocou o buquê de rosas sobre o túmulo vizinho.

— Eu te amo, mãe — Avery disse, virou-se e voltou por onde veio.

Walt Jenkins estava enferrujado depois dos seus três anos sabáticos. Era uma arte seguir alguém, fosse a pé, fosse de carro, e fazê-lo bem exigia prática e persistência. Nos últimos três anos, as únicas coisas que Walt tinha seguido foram os jogos de beisebol do Yankees e a evolução de um barril de rum jamaicano Hampden Estate em relação ao qual ele tinha adquirido em um contrato futuro. Era a destilaria de rum local a cerca de uma hora da sua casa em Negril. O pensamento o lembrou de que ele precisava verificar a última vez que o barril fora esvaziado. Ele balançou a cabeça e jogou o pensamento para escanteio: pensamentos desgarrados não ajudavam muito um especialista em vigilância; outra indicação de que ele tinha ficado afastado por muito tempo.

Mais cedo, Walt tinha permitido que alguns passageiros matinais saíssem do vagão do metrô atrás de Avery Mason, a fim de manter um bom número de pessoas entre eles. Ele havia anotado o endereço da casa geminada que ela visitou, ficou parado no final do quarteirão quando ela entrou na floricultura e dedicou algum tempo seguindo-a pelo cemitério depois que ela passou pelos portões. Naquele momento, enquanto Avery se afastava apressada do local do túmulo onde tinha passado os últimos minutos, Walt estava menos interessado em segui-la. Depois que ela desapareceu atrás de uma colina, ele se dirigiu ao terreno onde ela tinha deixado o buquê de rosas. Agachando-se, ele leu a lápide. Finalmente, enfiou a mão no bolso, pegou o celular e ligou para Jim Oliver. Era estranho ligar para seu antigo chefe do FBI depois de tantos anos.

— Oliver — respondeu a voz ao telefone.

— Ela saiu do hotel esta manhã. Eu a segui até uma casa geminada no Brooklyn.

— Endereço?

Walt leu o endereço em um pedaço de papel que tinha rabiscado.

— Da casa, ela foi para o cemitério Green-Wood.

— Sim — Oliver disse. — Ela vai lá todos os anos.

27

Carolina do Norte
Quarta-feira, 30 de junho de 2021

SITUADA NO SOPÉ DAS MONTANHAS BLUE RIDGE E OSTENtando seis quartos, quase oitocentos metros quadrados e vistas majestosas do icônico Lago Norman, a casa era uma das propriedades mais conhecidas da região. Recentemente reformada, foi retratada nas revistas *Architectural Digest* e *Magnolia Journal*. Adquirida originalmente por seis milhões de dólares, se fosse vendida atualmente, valeria duas vezes mais. Um Cadillac Escalade passou pelos portões da frente e estacionou na entrada circular de paralelepípedos. Entre os passageiros, estavam a editora-chefe da Hemingway Publishing, a maior editora de livros do mundo, e também o CEO da empresa. Eles tinham um objetivo naquele dia: fechar um contrato de vários anos com sua autora de maior sucesso, garantindo que seus romances manteriam sua trajetória surpreendente na Hemingway em um futuro previsível.

O primeiro livro de Natalie Ratcliff, *Bagagem*, chegou às livrarias em 2005. Para a estreia, a Hemingway Publishing optou por uma tiragem inicial modesta, mas organizou uma campanha promocional de peso por trás do livro. Um romance policial peculiar apresentando Peg Perugo — uma protagonista feminina desempregada e cheia de bagagem, que encontra o amor sempre nos lugares errados, ao mesmo tempo que tropeça em investigações criminais antes de prender o criminoso —, *Bagagem* encontrou o seu público. A estreia de Natalie Ratcliff tornou-se um fenômeno editorial por meio da propaganda boca a boca. Seis semanas depois do lançamento, o livro entrou na lista dos mais vendidos. Três semanas depois, chegou ao topo dela. Os direitos de publicação no exterior afluíram em grande quantidade e o livro foi publicado ao redor do mundo, alcançando as listas de *best-sellers* em todos os países onde foi lançado. Vendeu impressionantes oito milhões de exemplares, e tornou Natalie Ratcliff (e Peg Perugo) um nome familiar. O único livro que foi capaz de tirar *Bagagem* do topo da lista do *New York Times* foi sua sequência, *Hard Knox*, que vendeu onze milhões de exemplares. Natalie Ratcliff, anteriormente médica de pronto-socorro, rapidamente se cansou da medicina e das salas de espera cheias de pacientes doentes. Dedicando-se à escrita, ela lançou um romance por ano e se tornou a autora de ficção mais vendida da década. Atualmente, mais de cem milhões de exemplares dos romances de Peg Perugo foram vendidos em todo o mundo.

Natalie estava passando o verão terminando seu décimo sexto original, o último de um contrato de três livros com a Hemingway Publishing. Cada vez que a autora se aproximava do final de um contrato, outras editoras faziam propostas à agente literária de Natalie dizendo por que ela deveria deixar a Hemingway e publicar com elas. Portanto, o Escalade estacionou na frente da mansão do Lago Norman. A Hemingway Publishing não tinha a intenção de deixar sua autora mais vendida escapar por entre os dedos. A Hemingway havia descoberto Natalie Ratcliff e sua protagonista estranha mas adorável, e planejava manter as duas. O Escalade podia muito bem ser um carro-forte.

Kenny Arnett era o ceo da Hemingway Publishing havia mais de uma década e tinha um talento impressionante para reter seus autores mais importantes. Diane Goldstein havia editado todos os livros de Natalie Ratcliff já publicados e achava que conhecia Peg Perugo pessoalmente. Anos antes, Diane apostou em *Bagagem* depois da recusa de diversas outras editoras. Muitos conhecedores profundos do setor zombaram quando a Hemingway ofereceu dois milhões de dólares pelo terceiro e quarto livros de Natalie Ratcliff, acreditando que Peg Perugo já tinha cumprido sua missão e que as continuações seguiriam o caminho de muitos livros de nicho superfaturados: preço de capa alto e pouca rentabilidade. Em retrospecto, dois milhões de dólares acabaram sendo uma pechincha ante o lucro proporcionado pelos livros. Quinze livros depois, Peg Perugo era uma força impossível de ser detida, possuindo uma imensa quantidade de seguidores que adoravam sua personalidade imperfeita, sua cintura exagerada e sua capacidade de passar a perna, por acaso ou não, no vilão dos vilões.

Na varanda, Kenny tocou a campainha, com Diane ao seu lado. Naquele dia, eles eram uma frente unida, tendo largado tudo em Nova York para ir à Carolina do Norte e recontratar a autora mais importante da editora. A porta se abriu e Natalie Ratcliff sorriu.

— O que está acontecendo? — Natalie disse. — Diane não me disse que você estava vindo com ela, Kenny.

Kenny Arnett apertou a mão de Natalie.

— Você acha que eu deixaria essa negociação para outra pessoa?

Natalie balançou a cabeça e olhou para Diane com os olhos semicerrados antes de dar um forte abraço em sua editora.

— Jogando duro? — ela sussurrou no ouvido de Diane.

— Não — Diane sussurrou de volta. — Só estou trazendo o homem que assina os cheques. E vai ser um bem grande.

— Entrem — Natalie disse, soltando Diane.

Kenny e Diane seguiram Natalie pela imensa casa, decorada com perfeição como se a própria Joanna Gaines tivesse feito sua mágica. Na cozinha, uma ilha do tamanho de um campo de futebol americano coberta por um tampo de cimento queimado ocupava o centro do espaço. Natalie abriu a porta de uma grande adega climatizada.

— Tenho um rosé Tamber Bey que será perfeito para um dia quente de verão.

— Espero que também seja perfeito para uma celebração — Kenny disse.

— Vocês dois estão realmente exagerando nos elogios — Natalie respondeu.

— Queremos que você saiba o quanto você significa para nós — Dianne afirmou.

— Vamos sentar no terraço.

Natalie colocou três taças de vinho e uma garrafa de rosé em uma bandeja e todos seguiram para o terraço dos fundos, que oferecia uma vista magnífica do Lago Norman e da paisagem montanhosa ao longe.

— Nossa! — Kenny exclamou assim que pôs os pés para fora.

Diane balançou a cabeça ao captar o cenário.

— Cada vez que te visito, essa vista fica mais deslumbrante.

— Obrigada. Nós também gostamos muito e ela nunca envelhece para nós — Natalie agradeceu e serviu o vinho. — Don acabou de podar algumas árvores.

— Como ele está? — Kenny perguntou.

Natalie e Don eram a definição de um casal poderoso, que dominava os mundos editorial e empresarial. Don era o herdeiro da Ratcliff International Cruise Lines — RICL. A maioria dos aficionados por cruzeiros marítimos já tinha feito uma viagem em um navio da RICL em algum momento. Muitos eram fanáticos que não faziam cruzeiros em navios de outra companhia. Os Ratcliff valiam bilhões. Natalie tinha se casado com a riqueza e depois ganhou sua própria fortuna publicando romances.

— Bem — Natalie respondeu. — Na verdade, ele está confiscando essa casa para trazer seus melhores vendedores como um bônus para passar o feriado de Quatro de Julho.

— Você parece nervosa — Diane observou.

— Eu não ligo. Desde que limpem as latas de cerveja do terraço e ninguém vomite na fonte. Mas tenho que escrever, como você sabe. Meu prazo está se aproximando. Então, estou voltando para a cidade, que vai estar vazia e sossegada, para trabalhar um pouco. É por isso que fiquei surpresa com o fato de vocês terem vindo até aqui. Na sexta-feira, estarei de volta a Manhattan.

— E perder essa vista? — Kenny disse. — Além disso, não queríamos esperar até sexta-feira. Queremos que você saiba que é a nossa maior prioridade. Você é da família para nós, Natalie, e queremos garantir que você não vá a nenhum outro lugar.

— Diane me deu o meu início. Você acha mesmo que eu iria para outra editora?

— Não estamos considerando nada como garantido — Kenny afirmou.

— A Hemingway está pronta para apresentar uma proposta pelos próximos cinco romances de Peg Perugo — Diane disse. — Enviamos uma proposta formal para sua agente literária, mas queremos ter certeza de que a proposta está de acordo com suas expectativas.

— Superou minhas expectativas — Natalie disse, assentindo com a cabeça. — Minha agente me ligou esta manhã para discutir os detalhes. Tenho uma reunião marcada com ela na próxima semana.

— Se outra editora apresentar uma proposta melhor, pedimos apenas que você nos dê a oportunidade de reformular a nossa proposta — Kenny disse. — Evidentemente, tem que fazer sentido para a Hemingway, mas moveremos o céu e a terra para mantê-la.

— Sinto-me muito lisonjeada com a vinda de vocês até aqui — Natalie afirmou. — E estou mais do que impressionada com a proposta e a iniciativa. Mas vou contar a vocês um segredinho. Disse a minha agente para não considerar propostas de nenhuma outra editora. Estou plenamente satisfeita com a Hemingway, e Diane é uma estrela. Não vou deixar vocês.

Kenny assentiu com um movimento lento de cabeça.

— Bem, isso foi mais fácil do que eu imaginava.

— Agora que essa pedra está fora do caminho, quando poderei ver o original? — Diane perguntou.

Natalie sorriu.

— Quando eu terminar. Tenho até outubro para fazer isso.

— Talvez eu possa dar uma olhada nas primeiras cem páginas.

— Sem chance — Natalie disse. — Vou terminar o primeiro rascunho em breve. Então, viajo para Santorini em setembro para revisar o texto.

Para cada romance que Natalie Ratcliff publicara desde que *Bagagem* conquistou o mundo, ela tinha ido para Santorini — uma ilha grega pitoresca e tranquila onde os Ratcliff possuíam um palacete em uma encosta — para escrever os capítulos finais da história e revisar o original antes de entregá-lo para Diane.

— Não custava tentar — Diane afirmou. — Mal posso esperar para ler. Sinceramente, Natalie, estou muito contente que você e Peg Perugo estarão conosco por muitos anos.

— Eu também.

— Também tenho um favor a pedir — Kenny disse, enquanto Natalie tornava a encher as taças de vinho.

— Ah, sim? — Natalie perguntou.

— Recebi um telefonema do escritório de Los Angeles. Avery Mason, a apresentadora do *American Events*, quer marcar uma reunião com você a respeito de uma reportagem que ela está preparando.

— Avery Mason? — Natalie exclamou com os olhos arregalados. — Sobre o quê?

— Uma velha amiga e um velho caso. É tudo o que eu sei. O pessoal dela entrou em contato com o meu pessoal, então não sei os pormenores além do pedido para conversar — Kenny respondeu. — Eu disse que perguntaria a você.

Natalie Ratcliff não era uma pessoa fácil de contatar. A Hemingway Publishing era uma subsidiária da HAP Media, e pauzinhos foram mexidos e fontes secretas acessadas para fazer o pedido. Por fim, a tentativa de marcar uma reunião com Natalie Ratcliff tinha chegado a Kenny Arnett.

Natalie assentiu com um gesto de cabeça.

— Você tem os dados de contato para mim?

— No carro — Kenny respondeu. — Eu passo para você quando formos embora. Enquanto isso, aos cinco novos livros de sucesso — ele disse, erguendo sua taça de vinho.

Diane também levantou sua taça. Natalie sorriu e brindou com o copo de cada um deles.

— Vocês achavam mesmo que eu deixaria outra editora publicar os meus livros?

28

Manhattan, Nova York
Quinta-feira, 1º de julho de 2021

DESDE QUE AVERY SAIU DA CASA DE EMMA, A VOZ DE VICTORIA Ford a assombrava. Todas as noites, enquanto se acomodava em seu quarto do hotel, ela pensava em ouvir as gravações da secretária eletrônica novamente. Até então, não tinha tido coragem. As gravações eram muito assustadoras. Quando os ataques de Onze de Setembro ocorreram, Avery era aluna do ensino fundamental e sabia que cada geração lidava com a tragédia à sua maneira. Ela tinha sido matriculada em uma escola particular em Manhattan, que fechou as portas por uma semana depois do ataque. Quando ela e seus colegas de classe voltaram, circularam rumores pelos corredores a respeito de mais ataques à cidade e que as escolas seriam o próximo alvo. Avery ainda se lembrava do medo e da apreensão que havia sentido, temendo que um avião derrubasse as paredes da sua escola. A manhã do Onze de Setembro e suas experiências nos dias seguintes sempre foram vistas através do prisma de uma adolescente. Até aquele momento. Ela estava prestes a abordar o assunto, não como uma adolescente de olhos arregalados, mas como uma jornalista. Aquilo a deixou agitada de excitação e bastante ansiosa.

Ouvir a mensagem de Victoria Ford para a irmã tinha sido pessoal e emotivo, mas não havia sido a primeira vez que Avery ouvia gravações desse tipo. Mack Carter tinha produzido um programa especial de *American Events* para o aniversário de dez anos do Onze de Setembro. Nele, Mack entrevistou sobreviventes que escaparam das torres e registrou as decisões de vida e morte que tomaram naquela manhã. Muitos deles, como Victoria, ligaram para suas casas enquanto tentavam encontrar um caminho para escapar das torres. Avery estava prestes a falar com um deles.

Emma Kind tinha elaborado uma lista para Avery de todas as pessoas na vida de Victoria na época da sua morte, incluindo amizades, familiares, chefes, colegas de trabalho e Roman Manchester, o advogado de defesa de Victoria e o homem que ela tinha ido ver na manhã do dia 11 de setembro de 2001. Alguém que, ao contrário de Victoria, tinha conseguido sair a salvo do prédio em desintegração.

Roman Manchester estava com setenta e um anos e ainda hoje era um advogado de defesa atuante. A lista de clientes que tinha defendido ao longo dos anos era longa e célebre, quando não infame. Entre alguns casos notáveis, incluíam-se sua colaboração no julgamento de O.J. Simpson nos anos noventa, seu envolvimento com John Ramsey, pai de JonBenét, e sua breve defesa de Scott Peterson. Manchester tinha concordado em se encontrar com Avery quando ela ligou e, naquele momento, ela passou pela porta do prédio no distrito financeiro e pegou o elevador para o décimo primeiro andar. Avery abriu a porta de vidro na qual estava escrito MANCHESTER & ASSOCIADOS, deu seu nome para a recepcionista e foi conduzida ao escritório do advogado.

— Roman Manchester — o homem se apresentou com um sorriso ao se aproximar de Avery e estender a mão.

— Avery Mason. Obrigada por aceitar a reunião.

— Não tem de quê. Sente-se — ele disse e apontou para a cadeira na frente da sua mesa. O advogado ocupou seu próprio lugar atrás da mesa. — Nenhuma câmera de *American Events?* — ele perguntou dando uma risada.

Nas últimas vinte e quatro horas, Avery tinha assistido a dezenas de vídeos de Roman Manchester na frente das câmeras de telejornais. Alguns eram coletivas de imprensa nas quais ele se postava orgulhosamente atrás de um púlpito e opinava sobre a inocência do seu cliente. Outros mostravam Roman Manchester na escadaria do tribunal, transportando caixas de investigação e anotações de audiências atrás de si dedicando algum tempo do seu dia ocupadíssimo para responder às perguntas dos jornalistas a respeito do seu cliente. Pelo jeito, ele nunca perdia a oportunidade de estar na frente das câmeras. Avery tinha assistido aos vídeos da década de 1990, quando o seu cabelo era preto e o seu rosto não tinha rugas. Ela também assistiu ao vídeo do seu julgamento mais recente, no início daquele ano, com ele postado atrás do púlpito com cabelos grisalhos, papadas e bochechas caídas. Com o envelhecimento, sua pele adquiriu um bronzeado perpétuo e seu olhar sempre parecia aguçado. A passagem dos anos deixou sua voz áspera, mas ela ainda retumbou no último vídeo, certo da inocência do seu cliente.

Avery sorriu.

— Sem câmeras. Apenas eu. Estou tentando entender essa história antes de começarmos a gravar. Mas se a emissora aprovar o especial, voltarei para uma entrevista formal. As câmeras estarão comigo, então. Se você estiver disposto, é claro.

— Com certeza. Admito que fiquei intrigado quando você ligou. Victoria Ford foi um caso de muitos anos atrás, mas ainda está bastante vívido na minha memória.

— Tenho certeza de que está, e é sobre isso que gostaria de falar com você. Os restos mortais de Victoria foram identificados recentemente pelo

IML daqui de Nova York e foi isso que me pôs em contato com sua história. O restante da história foi uma surpresa.

— Não tinha ouvido falar da identificação até você ligar. Sem dúvida, trouxe de volta um turbilhão de emoções.

Avery assentiu, só conseguindo imaginar o que aquelas recordações significavam. Roman Manchester estava no World Trade Center quando o primeiro avião se chocou na Torre Norte. Ele deve ter lembranças assustadoras daquele dia.

— Você pode me falar sobre o seu relacionamento com Victoria?

— Inicialmente, ela me contatou para defendê-la em relação à investigação do assassinato de Cameron Young. Não tínhamos avançado muito em sua defesa antes de ela morrer. Conhecia o caso melhor do que conhecia a cliente.

— Você pode me falar a respeito disso?

— Tenho setenta e um anos agora e ainda estou ativo em casos importantes. Embora hoje eu seja bastante seletivo. Naquela época, eu estava em toda parte e era muito procurado. Victoria Ford me procurou no verão de 2001. Analisei o caso e, assim que entendi a gravidade das acusações contra ela, concordei em ajudar. Eu tinha então, e ainda tenho hoje em dia, uma falha de caráter. Quanto mais desafiador for o caso, maior a probabilidade de eu aceitá-lo.

— E o caso de Victoria Ford era desafiador?

— Muito. Tornou-se um belo fiasco por causa da notoriedade da vítima. Estava me inteirando dos detalhes quando... Bem, o Onze de Setembro aconteceu bem no meio de tudo, como você sabe. Mas antes disso, estava reunindo os documentos iniciais sobre o caso. A promotoria ainda tinha enviado para mim os procedimentos probatórios e, assim, na época do Onze de Setembro, eu estava aconselhando a sra. Ford sobre suas opções mais do que estava preparando uma defesa real. Era muito cedo.

— Qual foi o seu conselho?

— Juntar muito dinheiro para ficar fora da prisão enquanto preparávamos a defesa. Maggie Greenwald, a promotora que estava conduzindo a acusação, tinha compilado um material substancial contra Victoria e havia convocado um grande júri para determinar se o processo tinha mérito. O grande júri era apenas uma formalidade. Eu estava trabalhando com Victoria para descobrir se ela tinha fundos para pagar a fiança.

— O caso era assim tão forte? — Avery perguntou.

— Para aquela fase do processo, sim. Era forte o suficiente para assegurar um indiciamento e justificar acusações formais e uma prisão. Eu não tinha analisado os detalhes para determinar se alguma das provas era contestável. Eu só sabia o que a promotoria tinha e não como tinham obtido ou o quão confiáveis eram. Aparentemente, no entanto, as provas eram sólidas.

— Você pode repassar algumas dessas informações?

Manchester abriu uma pasta e folheou algumas páginas antes de encontrar o que estava procurando.

— A cena do crime era a maior arma da promotora. Ela continha o sangue, as impressões digitais e a urina de Victoria. A análise de DNA confirmou a correspondência e a colocou na cena do crime. As provas coletadas na mansão de Catskills incluíam um vídeo caseiro de Victoria e a vítima, que revelava que eles estavam intimamente envolvidos. Um pedaço de corda recuperado do carro de Victoria correspondeu à corda usada para enforcar a vítima. Tudo junto resultou em um caso inicial muito sólido — Manchester disse.

Ele fez uma ligeira pausa e continuou.

— Agora, nunca analisei os detalhes de como essas provas foram recuperadas e nunca tive a oportunidade de examinar a ciência forense por trás de nada disso. Na época do Onze de Setembro, eu estava simplesmente coletando fatos a respeito da minha cliente e do processo contra ela. Contudo, o que eu disse a Victoria na ocasião foi que o pleito da promotora era substancial e ela deveria se preparar para uma prisão. Planejava preparar uma defesa formidável, mas sabia que seria mais fácil se minha cliente não estivesse na prisão enquanto eu fazia isso.

— De quanto dinheiro ela precisava?

— Tudo somado, ela tinha que conseguir um milhão de dólares para pagar a fiança e mais cem mil para pagar meu adiantamento.

Avery fez algumas anotações no bloco que estava em seu colo.

— Ela tinha?

— O dinheiro? Ela iria falar com amigos e familiares. Ela mesma não tinha esse valor.

Avery fez mais anotações.

— Portanto, as provas físicas aparentemente eram contundentes. E as provas circunstanciais? Qual o motivo que a promotora apresentou para que Victoria matasse seu amante?

— Também foi forte — Manchester respondeu. — A investigação revelou que Tessa Young estava grávida. *Simplesmente* grávida, cerca de um mês ou dois na época em que o marido foi morto. Intimamos a entrega dos prontuários médicos de Victoria Ford, que revelaram que, alguns meses antes, ela tinha se submetido a um aborto.

Avery tirou os olhos de suas anotações.

— O bebê era de Cameron Young?

— Sim. Falei com Victoria sobre isso e ela confirmou.

— Então, a hipótese era de que ela matou Cameron Young porque ele não queria ter um filho com ela, mas engravidou a esposa?

— Em parte, sim. O ciúme foi uma parte importante da prova circunstancial da promotoria. Cameron Young prometeu à amante que deixaria a esposa, mas nunca cumpriu a promessa. E então engravidou sua mulher. Mas existe mais do que isso no argumento. Os prontuários médicos também revelaram que Victoria teve uma complicação durante o aborto que a deixou incapaz de ter filhos no futuro.

— Meu Deus — Avery exclamou. — Isso seria um argumento convincente para qualquer júri.

— Como eu disse, as provas circunstanciais eram sólidas.

— O caso parece muito desanimador. Por que você aceitou?

— Como eu disse, sofro de um distúrbio. Quanto mais desafiador for o caso, mais tentado eu fico por ele. Mas há outra coisa que você precisa saber sobre a investigação do caso Cameron Young e da promotora que estava por trás do caso.

— Maggie Greenwald?

— Sim. Ela foi expulsa da Ordem dos Advogados muitos anos atrás.

— Por quê?

— Maggie Greenwald tinha um desejo incontrolável de resolver rapidamente os homicídios e adicioná-los ao currículo como êxitos pessoais. Receio que seja uma síndrome comum entre os promotores. Eles são como tubarões que não conseguem se controlar depois que sentem o cheiro de sangue na água. Alguns anos depois que o caso Cameron Young virou fumaça, algumas pessoas em seu gabinete começaram a reclamar de que ela estava trapaceando para encerrar os casos rapidamente.

— Que tipo de trapaças?

— Digamos que Maggie Greenwald estava tentando encaixar provas quadradas em buracos redondos. Depois que ela deixou o gabinete da promotoria e começou sua campanha para governadora, um denunciante se apresentou para delatar um caso específico e uma investigação foi instaurada. Descobriu-se que ela suprimiu provas que poderiam ter inocentado o réu. Nada acontece rapidamente no sistema judicial, mas quando uma nova prova de DNA surgiu, demonstrou que o réu era inocente. A condenação foi anulada. Nos meses seguintes, outros dois casos dela foram anulados.

— Por novas provas de DNA?

— Não novas, mas suprimidas.

— Ela escondeu as provas?

— Tentou, mas o denunciante sabia muito a respeito das táticas de Maggie Greenwald. Segundo os rumores, foi seu próprio assistente quem a denunciou, provavelmente para salvar a própria pele, prometendo contar a verdade em troca de imunidade. Há um ditado entre nós que diz que, se você quiser que todos os seus segredos sejam descobertos, concorra a um cargo público. De qualquer forma, achei que valia a pena mencionar que a carreira de Maggie Greenwald foi por água abaixo. Eu tinha ouvido todos aqueles rumores de que Maggie trapaceava e tinha a tendência de manipular as provas. Então, quando você pergunta por que aceitei um caso que parecia tão perdido como o de Victoria Ford, foi porque Maggie Greenwald era a promotora e eu mal podia esperar para pôr minhas mãos nas provas e ver por mim mesmo. Aparentemente, o processo contra Victoria Ford era muito sólido, mas nunca tive a chance de examinar ou contestar nenhuma das provas. Se eu tivesse, as coisas poderiam ter sido diferentes.

Depois de fazer algumas anotações a respeito de Maggie Greenwald, Avery fez uma nova pergunta.

— Você pode me falar da manhã de 11 de setembro? O que aconteceu com Victoria naquele dia? Fiquei sabendo pela irmã dela que Victoria ligou algumas vezes naquela manhã depois que a Torre Norte foi atingida.

165

Você pode me dar alguma ideia do que aconteceu com você e Victoria naquele dia?

Manchester assentiu. Avery podia perceber a mente dele transpondo as décadas, procurando ao longo dos anos os detalhes que ele talvez tenha tentado esquecer.

— Naquela manhã, Victoria chegou ao meu escritório por volta das oito e meia. Não tenho anotações sobre a reunião por motivos óbvios. Mas recontei minhas lembranças dos acontecimentos muitas vezes ao longo dos anos para reportagens que contaram a história dos sobreviventes que conseguiram escapar das torres antes do desabamento. Portanto, sei que tive uma reunião com uma cliente naquela manhã às oito e meia. A cliente era Victoria Ford. Examinamos o caso contra ela e discutimos as implicações do grande júri que estava se reunindo naquela semana. Conversamos sobre como ela poderia conseguir o dinheiro de que ia precisar. Já estávamos conversando por cerca de vinte minutos quando o primeiro avião atingiu o prédio.

— Onde ficava o seu escritório?

— No octogésimo andar da Torre Norte. Victoria estava sentada na frente da minha mesa quando uma enorme explosão aconteceu. A melhor maneira que posso descrever isso é uma concussão. O prédio balançou e estrondeou. Na verdade, *inclinou-se* para o lado e por um instante achei que a torre fosse tombar. Tudo se quebrou e estilhaçou. Os quadros caíram das paredes, os objetos sobre a minha mesa foram ao chão, as placas do forro vieram abaixo e os sprinklers do teto foram acionados. As luzes fluorescentes se apagaram e as luzes de emergência se acenderam. Lembro-me da escuridão repentina do lado de fora. Passou de uma manhã ensolarada radiante para meia-noite. E, claro, o cheiro. Não fui capaz de identificar o cheiro, que estava em toda parte, e não juntei as coisas até aquela noite depois de chegar em casa em segurança. Foi então, enquanto via e revia as imagens nos telejornais, que me dei conta de que o cheiro que senti era de querosene de aviação.

Avery ficou calada, não querendo forçar muito.

— É engraçado como as memórias voltam para você — Manchester finalmente continuou. — Lembro-me de ir até uma janela e olhar para fora quando a fumaça escura se dissipou. Lembro-me dos papéis flutuando no ar como confete, lembro-me de olhar para a rua e ver a multidão habitual

166

de Lower Manhattan, mas percebendo algo estranho. Só mais tarde descobri o que era. A multidão, os carros, os ônibus e os táxis não estavam se movendo. Tudo do lado de fora do prédio tinha parado, como se o próprio Deus tivesse apontado um controle remoto para Nova York e pressionado o botão de pausa. Então, lembro-me de ver aquela lama clara escorrendo lentamente pela janela. Parecia gel, grosso e pastoso. De novo, naquele momento não fazia ideia do que estava vendo. Foi só mais tarde naquela noite que me dei conta de que era querosene de aviação que estava cobrindo a fachada do prédio.

Avery permaneceu em silêncio, sentindo um calafrio percorrer seu corpo ao pensar no que aquele homem tinha passado.

— De qualquer forma, depois da explosão inicial, não deixei de ver se meus funcionários e sócios estavam bem. Em seguida, começamos a evacuação. Era cedo para nós. Alguns dos meus sócios não chegavam antes das nove da manhã. Assim, não havia muitos de nós no escritório. Todos nós sabíamos que, em caso de incêndio, os elevadores não deveriam ser usados. Então, fomos para a escada e começamos a descer.

Intrigada, Avery juntou as sobrancelhas.

— Vocês começaram a descer?

— Sim. Descer oitenta andares de escada era uma tarefa difícil e não sabíamos qual parte do prédio estava pegando fogo. Então, rezamos para que pudéssemos passar pelos andares abaixo de nós.

— Vocês começaram a descer? — Avery voltou a perguntar, quase para si mesma daquela vez. — Victoria estava com vocês?

Manchester fez um gesto negativo com a cabeça.

— Sabe, tenho vergonha de admitir que cheguei meu pessoal, funcionários e sócios, e todos nós meio que fizemos uma contagem rápida antes de pegar a escada — ele disse e fechou os olhos por um instante. — Não me lembro de ter visto Victoria Ford depois que o caos começou. Eu me esqueci dela.

Havia uma tristeza na voz dele quase palpável. Síndrome do sobrevivente, Avery supôs, resultante de enganar a morte durante um acontecimento que ceifou tantas vidas.

— Ouvi uma gravação de uma mensagem na secretária eletrônica que Victoria deixou para a irmã. Nela, ela disse que estava com um grupo de pessoas que decidiu subir a escada, e não descer. Até a cobertura do prédio, onde acreditavam que poderiam ser resgatados. Você se lembra disso?

Manchester assentiu com um gesto de cabeça.

— Sim. Provavelmente, havia cem pessoas no meu andar e estávamos todos nós no corredor e na escada ao mesmo tempo. Nenhuma pessoa estava no comando e havia muita agitação e desinformação, como você pode imaginar. É difícil para mim agora, vinte anos depois, diferenciar o que eu soube naqueles momentos do que fiquei sabendo desde então. Tudo meio que se mistura para formar sua própria realidade. Mas com certeza, naquele instante, nenhum de nós sabia que um avião tinha atingido o prédio. Achávamos que tinha sido apenas algum tipo de explosão. A notícia de que um avião tinha atingido o prédio começou a circular só depois que as pessoas começaram a ligar para suas casas. Naquele caos, ninguém sabia no que acreditar ou a quem ouvir quanto a uma estratégia para escapar do prédio. Assim que as pessoas começaram a descer ordenadamente a escada, foi como um vácuo e quase todos vieram atrás. Conseguimos descer cerca de vinte andares antes de nos depararmos com um congestionamento. Por muito tempo, quase não nos mexemos. Aproximadamente, apenas um degrau a cada minuto. Então, ouvimos a segunda explosão, que posteriormente soube que foi o segundo avião atingindo a Torre Sul. Quando isso aconteceu, as pessoas começaram a entrar em pânico. Houve rumores de que a escada estava bloqueada abaixo de nós e algumas pessoas se afastaram. Algumas voltaram a subir e outras se dirigiram para o outro conjunto de escadas do outro lado do prédio.

— O que você fez?

— Fiquei parado. Não me afastei daquela primeira escada. Finalmente, o congestionamento acabou e começamos a nos mover novamente.

— Quanto tempo você levou para sair do prédio?

Manchester fez um gesto negativo com a cabeça.

— Não tenho certeza. Não me lembro de olhar para o relógio naquela manhã, mas acho que levou de quarenta minutos a uma hora. Foi antes das dez da manhã, eu sei disso. E está documentado que o primeiro avião atingiu o prédio às oito e quarenta e seis. Quando consegui sair, vi uma cena apocalíptica e comecei a me afastar dali. O metrô não estava funcionando e então fui a pé. Cheguei ao Washington Square Park quando a Torre Sul desabou.

— Então, depois do impacto inicial, você nunca mais viu Victoria Ford?

— Vi rostos. Conversei com algumas pessoas, mas não me lembro do que foi conversado ou quem eram elas. Depois de checar a situação dos meus colegas de trabalho, quase não me lembro de estar com qualquer um deles. Victoria poderia ter estado uma ou duas cabeças na minha frente, mas não me lembro. Só me lembro das pessoas descendo a escada arrastando os pés.

— Quando você descobriu o que tinha acontecido com Victoria?

— Só depois de algum tempo. Meu escritório tinha virado pó, junto com todos os arquivos e todos os computadores. Lembro-me de ouvir que Victoria Ford tinha morrido depois de muitas semanas. Demorou muito para o escritório voltar a funcionar e Victoria era uma nova cliente. Eu não tinha começado o processo de defendê-la. Ela não tinha me pagado o adiantamento. Eu tinha clientes mais urgentes para atender e audiências para me preparar assim que a poeira do Onze de Setembro baixasse. Passou um bom tempo até eu ouvir que Victoria tinha morrido.

Avery assentiu.

— Bem, não quero tomar muito do seu tempo. Muito obrigada por relatar o que tenho certeza de que são memórias difíceis.

— Claro.

— Você se importaria se eu ligasse para você daqui um tempo, talvez no final desse verão, se eu conseguir tirar essa história do papel e começar as entrevistas formais? Até lá, terei tido a chance de analisar todas as provas contra Victoria e gostaria muito de sua opinião sobre isso, e que tipo de defesa você poderia ter concebido se tivesse tido a oportunidade.

— Seria um prazer.

Alguns momentos depois, Avery estava na rua. Ela olhou na direção onde as Torres Gêmeas ficavam antigamente. Ela não conseguia afastar o pensamento que continuava surgindo em sua mente. Roman Manchester e todas as outras pessoas do seu escritório foram para a escada e começaram a descer. Victoria Ford tinha subido. Se ela simplesmente tivesse seguido as pessoas, as coisas teriam sido diferentes?

29

Manhattan, Nova York
Sexta-feira, 2 de julho de 2021

NA LISTA DE CONTATOS QUE EMMA ELABOROU, ESTAVA incluída a melhor amiga de Victoria: Natalie Ratcliff. Avery só notou o nome ao voltar para o seu quarto do hotel e teve que conferi-lo duas vezes. Natalie Ratcliff era uma das autoras mais bem-sucedidas do país. Seus livros estavam em todas as livrarias, farmácias e quiosques de shopping centers. Com mais de cem milhões de exemplares de seus romances vendidos em todo o mundo, entrar em contato com ela não era tão simples quanto dar um telefonema. A pesquisa de Avery revelou que a editora de Natalie Ratcliff era uma subsidiária da HAP Media e, assim, ela acionou seus contatos até conseguir que uma reunião fosse marcada.

Natalie Ratcliff morava em um arranha-céu em Manhattan com vista para o Central Park, no mesmo conjunto de prédios que possuíam as coberturas escandalosas da Billionaire's Row onde Avery cresceu. Outrora uma médica de pronto-socorro que trabalhava em turnos de doze horas, Natalie Ratcliff estava hoje afastada de suas noites de plantão no hospital. Atualmente, ela escrevia romances policiais leves, divertidos e femininos, que eram malhados pelos críticos, mas devorados por leitores devotos. Natalie Ratcliff tinha produzido quinze romances em quinze anos, cada um deles um *best-seller*. A melhor amiga de Victoria Ford e que fora colega de quarto dela na faculdade estava no topo da lista de pessoas com quem Avery estava interessada em conversar.

Após sua visita ao escritório de Roman Manchester no dia anterior, Avery tinha passado na livraria Strand para escolher alguns romances de Natalie Ratcliff. Ela encontrou duas prateleiras com os livros da autora e voltou para o hotel com uma sacola cheia. Apesar de estar correndo atrás de uma reportagem e ter muito trabalho a fazer, Avery não conseguiu largar a leitura do romance de Natalie. A protagonista — uma detetive particular corpulenta chamada Peg Perugo — estava investigando os negócios nebulosos de um médico de pronto-socorro bonitão, descobrindo ao longo da investigação que sexo tórrido falava mais alto que fraude no sistema de saúde. A história era boba e superficial, mas manteve Avery acordada até às duas da manhã, até ela se forçar a fechar o livro e dormir um pouco.

De manhã, Avery xeretou rapidamente na internet e ficou sabendo que Natalie Ratcliff dividia seu tempo entre Nova York e a Carolina do Norte. E se dava ao luxo de passar um mês de férias nas ilhas gregas todos os anos para concluir o novo livro. Era casada com um executivo de uma empresa de cruzeiros marítimos e tinha três filhos: dois já eram adultos e viviam por conta própria e um ainda estava na faculdade. Tinha exercido a medicina durante oito anos e desistiu da profissão para escrever romances. Morava no vigésimo segundo andar do edifício One57, e a porta do seu apartamento se abriu assim que Avery saiu do elevador.

Avery viu Natalie sorrir e balançar a cabeça.

— Avery Mason está no meu elevador. Isso está mesmo acontecendo?

— Eu deveria estar fazendo a mesma pergunta. Natalie Ratcliff tendo uma reunião comigo?

— Como se desse para recusar — Natalie afirmou. — Sou sua grande fã. Por favor, entre.

O apartamento era grande, bonito, decorado de forma profissional e com uma vista panorâmica do Central Park. Era uma vista de que Avery se lembrava, da sua infância. Ao lado da sala de estar, havia um escritório imenso com as paredes revestidas de mogno e exposto por portas de correr escancaradas. Avery vislumbrou capas emolduradas dos romances de Natalie penduradas nas paredes e estantes do chão ao teto forradas com seus livros. E avistou *Bagagem*, o romance estúpido e um pouco vulgar que a manteve acordada a maior parte da noite.

— Devo confessar que não tinha lido nenhum dos seus romances quando falei com você, mas comprei alguns dos seus livros ontem e não consegui parar de ler um deles ontem à noite. Então, considere-me uma nova fã.

Natalie pôs a mão sobre o coração.

— Bem, esse é o maior elogio que já recebi. Avery Mason, uma fã dos meus livros. Obrigada.

Avery apontou para o escritório de Natalie.

— *Bagagem*. Sério, não consegui parar de ler. Me manteve acordada até tarde.

Natalie sorriu.

— É um dos meus favoritos. É o meu primeiro. Ou seja, acho que deve ser o meu favorito, pois começou tudo. Obrigada pelo elogio. Sério, é uma emoção muito grande saber que você está lendo um dos meus livros. Sou uma grande fã sua e adoro *American Events*. O episódio da minivan? Achei que teria um treco vendo você afundar naquela piscina.

— Você e eu.

Elas riram como velhas amigas.

— Posso te oferecer uma bebida?

— Não, obrigada. Não quero tomar muito do seu tempo. Sei que você está ocupada. Queria falar com você sobre Victoria Ford. Entendo que é traumático quando o passado volta para nós de maneira tão visceral.

Natalie assentiu e apontou para a mesa de jantar. Avery se sentou.

— Foi um choque ouvir a notícia — Natalie disse, sentando-se na frente dela. — Mas fiquei feliz por Emma. Pôr fim ao caso, mesmo dessa maneira, vai fazer bem a ela.

— Emma é uma fortaleza. Tive o prazer de conhecê-la outro dia. Você a conhece bem?

— Conheço Emma há muitos anos. Ainda mantemos contato. Victoria era uma parte muito importante de nossas vidas. Sua ausência tem sido uma espécie de ímã que nos une. Nós nos vemos uma vez por ano para pôr a conversa em dia.

— Se eu for capaz de tirar do papel esse projeto sobre Victoria, vou precisar entrevistar o máximo de amigos e familiares dela que conseguir encontrar. Quero contar a história de Victoria, quem ela era e como ela era, antes de falar sobre sua morte e dos acontecimentos que imediatamente a precederam. Espero que você possa fornecer alguns detalhes para mim.

— Seria uma honra. Victoria era uma amiga muito querida.

— Vamos começar por aí. Você era muito próxima de Victoria?

— Éramos grandes amigas.

— Ou seja?

— Ou seja, se ela ligasse e dissesse que estava em apuros, eu apareceria com um saco mortuário e um álibi.

Avery riu.

— Desculpe — Natalie disse. — É a escritora de ficção vindo à tona em mim.

— Não, todas nós precisamos de amigas assim.

— Victoria e eu éramos muito próximas. Ela era como uma irmã para mim.

— Como vocês se conheceram? Dê-me alguns detalhes.

Natalie assentiu, decidindo por onde começar, foi o que Avery presumiu.

— Victoria e eu frequentamos a faculdade juntas. Ela se especializou em finanças e eu, em biologia. Fomos colegas de quarto no primeiro ano e rolou uma sintonia muito boa entre nós. Ficamos juntas ao longo de todos os quatro anos. Depois da faculdade, fui para a escola de medicina em Nova York. Victoria ingressou no mundo financeiro. Nós nos mantivemos próximas durante todos aqueles anos e nunca realmente nos afastamos, mesmo quando os afazeres da vida nos ocuparam. Eu estava terminando a escola de medicina e a residência, e ela estava começando a carreira. Eu me casei e tive filhos. Vic se casou e falou a respeito de ter filhos. Meu marido e eu costumávamos sair com ela e Jasper para jantar, e esse tipo de coisa. Não com a frequência que gostaríamos, mas é assim que a vida funciona.

— Apenas uma curiosidade de fã: você fez faculdade de medicina, mas agora escreve livros. Como isso aconteceu?

Natalie sorriu.

— Não tenho muita certeza. Sempre gostei de ler, desde que era menina. Escrever era algo que eu sonhava fazer algum dia, mas nunca imaginei que isso aconteceria. Mas, finalmente, sentei-me um dia e comecei a escrever. O fato de que o primeiro livro esgotou ainda é fascinante para mim. O fato de que eu tivesse vontade de escrever outro livro ainda me espanta da mesma forma.

— E outro e outro — Avery disse. — Você é bastante prolífica.

— Tenho tido uma boa vida e tive muita sorte.

— Suponho que seu amor pela leitura e escrita também aproximou você e Victoria? Emma me disse que ela também tinha interesse em escrever.

— Tinha. Na verdade, muito mais do que eu. Nós duas conversávamos sobre isso na escola. Sabe, escrever um livro algum dia. Ao estilo Danielle Steel. Mas as realidades da vida atrapalharam e nós duas colocamos esse sonho de lado quando começamos nossas carreiras.

— E olhe para você agora. Uma verdadeira usina de força no mercado editorial — Avery disse. — A vida tem um jeito de fechar o círculo, não tem?

— Acho que sim.

Avery pegou um bloco de notas e fez algumas anotações.

— Você entrou em contato com Victoria após a morte de Cameron Young?

— Pouco. Evidentemente, foi um momento difícil na vida de Victoria. Eu tentei falar com ela algumas vezes, mas Victoria não retornou minhas ligações. Sabia que ela estava ocupada cuidando da sua defesa e tudo o que envolve isso.

— Você falou com ela a esse respeito?

— Rapidamente. Ela me ligou uma vez para perguntar se eu poderia emprestar algum dinheiro se ela precisasse. O custo da defesa dela ia ser astronômico.

— Nada mais? Nada a respeito do caso ou envolvimento dela com Cameron Young? Ou se alguma das acusações contra ela era verdadeira?

— Não. Eu nunca perguntei e ela nunca falou nada. Eu sabia há algum tempo que o seu casamento estava abalado e havia uma insinuação sobre a existência de uma outra pessoa. Nunca entrei em detalhes com Victoria a esse respeito. Quando a notícia do crime foi divulgada e a mídia concentrou sua atenção nela, disse-lhe que sempre seria sua amiga e que sabia que ela nunca faria aquilo do qual era acusada. Sabia disso em meu coração. Ainda sei disso hoje.

— Que tal chegar ao Onze de Setembro? Você tentou falar com Victoria na ocasião?

Natalie fez um gesto negativo com a cabeça.

— Nas semanas anteriores, não. Foi uma época louca para mim. Eu era médica de pronto-socorro na cidade e na época do Onze de Setembro, e durante a maior parte daquela semana, todos tiveram que ajudar. Ainda é um grande borrão para mim. Não fiquei sabendo nada sobre Victoria por alguns dias. Estava trabalhando sem parar. Quando finalmente tive a chance de respirar, fiz uma lista de todas as pessoas que eu conhecia na cidade. Depois que não consegui entrar em contato com Victoria, finalmente falei com Emma e ela me deu a notícia.

— Como você ficou sabendo que os restos mortais de Victoria tinham sido identificados?

— Pelo jornal. Liguei para Emma imediatamente e ele me contou os detalhes.

Avery checou suas anotações: uma página de tópicos destacados.

— Seria muito pedir para você escrever uma cronologia do seu relacionamento com Victoria? Do encontro na faculdade e nos anos seguintes?

— Posso fazer isso, com certeza.

— Ótimo. Ficarei em Nova York por pelo menos mais uma semana, mas talvez mais, dependendo do que eu precisar. Posso entrar em contato com você dentro de alguns dias?

— Claro. Vou te dar o número do meu celular. E vou começar a trabalhar em minha história com Victoria imediatamente. Será um bom exercício para eu me lembrar de todos os grandes momentos que passamos juntas.

Avery ficou de pé.

— Muito obrigada, Natalie. Quero fazer isso da maneira certa. Sei que terão algumas partes difíceis na história de Victoria, mas quero mostrar aos americanos quem era essa mulher antes de ela ser acusada de assassinato. As informações que você fornecer serão de grande ajuda para isso.

Elas se despediram e Avery entrou no elevador.

— Me diga se você gostou do resto de *Bagagem* — Natalie disse antes de as portas se fecharem.

— Vou ficar acordada a noite toda para terminar de ler.

As portas se fecharam e o elevador deixou Avery na portaria. Seu celular vibrou quando ela saiu do prédio. Era Walt Jenkins ligando. Ele queria se encontrar com ela naquela noite para jantar. Eles combinaram a hora e o lugar, e Avery guardou o celular na bolsa. O objetivo dela era esmiuçar o processo contra Victoria Ford. Ela tinha a atenção do detetive-chefe e o fim de semana para fazer aquilo. Enquanto caminhava pelas ruas de Nova York, se deu conta de que tinha encontrado tantas pistas para a reportagem sobre Victoria Ford que quase se esqueceu do verdadeiro motivo de estar de volta à cidade que guardava tantas memórias terríveis.

Foi bom ter esquecido. Por um momento, Avery se sentiu livre.

30

Manhattan, Nova York
Sexta-feira, 2 de julho de 2021

O JANTAR ERA NO KEENS. NO ESTILO TRADICIONAL DE MAN-hattan, a cidade tinha se esvaziado no início da tarde, com os moradores escapando da ilha para o fim de semana prolongado do Quatro de Julho no campo ou na praia. Portanto, a famosa churrascaria estava estranhamente vazia quando Walt entrou. Ele avistou Avery em uma mesa escondida no canto.

— Desculpe o atraso — Walt disse, sentando-se em frente a ela.

— Eu estava quase te ligando para perguntar se eu não tinha me enganado em relação ao horário combinado — Avery falou.

— Não, foi minha culpa. Consegui pôr as mãos na pasta do caso Cameron Young e fiquei entretido lendo. Perdi a noção do tempo.

Avery tinha uma taça de vinho branco diante dela. Walt pediu uma dose de rum ao garçom enquanto examinava o cardápio.

— Você já comeu aqui antes? — ele perguntou.

— Claro. Posso ser uma garota do sul da Califórnia hoje, mas cresci em Nova York — Avery respondeu.

— Em que bairro? — Walt quis saber, esquecendo por um momento que se atrasara para o jantar porque havia perdido a noção do tempo lendo o dossiê que recebera sobre Avery Mason, também conhecida com Claire Montgomery. Ele se perguntou como ela mantinha suas duas vidas: a que estava levando como uma das jornalistas mais populares da televisão e sua vida passada como filha do Ladrão de Manhattan.

— Ah, em Uptown. Upper East Side.

Walt sabia que ela fora criada em uma cobertura em Billionaire's Row. Ele tinha visto as fotos do prédio e o banco de imagens da cobertura que estava em destaque na internet e associado a Garth Montgomery. Ele também tinha visto as fotos do pai dela sendo retirado de pijama e algemas do famoso prédio. O garçom entregou a dose de rum para Walt e perguntou a respeito dos pedidos deles para o jantar, propiciando uma transição suave em relação ao assunto do passado de Avery. Os dois pediram dois filés ao ponto com crosta de raiz-forte.

— Então, o que você encontrou ao relembrar o caso Cameron Young? — Avery perguntou.

— Consegui pegar o prontuário e passei os últimos dias revisando o caso. Tem sido um grande passeio pela estrada da memória. Devo dizer que, à medida que volto a analisar o caso e me lembro com mais clareza, as provas são contundentes. Sendo honesto com você.

— Isso é tudo que estou pedindo, Walt. Vim para Nova York para obter mais informações sobre a descoberta pelo IML dos restos mortais de uma vítima do Onze de Setembro no terrível momento do vigésimo aniversário. Mas descobri algo totalmente diferente quando falei com a irmã de Victoria Ford. Emma Kind, como conversamos na outra noite, acredita que a irmã é inocente. Mas é mais do que amor incondicional e um vínculo fraterno que fortalece sua convicção. Victoria Ford ligou para a irmã na manhã do dia 11 de setembro e deixou duas mensagens na secretária eletrônica dela. Emma as mostrou para mim. As mensagens são angustiantes e foram feitas logo depois que o primeiro avião atingiu a Torre Norte e prendeu Victoria lá dentro.

Walt balançou a cabeça.

— Imagino. Todos os anos eu relembro alguma parte daquele dia. Todo mundo relembra. Mas ter um ente querido tão intimamente ligado à tragédia, e ter uma gravação daquela manhã...

— No entanto, é mais do que isso. Na gravação, Victoria diz a sua irmã que é inocente e implora para que ela ache um jeito de limpar seu nome. Victoria jurou que as provas contra ela não eram verdadeiras e estavam adulteradas. Ela percebeu que morreria naquele dia e suas últimas palavras — pelo menos as últimas registradas — foram uma súplica para que a irmã tornasse o legado dela algo diferente de uma pessoa acusada de assassinato.

— A irmã dela tem tudo isso gravado?

— Sim. Duas mensagens. São comoventes. Também são muito convincentes. Portanto, apesar das provas apontando tão claramente para a culpa de Victoria Ford, ela morreu jurando inocência. Devo a Emma ao menos rever o caso contra a irmã.

A mente de Walt recua vinte anos, quando ele era um detetive jovem e inexperiente, escolhido a dedo para conduzir uma investigação de homicídio muito importante. As coisas o tinham incomodado naquela época a respeito daquela promoção, e ele estava vendo que ainda o incomodavam hoje.

— Não quero provar a inocência de Victoria para o mundo — Avery afirmou. — Tantos anos depois, não tenho certeza de que isso seria possível, mesmo que fosse verdade. Não tenho a intenção de retratar você ou o Departamento de Investigação Criminal de forma negativa. Você realizou sua investigação e tudo o que encontrou apontou para Victoria Ford. Esses são os fatos. Estou simplesmente pedindo para revisar todas as provas e ouvir acerca da investigação do início ao fim. Vai desempenhar um papel fundamental na reportagem que estou planejando.

— Podemos fazer isso — Walt disse. — O que você tem em mente?

— Meu objetivo é contar a história de Victoria Ford para os meus telespectadores. Sua vida, seus defeitos e o dia trágico em que ela morreu junto com outras três mil almas. E agora, vinte anos depois, seus restos mortais foram finalmente identificados. O fato de que ela estivesse envolvida em uma investigação de assassinato sensacionalista é simplesmente parte da história da sua vida. O fato de que ela jurasse inocência até os momentos finais de sua vida também é uma das ocorrências do caso. As gravações estão aí para todos ouvirem e formam um arco nessa história — do início ao final muito triste e trágico — que quero compartilhar com minha audiência. Você e sua investigação são parte da história e, assim, mesmo que o que você conclua contradiga aquilo em que Emma Kind acredita, tudo bem para mim. A sua versão é uma parte fundamental da história e eu preciso ouvir e entender tudo.

— Posso perceber por que o seu programa é tão popular — Walt disse.
— Você usa essa abordagem em todas as suas histórias?

— Sim.

— O.k. Deixe-me apresentar o caso para você, do início ao fim.

Ao longo do jantar, Walt abordou seu papel na investigação do caso Cameron Young, desde o momento em que pôs os pés na propriedade em Catskills até as surpresas estarrecedoras que descobriu durante sua investigação. Comentou a respeito da cena do crime e do encontro com Cameron Young pendurado na varanda. Falou do sangue e da urina recuperados na suíte e das impressões digitais retiradas da taça de vinho, todas provas que corresponderam a Victoria Ford. Explicou como um pen drive encontrado na gaveta da escrivaninha do escritório continha um vídeo de sexo caseiro que o levou a Victoria Ford. Examinou os resultados da autópsia que retrataram uma imagem vívida dos momentos finais de Cameron Young. Tratou da convocação do grande júri, do argumento da promotoria de que Victoria Ford era uma amante rejeitada que foi forçada a fazer um aborto que a deixou incapaz de ter filhos e do iminente indiciamento que aconteceria se a manhã de 11 de setembro não trouxesse um fim estrondoso ao caso.

Walt ficou observando Avery enquanto falava, percebendo como ela fazia anotações rápidas página após página em um bloco de papel pautado. Havia algo elegante, mas poderoso na maneira como Avery escrevia, e Walt se sentiu atraído por ela de uma maneira que não se permitia sentir havia algum tempo. A situação em que ele se viu naquela noite — jantando com uma mulher inteligente, talentosa e atraente — o fez se perguntar se ele tinha desperdiçado os últimos três anos em mágoas quando poderiam ter sido superados enfrentando a vida e permitindo a progressão natural do tempo para eliminar sua dor.

Os pratos do jantar foram retirados. Eles recusaram a sobremesa, mas cada um pediu uma taça de vinho do porto para continuarem a conversa. Avery folheou suas anotações e fez perguntas complementares até que Walt percebeu que ela estava satisfeita com as informações que ele tinha fornecido.

— Acho que é tudo que consigo pensar em pedir agora — Avery disse.
— Quais são as chances de eu mesma poder examinar o prontuário do caso? Posteriormente, gostaria que gente da minha equipe de produção

registrasse imagens do caso para o programa: fotos das transcrições dos interrogatórios, cenas dos interrogatórios em vídeo, fotos da cena do crime e até mesmo partes editadas, é claro, de algumas imagens do vídeo caseiro que o ajudou a solucionar o caso.

— Tenho tudo no meu hotel. Teria que falar com a chefia e fazer com que assinem uma autorização de qualquer coisa que compartilharmos. Mas tenho certeza de que isso pode ser arranjado.

— Uau, seria ótimo, Walt.

— Só preciso fazer algumas ligações.

Houve uma breve pausa, enquanto eles procuravam um motivo para continuar conversando agora que o propósito do jantar tinha terminado. Os dois ficaram se entreolhando até que Avery finalmente falou.

— Sabe, tenho orgulho dos meus instintos, Walt.

— Ai! Ai!

Avery sorriu.

— Tenho curiosidade sobre algo que você não me contou.

Surpreso, Walt ergueu as sobrancelhas. Por um momento fugaz, ele considerou que de alguma forma tinha sido descoberto antes de ter feito qualquer vigilância de fato. Que aquela jornalista inteligente e observadora havia desvendado o plano dele, de Jim Oliver e de todo o FBI de ele se embrenhar na vida dela na tentativa de localizar seu pai.

— O que eu não te contei? — ele perguntou.

— O que realmente trouxe você de volta a Nova York.

Ele girou sua taça de vinho do porto refletindo sobre a questão.

— Vamos lá! — Avery disse. — Você é um cara bonito e bem-sucedido que se feriu no trabalho com quarenta e poucos anos e decidiu viver recluso em uma ilha tropical? E de repente uma jornalista de uma emissora de tevê liga e você volta correndo? — ela disse e fez um gesto negativo com a cabeça. — Desculpe, mas não engoli sua história.

— Quem disse que eu vivo recluso?

— Valeu a tentativa de desviar a atenção, mas deve haver algo mais em sua história.

Walt ergueu o queixo e tomou um gole de vinho do porto.

— Não deixe ninguém acabar com seus instintos — disse, olhando para a bebida. Ele se lembrou de seu plano de ser o mais honesto possível. — Eu estava ficando entediado na Jamaica. Fui para lá para clarear minha cabeça depois que fui baleado, mas descobri que quaisquer teias de aranha que ainda existissem depois de três anos provavelmente não seriam eliminadas pelo tempo. Você ligou e achei que era uma boa oportunidade para sair da rotina. Além disso, como lhe disse, sou fã do seu programa.

Walt observou Avery tomar um gole de vinho do porto lentamente. Ele teve a impressão de que sua resposta não a satisfez.

— Sabe, talvez uma pergunta melhor seja por que você foi para a Jamaica — ela disse.

— Você é uma jornalista. Da cabeça aos pés.

— Outra evasiva. Muito masculino da sua parte. Não o imaginei como o homem típico, mas sou conhecida por interpretar mal as pessoas.

Walt sorriu, pego de surpresa pela súbita sondagem de Avery em sua vida pessoal. Naquele momento, ele se deu conta de que a inquirição dela resultava de uma curiosidade natural e não de algum sexto sentido a respeito de suas verdadeiras intenções ou do trabalho para o qual o FBI o tinha contratado. Ela estava simplesmente fazendo uma pergunta óbvia. Talvez ele tenha ficado espantado porque, nos últimos três anos, nenhum dos seus amigos jamaicanos — todos homens — deu a mínima para o que o levou à pequena ilha deles. Walt pagava o rum deles e contava suas histórias, e aquilo lhes bastava. Sem dúvida, ele tinha passado muito tempo sem a presença de uma mulher.

— Tenho alguns assuntos pendentes aqui e sua ligação deixou claro que era a hora de eu cuidar deles.

— Ah! — Avery exclamou. — Algum sentimento de ser humano está aí, afinal. Esses assuntos pendentes são algo que você quer compartilhar com uma estranha quase perfeita?

— Talvez — Walt respondeu. — Mas uma bebida adequada vai ser necessária para entrar em detalhes.

— Você precisa de uma bebida mais forte para falar sobre si mesmo?

— Não, a bebida é para você. Assim, você não me julga.

— Isso é tão ruim assim?

— Vou deixar você decidir. E, na verdade, não é um grande mistério — Walt afirmou, levantando-se da mesa e apontando para o bar no outro salão. — Amor ou a lei. São os dois únicos problemas do homem neste mundo.

31

Manhattan, Nova York
Sexta-feira, 2 de julho de 2021

ELES FORAM PARA O BAR. ESTAVA QUASE VAZIO ÀS DEZ DA noite de uma sexta-feira, e o êxodo em massa do fim de semana do Quatro de Julho estava em plena exibição. Apenas um outro casal estava no bar. Painéis de mogno escuro revestiam as paredes e o teto do Keens e lançavam uma sombra castanho-avermelhada em tudo. Avery e Walt se sentaram em banquetas adjacentes. Ele pediu um rum e ela uma vodca.

— Já que você faz parte da lei, acho que o problema é amor. Fale-me sobre ela — Avery disse.

— Parece tão fácil quando você coloca dessa forma. Simples e direto.

— Culpo a faculdade de direito pela minha franqueza. Ali ensinam você a mirar no tópico e jogar para escanteio todo o resto.

— Você fez faculdade de direito? — Walt perguntou, esquecendo por um momento que a mulher diante dele tinha uma outra vida da qual ele não deveria saber nada. Ele sentiu uma mudança no comportamento de Avery quando os dois mundos dela se sobrepuseram.

Lentamente, ela assentiu.

— Fiz, mas a coisa toda de ser advogada não era para mim. Descobri isso depois da faculdade e me mudei para Los Angeles para pôr em prática minha especialização em jornalismo. Mas aqueles mesmos instintos fazem parte do meu trabalho agora. Quando sinto uma história, ou sinto que há algo a ser aprendido, miro nisso com um foco irritante. Desculpe-me se estou sendo muito direta sobre isso. Você não precisa me contar mais nada se for algo privado.

— Não, eu não me importo. Provavelmente vai me fazer bem falar sobre isso. É o que um psicanalista provavelmente diria.

— Não sou capaz de analisar, só posso ouvir.

— O.k. Vejamos, a versão resumida é mais ou menos assim: o adultério afundou meu primeiro casamento. Ela me traiu, não eu. Éramos ambos jovens e idiotas, e não feitos um para o outro. Então, provavelmente foi melhor que tivesse ido pelos ares tão rápido. O fim do meu segundo casamento doeu um pouco mais. Desandou por causa de filhos: eu queria, ela não. E então, surgiu Meghan Cobb.

Houve um momento de silêncio enquanto Walt tentava descobrir como prosseguir.

— Foi ela quem te mandou para o Caribe? — Avery perguntou.

Walt assentiu. Ele tomou outro gole de rum e deixou que o líquido queimasse sua garganta. Aquele último restinho da bebida o enviou além do ponto crítico, como sempre fazia, e sua mente vagou para o passado.

Para ferimentos com risco de vida, a internação de Walt no hospital até que durou pouco, apenas cinco dias. Três foram passados na UTI após a cirurgia, e os últimos dois em uma enfermaria, onde ele se misturou com outros pacientes recém-operados, provando que conseguia andar, falar e soltar gases. Quando os médicos ficaram satisfeitos, eles o liberaram com uma longa lista de restrições. A alta veio na hora certa. O funeral do seu parceiro seria no dia seguinte e, de uma forma ou de outra, Walt pretendia comparecer. Se ele tivesse que arrancar os acessos intravenosos do braço e ir embora contrariando os conselhos médicos, ele estava preparado para isso. Mas quando Walt começou a pressionar, ninguém se opôs. Ele tinha quase morrido em uma emboscada que levou seu parceiro. Ninguém estava planejando negar a ele a honra de comparecer ao funeral.

Walt estava fora de perigo. A dra. Eleanor Marshfield, a cirurgiã que o tinha suturado, disse a Walt que o coração era um órgão milagroso e, se ele não exagerasse nos primeiros seis meses da recuperação, ele ficaria bem. A médica, é claro, falava apenas da recuperação física do coração de Walt. Ela não fazia ideia do dano emocional que ele estava prestes a sofrer.

Jim Oliver o levou do hospital para casa.

— Obrigado pela carona, Jim.

— Você precisa de ajuda?

— Não, estou bem. Um pouco lento, mas em bom estado.

Walt abriu a porta do passageiro e desembarcou lentamente do carro, resmungando. Depois de se endireitar, fechou a porta e se inclinou para espiar Jim pela janela aberta.

— Vejo você amanhã?

— Sim — Jim respondeu. — Você precisa de uma carona para o funeral?

— Não, tenho autorização para dirigir. E não tenho certeza da condição em que vou estar. Prefiro estar com meu próprio carro se precisar fazer uma fuga discreta.

— Entendido. Vai estar lotado. Todo mundo tem perguntado por você.

Walt forçou um sorriso e deu dois tapas no teto do carro com uma força que não tinha.

— Obrigado mais uma vez, Jim.

* * *

Na manhã seguinte, Walt acordou com pensamentos e preocupações conflitantes. O primeiro que veio à sua mente foi seu parceiro. Walt não podia chamar Jason Snyder de amigo íntimo. Além dos eventos sociais do trabalho algumas vezes por ano, e de uma cerveja ocasional no momento certo, Walt nunca passara muito tempo com Jason fora do trabalho. Alguns parceiros entravam em sintonia e se tornavam unha e carne. Juntos por três anos, Walt Jenkins e Jason Snyder nunca tinham se tornado próximos daquela maneira. Tudo o que Walt sabia a respeito da vida pessoal de Jason era que ele era casado e não tinha filhos, e que era próximo do pai, que também havia sido agente. Um sentimento de culpa de merda atormentou Walt durante toda a noite, fazendo com que ele se virasse de um lado para o outro cautelosamente nas horas de escuridão. Por volta das quatro da manhã, ele se considerou uma subespécie da raça humana por nunca ter demonstrado interesse pela vida do parceiro. E naquele momento em que

Jason tinha morrido, Walt teve o desejo repentino de conhecê-lo melhor. Para ser um amigo melhor e um parceiro mais protetor. Walt sempre tinha dito ter o apoio de Jason. Naquele momento, uma afirmação que era tão vazia quanto soava.

Walt estava na frente do espelho do banheiro. A bandagem branca no pescoço impedia-o da opção de pôr uma gravata, e a gaze e o esparadrapo estavam posicionados muito para cima para que o colarinho da camisa pudesse ocultá-los. Com cuidado, vestiu o paletó e se examinou no espelho. A pele cinzenta e as olheiras, somadas com o pescoço enfaixado, faziam parecer que a morte o aconchegara. E embora ninguém o culpasse por aquilo, Walt temia que sua presença no funeral pudesse desviar a atenção de Jason e sua família. Ele concebeu um plano para entrar e sair o mais rápido possível.

Walt engoliu em seco, com o pomo de adão latejando e causando uma dor aguda no pescoço à medida que os músculos lesionados se contraíam. As olheiras eram evidências de uma noite em claro, que estava enraizada em mais do que apenas uma síndrome do sobrevivente. Outra coisa o perturbava. Ele pegou o celular e navegou pelas mensagens de texto pela centésima vez. Meghan não havia entrado em contato. Walt tinha encontrado a caixa de correio eletrônico dela cheia quando tentou deixar uma mensagem durante seu primeiro dia lúcido fora da uti. Todas as mensagens de texto subsequentes ficaram sem resposta. Ele tinha falado com suas ex-mulheres durante sua internação, e a ironia não passou despercebida para Walt de que as duas mulheres que mais o odiavam no mundo tinham entrado em contato para ver como ele estava, mas a única mulher que dizia amá-lo havia desaparecido.

Walt tinha visto Meghan pela última vez havia uma semana, duas noites antes de ser baleado. Eles passaram o fim de semana em uma pousada no interior do estado de Nova York e uma pontada de aflição se apossou dele. Walt tinha ficado preocupado com razão nos últimos dias por causa do seu encontro com a morte, mas naquele momento ele avaliou que algo poderia ter acontecido com Meghan. Ele não tinha o número do telefone dos pais dela, e mesmo que tivesse, seria uma má ideia ligar. Walt nunca tinha conhecido os pais de Meghan. Provavelmente, a conversa estranha dispararia um alarme desnecessário. Walt também descartou a ideia de entrar em contato com a irmã de Meghan. Seria um pouco dramático e até egoísta preocupar a família de Meghan por causa de alguns telefonemas sem retorno.

Enquanto estava na frente do espelho, disparou mais uma mensagem de texto para ela.

"ONDE VOCÊ ESTÁ? MUITA COISA ACONTECEU DESDE QUE NOS VIMOS. ME LIGA."

Ele guardou o celular no bolso do paletó, voltou a se olhar no espelho, mas rapidamente desistiu de tentar ficar mais apresentável. Apagou as luzes quando saiu do banheiro e se dirigiu ao funeral do parceiro.

32

Manhattan, Nova York
Sexta-feira, 2 de julho de 2021

— QUEREM MAIS ALGUMA COISA? – O BARMAN PERGUNTOU.

Walt olhou para seu copo vazio.

— Mais um? — ele perguntou para Avery.

— Claro. Quero ouvir o resto dessa história.

O barman tornou a encher os copos deles. Já eram quase onze da noite e eles eram os únicos clientes do bar.

— Tem certeza? — Walt perguntou.

— Não vamos embora daqui até eu ouvir tudo.

Walt tomou outro gole de rum. O álcool estava produzindo aquele efeito precoce que sempre proporcionava quando ele pensava no funeral do parceiro: um embotamento da dor que vinha com as memórias. Ele colocou o copo sobre a bolacha diante dele e continuou sua história.

186

O estacionamento estava lotado e, então, Walt pegou a rua lateral que ladeava a casa funerária. Parou o carro junto ao meio-fio e deixou o assento do motorista. Demorou mais do que desejava para vestir o paletó, já que o braço esquerdo ainda não estava seguindo os comandos do cérebro. Ficou contente pelo fato de não ter espectadores. Quando Walt passou pela casa funerária, tinha visto alguns colegas na porta. Ele não precisava das chacotas que teria sofrido se eles o tivessem visto brigando com o paletó. E se seus colegas agentes tivessem conseguido evitar as zombarias amigáveis, a outra reação teria sido pior: pena. Assim era melhor, sozinho em uma rua lateral enquanto brigava para vestir o paletó. Finalmente, Walt se endireitou enquanto respirava fundo, o que provocou uma dor aguda no peito; um sintoma que a dra. Marshfield avisou que levaria semanas de fisioterapia respiratória para resolver.

Depois de conseguir se arrumar, observou a casa funerária e analisou suas opções. Poderia caminhar até a frente do prédio e entrar no covil dos colegas agentes, onde com certeza passaria muito tempo os cumprimentando e aceitando os desejos deles de uma rápida recuperação. Ou poderia usar a porta lateral e se meter na fila da procissão, manter os olhos no chão e evitar qualquer um que conhecesse até chegar à família de Jason. Ali, ele prestaria suas condolências ao pai de Jason e lhe diria que parceiro fora de série seu filho tinha sido nos últimos três anos. Abraçaria a mãe de Jason e se apresentaria à mulher de Jason, dizendo a ambas o quanto sentia por sua perda. O tempo todo ele lutaria contra a síndrome de sobrevivência, esperando não suar dentro do paletó e fazer uma saída discreta antes que a bandagem no pescoço ficasse vermelha por causa do ferimento gotejante que cobria.

A escolha não foi difícil. Walt atravessou a rua, abriu a porta lateral e entrou em um corredor silencioso. Conversas em voz baixa ecoaram pela passagem enquanto ele avançava lentamente. Ao chegar ao final do corredor escuro, Walt se viu na lateral do vestíbulo de entrada. Os rostos familiares dos colegas agentes estavam à sua esquerda, ao redor da porta da frente. Uma olhada rápida e abrangente no salão não revelou ninguém que ele reconhecesse; apenas a família de Jason e uma fila de enlutados esperando para oferecer seus pensamentos antes de se ajoelhar diante do caixão. Walt se esgueirou pelo vestíbulo e entrou no salão. Viu grandes coroas de flores em volta do caixão. A fila estava junto à parede oposta, avançando lentamente na direção da frente do salão. Ele pegou um lugar no final dela e manteve os olhos no chão. O braço esquerdo estava por cima do peito e apoiando o cotovelo direito, com a palma da mão sobre a bochecha e a boca. Se algum dos seus amigos o reconheceu, nenhum deles disse uma palavra. Depois de dez minutos na fila, ele lentamente estava se aproximando do caixão.

– Você conseguiu – veio uma voz atrás dele.

Walt se virou e viu que Jim Oliver tinha pegado um lugar na fila atrás dele.

– Sim – foi tudo o que Walt disse.

– Os rapazes lá fora disseram que estavam esperando para ver você.

Walt assentiu.

– Fiz uma aproximação furtiva pela porta lateral. Não quero que a atenção seja desviada da família de Jason.

– Certo. Mas talvez cumprimentá-los ao sair? Seria bom que a equipe visse que você se recuperou.

– Farei isso, chefe.

Juntos, eles conseguiram chegar até a frente do salão. Walt engoliu em seco ao se aproximar do caixão e ver o rosto do parceiro de perfil. Ele sempre tinha odiado a aparência cerosa dos mortos nos caixões. Parecia que sua infância tinha sido repleta de momentos em que se ajoelhou na frente de robustos caixões de mogno que continham parentes idosos. Ele deveria sempre fazer uma oração ajoelhado na frente do caixão, seus pais lhe disseram, mas tudo o que Walt tinha sido capaz de fazer era encarar confuso a maquiagem abundante espalhada pelo rosto dos mortos. Essa peculiaridade da infância fora levada para sua vida adulta, e quando Walt se aproximou da família de Jason, perguntou-se se eles estariam satisfeitos com a aparência dele, deitado rígido e imóvel no caixão, ou se Jason estava tão irreconhecível para eles como estava para ele.

– Você conhece a família de Jason? – Jim perguntou.

Walt fez um gesto negativo com a cabeça.

– Não – ele respondeu, no momento em que o casal na frente dele acabou de falar e se dirigiu até o caixão.

Os primeiros membros da família de Jason a receber as pessoas da fila eram um homem e uma mulher mais velhos. Walt estendeu a mão e ofereceu o seu melhor sorriso.

– Walt Jenkins.

– Olá, Walt – o homem disse, pegando a mão dele em um aperto caloroso. – De onde você conhecia Jason?

Walt voltou a engolir em seco, com a bandagem no pescoço esticando-se diante da tensão.

– Eu era o parceiro de Jason.

– Ah – a mulher balbuciou. – Somos os pais de Jason.

– É um prazer conhecê-los – Walt disse. – Jason falava do senhor o tempo todo. A respeito do seu tempo no Bureau. Ele falava de vocês dois. Sinto muito por sua perda.

– Obrigado – o pai de Jason agradeceu. – Como é que você está?

– Eu estou bem, senhor – Walt respondeu e soltou a mão do homem. – Esse é Jim Oliver. Jim comanda o escritório do FBI aqui em Nova York.

– Seu filho foi um grande agente e um bom amigo para todos nós – Jim disse.

– Obrigado – o pai de Jason falou e sorriu. – Você conheceu a nossa nora? – ele perguntou para Walt.

– Não, senhor – Walt respondeu.

– Ela foi ao banheiro – a mãe de Jason informou. – Ela já volta. Tenho certeza de que ela gostaria de cumprimentá-lo.

Walt sorriu e assentiu, começando um período de trinta segundos de conversa fiada penosa que pareceu durar uma hora. Tudo o que Walt queria fazer era se ajoelhar rapidamente diante do caixão, fazer de conta que rezava e dar o fora dali.

– Aí vem ela – a mãe de Jason disse, apontando por cima do ombro de Walt.

– Querida – o pai de Jason afirmou, gesticulando com a mão. – Esse é o parceiro de Jason.

Walt se virou e sentiu os joelhos fraquejarem ao ver a mulher de Jason.

– Meghan – o pai de Jason disse. – Este é Walt Jenkins.

Walt imaginou que a expressão facial aterrorizada de Meghan era uma imagem refletida da própria expressão. Ela parou a alguns passos dele, sem piscar e imóvel, boquiaberta. Ficou evidente para todos – os pais de Jason, Jim Oliver e qualquer outra pessoa capaz de ver Walt e Meghan – que os dois se conheciam. O fato de que eles estavam dormindo juntos desde o ano anterior e estavam apaixonados era menos evidente, mas apenas ligeiramente.

– Vocês já se conheciam? – o pai de Jason perguntou em um tom crédulo.

– Ah, não – Walt conseguiu responder num tom à beira de um ataque de nervos. Ele ergueu a mão para acenar, mas pareceu mais um gesto de rendição. – Eu...

Walt pôs a mão no pescoço enfaixado e sentiu a umidade do sangue escorrendo pela gaze.

– ... Lamento muito a sua perda.

Foi tudo o que ele conseguiu dizer antes de se virar e caminhar rapidamente até o fundo do salão, atravessar o vestíbulo e pegar o corredor escuro. Ele abriu a porta, apertou os olhos diante da luz do sol e tentou recuperar o fôlego. Os pulmões doíam e o peito arfava. Walt cambaleou até o carro e se sentou ao volante. Deu a partida e arrancou antes mesmo de fechar a porta.

33

Manhattan, Nova York
Sexta-feira, 2 de julho de 2021

— **ELA ERA A MULHER DO SEU PARCEIRO?** – **AVERY PERGUNTOU,** inclinando-se para perto de Walt; uma posição em que ela se viu enquanto prestava atenção em cada palavra da história dele.

— Sim, era a mulher do meu parceiro morto — Walt respondeu, tomando um gole necessário de rum. — É por isso que ela não retornou minhas ligações durante toda a semana. Estava ocupada lidando com a própria tragédia: a morte do marido. Ela não fazia ideia de que eu era o parceiro de Jason ou que eu era o outro agente que tinha sido baleado. Estávamos juntos havia um ano e ela nunca me disse que era casada. Meghan sabia que eu trabalhava no escritório local do Bureau, mas nunca me pressionou para obter detalhes sobre o meu trabalho. Sempre entendi isso como uma espécie de separação entre Igreja e Estado. Sabe, não vamos falar sobre trabalho. Vamos só curtir a companhia um do outro. Mas ela não quis saber nada a respeito do meu trabalho porque não queria saber se eu conhecia seu marido.

— O que aconteceu com você? — Avery perguntou em um tom hesitante. — Qual foi o seu ferimento? Foi a mesma coisa que matou seu parceiro?

— Jason e eu estávamos em uma operação de vigilância de rotina. Achamos que íamos passar outra longa noite tirando fotos e coletando informações a respeito de uma célula suspeita da Al-Qaeda. Enquanto estávamos observando o prédio do outro lado da rua, um homem usando uma máscara de esqui aproximou-se da frente do nosso furgão e abriu fogo. De alguma forma, as balas não atingiram nenhum encanamento importante meu.

— Quão perto chegaram?

— Muito perto. Uma perfurou meu coração.

— Meu Deus, Walt. E Jason morreu...

— Morreu antes da chegada da ambulância.

— Quem era o sujeito com a máscara de esqui?

— Essa é a merda da história. O cara era um viciado em metanfetamina. Nós estávamos observando o prédio de um simpatizante suspeito da Al-Qaeda, rastreando seus movimentos para ver se conseguíamos ligá-lo a alguém importante. O prédio do outro lado da rua tinha um laboratório de metanfetamina. Não sabíamos, mas os viciados em metanfetamina ouviram rumores e ficaram nervosos. Então, um deles saiu e começou a atirar.

Por um momento, Avery ficou boquiaberta.

— Absolutamente nada a ver com a guerra contra o terrorismo?

— Nada.

— Você falou com ela depois do funeral? Com Meghan?

— Uma vez — Walt respondeu. — Para dizer que eu estava indo embora por um tempo. A história a nosso respeito estourou logo depois do funeral e se espalhou rapidamente pelo escritório. Todos acharam que eu traí Jason pelas costas, e só quando cheguei ao funeral é que finalmente me entreguei. E quando cada um dos seus colegas acredita que você estava transando propositalmente com a mulher do seu parceiro e, então, esse parceiro é morto no cumprimento do dever… Digamos que não havia muita simpatia por mim.

— Você tentou explicar a situação?

— Nunca tive a oportunidade e não sei se alguém acreditaria em mim. Pediram-me educadamente para me aposentar. Ofereceram-me aposentaria integral e era uma proposta do tipo agora ou nunca. Pegar minha aposentadoria e desaparecer. O Bureau é muito sensível quanto à sua reputação. Um agente morto no cumprimento do dever era uma cicatriz enorme. O escândalo de um caso amoroso envolvendo a mulher do agente morto e seu parceiro era algo que queriam evitar. Deixaram seus desejos muito claros para mim. "Pegue o dinheiro e dê no pé."

— Para a Jamaica?

Walt assentiu e tomou metade de sua bebida.

— O que aconteceu com Meghan?

— Terminei tudo.

— Nada mais?

Amuado, Walt ainda assim respondeu afirmativamente com um gesto de cabeça.

— Praticamente.

— Isso soa muito vago.

— Eu a vejo uma vez por ano. Participo de uma reunião anual de sobreviventes aqui na cidade.

— Reunião de sobreviventes?

— Acontece que sobreviver à noite em que Jason e eu fomos emboscados foi um milagre. Outros que sobreviveram a provações semelhantes e venceram adversidades do tipo se reúnem todos os anos e celebram seus milagres e as pessoas que os salvaram. Os médicos, as enfermeiras e os socorristas recebem convites dos sobreviventes. Eu convido minha traumatologista todos os anos. Se sua história envolve outros que não tiveram a mesma sorte, os familiares daqueles que morreram também são convidados. Vejo Meghan nessa reunião uma vez por ano, em junho.

— E?

— Nós nos abraçamos e falamos muito pouco. Depois, caio fora dali e procuro um bar que serve um bom rum.

— Você dá um abraço nela e acabou? Você não conversa com ela?

— Conversa fiada, talvez. "Que bom te ver." "Você parece bem." Mas é só isso. Não há mais nada a dizer.

Surpresa, Avery ergueu as sobrancelhas.

— Há um monte de coisa para dizer!

— É muito confuso. Eu a amava e ela me traiu. Não há como ficarmos juntos. Eu deveria simplesmente deixar isso pra lá, mas por algum motivo passo por essa autossabotagem todo ano e, acredite, não me sinto melhor por isso.

— É porque você está procurando uma maneira de perdoá-la.

Walt piscou com se um destroço tivesse voado na direção do seu rosto.

— Estou?

— É claro que está — Avery afirmou com convicção. — Você acabou de me dizer que tinha assuntos pendentes aqui em Nova York. Perdoá-la é isso.

Ter esse fato colocado com tanta ousadia na frente dele foi surpreendente, mas era verdade. Toda vez que eles se viam, Meghan perguntava o que ela poderia fazer para ganhar o perdão dele.

— Você já disse para ela? — Avery perguntou.

— Disse a ela o quê?

— O que seria preciso para perdoá-la?

— Não.

— Por que não?

— Porque não sei o que seria.

— Eu descobriria se fosse você. Não por ela, mas por você. Isso se chama desfecho, e você precisa desesperadamente disso.

Walt tomou outro gole de rum e ergueu o copo.

— Você é mais psicanalista do que pensa.

Houve uma pausa natural na conversa no momento em que a confissão de Walt terminou.

— De volta ao que você me perguntou originalmente, sobre por que voltei para Nova York. Tenho procurado por algo para me envolver novamente e parar de pensar besteira. Examinar o caso Cameron Young tem sido bom para mim. Isso me fez sentir como eu mesmo de novo.

Isso, junto com tudo o que ele disse a Avery naquela noite, também era verdade.

— Ótimo — Avery afirmou. — E me desculpe se fui insistente ao perguntar sobre tudo isso.

— Estou me sentindo bem. Talvez tenha sido terapêutico tirar isso do meu peito — Walt disse.

— Que bom que pude ajudar — Avery afirmou e checou seu celular. — Está ficando tarde. Você acha que eu poderia dar uma olhada no prontuário do caso Cameron Young amanhã? Ver o que eu poderia usar para minha reportagem? Nova York será uma cidade fantasma neste fim de semana. Poderíamos tirar o máximo proveito disso. Examinar o caso juntos, do começo ao fim.

Walt assentiu.

— Sim. Ligo para você amanhã e marcamos um horário?

— Seria ótimo.

Avery se levantou para sair do restaurante.

— Desculpe divagar por tanto tempo — Walt disse.

Ele sentiu Avery colocar a mão sobre seu pulso.

— Não é divagação se você tem uma audiência cativa.

Walt sorriu.

— Você não quer que eu te acompanhe até o seu hotel?

— Eu adoraria ter sua companhia. Estou no Lowell.

Eles deixaram o Keens e caminharam pelas ruas tranquilas de Midtown. Depois de dez minutos percorrendo a avenida Madison, chegaram à entrada do hotel.

— Obrigada por me acompanhar — Avery disse.

— De nada.

Avery deu um passo na direção de Walt e lhe deu um beijo no rosto antes de lhe dar um abraço inesperado. Se o pretexto da noite tivesse sido outro, a possibilidade de ser convidado para subir até o quarto dela passaria por sua cabeça. Honestamente, a ideia estava passando por sua mente, mas ele não podia em sã consciência transar com uma mulher que tinha conhecido em circunstâncias tão abomináveis. O abraço terminou e eles ficaram cara a cara. Houve um momento que teria sido natural ele beijá-la, mas passou num piscar de olhos.

— Ligo para você amanhã — ele disse. — E vamos achar uma hora para examinarmos o prontuário.

— Sim — Avery afirmou, assentindo e dando um passo para trás. — Por favor, faça isso.

Walt a observou passar pela porta da frente e entrar no saguão do Lowell. Quando as portas do elevador se abriram e ela entrou, Walt se virou e seguiu para o seu hotel. Andando pelas ruas vazias, ele se deu conta de que, pela primeira vez em anos, uma mulher diferente de Meghan Cobb ocupava sua mente.

34

Manhattan, Nova York
Sexta-feira, 2 de julho de 2021

HOUVE UMA BATIDA NA PORTA DO QUARTO DO HOTEL DE Walt pouco antes da meia-noite. Esparramado na cama, ele usava dois travesseiros para se apoiar em uma posição sentada. Um copo de rum recém-servido estava em seu colo e a tevê estava sintonizada na ESPN. Quando voltou do jantar, tirou os sapatos e se serviu de uma última dose para se acalmar depois da sua confissão improvisada e da cena confusa que acontecera diante do hotel de Avery Mason trinta minutos antes.

Houve uma nova batida na porta e sua mente girou. Ele considerou a ideia absurda de que era Avery batendo em sua porta. Para ver como ele estava, talvez? Walt tinha ficado um pouco abalado depois de contar para ela a história sobre Meghan, que ele não havia compartilhado com ninguém antes. Muitos conheciam fatos esparsos sobre o caso, mas ninguém sabia os detalhes. Até então. Até que ele, por algum motivo inexplicável, os tinha confessado para uma jornalista da televisão. A batida veio pela terceira vez. Como ela o tinha encontrado? Como ela sabia onde estava hospedado e em que quarto? E, o mais importante, ela estava ali simplesmente para confortá-lo ou havia outro motivo para a sua presença?

Ao se levantar da cama, uma emoção estranha tomou conta do peito de Walt. De forma vacilante, colocou sua bebida na mesa de cabeceira e deu uma rápida olhada no espelho. Os olhos embaçados de um homem que tinha bebido demais o encararam de volta. Passou a mão no cabelo, respirou fundo e se dirigiu até a porta. Quando a abriu, Jim Oliver estava no corredor.

— André Schwarzkopf — Oliver disse, passando por Walt e entrando no quarto.

Walt encostou a cabeça no batente da porta e fechou os olhos brevemente. Ele não sabia o que esperava encontrar do outro lado da porta. Não sabia se queria que Avery estivesse ali. Não sabia o que poderia ter acontecido entre eles se fosse ela quem ele tivesse encontrado no corredor. Imediatamente, Walt se sentiu desapontado por não ser ela que estivesse ali e tolo por acreditar que ela pudesse estar. Fechou a porta.

— Quem?

— A casa geminada no Brooklyn — Oliver respondeu. — Ela pertence a André Schwarzkopf. Ele não dá na vista, mas é conhecido por se envolver na obtenção de documentos falsos. Sobretudo passaportes, mas também certidões de nascimento e *green cards*. Temos um prontuário sobre ele.

Walt balançou a cabeça para arejar. Ele se esforçou para despertar do torpor.

— O que isso significa?

— Garth Montgomery está tentando sair do país ou precisa se mudar de onde está se escondendo agora, talvez México ou América do Sul, para outro lugar. Algum lugar novo. Ele precisa de documentos para fazer isso. Provavelmente, um passaporte. E sua filha o está ajudando. Quanto tempo ela ficou na casa desse cara?

Retraindo-se, Walt encolheu os ombros, relembrando a manhã em que seguiu Avery até o bairro de Park Slope.

— Talvez vinte minutos.

— Ela tinha alguma coisa quando saiu?

— Só a bolsa dela, igual a quando entrou.

Walt foi até a mesa de cabeceira e pegou sua bebida.

— Ponha alguém para ficar de olho no cara vinte e quatro horas por dia, sete dias por semana.

Oliver assentiu.

— Já fiz isso. Fale-me sobre o cemitério.

— O cemitério?

— Sim. Quando você a seguiu até o cemitério Green-Wood.

— Não tenho muito que falar. Ela fez um lento passeio pelas dependências. Fiquei a uma boa distância. Ela se aproximou de um mausoléu, hesitou por vários minutos antes de realmente ficar junto a ele. Então, depositou algumas flores nele e se afastou rapidamente. De quem eram aqueles túmulos?

— Annette e Christopher Montgomery. A mãe e o irmão dela.

Walt olhou para o seu rum.

— Isso é triste.

— A mãe dela morreu enquanto estávamos investigando Garth Montgomery. Ela teve um ataque cardíaco depois que o marido desapareceu e todos os detalhes a respeito dele vieram à tona, incluindo seu caso de quinze anos com uma mulher com metade da idade dele. Achamos que a morte da mulher poderia fazer com que ele reaparecesse, mas o filho da puta continuou escondido. Você pode acreditar nisso? Nem sequer foi ao enterro da própria esposa. Um verdadeiro filho da puta esse cara. Nós estamos vigiando há três anos. Ela visita o cemitério Green-Wood todos os anos.

— Todos os anos?

— Ela vem a Nova York todos os verões. Geralmente, vem de avião e fica um ou dois dias antes de voltar para casa. O único motivo que conseguimos conjecturar para sua vinda a Nova York é a visita ao cemitério Green-Wood. Mas este ano ela mudou as coisas. Ela veio de carro, e não de avião. E não usou seu cartão de crédito nenhuma vez desde que saiu de Los Angeles. Pagou a hospedagem no Lowell por duas semanas usando cheque administrativo. Ela está tentando não deixar pistas. Estamos convencidos de que ela encontra o pai nessas viagens ou está em contato com ele de outra forma. A ida até a casa de André Schwarzkopf é a primeira prova concreta que conseguimos em todos esses anos que a seguimos.

— O que aconteceu com o irmão?

— Quem?

— O irmão dela. O que aconteceu com ele?

— Ele morreu em um acidente de barco. Claire Montgomery e seu irmão pegaram o barco da família, um veleiro que tinha o seu nome: o *Claire Vidente*. Um barco de três milhões de dólares que papai comprou para seu aniversário de vinte e um anos. Eles pegaram mau tempo a alguns quilômetros da costa de Nova York. O barco afundou. Ela sobreviveu, mas por milagre. A Guarda Costeira a tirou da água quase afogada e com hipotermia. Seu irmão não resistiu. Ela visita o túmulo dele todos os anos.

— Droga — Walt sussurrou, tomando um longo gole de rum.

— Qual é o problema?

Walt se lembrou de sua confissão a ela no início da noite. Sua confissão estúpida, desastrada e desconexa, e sua explicação a respeito da síndrome do sobrevivente que surgiu por ele ter conseguido sair vivo do tiroteio que tirou a vida do seu parceiro. Ele falou como se sua situação fosse única, como se Avery nunca pudesse entender o sentimento. Com certeza, ela entendeu.

— Nada — Walt disse, dando um aceno de bêbado. — Parece uma situação de merda.

— Quando você vai vê-la de novo? — Oliver perguntou.

Walt foi até a mesa no canto, ondes os papéis estavam espalhados pela superfície.

— Amanhã. Ela quer checar todas essas coisas do caso Cameron Young para ver se algumas delas podem ser usadas no seu programa.

— Ótimo. Assegure que a reunião aconteça. E se você tiver a chance de entrar no quarto dela do hotel, aproveite.

Walt não gostou das implicações do que Oliver estava sugerindo.

— Sob que pretexto eu acabaria no quarto dela do hotel?

— Qual é, Walt? Use esses seus olhos azuis glaciais. Estamos metidos em um caso extraoficial. Seja criativo.

Oliver enfiou a mão no bolso do blazer e tirou uma caixa de metal fina e quadrada, que ele colocou ao pé da cama.

— Tenho uma dúzia de agentes que se matariam para estar em sua posição atual. Mas eu fui até uma pequena ilha no Caribe para recrutá-lo. Você é o único que tem uma ligação com o caso Cameron Young, e precisamos explorar isso.

Oliver consultou seu relógio.

— Em quarenta e oito horas, quero outra atualização — ele disse. Atravessou o quarto, abriu a porta e se virou antes de sair. — Você fez um bom trabalho esta semana, Walt. Esse pequeno arranjo já está pagando dividendos.

A porta se fechou e Walt ficou parado no silêncio do quarto do hotel. Ele olhou para a caixinha que Jim Oliver deixara ao pé da cama. Walt se aproximou e a pegou. O recipiente de metal escovado era plano e fino. Ele soltou a fechadura e o abriu. No interior, estavam quatro pequenos dispositivos circulares que pareciam baterias de óxido de prata. Ele tirou uma do apoio de feltro e a virou, encontrando um decalque 3M que cobria a fita adesiva na parte de trás. Walt sabia que, ao remover aquele decalque, o minúsculo aparelho de escuta poderia ser preso em qualquer lugar.

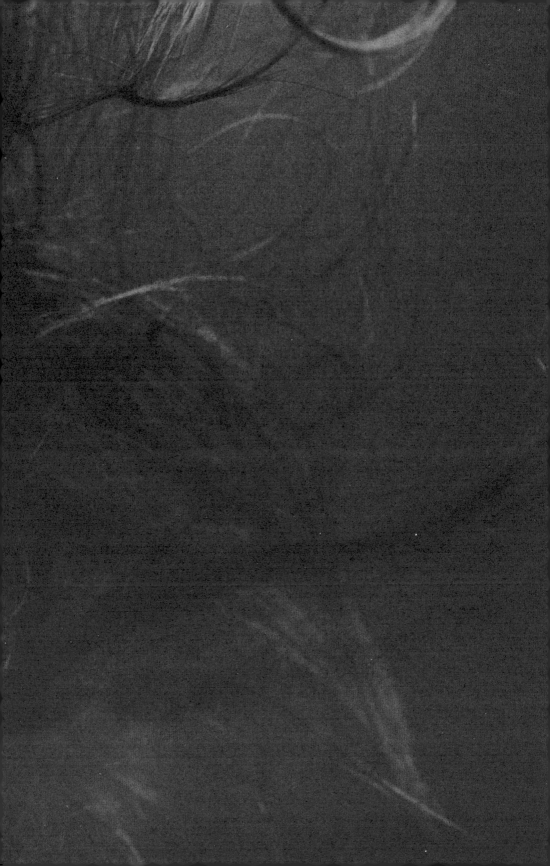

PARTE IV
PROVAS

35

Catskills, Nova York
Sábado, 3 de julho de 2021

AVERY DIRIGIU O RANGE ROVER PELAS ESTRADAS DE MONTA-
nha enquanto sua mente repassava a noite anterior. Seus pensamentos retornaram até o momento na frente do hotel, quando ela jurou que Walt Jenkins estava prestes a beijá-la. Ela passou grande parte da noite deitada na cama, tentando decidir se ela tinha desejado que ele a beijasse. Claro que ela tinha desejado. Apesar da tentativa da sua mente de se convencer do contrário, ela estava no meio de um terrível período de seca sexual. Mesmo para seus padrões áridos, dezoito meses era uma espécie de recorde para ela. Assumir o comando do *American Events* durante o ano anterior deixara pouco tempo para uma vida amorosa. Ela estava tanto tempo sem ter um relacionamento íntimo que se perguntou se talvez sua impressão a respeito das intenções de Walt não era nada mais do que ver um oásis onde, na verdade, havia apenas mais areia do deserto. Os dois tinham compartilhado uma conversa íntima no início da noite, durante a qual Walt revelou que o amor de sua vida não apenas partiu seu coração, mas talvez seu espírito também. Talvez aquela confissão inocente tivesse dado a Avery a impressão de que Walt queria mais do momento frente a frente deles diante do seu hotel do que a realidade ditava. Talvez ela tivesse interpretado mal a situação.

Ela afastou Walt Jenkins da mente quando encostou o carro na frente da casa e viu Emma Kind a esperando na varanda, tal como da primeira vez que se encontraram.

— Bem-vinda de volta — Emma disse quando Avery desembarcou do Range Rover.

203

— Bom ver você de novo, Emma.

— Vamos entrar.

Avery subiu a escada e passou pela porta da frente.

— Quer algo para beber?

— Nada de vinho hoje, com certeza — Avery respondeu.

— Nem pensar. Sinto-me tão envergonhada com isso.

— Não fique. Eu bebi tanto quanto você.

— Ainda assim, lamento ter misturado minhas emoções naquele dia com tanto vinho. Nunca é uma boa ideia. Mas a notícia sobre os restos mortais de Victoria e o seu interesse pela história dela, bem... As lembranças simplesmente me devastaram. A ideia de que depois de todos esses anos uma pessoa está disposta a me ajudar nessa busca para provar a inocência da minha irmã, uma busca que parecia inútil nos últimos anos, simplesmente mexeu comigo. E a ideia de que Avery Mason pode ajudar a esclarecer tal injustiça...

— Eu é que deveria estar me desculpando — Avery disse. — Invadi a sua vida e comecei a fazer perguntas sobre um assunto muito delicado. Como você disse, misturar vinho com emoções nunca é uma boa ideia.

— Exceto quando funciona.

— Exceto assim — Avery concordou, dando uma risada.

— Vamos conversar lá fora — Emma disse. — Café?

— Claro, obrigada. Dois potinhos de creme, duas colheres de açúcar.

Avery e Emma sentaram-se no terraço. A manhã estava linda e clara nas montanhas e os pássaros cantavam em coro.

— Vou fazer o melhor que puder nessa reportagem sobre Victoria — Avery afirmou. — Se você se sente envergonhada por extravasar suas emoções, sinto-me igualmente envergonhada por minha confiança induzida pelo álcool de que poderia provar a inocência de Victoria. Agora, a realidade está aparecendo. Falei com Walt Jenkins, o detetive que conduziu a investigação.

— Detetive Jenkins. Eu me lembro dele.

— Sim. Ele saiu da polícia e não é mais um detetive, mas se lembra bem do caso. Ele concordou em me ajudar e entrou em contato com seus conhecidos na polícia estadual de Nova York para coletar todas as informações possíveis sobre o caso. Vou me encontrar com ele mais tarde hoje para analisar tudo isso.

— Isso parece promissor.

— Pelo menos ele vai fornecer acesso irrestrito aos detalhes sobre a investigação. Mas... Walt Jenkins pode não ser mais detetive, mas ainda pensa como se fosse um. A opinião dele foi firme a respeito da solidez do processo contra Victoria. De acordo com Jenkins, as provas circunstanciais eram poderosas. Mas as provas físicas eram contundentes.

— Não sou detetive, Avery. Sou uma professora aposentada de escola primária, tenho sessenta anos e estou começando a ficar grisalha. Muitos diriam que ainda sou uma irmã enlutada, cujas opiniões são influenciadas pelo amor incondicional e pela lealdade. E que talvez, tantos anos depois, eu devesse simplesmente seguir em frente. Mas havia algo no tom de voz de Victoria quando ela deixou essas mensagens no dia 11 de setembro. Uma convicção que nunca serei capaz de superar. Assim, não me importo com as provas. Não me importo com o quão sólido seja o caso que o detetive Jenkins afirma ter. Algo a respeito da investigação está errado, e eu sei que Victoria é inocente. Preciso que você acredite nisso.

— Não tenho certeza do que acredito no momento. E você não quer que eu comece uma nova investigação do caso convicta em uma coisa ou outra. Para que eu faça o meu trabalho corretamente, preciso permanecer neutra e imparcial. Tenho que coletar o máximo de informações possíveis, analisá-las e, então, chegar à minha própria conclusão. Se existir algo capaz de sugerir a inocência de Victoria, vou correr atrás. Prometo. Mas o que preciso fazer em primeiro lugar é ficar sabendo tudo o que eu puder a respeito da sua irmã, e preciso de sua ajuda para isso. Preciso descobrir quem era Victoria, para que eu consiga formar uma opinião sobre ela e descrevê-la da melhor maneira possível para minha audiência. Já conversei com Natalie Ratcliff e ela está elaborando uma cronologia da amizade dela com Victoria, começando durante a época delas de faculdade. Junto com seu testemunho, ajudará muito para mostrar aos telespectadores quem era Victoria. Porém, estou esperando ir mais fundo, até mesmo antes da sua época de faculdade. Quero conhecer sua infância, começar desde o princípio.

— Vou dizer tudo o que você quiser saber acerca de nossa infância. E tenho caixas e mais caixas de coisas no sótão que vão ajudar. Os álbuns de fotos de Victoria quando ela era bebê, as fotos da escola, os anuários do ensino médio, seu álbum de casamento. Meu Deus, há muita coisa lá em cima. Empacotei tudo depois que ela morreu e não vejo nada há anos.

— Você compartilharia essas recordações comigo?

— Claro. Vou demorar um pouco para encontrar essas caixas. Não vou ao sótão há um bom tempo.

— Fico feliz em ajudar.

Uma hora depois, Avery colocou três caixas de plástico velhas e empoeiradas no porta-malas do Range Rover.

— Quando você vai examinar o prontuário do caso? — Emma perguntou.

— Ainda hoje — Avery respondeu. — Reservei todo o fim de semana para revisar o caso e descobrir o máximo possível sobre a investigação. No meu tempo livre, vou examinar tudo isso e começar a criar uma história completa sobre Victoria.

— Você vai me manter informada se encontrar alguma coisa ao revisar o caso?

— Claro — Avery respondeu, fechando o porta-malas do Range Rover. — Se eu encontrar, ligo para você.

— Obrigada.

— Um ótimo Quatro de Julho para você, Emma.

Alguns minutos depois, Avery estava voltando para a cidade com o porta-malas cheio de caixas contendo a infância e a história de Victoria Ford. Avery não sabia que elas trariam muito mais perguntas do que respostas.

36

Manhattan, Nova York
Sábado, 3 de julho de 2021

DEPOIS DE CARREGAR AS CAIXAS PARA SEU QUARTO DO hotel, Avery deu um pulo na Starbucks. Ela ficou maravilhada com o silêncio da cidade. Para uma tarde de sábado, as ruas estavam vazias. As luzes dos semáforos mudavam por meio dos seus temporizadores, passando do verde para o amarelo e daí para o vermelho, às vezes sem que um único carro passasse pelo cruzamento. De fato, aquela era a primeira vez que Avery se lembrava de estar em Manhattan por volta do Quatro de Julho. Os verões de sua infância foram passados em Sister Bay, em Wisconsin. E os de sua vida adulta foram passados na casa de sua família nos Hamptons. Ficar na cidade no Quatro de Julho era algo que nunca lhe passou pela cabeça. Simplesmente, não era algo que as pessoas faziam. Todas as pessoas que ela conhecia iam para o campo ou para a praia. Mas naquele momento, enquanto caminhava pelas ruas desertas, Avery notou uma elegância na cidade que nunca tinha percebido antes: como se a cidade fosse um baú antigo que fora despojado da sua pintura descascada e do seu primer grosseiro, revelando uma verdadeira obra-prima por baixo.

Avery saboreou a sensação de que tinha a cidade para si, muito trabalho a fazer e muito pouco para atrapalhá-la. Pelo menos, ela tentou se convencer disso. Enquanto caminhava pelas calçadas vazias, Walt Jenkins e o estranho sentimento de excitação a respeito de vê-lo mais tarde tomaram conta da sua mente. Com tanto a fazer, ela não podia se dar ao luxo de que aqueles pensamentos tangenciais a distraíssem ou a confundissem. Mas quanto mais Avery analisava aquele sentimento de excitação, mais percebia que era a tentativa da sua mente de mudar de foco para algo exponencialmente mais emocionante do que aquilo que a esperava após o fim de semana. Sua atração por Walt Jenkins a tinha distraído, embora apenas momentaneamente, da ansiedade acerca de voltar ao Brooklyn na semana seguinte para ver se o sr. André — ela nem sequer sabia o sobrenome dele — tinha conseguido o passaporte falso. Em caso afirmativo, Avery sabia que o trabalho real — e perigoso — começaria. Ao entrar na Starbucks, ela se deu conta de que, mesmo em uma cidade quase vazia, poderia encontrar confusão e lixo. Afinal, ela era uma Montgomery.

Vinte minutos depois, sentada junto a uma mesa pequena no canto do quarto do hotel, Avery tomava um gole de café com dois potinhos de creme e duas colheres de açúcar. Naquele momento, as caixas empoeiradas que Emma havia tirado do sótão estavam vazias, com os conteúdos espalhados pelo quarto cobrindo a cama, a mesa de centro e o chão. Fotos e anuários, álbuns de fotos e diários. Avery tinha passado algum tempo folheando as páginas do diário de infância de Victoria e lendo as esperanças e os sonhos de uma adolescente. As anotações eram simpáticas e encantadoras, abordando as paixões que Victoria tinha por meninos da escola primária, os professores que odiava e seus sonhos de escrever romances quando crescesse. Avery se sentiu culpada por ler os pensamentos íntimos de uma adolescente e, depois de um tempo, deixou o diário de lado.

Ela passou uma hora olhando fotos antigas e imaginou sua reportagem sobre Victoria Ford incluindo imagens desses álbuns e do diário: os sonhos de uma mulher que tinha morrido antes que tivesse a chance de vê-los realizados.

Em uma das caixas, Avery encontrou um pen drive. Ela o inseriu em seu laptop e esperou que o computador processasse seu conteúdo. Finalmente, uma pasta apareceu na tela e Avery a abriu. Havia cinco arquivos na pasta, todos documentos do Word. Ela clicou no primeiro arquivo e um documento foi aberto. Avery leu a capa:

BAGUNÇA DAS GRANDES
VICTORIA FORD

Avery inclinou a cabeça enquanto navegava pelo documento, percebendo que estava olhando para um dos originais que Victoria havia escrito antes da sua morte. O original possuía quatrocentas páginas. Avery abriu cada um dos arquivos e encontrou quatro outros originais, todos escritos por Victoria e cada um com aproximadamente o mesmo tamanho. Avery voltou para o primeiro arquivo e começou a lê-lo. Depois de duas páginas, parou. Havia algo familiar na história. Ela leu outra página até que se deu conta. Avery conhecia a história. Ela já tinha lido aquilo antes. Teve certeza daquilo depois de um minuto, após percorrer a prosa com mais rapidez e chegar ao personagem principal, apresentado no início do segundo capítulo: uma detetive particular excêntrica, um pouco acima do peso e sem sorte no amor. Uma personagem chamada Peg Perugo.

— Peg Perugo. Peg Perugo — Avery sussurrou.

Avery se levantou, foi até o armário e tirou a bolsa de onde estava pendurada. Em seu interior, encontrou o romance de Natalie Ratcliff que a tinha mantido acordada até tarde da noite. O título do livro — *Bagagem* — sugeria uma conotação semelhante com o título do original de Victoria Ford: *Bagunça das grandes*.

Parada na entrada do quarto do hotel, Avery abriu o romance e folheou as páginas. Os capítulos, os parágrafos, as palavras… Eram idênticos ao original de Victoria Ford. Um original salvo em um pen drive antigo e guardado no sótão de Emma Kind durante os últimos vinte anos.

37

Manhattan, Nova York
Sábado, 3 de julho de 2021

EM ESTADO DE CONFUSÃO MENTAL, AVERY CAMINHAVA PELAS ruas desertas de Midtown rumo ao hotel Grand Hyatt. Walt Jenkins tinha ligado enquanto Avery estava examinando o resto dos originais de Victoria Ford e, de forma espantosa, descobrindo que cada um havia sido publicado como um romance de Natalie Ratcliff, protagonizado por uma detetive particular corpulenta e adorável chamada Peg Perugo. Avery não conseguia entender muito o que tudo aquilo significava, a não ser que Natalie Ratcliff, além de ser uma das autoras mais vendidas do mundo, também era uma fraude plagiadora.

Com a confusão ainda perturbando seus pensamentos, Avery virou na rua 42 e chegou à entrada do Hyatt. Ela pegou o elevador até o vigésimo andar e bateu na porta do quarto 2021. A porta se abriu e Avery rapidamente se esqueceu de Natalie Ratcliff, Victoria Ford, Peg Perugo e do plágio. Walt estava usando jeans e uma camisa de colarinho abotoado para fora da calça. Ela notou um pequeno corte em sua bochecha direita recém-barbeada. Por algum motivo insano, sentiu o desejo de lamber o polegar e pressioná-lo contra a bochecha dele para limpar a marca. A parte racional da sua mente interveio com um proverbial tapa na cara antes que ela pudesse prosseguir.

— Acho que você e eu somos os únicos que sobraram nesta cidade — Walt afirmou.

Avery afastou os pensamentos e sorriu.

— É assustador, não é?

— Muito. Vamos entrar.

Avery passou pela porta e entrou na suíte de um quarto.

— Belo lugar.

— Livrei-me do meu apartamento alguns anos atrás — Walt disse, fechando a porta. — O aluguel na Jamaica é muito barato e tenho um pequeno pé-de-meia. Não sabia quanto tempo ficaria aqui e, então, me permiti o luxo. Quando nós terminarmos com o caso Cameron Young, acho que vou ficar por aqui e ver meus pais e meu irmão. Já faz algum tempo que não os visito.

— O prontuário está ali — Walt disse, apontando para o canto onde uma caixa de papelão repousava sobre a mesa ao lado da janela. — As provas físicas ainda estão guardadas, mas isso é todo o resto. Os documentos originais foram digitalizados e transferidos para o banco de dados do Departamento de Investigação Criminal. Esses são cópias, mas representam quase todos os documentos que constituíam o processo contra Victoria Ford.

— Quase todos? — Avery perguntou, caminhando para a mesa e se sentando.

— É tudo que a polícia de Shandaken guardou. A investigação do caso Cameron Young foi realizada em sua delegacia como uma forma de manter a paz. Os departamentos de polícia locais não gostavam quando o Departamento de Investigação Criminal assumia um caso deles. Então, como detetive-chefe, permiti que o delegado de Shandaken fosse o rosto da investigação. Ainda estou esperando uma ligação da promotoria para ver se existem documentos adicionais. Vinte anos depois, podem ter sumido há muito. Mas acredite em mim, o conteúdo dessa caixa vai nos manter ocupados durante um bom tempo.

— Você pode me explicar um pouco disso?

Walt puxou uma cadeira e se sentou ao lado dela.

— Claro. Podemos ir do início ao fim. O quanto você sabe sobre o assassinato?

— Tudo o que você e eu discutimos ontem à noite, mais o que Emma Kind me disse a respeito. Também conversei com Roman Manchester, o advogado que ia defender Victoria.

— Parece que você sabe bastante, então. Quanto dessas coisas você quer ver?

— Tudo.

— O.k. — Walt disse. — Só um aviso. As fotos da cena do crime são perturbadoras.

Avery assentiu. Ela tinha visto muitas cenas de crime nos últimos anos.

— Tudo bem.

Walt enfiou a mão na caixa e tirou uma pasta de fotos. Avery imaginou seus cinegrafistas e produtores selecionando o conteúdo daquela caixa e tirando fotos dos documentos, destacando em amarelo trechos dos interrogatórios transcritos e dos relatórios policiais relacionados à história que ela queria contar. Imaginou imagens surpreendentes das fotos da cena do crime surgindo nas telas de televisão de todo o país durante a apresentação da matéria sobre Victoria Ford.

— Aqui está o corpo, a varanda e a suíte principal da casa dos Young em Catskills — Walt disse. — Isso é o que eu encontrei quando cheguei à cena.

Avery pegou a foto de Cameron Young pendurado na varanda para que ficasse diante dela. De fato, era perturbadora. O corpo sem vida estava suspenso em plena luz do dia e a névoa matinal era levada pela corrente de ar da grama abaixo dele. A cabeça de Cameron estava torcida pela corda em um ângulo grotesco. Ao observar as outras fotos, Avery foi levada ao gramado dos fundos da mansão em Catskills, através da casa, escada acima e para a suíte principal. Ela viu a corda esticada e se estendendo firme através do quarto, desde as portas abertas da varanda até o *closet*. Ela examinou as fotos até encontrar as tiradas dentro do *closet*, onde a ponta da corda estava amarrada no pé de um cof⟨⟩ aparência robusta.

Me fale a respeito de suas descobertas no quarto — Avery pediu.

Walt se inclinou para mais perto, para que pudesse apontar para cada uma das fotos. Avery sentiu o cheiro da loção pós-barba.

— Determinamos que a corda usada para enforcar Cameron Young pertencia a uma corda que tinha vinte e cinco metros de comprimento quando foi comprada. Ela foi cortada algumas vezes com uma lâmina serrilhada — Walt disse e apontou para a foto onde uma faca de cozinha de aparência sinistra estava no tapete ao lado do cofre. Uma placa de evidência amarela estava perto dela. — A faca veio de um porta-facas da cozinha e tinha as impressões digitais de Victoria Ford nela. O sangue dela foi descoberto no tapete.

Avery sentiu Walt se aproximar mais um pouco para examinar as fotos e encontrar a imagem do tapete ensanguentado ao lado do cofre.

— O sangue aqui correspondeu ao de Victoria Ford por meio do teste de DNA. A hipótese foi que em sua pressa para configurar a cena como suicídio, ela se cortou usando a faca para cortar a corda.

— Então, esse sangue foi a prova principal que colocou Victoria na cena do crime?

— O sangue e a urina encontrada no vaso sanitário. Tanto o sangue como a urina corresponderam ao DNA de Victoria.

Avery se lembrou da voz de Victoria Ford na gravação da secretária eletrônica.

Disseram que encontraram meu sangue e minha urina no local. Mas não pode ser verdade. Nada disso pode ser verdade. Por favor, acredite em mim.

— A faca, assim como uma taça de vinho na mesa de cabeceira, tinham as impressões digitais dela — Walt disse, virando a cabeça para observar Avery enquanto estavam debruçados sobre a mesa. — Tudo isso a colocou na cena.

Avery voltou a olhar para as fotos.

— Então, naquela altura do crime, quando Victoria se cortou, suspeitou-se que Cameron Young já estava morto?

— Sim. A hipótese foi que Cameron Young foi asfixiado durante algum tipo de prática sadomasoquista. Ele tinha marcas de chicotadas em todo o corpo. Ou seja, sabemos que o quer que tenha acontecido naquela noite foi bastante violento. Depois que ele morreu, Victoria Ford tentou configurar a cena para que parecesse um suicídio.

— Como você chegou a essa conclusão?

— Os ferimentos no pescoço de Cameron Young, de acordo com o médico-legista, sugeriam que ele havia sido asfixiado inicialmente com um pedaço da corda. Os resultados da autópsia mostraram que ele tinha sofrido o que é chamado de asfixia por queda curta: congestão pulmonar, petéquias nas pálpebras e nas bochechas, e uma série de outras constatações. Podemos revisar os resultados da autópsia e eu posso explicar tudo a você. Mas ficou claro que a causa da morte foi estrangulamento pela ligadura, possivelmente como resultado da asfixia erótica. Então, depois de morto, seu corpo foi jogado da varanda. Isso resultou no que é chamado de trauma por queda longa em seu pescoço: sulcos profundos da ligadura e medula espinhal rompida. Mas foi apurado que essas lesões ocorreram depois que Cameron já estava morto.

Avery passou as mãos pelas fotos para organizar seus pensamentos.

— Então Victoria mata Cameron Young porque ele não vai deixar a mulher.

— E porque ele engravidou a mulher depois que pediu para Victoria fazer um aborto.

Avery assentiu com um gesto lento de cabeça.

— E como você ficou sabendo do aborto?

— Intimamos a entrega dos seus prontuários médicos e, então, ela admitiu que tinha feito um aborto durante um interrogatório.

— E durante o aborto houve uma complicação?

— Exato — Walt disse. — O procedimento a deixou incapaz de ter filhos no futuro.

— E esse foi o argumento da promotora para o motivo pelo qual Victoria o matou?

— Foi.

— Tudo bem — Avery afirma. — Então Victoria o mata. Em seguida, ela tem a ideia de fazer parecer um suicídio. Ela amarra uma segunda corda mais longa em volta do pescoço dele e vai até o *closet* para prendê-la no cofre, a coisa mais pesada do aposento.

— Exato.

— Enquanto Victoria está correndo para armar o cenário de suicídio e cortar a corda para amarrá-la ao cofre, ela se corta com a faca.

— Exato.

Avery estudou a foto do tapete ensanguentado.

— Então, ela amarra a corda e joga o corpo da varanda?

— Sim, essa foi a avaliação da cena do crime e o argumento da promotoria.

— Por que Victoria deixou a faca? — Avery perguntou. — Se ela estava armando o cenário para parecer suicídio, por que ela deixaria uma faca com suas impressões digitais ao lado do cofre?

— Ela entrou em pânico — Walt respondeu com toda segurança. — Talvez ela tenha achado que a faca seria vinculada a Cameron. Afinal, vinha da cozinha dele. Se estamos supondo que ela estava pensando logicamente naquele momento, também devemos perguntar por que ela deixaria uma taça de vinho com suas impressões digitais na mesa de cabeceira. Ou sua urina no vaso sanitário. Mas nunca afirmamos que ela fez algo disso perfeitamente. Muito pelo contrário. Victoria Ford era muito ruim em termos de assassinato. Pelo menos, ela estava tentando encobri-lo.

Avery continuou a examinar as fotos. Ela pegou a imagem do corpo inchado de Cameron Young enforcado na varanda.

— Victoria pesava cerca de cinquenta e cinco quilos. O argumento foi que ela arrastou um homem morto que pesava quarenta e cinco quilos a mais do que ela pelo quarto, ergueu-o e o jogou de uma varanda com um parapeito de um metro e vinte. Não é uma tarefa fácil.

— Mas não é impossível. Principalmente para alguém sobrecarregada de adrenalina.

Avery observou Walt enquanto ele falava. Achou que havia algo no tom de voz dele, ou em seu comportamento, que sugeria que ele estava menos convencido a respeito do caso e das conclusões naquele momento do que talvez vinte anos atrás. Avery duvidou que fossem suas primeiras questões que causaram o ceticismo dele, e ela se perguntou se havia algo mais que ele sabia sobre o caso.

— Vamos analisar o resto — Avery disse, apontando para a caixa.

38

Manhattan, Nova York
Sábado, 3 de julho de 2021

JÁ PASSAVA DAS NOVE DA NOITE QUANDO ELES DECIDIRAM fazer uma pausa. Os olhos de Avery estavam queimando e uma dor de cabeça chata tinha se formado na base do seu crânio por causa da leitura de tantos documentos, relatórios policiais e transcrições de interrogatórios. Eles pegaram o elevador para o saguão, empurraram as portas giratórias e saíram para o calor da noite. Nenhum dos dois tinha almoçado e, então, dirigiram-se ao Public House, onde se sentaram no balcão e pediram hambúrgueres e cervejas. Sábado à noite e o lugar estava vazio.

— Você já viu a cidade assim? — Walt perguntou.

— Nunca. Já ouvi histórias a respeito de como a cidade fica vazia no Quatro de Julho. Algumas das minhas amigas adoravam ficar por aqui enquanto todos fugiam da cidade. Quando eu era criança, passava meus verões em Wisconsin.

— Wisconsin?

— Sim. Meus pais me mandavam para um acampamento todos os verões. Oito semanas de um acampamento de vela no norte de Wisconsin.

Então, quando criança, eu sempre passava fora o Quatro de Julho. Quando eu era mais velha, costumávamos ir...

Avery parou de falar. Eram seus dois mundos colidindo novamente.

— Tínhamos uma casa nos Hamptons. Sempre passávamos o Quatro de Julho lá — ela prosseguiu.

— Seus pais?

Avery assentiu.

— Eles ainda têm a casa? — Walt perguntou. — Quer dizer, se você tem acesso a uma casa nos Hamptons, isso levanta a questão de por que você está passando o fim de semana comigo.

Avery sorriu.

— Estou trabalhando. Mas, não, aquela casa... Bem, ela já era há muito tempo.

Avery não mencionou que a "casa" era uma mansão de mil metros quadrados na praia e que tinha sido confiscada pelo governo, como todas as outras propriedades da sua família. Ela também omitiu o fato de que sua mãe tinha morrido, seu pai era um escroque e que seu tempo em Nova York naquele verão tinha repercussões muito maiores do que esclarecer a culpa ou inocência de Victoria Ford. Apenas pequenos detalhes da vida, Avery pensou enquanto tomava um gole de cerveja. As pequenas coisas que ela guardava para si mesma ao conhecer novas pessoas.

Os hambúrgueres chegaram.

— Passar todos os verões em Wisconsin... Isso não era uma chatice para uma criança?

— Pelo contrário. Foram os melhores momentos da minha vida. A escola de vela era bastante conhecida e gozava de muito prestígio. Ainda hoje em dia. Pelo menos se está dentro de um pequeno grupo de pessoas fanáticas que quer semear a arte de velejar para crianças desde que tenham idade suficiente para andar. A lista de espera é de anos, literalmente. Alguns dos amigos dos meus pais inscreviam seus filhos na lista assim que eles nasciam. Sem brincadeira. Era a única maneira de conseguir uma vaga. Ou seja, os pais tinham que ter muito dinheiro e muita influência.

— Seus pais tinham isso?

Retraindo-se, Avery encolheu os ombros.

216

— Algo assim. Mas seja lá como eles conseguiram me colocar ali, aqueles verões foram especiais. Para mim e para o meu irmão. Meu Deus, ele adorava aquele lugar.

Por um instante, as memórias de Christopher a distraíram. Depois de um momento de silêncio, Avery percebeu que Walt estava olhando para ela, esperando que ela continuasse.

— É às margens do lago. O acampamento. Crianças de todo o país iam para lá para aprender a velejar. Algumas crianças inglesas também. Adorava o sotaque delas. Quando eu era criança, sonhava em me mudar para Londres só para poder falar como eles. Era estranho as amizades que fiz. Nós nos víamos apenas nos verões e nunca nos falávamos pelo resto do ano. Mas assim que o ano letivo terminava, tudo o que eu queria fazer era ir para Sister Bay. E quando meus amigos de vela e eu nos reuníamos a cada verão, era como se nunca tivéssemos nos separado. Crianças de acampamento têm esse tipo de vínculo.

— Você ficava o verão inteiro?

— Oito semanas. Todos os verões.

— Você dormia em uma barraca?

Avery riu.

— Você não é um garoto de acampamento, é?

Walt fez um gesto negativo com a cabeça.

— Meus verões consistiam em jogar beisebol nas ruas do Queens. Mandar-me para um acampamento teria sido como uma sentença de prisão.

— Só as crianças de acampamento entendem. Não, não dormíamos em barracas. Ficávamos em cabanas, completas com banheiros e até mesmo vasos sanitários. Sim, Wisconsin possui luxos como água encanada e encanamento interno.

— Não estou tirando sarro de Wisconsin. Apenas não sei nada sobre acampamentos de verão.

— Só estou te enchendo. Mas o acampamento tinha mesmo grandes e belas cabanas. Uma dúzia delas. Cabanas de madeira ao estilo Northwoods de Wisconsin, onde todos os alunos ficavam. Seis por cabana. Algumas coisas loucas aconteciam nessas cabanas.

— Posso imaginar. Você ia para lá durante o ensino médio?

— Também durante a faculdade. Ia como instrutora.

— Você ainda veleja?

— O tempo todo. Tenho um pequeno Catalina em Los Angeles. Tento entrar na água uma vez por semana…

A voz de Avery foi sumindo enquanto sua mente voltava para as fotos da cena do crime.

— O que foi? — Walt perguntou.

Avery balançou a cabeça, deixou o hambúrguer no prato e tomou um gole de cerveja.

— Termine isso — ela disse, apontando para o copo de Walt. — Precisamos voltar ao seu hotel. Tenho que ver as fotos da cena do crime novamente.

39

Manhattan, Nova York
Sábado, 3 de julho de 2021

ELES ACELERARAM OS PASSOS PELAS RUAS VAZIAS. AO LADO de Walt no elevador, Avery permaneceu em silêncio. Quando ele abriu a porta de sua suíte, ela foi até a mesa e se sentou. Voltou a colocar as fotos diante dela e as examinou até encontrar as que precisava, posicionando-as lado a lado na superfície da mesa.

— Veja aqui.

Walt se inclinou por sobre o ombro dela.

— O que estou vendo?

— Está vendo esse nó? — Avery perguntou, apontando para a corda com nó presa no pé do cofre. — E esses? — perguntou, apontando para os nós dados nos pulsos de Cameron Young.

— Sim. O médico-legista fez uma observação sobre isso. Espere um pouco.

Walt sentou-se ao lado dela e tirou o laudo da autópsia da caixa. Por um momento, ele o folheou.

— Aqui — ele exclamou, pôs o laudo sobre a mesa e indicou a frase em que o dr. Lockard tinha feito sua observação. — O médico-legista descreveu os nós como *nós borboleta alpina*. Ele disse que eram geralmente usados em alpinismo.

— Ele está enganado — Avery disse.

— Acerca de quê?

— Não são nós de alpinismo. São nós de marinheiro. Eu os uso quase todos os fins de semana.

— Nós de marinheiro?

— Sim. São nós lais de guia. Tenho certeza.

Surpreso, Walt ergueu as sobrancelhas.

— Aprendi a fazê-lo em Sister Bay quando era criança. Falar para você a respeito do acampamento de vela refrescou minha memória.

— Tudo bem — Walt disse, encolhendo os ombros. — Então são nós de marinheiro. O que isso diz a você?

— Me diz que quem deu os nós teve que usar as duas mãos.

— Certo. O médico-legista disse o mesmo. Os nós só poderiam ser dados usando as duas mãos e, portanto, era impossível que Cameron Young amarrasse as próprias mãos. Foi uma das maneiras pelas quais descartamos o suicídio.

— Então, onde está o sangue? — Avery perguntou.

— O sangue? Eu mostrei para você — Walt respondeu e apontou de volta para as fotos. — Encontramos gotas de sangue grandes de Victoria Ford no tapete ao lado do cofre.

— Sim, eu vejo isso. E há muito sangue pingado no tapete. Mas se eu tivesse a sequência de eventos correta — que Victoria se feriu primeiro, enquanto estava cortando a corda para que pudesse amarrá-la no pé do cofre para jogar Cameron Young da varanda —, não haveria evidência desse ferimento na corda? Se Victoria se cortou a tal ponto que todo esse sangue pingou no tapete do *closet*, onde está o resto do sangue na cena do crime?

Walt inclinou a cabeça e se recostou na cadeira. Avery conseguiu perceber que ele estava pensando profundamente.

— Esse nó lais de guia que Victoria supostamente deu, por exemplo
— Avery continuou. — Tal como o médico-legista concluiu, ela teria que
ter usado as duas mãos para dá-lo. Se uma das mãos de Victoria estivesse
sangrando, você não acha que a corda teria o sangue dela espalhado nela?
É uma corda branca e não há nenhuma gota de sangue nela. E você não
acha que em algum lugar do corpo de Cameron Young também haveria
evidências desse ferimento que Victoria supostamente sofreu pouco antes
de arrastar o corpo até a varanda?

Walt esfregou a palma da mão no rosto, mas ficou calado. Foi então
que Avery soube que tinha uma história para contar. Se algumas perguntas sobre a cena do crime conseguiram suscitar dúvidas na mente
do detetive-chefe da investigação, com certeza eram suficientes para
cativar uma audiência de quinze milhões de telespectadores. E se uma
olhada rápida no processo contra Victoria Ford tinha provocado problemas tão gritantes, certamente era possível que outras discrepâncias
estivessem esperando para ser descobertas no prontuário do caso Cameron Young.

Outra coisa também passou pela cabeça de Avery. Um crescente senso
de obrigação. A voz de Victoria Ford voltou a ecoar em sua mente.

*Encontre um jeito, Em. Encontre um jeito de provar isso. Por favor. Encon-
tre um jeito de provar ao mundo que não sou o monstro que pintaram.*

40

Manhattan, Nova York
Sábado, 3 de julho de 2021

A BUSCA *ON-LINE* PODERIA SER REALIZADA FACILMENTE EM
seu laptop e em seu quarto do hotel, sozinha e isolada em sua bolha de
segurança. No entanto, naquela noite, Avery se recusou a permitir que o
pensamento racional prevalecesse sobre o lúdico. Ela e Walt acharam que

tinham encontrado uma pequena falha no caso, e ela sentiu uma emoção de trabalhar junto com ele. Avery estava gostando da companhia de Walt e sabia que trabalhar até tarde no quarto do hotel dele era um canal em potencial para a intimidade. Quando isso passou por sua cabeça pela primeira vez, depois que eles terminaram de examinar as fotos da cena do crime, o instinto de Avery tinha sido o de pegar sua bolsa e ir embora, com sua mente dominada pela preocupação de que a intimidade com um homem de alguma forma a desmascararia como uma fraude. Contudo, ela decidiu que toda a sua existência não poderia ser passada em um estado perpétuo de mudança constante e medo. Em algum momento, ela teria que fundir suas duas vidas — a fraudulenta com a honesta — ou decidir deixar uma delas para trás.

Aquela batalha estava acontecendo dentro da sua cabeça. Ela estava sentada ao lado de Walt, enquanto ele digitava alguns nomes no mecanismo de busca. Eles decidiram começar pelos cônjuges, e não demorou muito para encontrar a viúva de Cameron Young e o viúvo de Victoria Ford.

— Jasper Ford é corretor de imóveis aqui em Nova York — Walt informou. — Foi assim que eles se conheceram.

— Quem?

— Os Ford e os Young. Eles se conheceram quando Jasper Ford vendeu a casa de Catskills para Cameron e Tessa. Eles viraram amigos depois disso. Tessa Young mencionou isso durante um dos seus interrogatórios.

Eles fizeram uma pesquisa a respeito de Jasper Ford por um tempo, mas não encontraram nada de interessante. Então, voltaram sua atenção para Tessa Young. A viúva de Cameron Young tinha cinquenta e cinco anos e era professora de literatura inglesa na Columbia. Tessa tinha se casado de novo e, de acordo com o site Whitepages.com, morava em um prédio sem elevador em Hell's Kitchen. Ela tinha uma filha de vinte anos que estava no penúltimo ano do Boston College.

— Dê uma olhada nisso — Walt pediu. Ele tinha a página de Tessa no Facebook aberta e estava navegando pela sua *timeline*. — Quase todas as postagens desse verão foram feitas no veleiro dela. E ela é sócia do New York Yatch Club.

Avery se inclinou para olhar as imagens.

— Essa é outra parte da história deles — Walt disse. — Tessa e Cameron eram velejadores assíduos. O casal convidou Jasper e Victoria para velejar depois que fecharam a compra da mansão de Catskills. Eles viraram amigos depois disso.

— Com certeza, ela saberia como dar um nó lais de guia — Avery disse. — E se Tessa tivesse descoberto sobre o caso.

Walt se recostou, afastando-se do computador e respirando fundo.

— Não vamos tirar conclusões precipitadas que não podemos provar. Além de uma teoria frágil sobre nós, nada coloca Tessa Young na cena do crime.

Avery voltou a olhar para a tela.

— Acho que vou entrar em contato com ela.

— E perguntar acerca de um homicídio de vinte anos atrás ao qual você está tentando vinculá-la? É uma péssima ideia.

— Não estou vinculando ninguém a nada — Avery disse. — Mas acho que vale a pena conversar com Tessa e Jasper.

— Não se você estiver considerando que Tessa Young pode estar envolvida na morte do marido, Avery.

A maneira como Walt disse o nome dela, olhando para ela, fez Avery se arrepiar.

— Veja, se achamos mesmo que há algo nisso, pegamos os detalhes e vamos até as autoridades para mostrar o que temos — Walt disse. — Ainda tenho muitos contatos. Mas nós lais de guia e a ausência de sangue na corda não vão mudar a opinião de ninguém, principalmente vinte anos depois. Conseguir a reabertura de um caso é uma tarefa monumental. Antes de eu procurar meus antigos contatos, vamos precisar de algo mais forte do que a falta de sangue em alguns nós de marinheiro. O fato de que o sangue de Victoria Ford estava no tapete falará mais alto que qualquer falta de sangue em outro lugar. Precisamos de algo mais.

— Então, vamos analisar o resto do prontuário — Avery disse. — Nós já conseguimos passar, o quê, da metade? E já encontramos alguns furos.

— *Possíveis* furos.

— Talvez haja furos mais definitivos a encontrar.

Walt olhou para a caixa de papelão sobre a mesa, fez uma pausa e, então, assentiu com um gesto de cabeça.

— Tudo bem. Vamos ver o que conseguimos encontrar. Vamos nos encontrar novamente amanhã à noite? A menos que você tenha outros planos. É Quatro de Julho.

— Meus únicos planos são com você — Avery respondeu e se levantou. — Obrigada por fazer isso comigo. Independentemente do que encontrarmos, agradeço sua ajuda.

— Quero me certificar se fizemos as coisas direito tantos anos atrás. E também quero saber se nos enganamos.

Walt também se levantou. Eles ficaram frente a frente.

— Digamos às seis horas?

Avery assentiu.

— Vejo você então.

Ela disse as palavras, mas não se moveu.

— O.k. — Walt afirmou, ficando tão imóvel quanto ela. — Vejo você amanhã.

As palavras dele flutuaram com pouco significado. Então, de repente, eles se moveram. O beijo foi frenético no início e depois arrefeceu, tornando-se mais apaixonado. Avery fez uma leitura rápida em sua mente. Ela tinha tomado uma única cerveja no jantar e ele, duas. Nenhum dos dois estava bêbado, o que era tanto um aspecto positivo quanto negativo do que estava prestes a acontecer. Ela nunca teve o hábito de transar bêbada, o que tornava inevitável a chamada à responsabilidade na manhã seguinte. Sem bebedeira, não havia nada para culpar no comportamento deles além da atração mútua e da vontade livre de compartilhar intimidade. Para a maioria, aquele era o resultado normal do sexo. Para Avery Mason, era um portal que permitia que outra pessoa acessasse seu passado.

Enquanto ela beijava Walt Jenkins, pensamentos inquietantes se apossaram da sua mente. Mas sem muito esforço, ela os forçou a se afastar e curtiu a sensação das mãos de um homem em seus quadris pela primeira vez em mais de um ano. Ela o empurrou para trás e eles cambalearam pela suíte, passaram pela porta do quarto e caíram na cama. Os botões estalaram e os zíperes zuniram.

41

Manhattan, Nova York
Domingo, 4 de julho de 2021

NA MANHÃ DE DOMINGO, AVERY DEU UMA LONGA CORRIDA
pelo Central Park. Foi uma corrida tranquila e silenciosa e, ao contrário de
qualquer outra vez, por trilhas quase vazias. Normalmente apinhada de
corredores, ciclistas e passeadores de cães, naquela manhã o parque pertencia apenas às poucas almas restantes na cidade que acordaram cedo no
Quatro de Julho. Avery acenava com a cabeça para os corredores pelos quais
passava, sentindo uma mensagem implícita na maneira pela qual sorriam
e cumprimentavam de que o vazio e a tranquilidade de uma vez por ano
na cidade mais populosa do país era um segredo compartilhado por apenas alguns poucos selecionados, e que Avery agora fazia parte do grupo.

Trinta minutos antes, Avery havia deixado silenciosamente o quarto
de Walt enquanto ele dormia profundamente entre os lençóis amarrotados.
O resultado do sexo tão esperado a tinha enchido de vontade de suar, correr e arrancar do seu corpo quaisquer arrependimentos ou dúvidas que
certamente aflorariam. Por alguma razão imatura, ela decidira por uma
fuga limpa. Saiu da cama como se fosse uma felina, resistindo à vontade
de usar o banheiro antes de ir embora, com medo que a descarga o acor-
dasse. *Por que a ideia de compartilhar o café da manhã com Walt Jenkins é tão
desconfortável?*, ela se perguntou enquanto corria. Porque aquelas situa-
ções sempre tinham uma maneira de levar de volta à sua infância, à sua
educação, aos seus pais e ao seu irmão, e Avery não tinha nenhuma vontade naquela manhã de andar na ponta dos pés pelas minas terrestres do
seu passado e descobrir o que revelar e o que não revelar. Ela já tinha conseguido compartilhar mais sobre si mesma com Walt do que com qualquer outro homem dos últimos tempos, e não tinha certeza se era uma boa
ideia oferecer mais alguma coisa.

Em um mundo perfeito — ou mesmo simplesmente em um mundo
normal — Avery teria apreciado a oportunidade de dormir até tarde

deitada na cama com um homem que ela achava muito atraente e mais do que um pouco afetuoso. Walt havia compartilhado com ela uma parte do seu passado permeado de traição e segredos. As histórias deles eram tão semelhantes que teria sido uma oportunidade perfeita compartilhar as próprias cicatrizes dela. Se a vida de Avery tivesse qualquer aparência de normalidade, ela teria afundado a cabeça ainda mais no ombro de Walt naquela manhã e colocado seu braço sobre o peito dele. Em vez disso, ela saiu na ponta dos pés do quarto do hotel e se encolheu de medo no corredor quando a trava estalou ruidosamente enquanto ela tentava fechar a porta silenciosamente.

Afinal, Avery interrompeu a autoanálise e atribuiu aquilo ao fato de *Avery ser Avery*. Aquilo era sua vida e ela estava presa a ela. Além disso, se ela estava acordada para toda a rotina da manhã seguinte ou não era irrelevante. Naquela manhã em particular, ela não tinha tempo. Enquanto Walt estava em coma pós-coito na noite anterior, a mente de Avery tinha voltado para Victoria Ford. Mesmo durante a análise do prontuário do caso Cameron Young e as possíveis falhas que ela encontrou, Avery não fora capaz de parar de pensar sobre os originais de Victoria Ford e sua conexão com Natalie Ratcliff.

Ela pegou seu celular logo depois da meia-noite e, num impulso, enviou uma mensagem de texto, ao mesmo tempo em que Walt roncava baixinho ao lado dela. Ela não tinha esperado uma resposta tão tarde em uma noite de sábado, sobretudo em um fim de semana de feriado. Contudo, foram necessários apenas alguns segundos para que Lívia Cutty, médica-legista de Nova York com quem Avery havia se encontrado quando chegou a Nova York, respondesse. Avery tinha algumas dúvidas em relação a algumas das perícias anotadas no caso Cameron Young e precisava fazer algumas perguntas para Lívia a respeito delas. Ela também tinha outras dúvidas quanto a coisas completamente alheias ao prontuário do caso que ela e Walt examinaram, mas as perícias seriam um bom lugar para começar.

Avery correu cinco quilômetros, apenas o suficiente para suar bem e sentir um ardor nos pulmões. Ela aproveitou a caminhada de volta para o Lowell como um relaxamento. De banho tomado e vestida, comprou dois cafés na Starbucks e pegou um táxi para Kips Bay. Ela viu Lívia parada na frente da entrada principal do IML quando o táxi encostou junto ao meio-fio. Avery passou o cartão de crédito para pagar o táxi, desembarcou e entregou um café para Lívia.

— Café preto com duas colheres de açúcar.

— Obrigada — Lívia disse em um tom questionador. — Como você sabia como eu gosto do meu café?

— Da última vez que estivemos juntas, quando você estava em Los Angeles, tomamos café com Mack Carter.

— Isso foi há dois anos.

— Eu sei, mas eu tenho uma coisa estranha com café.

— Impressionante. Obrigada.

— Obrigada por dedicar seu tempo em uma manhã de domingo, especialmente em um fim de semana de feriado. E desculpe mandar uma mensagem para você como uma lunática no meio da noite. Eu estava em um lugar estranho.

— Tudo bem. Eu estava acordada. Estou de plantão neste fim de semana e morrendo de tédio. O Quatro de Julho é uma ocasião notoriamente de muito pouco movimento no necrotério. Ninguém realmente morre quando a cidade está tão vazia, o que parece uma coisa boa, a menos que sua vida gire em torno da morte de pessoas. Além disso, alguns dos nossos pensamentos e ideias mais estranhos surgem no meio da noite. Estou curiosa para saber o que você tem em mente.

Avery também estava curiosa. Ela tinha tido uma revelação e precisava da dra. Cutty para confirmá-la.

— Vamos entrar — Lívia disse.

Avery seguiu Lívia pela entrada principal do Instituto Médico Legal. Era domingo de manhã e o prédio estava escuro, exceto pelas lâmpadas esporádicas que permaneciam permanentemente acesas. Lívia encostou seu cartão de identificação no sensor do saguão para destravar a porta. Ali dentro, pegaram o elevador para o andar inferior, onde Lívia voltou a encostar seu cartão em outro sensor para ter acesso ao longo corredor que levava ao seu escritório. Ela apertou o interruptor de parede ao entrar no recinto sem janelas.

— Sente-se — Lívia disse. — Então, o que você descobriu sobre Victoria Ford que a deixou acordada tão tarde da noite?

Avery se sentou em uma das cadeiras diante da mesa de metal. Ela tirou uma única página da bolsa e a entregou para Lívia. Ela a tinha retirado do prontuário de Cameron Young antes de escapar do quarto de Walt mais cedo. Era a análise do laboratório forense do DNA encontrado na cena do crime.

— Acontece que Victoria Ford estava envolvida em uma investigação de assassinato de grande visibilidade nos meses que antecederam sua morte. Minha reportagem sobre ela tomou um rumo inesperado com a identificação dos seus restos mortais quanto aos detalhes sobre a investigação de homicídio. Preciso de ajuda com alguns pormenores sobre isso.

— A mulher identificada era suspeita de um assassinato? — Lívia perguntou.

— Ela era. E eu consegui sair com… — Avery se conteve e balançou a cabeça. — … Entrar em contato com o detetive que conduziu a investigação. Ficamos revisando as provas e estou tendo um problema com o sangue que foi encontrado na cena do crime.

— Que tipo de problema?

— Bem, estou presa nisso. Estou trabalhando muito para descobrir se há outra explicação para a cena do crime. Se existe alguma chance de que as coisas tenham acontecido de maneira diferente de como a acusação as apresentou. Meu maior problema é que as gotas de sangue recuperadas na cena corresponderam ao sangue de Victoria Ford por meio da análise de DNA. Preciso saber o quanto é precisa a ciência que faz essa correspondência.

— Muito precisa — Lívia respondeu. — Uma sequência de DNA específica é isolada do sangue e, em uma investigação normal, é comparada com amostras de DNA extraídas do suspeito, geralmente mediante um cotonete oral. Se os perfis genéticos coincidirem, é o mais preciso possível. Estatisticamente, a precisão é de quase cem por cento.

Avaliando as palavras de Lívia, Avery assentiu com um gesto lento de cabeça. O fato era que o sangue da cena do crime pertencia a Victoria. Esse seria o maior problema com a hipótese de que outra pessoa tinha matado Cameron Young, e Avery não via outra saída.

— Provavelmente, a precisão veio à tona no julgamento — Lívia disse. — As provas do DNA e a ciência por trás dela são contestadas quando são malfeitas ou quando há uma chance de serem menos precisas do que o normal. Se o sangue tivesse sido contaminado, por exemplo. Ou, se não foi preservado corretamente. Algumas das provas de DNA foram contestadas no julgamento?

— A questão é essa — Avery respondeu. — O caso nunca foi a julgamento.

— Por que não?

— Porque o caos do Onze de Setembro marcou o fim não oficial do caso.

— Então a investigação foi encerrada?

— Não oficialmente. Simplesmente meio que acabou porque depois do Onze de Setembro a principal suspeita tinha morrido e o processo não foi instruído. Os Estados Unidos começaram a perseguir os terroristas.

A mente de Avery voltou ao dia anterior, quando ela folheou os originais perdidos de Victoria. Finalmente, ela olhou para Lívia.

— A respeito da outra coisa que escrevi na mensagem de texto que enviei para você — Avery disse. — Você conseguiu descobrir alguma coisa?

— Sim — Lívia respondeu. — Liguei para Arthur Trudeau hoje cedo e ele me disse onde procurar. Está no laboratório de processamento ósseo. Pegue seu café.

Avery seguiu Lívia pelos corredores escuros até chegarem ao laboratório. Lívia passou seu cartão e a luz vermelha da fechadura ficou verde. Ela abriu a porta e acendeu as luzes. Dirigiu-se até uma fileira contínua de computadores alinhados na parede oposta. As telas estavam escuras até que Lívia se sentou em uma das estações de trabalho e moveu o mouse. A tela do computador se iluminou com o logotipo do Instituto Médico Legal. Ela fez o login e clicou nas janelas.

— A identificação de Victoria Ford foi feita no dia 8 de maio. Vou levar um instante para voltar lá.

Avery ficou ao lado de Lívia enquanto ela navegava pelas janelas.

— O.k. — Lívia disse. — Aqui vamos nós.

Avery se curvou sobre o ombro de Lívia e examinou a tela.

— Parece que a amostra foi coletada nos escombros da Torre Norte em 22 de setembro de 2001.

— Há algo mais sobre a amostra original? — Avery perguntou.

— Estou procurando. Vejamos...

Mais algumas janelas foram clicadas e, em seguida, mais algumas navegações.

— Sim. Aqui está o relatório a respeito da amostra. Pequeno fragmento medindo apenas dezenove milímetros e muito carbonizado no momento da recuperação.

— É minúsculo — Avery comentou.

— Pelo que sei a respeito dos esforços de recuperação, isso não era incomum. Muitos fragmentos minúsculos de ossos carbonizados foram recuperados. É mesmo um milagre que a partir desse fragmento minúsculo o DNA pudesse ser extraído — Lívia disse e voltou a ler o relatório.

— Fala mais um pouco sobre os danos à parte externa da amostra. Jargão da patologia. E então, vejamos — Lívia afirmou e apontou para a tela. — Os dentistas forenses identificaram a amostra como um incisivo central ou canino.

— Isso significa o quê? — Avery perguntou.

— Era um dente.

— Um dente? Dos escombros das Torres Gêmeas, um dente foi recuperado?

— Sim. Temos mais de quinhentos dentes aqui no laboratório forense esperando identificação. Alguns foram recuperados como parte de uma mandíbula e crânio, mas muitos eram dentes soltos.

— Como um único dente pôde ser recuperado dos escombros de um prédio de cem andares?

— Não do jeito que você está imaginando. Os esforços de recuperação nos primeiros dias e nas primeiras semanas após o Onze de Setembro aconteceram como você está pensando: os funcionários do IML percorreram o Marco Zero e coletaram corpos e partes de corpos dos escombros. Isso é verdade. E foi um trabalho pavoroso, pelo que me disseram. Muitas dessas vítimas foram identificadas rapidamente. Mas a maior parte dos restos mortais que o IML ainda tem armazenado hoje e que estão esperando para ser identificados são pequenos fragmentos ósseos e, sim, muitos dentes individuais. Essas pequenas amostras não foram recuperadas no Marco Zero, mas por meio de um programa de peneiramento que começou um ano após a queda dos prédios. Quando as escavadeiras retiraram os escombros do Marco Zero, eles foram carregados em caminhões e transferidos para um aterro sanitário em Staten Island. Todos os escombros do Onze de Setembro foram colocados em uma área própria no aterro. Esses escombros passaram por diversos estágios de peneiramento. Pense nisso como uma garimpagem de ouro. Das pedras, dos entulhos e dos fragmentos da construção, artefatos minúsculos foram retirados. Foi assim que muitos objetos pessoais, como alianças de casamento, joias, carteiras e carteiras de motorista foram recuperados. E também foi como pequenos fragmentos ósseos e dentes foram encontrados.

— Isso é incrível — Avery comentou.

Sua mente estava a mil. Sua hipótese absurda, ao ecoar em sua cabeça, parecia mais plausível. A leitura dos originais de Victoria Ford fez com que seus pensamentos fossem transportados na direção de uma hipótese maluca. Até aquele momento, ela acreditava que a ideia era alimentada pelo desdobramento de sua imaginação, que buscava constantemente o sensacionalismo necessário em suas matérias de *American Events*. Porém, o fato de que a amostra usada para identificar Victoria Ford era um dente não só tornava realista sua hipótese, mas também possível.

— O dr. Trudeau foi capaz de localizar quaisquer outros restos mortais que correspondiam a Victoria Ford?

— Não — Lívia respondeu. — O dente foi a única correspondência até hoje. Mas a esperança é que a nova tecnologia de DNA consiga analisar os fragmentos ósseos não identificados restantes nos próximos meses. Se outros restos mortais de Victoria Ford foram recuperados das ruínas das Torres Gêmeas, saberemos em breve.

Avery suspeitava que, se sua hipótese maluca estivesse correta, nenhuma das outras amostras recuperadas das Torres Gêmeas pertenceria a Victoria Ford.

42

Manhattan, Nova York
Domingo, 4 de julho de 2021

WALT CONSULTOU O RELÓGIO E DEPOIS OLHOU DE RELANCE
para o celular no assento do passageiro. Ele resistiu ao impulso de enviar uma mensagem de texto para Avery. Tinha acordado naquela manhã e descobriu que ela já tinha ido embora, desaparecido sem deixar vestígios além do cheiro no travesseiro ao lado dele. Nenhum bilhete. Nenhum correio de voz. Nenhuma mensagem de texto. Em uma manhã diferente ou com uma mulher diferente, aquilo o teria deixado confuso ou constrangido. Talvez um pouco daquilo ainda existisse naquele momento, mas ele e Avery tinham planos para revisar o resto do prontuário de Cameron Young no final do dia. Então, Walt atribuiu o desaparecimento ao fato de que Avery estava perseguindo pistas farejadas durante a análise inicial deles do caso. Ele estava fazendo o mesmo.

O mergulho dele e de Avery na investigação do caso Cameron Young o tinha deixado curioso, porém preocupado. Especificamente porque ele sabia que a caixa do prontuário do caso em seu quarto do hotel não contava toda a história. Assim que Walt acordou, ele ligou para Jim Oliver e pediu que alguma pressão burocrática federal fosse exercida na Procuradoria-Geral dos Estados Unidos para o Distrito Sul de Nova York, que até então tinha se recusado a retornar as ligações de Walt. Ele se viu em uma posição única de poder. Jim Oliver precisava das habilidades de Walt na delicada questão de localizar Garth Montgomery e, naquele momento, Walt precisava da influência de Oliver para encontrar qualquer informação adicional que houvesse sobre o caso Cameron Young. A curiosidade de Walt não tinha nada a ver com a investigação de Garth Montgomery, mas ele convenceu Oliver de que era imperativo localizar qualquer prova perdida relativa ao caso de vinte anos atrás. Walt sabia que o escritório do procurador-geral possuía o que ele precisava.

Ligações foram feitas, pressão foi exercida e, durante um fim de semana de feriado, as pessoas certas foram tiradas do descanso para fazer aquilo. Walt teve sua resposta, e localizar as pastas desaparecidas foi mais fácil do que ele imaginava. Originalmente confiscadas do gabinete de Maggie Greenwald — a promotora pública que foi escolhida para instaurar o processo — durante a investigação de sua má conduta, o escritório do procurador-geral tinha finalmente enviado as provas de volta para a sede do Departamento de Investigação Criminal para armazenamento.

Quando Walt entrou no estacionamento vazio pouco depois das onze horas da manhã de domingo, uma onda de nostalgia se apossou dele. Ele não chamava o Departamento de Investigação Criminal de seu empregador havia vinte anos. Mas ele tinha aprendido o ofício ali e o lugar guardava boas lembranças. Walt as saboreou até que viu o carro solitário estacionado na frente do prédio. Ele sabia que pertencia ao seu antigo chefe. Scott Sherwood estava em sua lista negra.

Walt estacionou em uma vaga e desligou o motor. Ele viu Sherwood parado em frente ao prédio do Departamento de Investigação Criminal, cuja fachada de vidro refletia sua imagem como se Walt estivesse se vendo numa tela de cinema. Ele agora tinha visto Scott Sherwood exatamente duas vezes nos últimos quinze anos. Nesse dia e três semanas antes, quando Sherwood apareceu de penetra na reunião dos sobreviventes no Ascent Lounge com o único propósito de descobrir onde Walt estava passando seu tempo. O encontro "acidental" havia dado a Jim Oliver informações suficientes para localizar Walt na Jamaica e colocá-lo em seu curso atual. Ele tinha tanta vontade de falar com Scott Sherwood naquela manhã quanto tinha vontade de remover uma hemorroida.

— Walt Jenkins — Scott disse com um sorriso largo, ao mesmo tempo que Walt saía do carro. — Duas vezes em um ano. Imagina só!

— Vai à merda, Scott — Walt disse, fechando a porta do carro e caminhando até seu antigo chefe. Um raciocínio ilógico permitiu que Walt sentisse menos raiva de Jim Oliver por plantar Sherwood na reunião de sobreviventes do que de Sherwood por concordar com aquilo. Talvez fosse porque, como ex-agente de vigilância, Walt apreciou a perspicácia de Oliver em encontrá-lo. A verdade mais provável era que Walt estava frustrado consigo mesmo por ter mordido a isca.

— O que deu em você? — Sherwood perguntou.

— Não estou com paciência, Scott. Sei que nosso papo do outro dia foi conversa fiada. Você foi plantado ali. Você acha que sou um idiota?

— Minha nossa, acalme-se! O FBI veio bater na minha porta. Literalmente, bateram na porta da minha casa. Eu deveria mandá-los embora? Desculpe, amigão, eu não tenho esse tipo de influência. Jim Oliver disse que precisava descobrir onde você estava escondido. Disse que era importante. Eu não sabia que iria colocar você em uma enrascada.

— Não colocou — Walt afirmou em um tom desdenhoso. — Só não gosto de ser feito de trouxa. Você tem o que eu preciso?

— Sim — ele respondeu. — Encontrei cerca de uma hora atrás. Bem escondida nos fundos da sala de provas. O que há de tão importante nisso?

— É apenas um caso antigo, Scott. Pediram-me para investigar. Isso é tudo que posso dizer a você.

— Tem a ver com o escândalo envolvendo Maggie Greenwald?

— Estou prestes a descobrir. Cadê?

Scott apontou por cima do ombro.

— Lá dentro. Uma única caixa. Parece bem inocente.

Scott Sherwood destrancou a porta da sede do Departamento de Investigação Criminal e a segurou aberta para Walt entrar.

— Isso significa que o convite para visitá-lo na Jamaica foi cancelado?

— Significa que nunca existiu, Scott.

Duas horas depois, Walt estava sentado em sua suíte no Hyatt com uma segunda caixa de provas sobre a mesa diante dele. Ele folheou a pasta durante quinze minutos, lendo atentamente até encontrar o que precisava. Até encontrar o que esperava que não estivesse ali.

Ele pegou o celular. Avery não tinha tentado contatá-lo. Ele digitou um texto curto e o enviou para ela.

ENCONTREI ALGO NOVO NO CASO CAMERON YOUNG.
PRECISAMOS CONVERSAR O MAIS RÁPIDO POSSÍVEL.

43

Manhattan, Nova York
Domingo, 4 de julho de 2021

O LAPTOP DE AVERY ESTAVA ABERTO NA MESA NO CANTO DO
seu quarto do hotel. O rosto de Christine Swanson, produtora executiva
de *American Events* e melhor amiga de Avery, estava na tela conectada por
meio de um aplicativo de reunião *on-line*.

— O que está acontecendo? — Christine perguntou.

— Você vai achar que estou louca, mas você é a única pessoa com
quem posso compartilhar isso.

Avery observou Christine na tela, ao mesmo tempo que ela analisava
o quarto do hotel de Avery. Depois do seu encontro com Lívia Cutty,
Avery tinha conseguido achar um quiosque para imprimir cada um dos
originais de Victoria Ford. Naquele momento, pilhas organizadas de papel
sulfite ocupavam a cama *king-size*. Havia um livro brochura em cima de
cada pilha.

— Falei para você sobre Emma, a irmã de Victoria Ford.

— Sim — Christine confirmou. — Ela tem as gravações de Victoria
da manhã de 11 de setembro. Mal posso esperar para pôr minhas mãos
nelas. Podemos fazer muitas coisas boas com elas.

Ao longo do seu tempo em Nova York, Avery tinha mantido Christine
atualizada a respeito das suas descobertas sobre Victoria Ford e Cameron
Young. *Coisas boas* significava que Christine e sua equipe fariam o diabo na
produção a partir das gravações, tornando-as arrepiantes e repletas de suspense. Avery imaginou um clipe curto da voz de Victoria Ford sendo reproduzido pouco antes de um intervalo comercial, grudando quinze milhões de
telespectadores em suas televisões em um silêncio estupefato.

— Eu sei que você vai deixar isso incrível — Avery afirmou. — Mas,
além das gravações, Emma Kind também compartilhou tudo isso comigo.
Bem, compartilhou acidentalmente — ela continuou, apontando para as
pilhas de papel.

— O que é tudo isso? — Christine perguntou, inclinando-se em direção à câmera do computador, fazendo seu rosto preencher a tela inteira.

— Os originais de Victoria Ford.

— Ou seja, *livros*?

— Sim. Victoria era escritora.

— Minhas anotações dizem que ela era analista financeira.

— Planejamento financeiro era o trabalho diurno dela. Emma me disse que Victoria sempre quis escrever livros. Tinha sido sua paixão desde menina e provavelmente foi o que a arrastou para Cameron Young. Mas Victoria jamais conheceu o sucesso. Ela escreveu todos esses originais, mas nunca conseguiu um editor. Eu os encontrei em um pen drive antigo em uma das caixas empoeiradas que Emma me deu dos anuários e recordações de Victoria. Eu os imprimi hoje mais cedo. Pelo que sei, esses originais permaneceram intocados e não lidos nesse pen drive no sótão de Emma Kind nas últimas duas décadas.

Na tela, Christine assentiu.

— Tudo bem. Mas como isso está relacionado ao caso Cameron Young?

— Ainda não tenho certeza. Mas aqui, veja isso — Avery disse e pegou uma das pilhas de papel. — Esse é o primeiro original de Victoria Ford. O documento do Word indica que foi escrito em 1997. O título provisório é *Bagunça das grandes*. Agora veja isso — Avery afirmou, recolocando as páginas do original sobre a cama e pegando o livro de Natalie Ratcliff. — Esse é um romance publicado pela Hemingway Publishing em 2005 por uma autora chamada Natalie Ratcliff.

— *Bagagem!* — Christine disse. — Peg Perugo. Adoro esses livros.

— Então você é uma fã. Então, você vai adorar a próxima parte. *Bagagem* foi publicado em 2005, o primeiro da série Peg Perugo, que, como você sabe, fez um sucesso incrível. Uma das séries de ficção comercial de maior sucesso.

Intrigada, Christine ergueu as sobrancelhas enquanto esperava que Avery continuasse.

— *Bagunça das grandes. Bagagem*. Títulos semelhantes, certo? — Avery perguntou. — Significados semelhantes, pelo menos.

— Sim.

— Então aqui está o problema. Exceto uma mudança no título, as duas histórias são idênticas.

Encarando a tela do computador, Christine permaneceu em silêncio.

— O que você quer dizer com *idênticas*? — ela finalmente perguntou.

— Quero dizer que o original de Victoria Ford tornou-se o primeiro livro de Natalie Ratcliff publicado na série Peg Perugo.

Confusa, Christine balançou a cabeça.

— Não estou conseguindo te acompanhar.

— Natalie Ratcliff era a melhor amiga de Victoria Ford. Elas moraram juntas na faculdade e continuaram próximas depois que se formaram. Natalie foi para a escola de medicina e se especializou em medicina de emergência durante oito anos. Victoria ingressou no mundo financeiro e começou sua própria carreira. O tempo todo, Victoria ficou escrevendo livros na esperança de algum dia publicar um deles.

— Sim, ainda não estou conseguindo te acompanhar.

— Victoria morreu em 2001. Nos quatro anos seguintes, Natalie Ratcliff exerceu medicina de emergência até que seu primeiro livro fosse publicado. O livro tomou o mundo de assalto e ela deixou a medicina. Isso foi em 2005. Ela escreveu quinze romances em quinze anos. Mas aqui está o problema — Avery disse, dirigindo-se até a cama onde os outros originais de Victoria estavam empilhados separadamente, cada um com um livro de Natalie Ratcliff por cima.

— Cada uma dessas pilhas representa um dos originais de Victoria. Originais que ficaram intocados no sótão de Emma Kind nos últimos vinte anos. Cada um também passou a ser publicado como um livro de Natalie Ratcliff.

Em dúvida, Christine semicerrou os olhos.

— Então, você está sugerindo que Natalie Ratcliff conseguiu os originais de Victoria Ford e os plagiou, palavra por palavra, depois que Victoria morreu?

— Não, acho que não. Emma disse que Victoria protegia muito seu trabalho e não deixava ninguém ler seus originais. Emma nunca leu nenhum deles. Nem mesmo Jasper Ford, o marido de Victoria, conseguiu lê-los. Victoria era muito insegura para deixar que alguém os lesse.

236

— Então, como o trabalho dela acabou nas páginas dos romances de Natalie Ratcliff?

— É aí que você vai achar que eu enlouqueci.

— Tarde demais — Christine disse. — Vamos, abra o bico!

— Passei o fim de semana analisando o processo contra Victoria Ford. Era imperfeito, sem dúvida. E acho que consigo encontrar alguns furos graves que vão intrigar o público de *American Events*. Tenho que fazer mais pesquisas em relação a isso e pretendo examinar o resto do caso hoje à tarde. Mas, independentemente dos furos que eu consiga encontrar, na época da investigação original, as provas físicas contra Victoria eram bastante sólidas. As provas de DNA a colocaram na cena do crime. A mídia quase tinha condenado Victoria no tribunal da opinião pública. Não restava nenhuma dúvida de que ela seria indiciada e presa. Na sequência, haveria um julgamento. Um que, com base nas provas que Victoria conhecia na época, provavelmente teria terminado em sua condenação.

— Tudo bem — Christine disse. — De novo, o que esses originais têm a ver com isso?

— Victoria estava em uma situação desesperadora. Ela sabia que as provas apontavam para ela. E ela sabia, na manhã de 11 de setembro, quando ela se encontrou com seu advogado, que era apenas questão de tempo até que ela fosse presa. Victoria sabia que provavelmente seria condenada. De acordo com minha entrevista com o advogado de Victoria, ele expôs o prognóstico sombrio para ela naquela manhã. Então, no meio da reunião de Victoria com seu advogado, o primeiro avião atingiu a Torre Norte...

Avery foi até a mesa onde estava o seu laptop. Ela se sentou na cadeira e olhou para Christine.

— E com aquele avião, uma oportunidade se apresentou.

— Uma oportunidade para fazer o quê? — Christine perguntou.

— Para desaparecer.

44

Manhattan, Nova York
Domingo, 4 de julho de 2021

AVERY PRONUNCIOU AS PALAVRAS COM CONFIANÇA. ELA sabia que Christine não acreditaria que alguém fingiria a própria morte e desapareceria. No entanto, Avery tinha experiência pessoal com o desaparecimento de alguém para evitar o indiciamento e a prisão, e ela sabia que era possível. Pessoas desesperadas são capazes de tudo e costumam encontrar maneiras de convencer as pessoas que mais as amam a ajudar.

— Desaparecer, o que isso significa? — Christine perguntou.

— Significa que Victoria usou o Onze de Setembro para resolver todos os seus problemas.

— Você está dizendo o quê, exatamente, Ave?

— E se Victoria Ford não morreu naquela manhã?

— Sinto muito, Avery. Eu te amo e estivemos juntas em alguns lances radicais, mas esse talvez seja muito louco para eu embarcar.

— Apenas me escute. Victoria estava sentada no escritório de Roman Manchester quando o avião atingiu o prédio. Sei disso por causa da entrevista com Manchester, que, junto com doze dos seus funcionários e dois dos seus sócios, conseguiu sair da Torre Norte em segurança. Ele viveu para contar essa história angustiante de escapar das torres. É muito absurdo acreditar que a mulher sentada diante dele naquela manhã também sobreviveu?

Avery percebeu o primeiro vislumbre de convencimento nos olhos de Christine antes de ela fazer um gesto negativo com a cabeça.

— Mas o IML identificou os restos mortais de Victoria. Foi isso que fez você ir para Nova York.

— Sim, identificaram um fragmento ósseo que pertencia a Victoria. Mas tive uma conversa com Lívia Cutty esta manhã e demos uma olhada mais atenta na descoberta. A amostra usada para fazer a identificação era um dente.

— Um dente?

— Ao que tudo indica, o IML recuperou milhares de fragmentos ósseos das ruínas das torres, centenas dos quais eram dentes.

— Como isso foi possível, Ave?

— Peneirando os detritos. Ao longo dos anos, diversos programas de peneiramento foram concluídos. O objetivo dessas operações era examinar tediosamente os escombros removidos do Marco Zero para encontrar objetos. Cada vez que um programa de peneiramento era concluído, mais itens eram descobertos. Carteiras, alianças, carteiras de motorista, joias, fragmentos de ossos e...

— Dentes.

— Centenas deles.

— Meu Deus.

— Lívia Cutty me disse que a maioria desses pequenos fragmentos ósseos e dentes ainda está à espera de que uma correspondência com as vítimas seja encontrada. Então, se Victoria Ford foi identificada a partir de um único dente encontrado nos escombros das Torres Gêmeas e nenhuma outra amostra apresentou correspondência com ela... E se Victoria Ford se feriu no caos do Onze de Setembro, tipo, ela perdeu um dente, mas ainda conseguiu escapar do prédio?

Depois que Christine deixou de responder, Avery continuou.

— Milhares de pessoas morreram quando as torres desabaram. Mas milhares de outras pessoas conseguiram sair em segurança dos prédios. E se Victoria foi uma dessas pessoas?

— Como? Os hospitais ficaram lotados naquele dia. Ela nunca procurou atendimento médico?

— Talvez ela não tenha precisado — Avery respondeu. — E se fosse algo tão sem gravidade quanto alguns dentes quebrados ou perdidos, talvez sua amiga, que era médica de pronto-socorro, a ajudasse.

— Natalie Ratcliff?

— Exatamente — Avery respondeu, levantando-se e indo até a cama onde estavam os originais de Victoria. — E de um jeito louco, sim, de um jeito completamente louco, de um jeito meio Avery Mason, acho que os originais de Victoria provam isso.

Christine balançou a cabeça.

— Vou dizer uma coisa: sua intuição para o surpreendente é incomparável. Me mostre como você fez a conexão.

— Antes de eu entrevistar Natalie Ratcliff, comprei alguns dos seus livros para folheá-los. Um deles, *Bagagem*, me fisgou e eu li o livro todo. Quando me encontrei com Emma Kind pela segunda vez, ela tirou algumas caixas velhas do sótão. Elas estavam cheias de coisas da infância de Victoria e planejei examinar as caixas para ver se alguma daquelas coisas era útil para a reportagem. Para ver se algum daqueles itens me ajudaria a apresentar um retrato mais completo de Victoria Ford. Em uma das caixas, encontrei o pen drive que continha os originais de Victoria. Assim que comecei a ler o primeiro, percebi as semelhanças com o primeiro romance de Natalie Ratcliff. Voltei para a livraria, comprei todos os outros livros de Natalie e comecei a folheá-los.

Avery apontou para a cama onde um romance de Natalie Ratcliff repousava em cima de cada um dos originais de Victoria Ford.

— De acordo com Emma, sua irmã escreveu cinco originais. Cada um deles acabou se tornando um romance de Natalie Ratcliff. Não só um enredo semelhante, mas um texto palavra por palavra. Foi nos originais perdidos de Victoria Ford que Peg Perugo nasceu.

— A explicação não poderia ser que Victoria compartilhou seus originais com Natalie Ratcliff em algum momento antes de sua morte? Talvez para ter uma opinião da amiga? Então, depois da morte da amiga, Ratcliff assumiu os originais como se fossem dela? E, de tudo isso, o único crime cometido foi plágio? — Christine afirmou, apontando para a cama.

— Exceto que Emma Kind jura que Victoria não compartilhou seus originais com ninguém. Como eu disse, nem sequer com o marido dela.

— Tudo bem — Christine disse. — Você me fisgou. Vamos acreditar na palavra da irmã de Victoria Ford. Ninguém jamais viu os originais de Victoria. Isso explica os primeiros cinco livros de Ratcliff, que representam os cinco originais que Victoria escreveu antes do Onze de Setembro. De onde vieram os dez livros seguintes de Ratcliff?

Avery respirou fundo.

— E se Victoria tivesse sobrevivido na manhã de 11 de setembro? Ela conseguiu sair da Torre Norte como milhares de outras pessoas. Ela se feriu na fuga e procurou a ajuda da melhor amiga, que era médica. Então, enquanto inúmeros acontecimentos se materializavam naquela manhã, um pensamento ocorreu a ela. E se, além de ver um dos acontecimentos mais infames da história americana se desenrolar, Victoria Ford também estivesse vendo a oportunidade de fazer sua situação dificílima sumir? Ela já tinha ligado para Emma. As gravações eram a prova de que ela estava na Torre Norte. Então, ela pediu a Natalie não apenas para ajudá-la em relação aos ferimentos, mas também ajudá-la a desaparecer. Onde quer que Victoria esteja hoje, ela ainda está escrevendo originais e os compartilhando com Natalie Ratcliff.

— Caramba — Christine exclamou. — Esse é sem dúvida o estilo Avery Mason. Mas… Afinal, já se passaram vinte anos. Como uma médica de pronto-socorro e sua melhor amiga, uma analista financeira, conseguiram manter isso em segredo por tanto tempo? Para começar, como elas fizerem isso? Onde Victoria Ford estaria se escondendo por vinte anos?

— Ainda não descobri, mas é aí que preciso da sua ajuda — Avery disse e sorriu para Christine. — Você não tinha planos para o Quatro de Julho, tinha?

— Eu trabalho para Avery Mason e *American Events* — Christine respondeu. — Minha vida pessoal sempre vem por último.

— Não sei se você está dizendo isso com orgulho ou com um peso no ombro.

— Um pouco dos dois. Me diga o que você precisa. Farei o melhor possível.

45

Manhattan, Nova York
Domingo, 4 de julho de 2021

WALT ESTAVA SUANDO E SENTIA SUA CARÓTIDA LATEJAR AO se dirigir para a entrada principal do Hotel Lowell no anoitecer de domingo. Ele carregava consigo a caixa de papelão que Scott Sherwood tinha achado nos cantos cobertos de teias de aranha da sala de provas do Departamento de Investigação Criminal. A recepcionista sorriu quando Walt se apresentou. Ela ligou para o quarto de Avery para avisá-la que ela tinha uma visita. A recepcionista deu sinal verde por meio de um gesto de cabeça e Walter se dirigiu até o elevador. Ele parou diante de um bebedouro para tomar um copo de limonada gelada, notando o tremor em sua mão ao levar o copo à boca. Walt estava fora de forma como agente de vigilância do FBI ou sabia em seu íntimo que aquilo que estava prestes a fazer era errado.

No elevador, Walt apertou o botão do oitavo andar. As portas prateadas se fecharem e refletiram sua imagem. Ele notou que a testa estava coberta com gotas de suor e sentiu a camisa grudar nas costas. Pouco antes de as portas se abrirem, enxugou a testa com a manga da camisa. Saiu do elevador e atravessou o corredor, parando no quarto 821. Ao bater na porta, lembrou-se da pergunta que fizera para Jim Oliver na sexta-feira à noite: *Sob que pretexto me encontraria no quarto do hotel de Avery Mason?*

E naquele momento, ali estava ele, um dia depois de eles terem dormido juntos, do lado do fora do quarto de Avery, com más intenções de gravar suas conversas privadas. Walt enxugou a testa outra vez, deu um tapinha no bolso da sua camisa de colarinho abotoado para sentir a caixinha de metal escovado que Jim Oliver havia deixado para ele. A porta se abriu e Walt tirou a mão do bolso.

— E aí? — Avery disse.

Walt engoliu em seco.

— E aí?

Na sequência do cumprimento ao estilo escola secundária, um silêncio ensurdecedor.

— Eu, bem, senti sua falta esta manhã — Walt finalmente disse. — Desculpe, mas eu estava em estado de coma.

— Não — Avery afirmou, fazendo um gesto negativo com a cabeça. — Eu saí de fininho.

— Ah. O.k.

— Eu precisava dar uma corrida.

— Sim. Faz sentido. Ainda bem, sabe… Está tudo bem.

Avery fechou os olhos por um instante.

— Tive um momento imaturo de pânico. Devia ter te acordado e dito que estava indo embora. Olhe, Walt, se você ainda não adivinhou, não sou a melhor nisso. E morro de vergonha de admitir que foi… Faz um bom tempo que não passava por esse tipo de situação.

— Não tenho certeza se isso é motivo para alguém morrer de vergonha. E o mesmo é verdade para mim. Fiquei entocado na Jamaica durante três anos. Além disso, sou divorciado duas vezes. Ou seja, não sou melhor nisso do que você.

Avery moveu as mãos para lá e para cá.

— Então podemos concordar que nosso cumprimento foi bastante estranho? Vamos voltar ao normal?

— O.k. — Walt concordou e ergueu a caixa. — Temos muita coisa para tratar.

— Ótimo. Vamos entrar.

Walt seguiu Avery pelo quarto, que consistia em uma cama *king-size* e, no extremo perto das janelas, uma mesa de centro diante de um pequeno sofá, além de uma mesa e uma cadeira.

— Ignore a bagunça — Avery disse, apontando para a cama, onde pilhas de papéis estavam em pilhas distintas em cima do edredom.

— O que é tudo isso?

— Pesquisa.

— Parece que você esteve ocupada.

— Você também — Avery disse, sentando-se no sofá. — O que você achou?

Walt se sentou ao lado dela e colocou a caixa na mesa de centro.

— É uma longa história. Mas fiz algumas ligações e consegui localizar mais algum material sobre o caso Cameron Young.

— Além do que revisamos na noite passada?

— Sim. Era um material que só a promotora tinha. Quero mostrar uma coisa para você.

Walt enfiou a mão na caixa e consultou as pastas até encontrar a que queria. Ele a colocou sobre a mesa e a abriu. Em seu interior, havia fotos de Victoria Ford em seu primeiro interrogatório com os detetives. Walt espalhou as fotos pela mesa.

Avery se inclinou para ver as fotos.

— O que estou vendo?

— São fotos de Victoria Ford durante nosso primeiro interrogatório oficial com ela. Foram tiradas dois dias depois que Cameron Young foi morto, quando a trouxemos para a sede do Departamento de Investigação Criminal para interrogá-la.

— Fotos de admissão?

— Sim.

As fotos de admissão eram consideradas como provas e tiradas de suspeitos em potencial nas primeiras horas ou nos primeiros dias de uma investigação. Destinavam-se a documentar a presença de ferimentos, cortes ou hematomas que o suspeito podia ter em seu corpo, sugerindo que ela tinha participado de uma luta ou altercação recente. As fotos sobre a mesa mostravam Victoria de calcinha e sutiã. A primeira a mostrava em pé com os braços dobrados em noventa graus, como se estivesse se rendendo sob a mira de uma arma. Outra a registrava em uma postura bem larga, com os pés abertos na largura dos ombros e os braços estendidos para os lados, em estilo crucifixo. Outras fotos eram closes dos ombros e do pescoço. A foto a qual Walt apontou era das mãos de Victoria, posicionadas com os dedos separados.

— Não vejo nada — Avery disse.

— Isso mesmo. Seu argumento ontem à noite a respeito da falta de sangue na corda me fez pensar. Como Victoria podia ter se cortado o suficiente para pingar tanto sangue no tapete, mas não deixar nem um pouco de sangue na corda?

Lentamente, Avery moveu seu olhar de volta para as fotos das mãos de Victoria.

— Ela não se cortou.

— Parece que não e você está olhando para uma prova. Essas fotos foram tiradas dois dias depois do assassinato. Não há como um ferimento cicatrizar tão rápido.

— Então de onde veio o sangue?

— É uma pergunta muito boa — Walt disse. — Uma para a qual não tenho resposta.

46

Manhattan, Nova York
Domingo, 4 de julho de 2021

AVERY CONTINUOU A OLHAR AS FOTOS.

— De onde vieram essas fotos? Por que não estavam no prontuário original?

— Essa é outra coisa que eu queria falar com você. Algo estava me incomodando desde que voltei ao caso Cameron Young e revolveu as memórias dessa investigação.

— O que é? — Avery perguntou.

— Quando fui escolhido para investigar esse homicídio, eu era jovem. Não era idiota, mas era inexperiente em conduzir uma investigação de homicídio. Fui bem treinado e tomei parte da investigação de outros homicídios para o Departamento de Investigação Criminal, mas nunca como detetive-chefe. A investigação do assassinato de Cameron Young foi meu primeiro caso solo. E, mesmo olhando para trás agora, não acho que mudaria muito. Meu trabalho era apresentar as provas que encontrei para a promotoria. Não ofereci opiniões nem especulações. Apenas reuni as provas e depois as entreguei. Eu era bom em procedimentos. Encontre as provas, registre as provas, consiga os mandados, aplique os mandados. Fiz tudo de acordo com as regras.

Walt fez uma pausa e logo prosseguiu.

— Eu era ruim na política envolvida em nosso sistema de justiça criminal. A promotora era uma mulher chamada Maggie Greenwald. Ela tinha a fama de ser uma promotora destemida que estava em ascensão. Era agressiva, exigente e tinha aspirações políticas muito além da promotoria. Havia rumores de que ela esperava ser a próxima procuradora-geral ou governadora do estado. Mas para conseguir esse tipo de chance e reunir o apoio necessário para forjar uma campanha séria, ela precisava produzir manchetes como promotora. As manchetes vêm da resolução rápida de processos. E se um processo importante aparece no seu caminho, melhor ainda. Maggie Greenwald ficou em cima do caso Cameron Young desde o início e queria que as coisas fossem feitas rapidamente. Ela me escolheu para conduzir a investigação. Fui escolhido a dedo e me senti muito orgulhoso disso. E levei a responsabilidade muito a sério.

— Roman Manchester, o advogado de Victoria Ford, me disse que Maggie Greenwald tinha um talento especial para... Como foi que ele disse? Encaixar provas quadradas em buracos redondos.

— Eu não sabia disso a respeito dela quando ela me escolheu para conduzir a investigação do assassinato de Cameron Young. Só descobri isso depois de deixar o Departamento de Investigação Criminal para ingressar no FBI. Ela se meteu em uma pequena enrascada.

— Ela foi expulsa da Ordem dos Advogados por suprimir provas. Ou seja, foi muito mais do que uma pequena enrascada.

Walt assentiu.

— Uma das maiores acusações dela foi anulada quando uma nova prova de DNA foi encontrada. O réu tinha cumprido alguns anos de prisão. E não foi simplesmente uma *nova* prova que surgiu. Foi uma prova que tinha estado ali desde o início. Greenwald a tinha suprimido. A única razão pela qual se descobriu a verdade foi porque seu assistente quis salvar a própria pele e abriu o bico contra ela.

— Ela omitiu uma prova?

— Sim.

— Como ela conseguia viver consigo mesma sabendo que colocou um homem inocente na prisão?

— Alguns promotores acreditam que o baralho é e sempre foi um jogo de cartas marcadas contra eles. Veem acusados culpados escapando com base em tecnicalidades bizarras. Veem casos sólidos como uma rocha sofrerem uma reviravolta por causa de dúvidas razoáveis, apesar de não parecerem razoáveis para eles. Então, alguns tentam equilibrar o jogo.

— Mentindo? Ou escondendo provas?

— Às vezes. E Maggie Greenwald estava determinada a ficar conhecida. Depois que ela foi denunciada, alguns dos seus maiores processos foram anulados após serem encontradas provas que tinham sido suprimidas. A Procuradoria-Geral dos Estados Unidos para o Distrito Sul de Nova York se envolveu e iniciou uma investigação oficial. Fizerem intimações em relação a todos os seus processos e a todos os seus autos. Encontraram outros quatro processos em que ela tentou desaparecer com as provas ou em que as escondeu durante os procedimentos probatórios. Foi o suficiente para que ela fosse expulsa da Ordem dos Advogados e tivesse encerrada sua carreira, jurídica e política. O Innocence Project e outros grupos de defesa contra erros judiciais assumiram todos os processos dela e os estão examinando com atenção.

— O processo contra Victoria Ford não era um deles?

— Não — Walt respondeu. — Primeiro, Victoria nunca foi oficialmente condenada. Então, não há nada para ser anulado. E segundo, infelizmente, sem uma acusação, ninguém realmente se importa com isso.

— Eu me importo.

— Eu sei que você se importa.

— E Emma Kind também se importa.

— Eu também sei disso. E ela tem sorte de ter você vasculhando o caso. Eu só queria dar a você um quadro completo de por que o material que lhe mostrei ontem não conta toda a história. Essa caixa… — Walt disse e apontou para a mesa. — Estava em posse da promotora até que a Procuradoria-Geral intimou a entrega de todos os autos de Greenwald. Examinaram atentamente cada um deles, mas passaram por cima de vasculhar o processo contra Victoria Ford. O Distrito Sul de Nova York despachou essa caixa de volta para o Departamento de Investigação Criminal, onde ficou esquecida durante anos. E agora, ao analisar os detalhes, penso no motivo pelo qual, para um homicídio tão importante, fui escolhido logo no início para conduzir a investigação. Maggie Greenwald me pediu. Na época, me senti honrado. Achei que tivesse causado boa impressão e que ela acabou me escolhendo pelo meu talento. Mas o tempo e a perspectiva me dizem que talvez ela tenha me escolhido porque eu era jovem e inexperiente, e porque ela poderia me manipular de uma maneira que um detetive mais experiente não teria permitido.

— Você não fez nada de errado, Walt. Você seguiu as pistas e ninguém pode culpá-lo por isso. Você não plantou provas. E com certeza você não as suprimiu. A cena do crime que você encontrou levou a Victoria Ford. Não por mero palpite, não por mera especulação, mas por provas baseadas em termos forenses. Você não cometeu nenhum erro. Você não manipulou as provas.

— Não. Mas estou me perguntando se fui manipulado. O caso virou fumaça depois do Onze de Setembro e, quando a poeira baixou, todos tinham começado algo novo. Pouco depois, fui contratado pelo FBI e nunca pensei muito no caso depois disso. Mas agora, vinte anos depois, com as coisas que você e eu descobrimos, estou começando a imaginar se uma mulher morta foi estigmatizada como assassina quando, na verdade, ela era inocente.

A narrativa de que vinte anos antes uma promotora agressiva tinha se concentrado na mulher errada na morte de Cameron Young estava começando a passar pela mente de Avery. Ela não tinha como provar quem havia matado Cameron Young, apenas que havia uma possibilidade bastante realista de que não tivesse sido Victoria Ford. Avery sabia que os telespectadores do seu programa iriam se empolgar com cada detalhe. E as coisas estavam prestes a ficar ainda mais interessantes.

Walt reuniu as pastas e as fotos e as recolocou na caixa.

— Há mais uma coisa que encontrei nessa caixa de provas perdidas — Walt disse, segurando um saco plástico que continha um pen drive.

— O que é isso?

— O vídeo de sexo de Cameron Young e Victoria Ford.

47

Manhattan, Nova York
Domingo, 4 de julho de 2021

– JÁ SE PASSARAM VINTE ANOS – WALT DISSE, SEGURANDO O saco plástico. — Mas ainda me lembro como se fosse ontem.

— Eu tenho que ver — Avery disse.

— Tem certeza?

— Tenho. Preciso ver se alguma coisa pode ser exibida no horário nobre.

— Pelo que me lembro, você vai precisar desfocar a maior parte.

— Tenho uma equipe técnica muito boa e uma produtora ainda melhor.

— Pegue seu laptop.

Avery buscou o laptop na mesa onde o tinha deixado mais cedo para sua reunião virtual com Christine. Ela o colocou na mesa de centro diante de onde os dois estavam sentados no sofá. Walt inseriu o pen drive na porta USB e clicou para abrir o arquivo. O vídeo começou a ser reproduzido.

— Meu Deus — Avery exclamou quando o traseiro nu de Cameron Young apareceu na tela.

— Eu disse que você teria que desfocar a maior parte do vídeo.

Avery continuou a assistir até que Victoria Ford apareceu na tela. Curiosa, Avery juntou as sobrancelhas quando viu o traje de dominatrix, completo com pulseiras e um colar cheios de tachas. Os seios nus de Victoria se projetavam dos furos do traje de couro que ela usava.

— Quantas vezes você já viu isso?

— Só uma vez — Walt respondeu. — E apenas uma parte. Assim que identificamos Victoria Ford, tratei de interrogá-la.

Avery ficou sentada em um silêncio atônito, observando Victoria andar de um lado para o outro, perto de sua presa vulnerável. Avery sentiu dificuldade em conciliar a mulher que Emma Kind tinha descrito e aquela que havia ouvido nas gravações da secretária eletrônica com a mulher que estava vendo no vídeo. Avery tomou fôlego quando viu Victoria levantar o objeto com tiras em sua mão direita.

— O que é isso?

— Acredito que é chamado de azorrague — Walt respondeu. — Esse chicote, ou um semelhante, é que causou os vergões no corpo de Cameron Young que foram observados na autópsia. Quer parar de ver o vídeo?

— Não. Então foi assim que você descobriu que eles estavam tendo um caso?

Walt assentiu.

— Sim. Pela parafernália encontrada na cena do crime, ficamos sabendo que Cameron Young estava tendo pelo menos uma noite única de sexo perigoso. Sua mulher afirmou em meu interrogatório inicial que ela e Cameron nunca tinham participado de qualquer tipo de sexo sado-masoquista. A descoberta do vídeo nos permitiu apontar Victoria Ford como amante dele.

Avery inclinou a cabeça para o lado observando a tela e espionando de maneira voyeurística Victoria e seu amante.

— Onde esse vídeo foi gravado?

— No estúdio onde Cameron escrevia.

— Por que o ângulo é tão descentrado?

Na tela, a ação ocorria do lado direito do enquadramento, como se a câmera estivesse apontada ligeiramente na direção errada.

— Não sei — Walt disse. — Talvez eles não tivessem bons produtores como você. É um vídeo de sexo caseiro, e não uma produção cinematográfica.

Na tela, Victoria Ford golpeou as costas e os ombros do seu amante com o chicote. Para Avery, pareceu algo mais lúdico do que violento. Em seguida, ela viu Victoria golpear Cameron novamente com o chicote, daquela vez nas nádegas e na parte superior das coxas. Então, ela parou.

— Espere um pouco — Avery disse. — Retroceda um pouco o vídeo.

Walt passou o dedo no *touchpad* do laptop e clicou na seta reversa até que o vídeo retrocedesse por alguns segundos.

— Aí — Avery disse.

Na tela, ela observou Victoria abaixar o chicote na direção do traseiro de Cameron Young e açoitá-lo. Prestes a golpeá-lo novamente, Victoria parou e caminhou para a frente, inclinando-se para pôr seu ouvido junto à boca dele.

— Passe esse trecho de novo e aumente o volume — Avery pediu.

Walt voltou a retroceder o vídeo e aumentou o volume. Daquela vez, quando Victoria abaixou o chicote, a voz abafada de Cameron Young pôde ser ouvida. A palavra que ele pronunciou foi difícil de decifrar, mas assim que ele a disse Victoria recolheu o chicote e se inclinou para falar com ele.

— O que ele disse? — Avery perguntou.

— Não consegui entender.

Ele retrocedeu o vídeo novamente e os dois se inclinaram para a frente para ouvir de maneira mais atenta. O silvo do chicote precedeu um golpe doloroso. Então, Cameron Young disse uma única palavra.

Canela.

— Canela? — Walt exclamou. — Ele disse canela?

— Disse — Avery confirmou.

— Que diabos isso significa?

— É a palavra de segurança deles — Avery explicou, olhando para Walt.

Curioso, Walt ergueu as sobrancelhas.

— Casais que praticam sexo sadomasoquista criam uma palavra de segurança. Uma palavra aleatória que pronunciam sempre que as coisas estão ficando muito violentas ou perigosas. Assim que a palavra é dita, o jogo acaba.

Na tela, Victoria Ford agachou-se ao lado de Cameron Young, largou o chicote no chão e desafivelou as amarras que prendiam os pulsos dele à parte inferior do cavalo de tortura. No momento anterior, Victoria estava infligindo o que Avery interpretou como um castigo lúdico. Porém, um golpe do chicote tinha ido longe demais e eles rapidamente encerraram a prática sexual. Naquele momento, Victoria estava friccionando as costas de Cameron.

Você está bem?

A voz de Victoria saiu alta dos alto-falantes. Bem alta, pois Walt tinha posto o volume no máximo pouco antes, tentando captar a voz abafada de Cameron Young. Rapidamente, ele abaixou o volume. Na tela, Cameron Young desceu do aparelho, e ele e Victoria saíram da tela. Uma porta pôde ser ouvida se abrindo, provavelmente do banheiro. O vídeo continuou sendo reproduzido em silêncio.

— Ele ficou assustado — Avery disse. — A prática parecia bastante inocente até aquele último golpe com o chicote. Foi um pouco longe demais.

Walt se recostou no sofá, coçando o queixo com a mão. Finalmente, ele olhou para Avery.

— Então, o jogo deles tinha limites.

— Parece que sim. O que não coaduna com a cena do crime e as marcas de chicotadas violentas no corpo de Cameron Young.

Avery e Walt continuaram a olhar para a tela. O cavalo de tortura ocupava o recinto vazio. Victoria e Cameron tinham sumido alguns segundos antes.

— Por que eles não pararam de gravar o vídeo quando terminaram? — Avery perguntou.

— O que você quer dizer?

— Pelo jeito eles estavam gravando um vídeo de sexo para assistirem depois e curtirem. Mas quando as coisas foram longe demais e a diversão acabou, por que nenhum deles foi até a câmera e interrompeu a gravação?

De repente, a tela ficou preta. Avery notou a expressão confusa de Walt quando ele se inclinou e passou o dedo no touchpad para retroceder o vídeo até o ponto em que Victoria e Cameron saíram da tela. Ele apontou para o cronômetro na parte inferior da tela e, em seguida, avançou o vídeo até pouco antes da tela ficar preta.

— Sessenta segundos — ele disse. — Exatamente sessenta segundos.

— O que isso significa? — Avery perguntou.

— As câmeras ativadas por movimento são acionadas quando o sensor detecta movimentos. Continuam gravando enquanto detectam movimento. Quando o movimento para de acionar o sensor, a câmara desliga automaticamente após sessenta segundos.

Avery olhou para Walt e então ela teve um estalo.

— É por isso que o enquadramento estava fora de centro. Eles não sabiam que estavam sendo gravados.

48

Manhattan, Nova York
Domingo, 4 de julho de 2021

OS DOIS PRECISAVAM DE UMA PAUSA APÓS ASSISTIR AO VÍDEO
de Victoria Ford e Cameron Young. Avery entrou no banheiro para se

arrumar depois que Walt sugeriu que eles encontrassem um bar adequado que servisse bebidas adequadas. Não foi o vídeo que o deixou sedento de álcool, mas as conclusões que eles tiraram durante a exibição. Ao assistir ao vídeo naquele domingo, muito distante do seu papel como detetive-chefe do caso, e sem as enormes pressões que sentiu na época para encontrar respostas, foi fácil perceber que o vídeo tinha sido gravado em segredo. Foi fácil perceber que nem Victoria nem Cameron sabiam que estavam sendo filmados.

Walt pegou o saco plástico de onde havia retirado o pen drive e leu o que estava escrito em uma etiqueta pregada nele, indicando a data e a hora em que a prova fora registrada. A etiqueta também incluía o local onde o pen drive fora encontrado: na gaveta da escrivaninha do escritório de Tessa Young na mansão de Catskills. Por que, Walt se perguntou, Cameron Young gravaria um vídeo de sexo entre ele e sua amante e o guardaria na gaveta da escrivaninha da sua mulher?

Em combinação com outros problemas que Avery e ele descobriram sobre o caso, as revelações que obtiveram a partir do vídeo eram suficientes para fazê-lo acreditar que tinha errado muito em sua primeira investigação de homicídio. Era pior que a acusada estivesse morta em vez de na prisão? Se condenada e presa, pelo menos haveria esperança de que alguma justiça ainda pudesse ser feita apresentando novas provas e tentando anular a condenação. Naquele caso, porém, não havia como fazer justiça a Victoria Ford. As absolvições póstumas eram tão valiosas quanto um bilhete de loteria premiado um dia após sua data de validade.

Walt puxou o pen drive do computador e o recolocou no saco plástico. Então, de repente, ele se deu conta de que, com Avery no banheiro, duas horas depois de sua chegada ao Lowell, ele estava sozinho no quarto do hotel. Ainda estava sentado no pequeno sofá com o laptop de Avery aberto na mesa de centro diante dele. Percorreu o quarto com os olhos. Observou a cama onde as pilhas de papéis da pesquisa de Avery repousavam em montes separados. Notou um livro brochura em cima de cada pilha de papel. Na mesa perto da janela, havia outra pilha de papéis. Ao lado do laptop na mesa de centro, havia páginas contendo os detalhes da identificação de Victoria Ford.

Walt colocou a mão no bolso da camisa. Daquela vez, ele não apenas sentiu a caixinha que estava ali, mas a tirou e a segurou na mão. Sentiu o coração disparar. Simplesmente segurar os aparelhos de escuta provocou uma reação visceral nele. Os últimos três anos de sua vida tinham sido atormentados por decepções. Pela devastação de amar uma mulher que tinha guardado segredos dele e o traiu de uma maneira quase imperdoável. Enquanto encarava os aparelhos de escuta, perguntou-se se ele era melhor do que Meghan Cobb. Seu olhar vagou pelo quarto, movendo-se da mesa de cabeceira que continha o celular e o despertador, para a porta do banheiro fechada e de volta para a mesa de centro diante dele. Enquanto a parte analítica da sua mente avaliava os lugares mais estratégicos para fixar os aparelhos de escuta — um sob a borda da mesa de cabeceira, um sob a mesa de centro e um no banheiro no caso de Avery usar seu celular ali —, outra parte gritava para ele não fazer aquilo.

Walt respirou fundo, coçou a nuca e colocou a caixinha metálica na beira da mesa de centro. Ele estava perdido em pensamentos conflitantes quando percebeu o cartão-postal entre as pesquisas de Avery. Parecia ter sido rasgado em pedaços e depois cuidadosamente colado com fita adesiva. A maioria dos pedaços estava encaixada, pelo menos para devolver continuidade ao cartão-postal, mas as bordas estavam irregulares e discrepantes. Walt o tirou da mesa e o inspecionou. Uma mensagem curta estava escrita no verso do cartão:

*Para a primeira e única Claire Clarividente,
apenas curtindo e assistindo a Events of America.
Gostaria de companhia.*

Na parte inferior do cartão, viu três números escritos de modo inocente. Quase como se fossem um adendo.

777

Walt virou o cartão para examinar a frente. Consistia em uma foto remendada e colada com fita adesiva de uma cabana de madeira cercada por árvores cujas folhas tinham se tornado avermelhadas pelo outono. A maçaneta da porta do banheiro fez um som seco. O barulho o assustou e o cartão escapou de sua mão e caiu no chão. O impulso o levou para baixo do sofá. Antes que ele tivesse a chance de recuperá-lo, Avery apareceu no vestíbulo junto ao banheiro.

— Você está pronto? — ela perguntou.

— Sim — Walt respondeu, pondo-se de pé rapidamente.

Seu coração disparou e o suor voltou à sua testa. Caminhando pelo quarto do hotel em direção à porta, ele passou por Avery e saiu para o corredor. Ela fechou a porta atrás deles e verificou se estava trancada.

— Você quer voltar ao Rum House? — ela perguntou.

— Claro. Parece ótimo.

Eles entraram no elevador e Avery apertou o botão para o saguão. Depois que as portas se fecharam, Walt viu novamente seu reflexo no metal claro. Foi então que ele se deu conta de que tinha deixado a caixinha metálica e os aparelhos de escuta na beira da mesa de centro do quarto.

49

Manhattan, Nova York
Domingo, 4 de julho de 2021

UMA BANDA DE DOIS HOMENS – PIANISTA E VIOLINISTA – TOCAVA EM UM CANTO DO BAR. DEPOIS QUE PEDIRAM AS bebidas, Avery se dirigiu até os músicos. Walt ficou sentado sozinho no balcão, saboreando uma dose de uísque Worthy Park Single Estate Reserve e refletindo a respeito da situação difícil em que se encontrava. Pareciam semanas, e não dias, desde que ele tinha estado naquele bar e se reunido com Avery Mason pela primeira vez. Dias atrás, ele estava ansioso para voltar ao trabalho, manter a cabeça longe dos pensamentos torpes sobre a traição de Meghan Cobb e se esforçar para sair do sentimento depressivo da raiva e da pena de si mesmo que o dominava.

Naquele bar, na noite de terça-feira, Walt estava animado por ter sido escolhido pelo FBI para desempenhar um papel importante em um caso que os tinha desconcertado. O fato de que Jim Oliver tinha ido tão longe para encontrá-lo e recrutá-lo dera a Walt um senso de propósito. Uma sensação de ser necessário. Era um sentimento que estivera ausente nos últimos três anos da sua vida. Naquele momento, não podia deixar de fazer uma comparação de quando era um jovem de vinte e oito anos escolhido para chefiar uma investigação de homicídio importante. Um pensamento passou pela sua mente de que ele estava sendo manipulado hoje da mesma forma que tinha sido vinte anos antes. Ele havia se apaixonado pelo romantismo daquilo tudo: um caso delicado, um alvo importante e a glória que adviria de uma operação de sucesso. O fato de que ele teria que deixar de lado a ética e reprimir quaisquer objeções morais que surgissem simplesmente fazia parte do trabalho, Jim Oliver o tinha convencido. E agora Walt tinha bagunçado bem as coisas. Ele estava transando com a mulher que estava sob sua vigilância. Pior do que aquilo, ele estava sentindo algo por ela.

Na caminhada entre o hotel de Avery e o bar, tinha sentido o peso esmagador da culpa recair sobre seus ombros. Walt trabalhou duro para se convencer de que não tinha transado com Avery por causa de qualquer esforço determinado para obter informações dela. A relação foi espontânea e não planejada. Tinha acontecido no calor do momento. *Mas isso foi antes e agora é outra coisa*, ele pensou. A maneira pela qual o resto daquela noite se desenrolaria o angustiava. Ele tinha deixado os aparelhos de escuta na mesa de centro do quarto do hotel dela e não tinha escolha a não ser voltar lá para recuperá-los. Uma vez ali, o inevitável provavelmente aconteceria. Seria então que Walt Jenkins, em sua mente, teria passado dos limites.

Além de sua culpa, havia uma combinação de curiosidade e confusão acerca de como seu relacionamento com Avery poderia terminar em qualquer outra coisa que não fosse um desastre. Ele estava envolvido em uma operação armada pelo Federal Bureau of Investigation e planejada para intencionalmente colocar sua vida em rota de colisão com Avery Mason, também conhecida como Claire Montgomery, cujo único propósito era enganá-la fazendo-a acreditar que estava interessado na reportagem dela sobre Victoria Ford. Todo o tempo, seu verdadeiro objetivo seria procurar entrar na vida pessoal dela, para que conseguisse encontrar uma mínima evidência que lançasse alguma luz sobre o paradeiro do pai dela. Toda a situação suscitava a questão de saber se Walt era muito melhor do que Meghan Cobb.

— Agora temos um homem perdido em seus pensamentos.

A voz de Avery tirou Walt do seu transe.

— Apenas distraído — Walt disse, sorrindo para ela.

Entusiasmada, Avery arregalou os olhos e pôs um dedo junto ao ouvido quando a banda de dois homens começou a tocar "The Weight", do The Band.

— Acabei de pedir.

— Música incrível — Walt disse, virando-se para olhar por cima do ombro para os músicos. — Nunca tinha ouvido tocada com um violino. Soa legal.

Avery sentou-se na banqueta ao lado dele.

— No que você estava pensando?

Pergunta difícil, Walt pensou. Ele girou seu copo algumas vezes antes de responder.

— Na estranha estrada da vida — Walt finalmente disse. — Estava pensando em como cada um de nós chegou a esse lugar em nossas vidas. Sentados juntos aqui nessa cidade vazia.

Avery tomou um gole de vodca.

— Estranha é uma boa palavra para essa estrada. Bem… Mas ferrada a descreveria melhor.

— Sua estrada é tão ruim assim?

— Não é ruim. Apenas complicada — Avery respondeu. — Eu deveria trabalhar como advogada no escritório do meu pai. Estar na televisão nunca fez parte do meu plano quinquenal.

— Sério? Como rolou o lance do *American Events*?

— Por acaso.

Walt percebeu a pausa de Avery, como se ela fosse dizer algo antes de pensar melhor. Ele sentiu uma vontade súbita de contar a Avery tudo o que sabia sobre ela, tudo o que tinha ficado sabendo no dossiê que Jim Oliver havia entregado para ele. Walt quis dizer a ela que sabia tudo acerca da família Montgomery. Que ele sabia que sua mãe e o seu irmão tinham morrido, e que seu pai tinha desaparecido enquanto estava sob indiciamento federal. Que ele sabia tudo a respeito do seu passado e que ela não precisava passar pelo penoso processo de compartilhá-lo com ele ou decidir o que não dizer a ele. Que não era a pessoa que ela acreditava que ele era, mas algo pior. Antes que qualquer um dos seus pensamentos se transformasse em palavras, Avery falou novamente.

— Sua história sobre Meghan na outra noite me fez pensar que você e eu temos muito em comum.

— Como assim?

— Nós dois fugimos. Só que o seu trabalho de se esconder foi melhor do que o meu.

Walt ficou calado, apenas esperando que ela continuasse.

— Você já está em Nova York há quanto tempo? Uma semana? Você ligou para ela? Meghan sabe que você está na cidade?

Aquela conversa tinha tomado um rumo inesperado que Walt não havia esperado.

— Não — ele respondeu.

— Por que não?

— Não estou pronto para ligar para ela.

— Do que você está fugindo?

— Do que *você* está fugindo?

Ser pressionado a respeito do seu relacionamento com Meghan tinha provocado um tom áspero na voz dele. Ele estava prestes a se desculpar quando Avery falou:

— Você já ouviu falar de Garth Montgomery?

Walt nunca fora um grande jogador de pôquer e blefar não era o seu forte. Ele tinha certeza de que sua expressão de surpresa quando Avery mencionou o nome do pai dela não havia passado despercebida. Mesmo assim, ele fez o possível para se restabelecer.

— O Ladrão de Manhattan?

— Merda — ela disse com uma risada. — Tinha me esquecido desse apelido. Mas, sim, é ele.

— O que é que tem ele?

— Ele é meu pai.

Walt piscou algumas vezes, mas não foi capaz de pensar em uma pergunta razoável para fazer.

— Claire Montgomery é o meu nome verdadeiro. Claire Avery Montgomery. Ao me mudar para Los Angeles para trabalhar no LA Times, usei Avery Mason para assinar minhas matérias. Colou.

— Comece desde o início — Walt pediu, balançando a cabeça.

— Depois que meu pai foi preso e indiciado, tive que sair de Nova York. Além de roubar bilhões de dólares de pessoas inocentes, meu pai também tinha uma segunda vida com outra mulher. Não sei o que odeio mais nele. Pensar que o homem que costumava me chamar de *Claire Vidente Primeira* — o apelido que ele me deu por minha suposta capacidade de não se deixar enganar pelo papo furado dele — tinha uma vida secreta longe da mulher e dos filhos era uma traição pior do que qualquer coisa que ele pudesse ter roubado.

Walt se lembrou do cartão-postal remendado com fita adesiva que tinha encontrado no quarto de Avery. A mensagem nele havia sido endereçada à *primeira e única Claire Clarividente*.

— Sabia que meu diploma em direito não valia nada. Nenhum escritório de advocacia respeitável iria contratar a filha de Garth Montgomery. Então, recorri à minha especialização em jornalismo. Mudei-me para a Califórnia e consegui um emprego no LA Times. Resolvi um grande caso sobre uma criança desaparecida na Flórida e isso chamou muita atenção. Fui convidada a aparecer no *American Events* para contar a história. Mack Carter e eu nos demos muito bem. Logo, me tornei apresentadora convidada uma vez por semana, cobrindo outras histórias de pessoas desaparecidas e coisas assim.

— Como Avery Mason.

Ela assentiu.

— Encontrei meu nicho com uma combinação estranha de casos morbidamente fascinantes e inspiradores.

— Como o caso da mulher que caiu com o carro no lago e conseguiu salvar os quatro filhos.

Avery sorriu.

— Você é mesmo um fã do programa.

Walt assentiu. Ele esperou que Avery continuasse.

— No verão passado, Mack Carter morreu e a HAP News me escolheu para substituí-lo. Concordei porque não havia como recusar a oportunidade. Já passou um ano e há muitas histórias a respeito do meu sucesso após assumir o lugar de um dos apresentadores de revistas eletrônicas mais amados do país. Vi-me metida nesse tipo de redemoinho do qual não consegui sair. Ainda ninguém fez a ligação com o meu pai. Mas, mais cedo ou mais tarde, alguém vai fazer.

Avery ergueu seu copo de vodca.

— Então é disso que estou fugindo.

— Ninguém sabe a respeito do seu pai? — Walt perguntou.

— Muita gente sabe. Passei vinte e nove anos como Claire Montgomery, criando uma vida e fixando raízes. Ainda sou muito Claire Montgomery. Já ouvi falar de muitos amigos e ex-colegas de classe que assistem ao programa. A emissora envia meus cheques para Claire Montgomery. É um nome bastante comum. Assim, ninguém importante ainda fez a ligação. Mas isso vai acontecer. Em algum momento, isso vai acontecer. A única razão pela qual ainda não aconteceu é porque minha popularidade é muito nova e veio muito rápido. Se você somar todos que me conhecem como filha de Garth Montgomery, você pode chegar a, o que, algumas centenas de pessoas? Mil pessoas? Cada um de nós conhece pessoalmente mil pessoas? A audiência de *American Events* que me conhece como Avery Mason corresponde fácil a quinze milhões de pessoas.

— Então o que vai acontecer quando isso vier à tona?

— Não sei. Talvez nada. Talvez eu perca tudo. Acabei de terminar minha primeira temporada completa como apresentadora do programa. Não houve muito tempo para o meu passado emergir. Mas a realidade é que não consigo esconder quase trinta anos de vida.

— Por que você deveria esconder? Você não precisa esconder nada. Você tem um pai de merda: junte-se à multidão.

Avery riu.

— O meu é mais merda do que a maioria. E infame.

— E daí? Nada disso foi sua culpa. Nenhum dos pecados dele tem reflexo sobre você. Você é uma jornalista investigativa e que apresenta um programa muito popular. Por que você está escondendo alguma coisa?

260

— Eu não planejava esconder nada. Na verdade, tudo isso aconteceu tão rápido que não tive tempo de consertar as coisas.

— Então, tire isso da frente. É assim que essas coisas são tratadas e postas rapidamente para descansar. Que essa parte do seu passado exista não é o problema. O problema é esconder isso.

— Pretendo fazer isso. Falar a verdade. Mas…

Walt esperou um instante.

— Mas o quê?

Ele percebeu a hesitação de Avery e sentiu que ela estava escolhendo as palavras com cuidado.

— Mas o quê? — ele voltou a perguntar.

— Mas eu tenho algumas coisas para cuidar primeiro.

50

Manhattan, Nova York
Domingo, 4 de julho de 2021

ELES SAÍRAM DO RUM HOUSE ÀS NOVE E MEIA DA NOITE. O próximo destino não foi discutido, mas eles voltaram para o Lowell. Enquanto caminhavam ouviram um estouro atrás deles, viraram-se e viram ao longe cascatas de fogos de artifício. O espetáculo estava acontecendo perto da ponte do Brooklyn a partir de balsas situadas no East River. Uma girândola subiu ao céu e emitiu uma luminosidade brilhante. O estrondo sutil veio um segundo depois, atrasado por ter que viajar até o meio da ilha de Manhattan para alcançá-los. Eles permaneceram em silêncio e observaram por um minuto. Walt sentiu Avery pegar sua mão e entrelaçar os dedos com os dele. Após alguns minutos, eles se viraram e se dirigiram ao hotel de Avery.

Quando chegaram à entrada principal, Avery o puxou e Walt a seguiu para dentro. O elevador os deixou no oitavo andar. Walt sentiu a camisa começar a grudar nas costas de novo e, preventivamente, enxugou a testa com o dorso da mão. Ele seguiu Avery pelo corredor e ficou atrás dela enquanto ela destrancava a porta. Seguindo-a pela entrada, Walt avistou a caixinha de metal na borda da mesa de centro. Para ele, a presença dela era tão óbvia como se outra pessoa estivesse no quarto esperando por eles.

— Fique à vontade — Avery disse. — Já volto.

Assim que a porta do banheiro se fechou, Walt suspirou aliviado, permitindo que os ombros relaxassem e o queixo caísse sobre o peito. Ele se apressou em pegar a caixinha. Se planejava instalar os aparelhos de escuta, agora seria a hora de fazer aquilo. Walt não precisou mais do que uma fração de segundo para decidir não os instalar. Ele não deixaria que as conversas privadas de Avery fossem gravadas. Que Jim Oliver fosse para o inferno. Ele colocou a caixinha no bolso no momento exato em que Avery saiu do banheiro.

Walt consultou seu relógio.

— Quer saber? Acho que vou indo.

Avery se aproximou de Walt e colocou as mãos em seu peito. Ela beijou seus lábios, e toda a culpa e apreensão que Walt tinha sentido no início da noite evaporaram. Ele a puxou para perto para que seus quadris se tocassem. Em seguida, ele a ergueu e a carregou alguns passos até que eles caíram na cama. As páginas dos originais de Victoria Ford voaram como confete no ar. Nenhum dos dois percebeu.

51

Manhattan, Nova York
Segunda-feira, 5 de julho de 2021

ELES CORRERAM PELAS TRILHAS DO CENTRAL PARK NA MANHÃ de segunda-feira. Ao acordarem trinta minutos antes, a situação embaraçosa da manhã de sábado para domingo tinha sumido. Avery não sentira a necessidade de fugir. Em vez disso, ela se inclinara sobre o corpo adormecido de Walt e sussurrara.

— Preciso dar uma corrida.

Walt abriu um olho.

— Esse é o seu jeito de me fazer ir embora?

— Não, só não quero que você ache que saí de fininho de novo. Quer vir correr comigo?

— Tenho que pegar um short e um par de tênis no meu hotel.

— Central Park. Encontro você no Columbus Circle em vinte minutos.

Naquele momento, enquanto corriam, Avery percebeu que os caminhos estavam mais cheios do que no fim de semana. A terça-feira marcaria o retorno ao normal e, em breve, a cidade estaria tão apinhada como sempre. Uma certa melancolia tomou conta dela. O último fim de semana tinha parecido uma espécie de oásis pertencente apenas a ela e Walt: havia começado com o jantar no Keens e, infelizmente, terminaria naquela manhã. Além de examinarem o caso Cameron Young, eles compartilharam segredos dolorosos sobre seus passados. Com exceção de Connie Clarkson, Walt foi a primeira pessoa com quem Avery conversara sobre seu pai. Ele não tinha parecido chocado, assustado, estarrecido ou qualquer uma das outras reações que Avery imaginou que as pessoas teriam quando descobrissem quem era seu pai.

A verdade, Avery finalmente entendeu, era que a reação de Walt foi normal. Os crimes do seu pai não eram um reflexo de quem ela era.

Eles terminaram de correr às nove da manhã e cada um voltou ao respectivo hotel para tomar banho e se trocar. Avery chegou primeiro ao restaurante e se sentou junto a uma mesa para dois no terraço ao ar livre. Ela tomou um gole de café e começou a navegar pelo celular. Christine Swanson tinha dado um retorno a respeito da pesquisa que Avery tinha pedido que ela fizesse sobre Natalie Ratcliff. Christine acreditava em dois modos de comunicação: mensagens de texto e reuniões cara a cara. E então, quando Avery checou o celular, ela o encontrou cheio de textos longos de Christine contendo links para artigos e histórias sobre Natalie Ratcliff, seu marido e a família rica dele, junto com os próprios comentários de Christine. Navegando, Avery ficou sabendo que Natalie Ratcliff escrevia livros por puro prazer de contar histórias e não devido a qualquer obrigação financeira de sustentar a família. Seus sogros tinham dinheiro de sobra para viver. Os Ratcliff eram donos da segunda maior empresa de cruzeiros marítimos dos Estados Unidos, a quarta maior do mundo. Porém, ao contrário dos outros gigantes do setor, a Ratcliff International Cruise Lines era uma empresa de capital fechado, sem dinheiro de fora.

Avery navegou pelos textos e achou um link para a lista da revista *Forbes* de 2019 dos americanos mais ricos. O clã Ratcliff ocupava vários lugares. Don, marido de Natalie Ratcliff, valia 1,4 bilhão de dólares e o apartamento luxuoso no One57 de repente fez mais sentido para Avery. O sogro de Natalie, e CEO de longa data da Ratcliff Enterprises, tinha um patrimônio líquido de 3,5 bilhões de dólares. Avery tirou os olhos do celular, tomou um gole de café e considerou sua ideia rebuscada sobre Natalie Ratcliff e sua amiga Victoria Ford. Enquanto ela refletia a respeito das possibilidades e se esforçava para ligar os pontos, avistou Walt caminhando pela calçada em direção à entrada do restaurante. Sem o short de corrida e a camisa suada, ele estava usando calça cáqui e uma camiseta justa. Ele tinha a constituição de um homem que se mantinha em forma, e Avery notou novamente como ele era atraente. Não pela primeira vez naquele fim de semana. Avery se perguntou o que diabos ela estava fazendo.

— Como? — a garçonete perguntou.

Subitamente ciente de que tinha falado seus pensamentos em voz alta, Avery pigarreou.

— Ah, não é nada, não. Desculpe. Na verdade, meu parceiro de café da manhã acabou de chegar — ela disse, apontando para uma caneca de café reservada a Walt.

Parceiro de café da manhã?

A garçonete sorriu e serviu café da garrafa que carregava. Avery esvaziou dois potinhos de creme no café de Walter e mexeu, ao mesmo tempo que mantinha a mente em funcionamento. Ela tinha vindo a Nova York para comprar um passaporte falso de um sujeito chamado André e com quem havia entrado em contato. A única pessoa — ela foi informada — em que se podia confiar para tal tarefa. André não era um homem de boas maneiras, Avery tinha sido avisada, mas deveria confiar nele expressamente e

264

ouvir tudo o que ele tinha a lhe dizer. Ela havia vindo para Nova York sob o pretexto de correr atrás da história de Victoria Ford. Naquele momento, os dois projetos estavam a todo vapor e exigiriam muito de sua concentração. Porém, ali estava ela, começando um relacionamento com um homem que morava na Jamaica e que voltava uma vez por ano a Nova York para exorcizar os demônios que ainda o perseguiam de um relacionamento anterior. Se alguma vez existiu um manual para o fracasso, Avery o estava seguindo. Ainda assim, ela não conseguiu impedir que as imagens da noite anterior lampejassem em sua mente. Rapidamente, Avery afastou as lembranças, observando Walk entrar no terraço ao ar livre. Ele sorriu quando a viu.

Quando Walt se sentou defronte a ela, Avery tirou a colher da caneca de café dele.

— Dois potinhos de creme e sem açúcar — ela disse.

Walt assumiu uma expressão de curiosidade.

— Bom palpite. Mas e se eu quisesse meu café puro?

— Você não tomaria.

Intrigado, Walt olhou para ela com a testa franzida.

— Acontece uma coisa estranha comigo. Presto atenção aos hábitos de consumo de café das outras pessoas. No sábado, vi dois potinhos de creme vazios ao lado da máquina de café do seu quarto do hotel. Os sachês de açúcar estavam intactos.

— Muito esquisito, mas meio que gosto.

A garçonete se aproximou e eles pediram o café da manhã.

— As ruas estão ficando cheias — Walt disse, olhando para as pessoas que passavam na calçada e para o trânsito na rua.

— Percebi. É meio triste. Parecia que a cidade pertencia só a nós dois nos últimos dias. Agora todo mundo está voltando para se intrometer.

— Conseguimos fazer muita coisa. E agora que o nosso fim de semana chegou ao fim, precisamos descobrir para onde vamos a partir daqui. Esse é o seu projeto, Avery. Apenas concordei em dar acesso ao prontuário. Mas encontramos alguns furos importantes na investigação e agora me sinto na obrigação de fazer mais coisas. Quero entrar em contato com algumas pessoas e discutir o que descobrimos. Não sei aonde isso pode levar, mas o caso Cameron Young ainda está tecnicamente aberto. Um promotor, um deputado ou um senador pode se interessar o suficiente para investir alguns recursos nisso. Posso falar com meus contatos e ver se alguém está disposto a ouvir.

— Isso seria ótimo. Agradeço tudo o que você possa fazer. E Emma Kind ficará contente. Mas, apesar de tudo que descobrimos neste fim de semana, não consigo esquecer o fato de que o sangue de Victoria foi encontrado no local. Por mais furos que apontarmos na investigação ou por mais suspeitos em potencial que descobrirmos, o sangue dela é um obstáculo difícil de superar. Se tentarmos reabrir o caso, ou se eu apenas abordá-lo no *American Events*, o sangue é um problema. Falei com Lívia Cutty ontem de manhã a respeito da precisão por trás das provas de DNA. Ela disse que, se o sangue na cena do crime correspondeu à amostra de DNA retirada do cotonete bucal de Victoria, o sangue é dela. Cem por cento, ou muito perto disso. Então, talvez consigamos provar que Victoria não se cortou com a faca, mas isso não contesta o fato de que o sangue no quarto pertence a ela.

— Sabe — Walt começou a dizer —, fiquei desconfiado neste fim de semana, mas me convenci esta manhã. Há algo que estamos deixando escapar e acho que conheço alguém que pode nos ajudar a encontrar isso.

— Quem?

— Bem, vamos chamá-lo de velho amigo. Eu o localizei e ele concordou em me encontrar. Estou indo vê-lo depois do café da manhã.

— A respeito do sangue?

— E algumas outras coisas. Vamos correr atrás das nossas pistas por alguns dias e entrar em contato mais tarde na semana? Ver o que cada um de nós conseguiu?

— Ótimo — Avery disse.

Ela precisava de um pouco de tempo e espaço nos próximos dias. Além de suas suspeitas sobre Victoria Ford e o que ela tinha acabado de ler sobre a família da Natalie Ratcliff, Avery precisava voltar ao Brooklyn para ver se André havia conseguido o passaporte.

Após o café da manhã, Avery deixou que Walt a levasse de volta ao hotel. Embora ela não conseguisse identificar o que era, algo parecia diferente. Talvez fosse a lenta ocupação das calçadas e a sensação de que a quantidade de pessoas voltando para a cidade estava roubando a tranquilidade que ela tinha encontrado nos últimos dias. Ou talvez fosse a incerteza a respeito de como ela e Walt continuariam depois que terminassem de trabalhar juntos.

Fosse o que fosse, Avery se sentiu desconfortável depois de dar um beijo de despedida em Walt e entrar no Lowell. Ela pegou o elevador e apertou o botão do oitavo andar. Esperando as portas se fecharem, Avery viu Walt na calçada diante do hotel. Ele ergueu a mão e acenou para ela no exato momento em que as portas do elevador se fecharam e refletiram a imagem dela. Sentiu um frio na barriga. Ela tentou atribuir isso à realidade de que seu fim de semana tinha acabado. Uma hora depois, porém, ela ainda não tinha conseguido refrear a sensação de que algo estava errado.

52

Manhattan, Nova York
Segunda-feira, 5 de julho de 2021

WALT CONDUZIU O CARRO PELO TÚNEL QUEENS-MIDTOWN sob o East River. Forest Hills era uma pequena comunidade no Queens e ali ele tinha localizado o homem a quem estava procurando. Walt não só ficou surpreso que o dr. Jarrod Lockard — o patologista que realizou a autópsia de Cameron Young — se lembrasse dele, mas também que o médico estivesse ansioso para encontrá-lo. Vinte anos antes, Jarrod Lockard era conhecido como Mago por sua capacidade de dissecar um cadáver e encontrar magicamente as pistas que ele deixou para trás. Walt imaginou o médico agora, duas décadas depois, como um homem idoso, curvado, que vivia sozinho e que nunca fora capaz de se casar porque muitos dos seus dias foram passados tão perto da morte que vínculos significativos com os vivos eram impossíveis. Walt sentiu um frio na barriga com a perspectiva de ver o Mago depois de tantos anos, mas não conseguia pensar em ninguém melhor para responder à pergunta que lhe tinha ocorrido ao examinar o material perdido do caso Cameron Young.

Walt percorreu a rua Austin e o centro do bairro, passando pelos prédios em estilo Tudor que se estendiam pela pitoresca área comercial. Ele virou em uma rua lateral tranquila e encontrou a casa do dr. Lockard: uma estrutura de dois andares em estilo enxaimel que parecia bem conservada. Estacionou na entrada para carros e caminhou até a porta da frente, tocou a campainha e enxugou as palmas suadas das mãos nas laterais da calça cáqui. Quando a porta se abriu, Walt se sentiu em uma máquina do tempo. Segundo sua memória, Jarrod Lockard não tinha mudado. Ele ainda ostentava a cabeça coberta por cabelo branco desgrenhado, que parecia impossível de ser domado, mesmo pelo barbeiro mais experiente. Se aquela característica constrangia o médico, não demonstrava. Na casa dos setenta anos, o rosto do homem possuía as mesmas dobras cavernosas que se curvavam como parênteses em torno dos lábios e papadas acentuadas que caíam como glacê derretido.

— Dr. Lockard. Walt Jenkins.

Os lábios do dr. Lockard se torceram sutilmente; o mais perto que ele chegou de sorrir. Walt se lembrava de como nenhum dos detetives do Departamento de Investigação Criminal jamais foi capaz de captar o humor de Jarrod Lockard. Ele sempre mantinha uma expressão impassível e apresentava uma aparência perpétua de estar acompanhando o funeral de sua mãe.

— Detetive. Há quanto tempo.

O dr. Lockard ofereceu sua mão. Walt a pegou nervosamente, lembrando que apertar a mão de Jarrod Lockard era como apertar uma esponja molhada.

— Vinte anos — Walt disse.

— Parecem ter tratado você bem.

— Você também — Walt afirmou, soltando a mão. — Sinceramente, você parece exatamente o mesmo.

— Então, quando trabalhamos juntos há duas décadas, eu parecia um homem de setenta anos?

— Não — Walt respondeu, tossindo e engasgando com um bolo errante de saliva. — Quer dizer... Você parece...

O dr. Lockard olhou para Walt e ficou mudo.

— Bem. Isso é tudo — Walt disse, procurando uma maneira de sair do reencontro embaraçoso. — Você está com bom aspecto.

— Você tem algo em mente, detetive?

— Sim. Um caso antigo em que trabalhamos juntos.

O médico assentiu.

— Vamos entrar.

Walt o seguiu para o interior da casa.

— Sente-se — o dr. Lockard disse quando eles entraram na cozinha.

A casa parecia tranquila, vazia e sombria.

— Quer algo para beber? O café ainda está quente.

— Seria perfeito — Walt disse.

Jarrod Lockard serviu duas xícaras de café e se sentou com Walt junto à bancada da cozinha.

— Você precisa da minha ajuda em quê?

Walt tomou um gole de café e sentiu o olhar do dr. Lockard sobre ele. Esforçou-se para controlar o nervosismo irracional que sentiu por estar sentado na cozinha do médico.

— Você se lembra do caso Cameron Young?

Em desdém, o dr. Lockard deu de ombros.

— Cameron Young. Meu autor morto favorito. Eu lembro alguma coisa do caso. Foi há muito tempo e estou aposentado há uma década. Sinto dificuldades até em lembrar onde deixei meus chinelos.

Prestes a refrescar a memória do médico, Walt se assustou quando um gato birmanês preto pulou sobre a bancada da cozinha, aparecendo de repente como se tivesse sido evocado do nada. O gato se esgueirou pela extremidade mais distante da bancada, com as costas arqueadas e a cauda erguida como uma cobra prestes a atacar. Os olhos verde-jade brilharam intensamente das profundezas da face preta como azeviche do gato, com as fendas verticais das pupilas encarando Walt como se ele estivesse sendo invadido.

— Walt — o dr. Lockard disse, estendendo a mão para o gato. — Que modos são esses?

De queixo caído, Walt olhou do gato para o dr. Lockard.

— Você tem um gato chamado Walt?

O dr. Lockard passou a mão pelo dorso do gato, que ronronou baixinho.

— Mera coincidência, detetive. Nunca me casei e, assim, em vez de uma mulher, tenho uma casa cheia de gatos. E não existem muitos nomes.

Walt percorreu a cozinha com os olhos, imaginando outros olhos felinos o encarando das sombras.

Ainda acariciando o gato, o dr. Lockard olhou fixamente para Walt. Finalmente, os cantos dos seus lábios se curvaram novamente no mais sutil dos sorrisos.

— Estou brincando com você, detetive.

Por um momento, Walt permaneceu calado, confuso.

— O seu gato não tem o meu nome?

— Não. Este é o Mortimer. Ele é o único gato da casa e eu não suporto essa maldita coisa — o dr. Lockard disse, tirando o gato do seu colo e o largando no chão, onde ele miou antes de sair correndo. — Minha mulher e eu estamos cuidando dele para nossa filha, que foi viajar para aproveitar o feriado de Quatro de Julho. Mas ela vem buscar essa coisa peluda ainda esta manhã. A qualquer minuto, na verdade. Então, pare de ficar sentado aí como a rainha do baile de formatura que fez cocô no vestido e fale o que você precisa, detetive, antes que meus netos invadam esta casa. Porque não vou ser capaz de falar sobre autores mortos de vinte anos atrás depois que eles chegarem.

Finalmente, Walt sorriu.

— Não sou tão assustador quanto você pensa, detetive. Mas minha mulher odeia quando eu falo sobre casos antigos. Então, vamos em frente.

— Entendi — Walt disse, enfiando a mão no bolso interno do seu blazer e tirando uma folha de papel.

— Estou revendo o caso Cameron Young.

— Por quê?

— É uma longa história. Aquele programa da tevê, *American Events*, está planejando produzir uma reportagem especial sobre o caso. Sou o consultor do projeto e encontrei algo a respeito do qual preciso da sua opinião — Walt disse, colocou a folha de papel sobre a bancada e apontou para ela. — Encontrei esse relatório forense... Bem, não estava escondido, exatamente, mas não foi disponibilizado na época da investigação.

Intrigado, o médico semicerrou os olhos ao olhar para Walt.

— Quem foi o promotor?

— Foi uma promotora. Maggie Greenwald.

— Ah, não precisa dizer mais nada. Maggie Pino Quadrado. Ela tinha um talento especial para fazer as provas desaparecerem.

— Infelizmente. E esse processo, devido às circunstâncias incomuns, não foi um dos que passaram pelo escrutínio do Distrito Sul durante a investigação de Maggie Greenwald por eles. Mas consegui pôr minhas mãos nele e não consigo entender algumas coisas com que me deparei.

O dr. Lockard puxou o documento para perto dele e ergueu o queixo para ver através dos seus óculos bifocais.

— A urina e o sangue de Victoria Ford foram descobertos na cena do crime. A urina foi encontrada em um vaso sanitário cuja descarga não foi dada. O sangue estava em um tapete. A análise de DNA confirmou que tanto a urina quanto o sangue pertenciam a ela. Porém, o relatório forense me deixou confuso.

— Como assim? — o dr. Lockard perguntou.

— O relatório revela que a urina continha um alto nível de amônia e que o sangue tinha uma série de produtos químicos.

— Produtos químicos?

O dr. Lockard começou a ler o relatório.

— Sim — Walt respondeu. — Entre os produtos enumerados em quantidades residuais no sangue, incluíam-se estireno, clorofórmio, glifosato e triclosano. O que são esses produtos? E eles geralmente são encontrados em amostras de sangue?

Continuando a ler o relatório, o dr. Lockard fez um gesto negativo com a cabeça.

— Não. Esses produtos não são encontrados naturalmente no sangue.

— E quanto à amônia na urina? Isso é normal?

— Não.

— Então de onde veio tudo isso? E o que são os produtos químicos no sangue?

O dr. Lockard passou a língua pelo canto dos lábios. O Mago, Walt pensou, tinha sido evocado.

O dr. Lockard piscou algumas vezes.

— A amônia é fácil. A ureia se degrada em amônia depois de vinte e quatro horas. Ou seja, a urina coletada no vaso sanitário tinha mais de vinte e quatro horas.

Walt considerou a cronologia. O corpo de Cameron Young estava nos estágios iniciais da rigidez cadavérica e estava pendurado havia muito menos do que vinte e quatro horas.

— E quanto aos produtos químicos no sangue? — Walt perguntou.

— Vejamos. O estireno é um produto químico usado para fabricar produtos de borracha e plástico. O clorofórmio é um solvente e anestésico geral. O glifosato é, acho, um pesticida. E o triclosano é um agente anti-bacteriano e antifúngico.

— Se o sangue na cena do crime pertencesse a Victoria Ford, e pode-mos provar em termos forenses que sim, por que ela teria todos esses pro-dutos químicos em seu organismo? — Walt perguntou.

— Ela não tinha isso no sangue — o dr. Lockard disse.

Ele se levantou e caminhou até o canto da cozinha para pegar seu lap-top. Voltou à bancada, abriu o computador e começou a digitar no teclado. Walt olhou para a tela no exato momento em que o dr. Lockard terminou de digitar no mecanismo de busca. Walt viu a consulta:

produtos químicos encontrados em absorventes femininos

O dr. Lockard apontou para a tela com um gesto de cabeça.

— O estireno saiu do aplicador de plástico do absorvente. O clorofór-mio é um anestésico porque, sabe, as mulheres empurram os bebês para fora dos seus corpos, mas as empresas não acreditam que elas sejam for-tes o suficiente para lidar com um absorvente. O glifosato é um pesticida usando nas plantações de algodão e que, infelizmente, chega aos absor-ventes de algodão. E, finalmente, o triclosano é usado como conservante para evitar contaminação.

Olhando para a tela, Walt hesitou, tentando entender aquilo.

O dr. Lockard tirou os olhos da tela e olhou para Walt.

— Se eu estivesse envolvido nesse caso, além de simplesmente ter rea-lizado a autópsia da vítima, os produtos químicos encontrados no sangue da cena do crime, assim como a amônia na urina, representariam alguns sinais de alerta importantes para mim.

— Sinais de alerta? Como assim?

— Que a urina foi malconservada antes de ser colocada no vaso sanitário e que o sangue foi coletado em um absorvente e plantado na cena do crime.

53

Manhattan, Nova York
Segunda-feira, 5 de julho de 2021

ERAM QUASE SEIS DA TARDE QUANDO AVERY PEGOU O ELE-vador até o apartamento de Natalie Ratcliff e foi novamente recebida pela autora quando as portas se abriram.

— Avery, é um prazer ver você de novo.

— Olá — Avery disse. — Não achei que você fosse terminar tão rápido.

— Terminei ontem ou anteontem. Vamos entrar.

Avery seguiu Natalie para o interior do apartamento. Ela tinha ligado para Natalie após o café da manhã para perguntar se havia terminado de escrever a cronologia do seu relacionamento com Victoria Ford.

— Nem sabia se você estaria na cidade. A cidade ficou assustadoramente vazia no último fim de semana — Avery disse.

— Eu sei. Na verdade, vim da nossa casa no Lago Norman para a cidade exatamente por esse motivo. Estou atrasada em relação a um prazo e há muitas distrações ali. A cidade vazia foi uma dádiva dos céus. Manteve-me focada no meu original todo o fim de semana porque não havia mais nada acontecendo.

— Espero que o meu pedido não tenha atrasado você ainda mais.

— De modo algum. Curti juntar as peças. Foi como dar um passeio pela estrada da memória, contando minha amizade com Victoria.

Natalie passou pelas portas de correr do seu escritório. Avery viu novamente os livros dela dispostos nas estantes embutidas. Natalie voltou do escritório e entregou uma pasta para Avery.

— É uma síntese ponto por ponto do meu relacionamento com Victoria, desde que nos conhecemos como calouras na faculdade. Espero que responda a todas as suas perguntas e propicie alguns *insights* sobre quem ela era e como sempre foi uma amiga muito querida para mim.

Avery pegou a pasta e a abriu. No interior, havia diversas páginas impressas.

— Obrigada por ter feito isso. Com certeza, ajudará muito a mostrar para os meus telespectadores quem foi Victoria. Juntamente com tudo que Emma me forneceu, serei capaz de fazer uma descrição completa dela. No outono, você estaria disposta a dar uma entrevista completa? Minha equipe estaria comigo e poderíamos gravar e produzir para o programa.

— Com certeza — Natalie respondeu.

— Excelente. Não quero tomar muito do seu tempo — Avery disse. — Então, obrigada novamente.

— Não tem de quê.

— Li em algum lugar que, quando você chega ao fim de cada original, você viaja para a Grécia por um mês para revisar o texto — Avery afirmou durante a caminhada até a porta da frente.

Essa informação fora fornecida por Christine em uma de suas muitas mensagens de texto. A súbita mudança de assunto pareceu pegar Natalie desprevenida, o que era a intenção de Avery.

Natalie assentiu com um gesto lento de cabeça.

— Sim, essa tem sido minha rotina há muitos anos.

— Quão perto você está agora?

— Do quê?

— De terminar seu último original.

— Não perto o suficiente — Natalie respondeu e deu uma risada, que Avery interpretou como sendo um riso nervoso.

— Mas você vai em breve para a Grécia?

— Espero que sim.

— Para Santorini, na verdade — Avery disse de forma casual, com a intenção de Natalie ficar sabendo que ela tinha feito uma pesquisa. Na verdade, a pesquisa tinha sido feita por Christine. — Você tem um palacete nessa pequena ilha, não é?

Natalie deu outro riso nervoso.

— Procuro não falar muito sobre minha vida privada ou a respeito de onde tenho casas. Uma parte do meu público leitor... Digamos que está muito interessada nos detalhes da minha vida e eu procuro me manter o mais reservada possível.

— Entendo. Tenho telespectadores que são iguais. Nunca divulgaria nenhuma informação sobre sua casa em Santorini. Só estava curiosa por razões pessoais. Queria apenas saber se você vai para lá em breve.

Natalie sorriu.

— Sim. Irei para Santorini para dar os últimos retoques em meu último original.

— Por que Santorini?

Avery percebeu que Natalie se sentiu ainda mais desconfortável naquele momento.

— Quer dizer, tenho certeza de que deve ser um lugar lindo. Mas Napa Valley, o Lago Tahoe e milhares de outros lugares também são. Sabe, dar uma escapada e escrever um livro. Stephen King não terminou *O iluminado* em um hotel no Colorado?

— Não tenho certeza do lugar onde Stephen King escreve seus livros.

— Só estou querendo saber o que há de tão especial em Santorini. Parece tão distante e tão remoto.

Incomodada, Natalie encolheu os ombros.

— É simplesmente o lugar para onde sempre fui. Quem me dera houvesse uma história melhor por trás disso.

— Talvez sua musa esteja lá? — Avery perguntou sem cerimônia e olhou para a pasta e para a história que Natalie havia criado sobre o relacionamento dela com Victoria. Por fim, Avery levantou os olhos e fez contato visual com Natalie.

— Você sabia que o médico-legista identificou Victoria a partir de um único dente?

Avery observou o choque na expressão facial de Natalie.

— Dá para acreditar?

Não houve resposta.

— Dos escombros das Torres Gêmeas, um único dente foi recuperado. Não acreditava que tal coisa fosse possível até que me explicaram a metodologia.

Avery fez uma pequena pausa, mas ficou olhando Natalie nos olhos sem piscar.

— Nada mais. Nenhuma outra amostra foi descoberta que pertencesse a Victoria. Nenhum outro fragmento ósseo. Nenhum pedaço da sua mandíbula. Só aquele dente.

Avery sorriu e voltou a olhar para a pasta.

— De qualquer forma, achei interessante. Obrigada pela cronologia. Vou deixar você voltar ao seu trabalho. Boa sorte na conclusão do seu original.

— Obrigada — Natalie disse com a voz trêmula e hesitante.

— Emma me deu algumas caixas que continham muitas velhas lembranças de Victoria. Achei um pen drive que continha todos os originais dela. Originais perdidos guardados em um sótão por duas décadas.

Natalie inclinou a cabeça para o lado e dissimulou um sorriso.

— Sério?

— Emma me disse que Victoria não compartilhou seus textos com ninguém. Nem com ela. Nem mesmo com Jasper. Na verdade, ninguém leu esses originais antes. Então, hesitei um pouco em lê-los. Parecia que eu estava invadindo a privacidade de Victoria.

— E aí?

— E aí o quê?

— Leu algum dos originais dela?

— Ah, todos eles. São muito bons.

Avery se virou e abriu a porta.

— Lembram-me muito seu estilo de escrita.

Avery esperou por uma resposta. Quando nenhuma veio, ela saiu para o corredor e se dirigiu ao elevador.

54

Manhattan, Nova York
Terça-feira, 6 de julho de 2021

PASSAVA POUCO DAS OITO DA MANHÃ DE TERÇA-FEIRA
quando Avery pegou o elevador para o saguão, atravessou o piso de mármore e empurrou a porta da frente. O manobrista tinha encostado seu Range Rover na frente com o motor ligado. Avery embarcou e pôs o carro em movimento. As ruas estavam cheias. Os táxis buzinavam, os ciclistas corriam em meio ao trânsito transportando suas entregas e um fluxo constante de pedestres lotava as calçadas. O fim de semana do feriado tinha terminado e a cidade havia retomado seu papel de capital financeira do mundo. Os olhares relaxados e receptivos que Avery recebera em sua corrida pelo Central Park na manhã de domingo foram substituídos por expressões impassíveis daqueles que estavam a caminho do trabalho.

O sol estava baixo e brilhante quando Avery atravessou a ponte George Washington e ocupou seu espelho retrovisor até chegar a Nova Jersey e rumar para o norte pela rodovia interestadual Palisedes. Um reggae tranquilo saía pelos alto-falantes do carro em uma tentativa sua de acalmar os nervos. Em sua mente estava o cartão-postal que ela tinha rasgado meses atrás antes de colá-lo cuidadosamente com fita adesiva. De alguma forma, ela tinha conseguido perdê-lo depois que chegou a Nova York e considerou a falta do cartão como um presságio de que o que estava planejando fazer estava prestes a dar errado.

Ela dissera a todos — seu agente, seus amigos na HAP News, Christine Swanson, Walt Jenkins e até Lívia Cutty — que tinha atravessado o país para correr atrás da história de Victoria Ford. Mas a viagem daquela manhã era o verdadeiro motivo. Além do seu encontro planejado para o dia seguinte com o alemão chamado André, a quem pagara milhares de dólares para confeccionar um passaporte falso, a viagem daquela manhã para as montanhas era o motivo de Avery ter vindo de tão longe. Era o motivo de ela ter dirigido seu Range Rover em vez de ter comprado uma passagem aérea. Foi por isso que ela havia pagado em dinheiro por tudo que fizera naquela viagem, evitando o cartão de crédito a todo custo. Avery tinha quase certeza do que iria encontrar, mas precisava de uma confirmação antes de prosseguir.

A viagem para o lago Placid levou mais de quatro horas. Avery se lembrou das jornadas sinuosas da sua infância. Pareciam dias, e não horas, o percurso da cidade para as montanhas. Contudo, ela também se lembrava da alegria de finalmente chegar à cabana da tia. A linhagem dos proprietários do imóvel era irrelevante quando ela era uma criança que visitava a cabana no último fim de semana do verão, pouco antes do recomeço das aulas: uma excursão que a família Montgomery fazia todos os anos para celebrar o retorno seguro de Avery e Christopher para casa depois do acampamento de vela. Era a saudação deles para o final do verão. Naquela época, Avery estava mais interessada em nadar no lago e balançar na longa corda presa ao galho de um plátano que pairava sobre a água. Milhares de vezes, aquela corda com nós tinha servido para que Avery e o irmão saíssem da borda de uma rocha e alcançassem o lago, onde se soltavam e caíam na água. O tempo passado na cabana de Ma Bell acontecia apenas uma vez no verão, mas representava um patrimônio significativo nas memórias de Avery por causa do tempo glorioso que ela e Christopher compartilhavam ali com os primos.

A cabana não era uma propriedade dos Montgomery. Se tivesse sido, seria três vezes maior e ficaria situada à beira de um lago dez vezes maior. As últimas (e mais caras) tendências da arquitetura teriam substituído a singularidade rústica da cabana. Uma frota de lanchas e *jet skis* se enfileiraria junto à margem. Tudo teria sido ornamentado e exagerado. Também teria sido confiscada pelo governo americano, como todas as outras propriedades de Garth Montgomery. Mas a cabana de Ma Bell não era nenhuma dessas coisas. Era simples, encantadora e distante de qualquer coisa que a família de Avery possuía. Era um oásis em relação ao esplendor e à riqueza que acompanhavam os Montgomery onde quer que fossem. A cabana tinha para Avery o mesmo apelo do campo de vela de Connie Clarkson. Avery nunca tinha sido mais feliz do que quando se alojava nas noites de verão na cabana número 12 em Sister Bay, em Wisconsin. Ela sentia a mesma felicidade todos os anos quando visitava a cabana de Ma Bell no lago Placid.

Quando criança, Avery nunca soube qual era o seu grau de parentesco com Ma Bell. O caminho para entendê-lo era muito complicado para ela e o irmão explorarem. Ma Bell era prima de segundo grau do tio de Avery, longe o suficiente da linhagem dos Montgomery para ficar fora do alcance do radar dos agentes do FBI. Não existia uma ligação direta com a família Montgomery e, assim que o cartão-postal chegou, Avery ficou sabendo onde o pai estava escondido. Os três setes escritos na parte inferior do cartão-postal descreviam o endereço da cabana.

777 STONYBROOK CIRCLE, LAGO PLACID, NOVA YORK

Bem-vindos ao Sete-Sete-Sete, Ma Bell costumava dizer quando a família Montgomery chegava ali em todos os agostos. Há quanto tempo seu pai estava na cabana e em que condições, Avery não fazia ideia. Ela só sabia que estava indo até ali por um motivo e não iria permitir que nada atrapalhasse seus planos. Nem suas dúvidas, nem seu medo e, com certeza, nem sua maldita consciência.

As estradas de montanha eram tão sinuosas quanto ela se lembrava. Avery estava serpenteando pelo trecho final da viagem. Ela reduziu a velocidade quando fez a última curva. O caminho diante dela, que em seu término levava ao acesso de carros da cabana, estava pontuado pelo sol matinal e sombreado pela vegetação da floresta ao redor dela. Ela dirigiu até o fim da rua e parou. Na frente dela, estava a pitoresca cabana em forma de A ladeada por cedros e situada junto a um precipício de uma colina que descia até o lago atrás dela. O acesso de carros não era pavimentado e o cascalho estava compactado em dois sulcos com um montículo de pedras entre eles. Ela viu um carro estacionado no final do acesso. Avery não o reconheceu. A caixa do correio, porém, tinha os números do endereço da cabana. Ao ir até lá quando criança, os três setes eram de uma cor vermelha brilhante. Hoje, estavam desbotados.

Havia movimento dentro da casa. Uma figura passou na frente da janela e pareceu parar por um momento. Avery percebeu as cortinas tremularem e o imaginou espiando cuidadosamente pela borda da janela o Range Roger vermelho-fogo parado no meio da rua. Ela quase entrou no acesso de carros. Quase estacionou atrás do carro e subiu a escada da frente para bater na porta. Quase. Em vez disso, virou à direita e se afastou. Falar diretamente com o pai nunca tinha feito parte do plano. Não poderia fazer. Mas Avery tinha que vir. Ela precisava ver a cabana novamente. Tinha que ter certeza. Sem dúvida, a confirmação fazia parte do plano. Quanto ao resto, só podia esperar que funcionasse. Deu meia-volta no beco sem saída e começou a dirigir de volta para a cidade.

Walt Jenkins estava dirigindo seu suv do governo sem identificação, cujas chaves Jim Oliver tinha lhe dado em sua primeira noite de volta a Nova York. Ele quase entrou na Stonybrook Circle depois de ter visto o Range Rover vermelho de Avery fazer a curva. O instinto, porém, disse-lhe para não fazer aquilo. Foi bom. Depois que ele avistou o carro dela parado no meio do caminho diante de um acesso de cascalho, ela tinha dado meia-volta e voltado em sua direção. As estradas de montanha sinuosas e vazias não eram o melhor lugar para seguir alguém.

Walt a viu fazer a curva e voltar para a cidade. Ele ficou contente em dar a ela um pouco de espaço. Naquele momento, ele virou na Stonybrook Circle e parou no mesmo lugar que o Range Rover de Avery tinha parado um minuto antes. Havia apenas uma única casa isolada naquele pequeno trecho de rua.

Ele resistiu ao impulso de estacionar no acostamento e verificar o lugar. Aquele não era o seu trabalho. Ele estava em uma operação de vigilância e seu objetivo era coletar informações e transmiti-las para Jim Oliver. Ele usou seu celular para tirar algumas fotos da cabana em forma de A e da área arborizada de cada lado dela. Em seguida, girou o volante e aproximou o carro da caixa de correio, onde tirou uma foto do endereço. Walt rapidamente fez a ligação entre os setes desbotados na caixa de correio e os números que estavam rabiscados no cartão-postal que tinha visto no quarto do hotel de Avery.

Largou o celular no assento do passageiro, deu meia-volta e acelerou o carro para alcançar Avery.

55

Manhattan, Nova York
Quarta-feira, 7 de julho de 2021

NA QUARTA-FEIRA DE MANHÃ, UMA SEMANA DEPOIS QUE SE
encontrou com André Schwarzkopf, Avery sentou-se no vagão da linha F
do metrô rumo ao Brooklyn para seu segundo encontro com o misterioso
homem com quem havia entrado em contato. Naquele momento, a mesma
onda de preocupação que se originara quando ela viu Walt diante do seu
hotel na manhã de segunda-feira estava de volta. Aquele era o ponto crucial do plano. Assim que ela conseguisse o passaporte, todo o resto teria
chance de funcionar. Sem o documento, não havia nenhuma chance. Ela
agarrou a bolsa com força enquanto o vagão balançava ao longo dos tri-
lhos. O dinheiro restante da compra estava nela. Avery esperava uma troca
rápida daquela vez. Ela se imaginou parada na entrada da casa geminada
de arenito vermelho e tocando a campainha, André abrindo a porta e lhe
entregando o passaporte em troca do restante do pagamento. Então, ela
estaria livre do negócio escuso de providenciar documentos falsos. Outras
coisas teriam que acontecer para que tudo funcionasse, mas aquele era o
próximo passo decisivo na árdua jornada que ela tinha começado muito
tempo atrás.

Apesar de diversos assentos vazios no vagão, um homem se sentou
ao lado dela, aprisionando Avery entre ele e a janela. Ele usava fones de
ouvido Bose que mal abafava a música que ressoava deles. Avery agarrou a bolsa com mais força ainda. O homem continuou olhando fixamente
para a frente e a ignorou. O metrô parou em uma estação e as portas deslizantes se abriram. Alguns passageiros desembarcaram e foram substituídos por outros que embarcaram. Por um instante, Avery cogitou em
dizer ao homem que precisava sair do vagão, apesar de sua estação no
Brooklyn estar a trinta minutos de distância. Antes que ela conseguisse
sentir coragem, as portas se fecharam e o metrô voltou a se mover. A
música continuava a ressoar dos fones de ouvido do homem. Alguns

minutos depois, o metrô reduziu a velocidade para parar em outra estação. O homem enfiou a mão em sua mochila, que estava em seu colo, e tirou um envelope. Ele o deixou cair naturalmente no colo de Avery, nunca olhando para ela.

— Mudança de planos — o homem sussurrou, continuando a olhar fixamente para a frente.

Naquela estação, quando o metrô parou, o homem se levantou de forma repentina. Antes que Avery pudesse fazer uma pergunta, ele já estava diante das portas deslizantes e desembarcou assim que elas se abriram. Ela viu pela janela o homem puxar a mochila sobre os ombros, passar pela catraca e subir a escada correndo. Avery esperou o metrô começar a se mover antes de pegar o envelope. Ele não estava fechado. Ela tirou uma ficha pautada de dentro e a leu.

```
Memorial 11 de setembro. Espelho d'água
norte. Espere por mim lá.
                                    — André
```

Avery percorreu o vagão com os olhos e se perguntou o que estava acontecendo. Naquele momento, a imagem dela fazendo uma troca rápida com André na frente da casa geminada dele foi substituída por imagens dela sendo presa e colocada no assento traseiro de uma viatura policial, com as mãos algemadas para trás. Avery olhou para o mapa para ver onde estava. O distrito financeiro estava a duas estações de distância. Ela pensou em cancelar tudo e acabar com aquele absurdo. De desembarcar na próxima estação e pegar um táxi para voltar ao Lowell. Mas aquilo significaria encerrar o plano antes que tivesse a chance de funcionar.

O metrô diminuiu a velocidade e parou. Avery ficou sentada e observou o rosto dos passageiros embarcando e desembarcando do vagão. As portas se fecharam e o trem começou a ganhar velocidade. Ela começou a bater o pé direito no chão para controlar a ansiedade. Quando as portas se abriram na estação da rua Fulton, Avery se levantou de um salto e saiu correndo do vagão. Ela subiu os degraus da plataforma. As calçadas vazias do fim de semana tinham desaparecido, substituídas naquele momento por calçadas cheias de passageiros do metrô e turistas.

Na Fulton, Avery seguiu na direção oeste por três quarteirões, olhando por cima do ombro durante a caminhada, até que chegou ao memorial do Onze de Setembro. Ela passou pelos carvalhos-brancos que preenchiam as dependências do memorial. Parou quando chegou ao espelho d'água norte, que ocupava a área onde ficava a Torre Norte. Agora, em seu lugar, havia um buraco quadrado no terreno revestido de granito. A água caía em cascata com elegância em cada lado do memorial e Avery dedicou algum tempo para ouvir seu murmúrio suave. Era fácil ouvir porque, apesar do tamanho do público ao seu redor, todos estavam em silêncio. Os turistas eram dominados por uma tendência natural de serenidade e respeito naquele lugar sagrado onde tantas vidas foram perdidas.

Avery passou o dedo pelos nomes gravados nos parapeitos de bronze que margeavam o topo dos espelhos d'água. Ela se moveu ao longo do perímetro, seguindo a lista de nomes. Não estavam em ordem alfabética, ela sabia, mas agrupados para representar com quem as vítimas poderiam estar quando morreram. Foram necessários alguns minutos até ela encontrar o nome de Victoria Ford. Avery passou o dedo por cima dele e pensou em tudo que tinha ficado sabendo acerca dela nas últimas semanas. Perdida por um momento em seus pensamentos, Avery não percebeu o homem parado ao lado dela.

— Há um *food truck* na rua Greenwich, um quarteirão adiante — o homem disse. — Peça um reuben com chucrute extra, exatamente assim.

O homem usava óculos escuros e uma camisa polo enfiada no jeans. Ele se parecia com qualquer um dos centenas de outros turistas apreciando os pontos turísticos.

— O que está acontecendo? Onde está André?

— Reuben com chucrute extra. Entendeu?

Avery assentiu e o homem foi embora antes que ela pudesse pronunciar outra palavra. Ela quis segui-lo, persegui-lo, descobrir o que estava errado. Algo estava errado ou era assim que André fazia negócios? Mas Avery ficou onde estava e continuou a contemplar o espelho d'água. Voltou a olhar para o nome de Victoria Ford gravado no bronze. Contou lentamente até sessenta e se moveu. Por que sessenta e não cem? Por que esperar tanto e não apenas correr até o *food truck*? Tão fora do seu hábitat, ela não sabia a resposta para qualquer uma daquelas perguntas. Somente uma intuição que dizia que algo estava muito errado.

Depois de um minuto, Avery caminhou naturalmente até a rua Greenwich e encontrou o *food truck*. Ela era a quarta da fila. O serviço era aflitivamente lento e, a cada minuto que passava, ela sentia a ansiedade aumentar. Sua testa e nuca ficaram cobertas de suor. Quando ela chegou à janela de pedidos, um homem segurando um lápis estava a postos, pairando sobre um bloco de papel.

— Um reuben com chucrute extra.

O homem do *food truck* não hesitou. Ele usava um avental branco. Óculos de leitura estavam pendurados na ponta do nariz.

— Fritas?

— Ah, não — Avery respondeu.

— Algo para beber?

— Só o sanduíche. Reuben com chucrute extra — Avery pronunciou as palavras devagar para o homem ouvir cada sílaba.

— Dez e cinquenta — ele disse, não olhando para os trapaceiros nem uma única vez.

Avery hesitou antes de dar o dinheiro ao homem, moveu-se para o lado e esperou seu pedido. Poucos minutos depois, um saco plástico foi deixado na prateleira do lado de fora da segunda janela do *food truck*.

— Reuben com chucrute extra — uma mulher gritou.

Avery se aproximou e pegou seu sanduíche. Olhou rapidamente o interior do saco. Foi o tempo necessário. Um envelope fazia companhia ao seu sanduíche. Foi necessária toda a sua disciplina para não enfiar a mão no saco para pegá-lo. Em vez disso, ela percorreu outro quarteirão e se sentou em um banco antes de abrir o saco. Ela tirou o envelope e o abriu. Outra ficha pautada.

> Catedral Antiga de São Patrício. Caminhe.
> Nada de metrô. Nada de táxi.
>
> — André

Avery tirou os olhos da ficha. Observou a calçada e a rua. Parecia que ninguém estava prestando atenção nela. Apesar dessa observação, ela ainda se sentia muito exposta, como se olhos invisíveis estivessem a vigiando. Com o coração aos pulos e o suor escorrendo pela parte inferior das costas, ela se levantou do banco e rumou na direção leste pela rua Fulton. Quando chegou à Broadway, virou à direita e começou uma caminhada de cerca de três quilômetros até a Catedral Antiga de São Patrício. Levou trinta minutos.

A missa do meio-dia estava mais ou menos cheia e em andamento quando Avery encontrou um lugar no banco dos fundos. Ela cantou com os paroquianos. Durante trinta minutos, ela se sentou, se levantou e se sentou novamente, dando uma olhada rápida e abrangente no público em busca de André. Ela ficou sentada durante a comunhão. Após a bênção final, a igreja se esvaziou lentamente. Avery não conseguiu reconhecer um rosto suspeito. Se ela estava sendo seguida, aqueles que estavam à espreita eram invisíveis.

Ela ficou sentada no banco dos fundos da catedral, com o longo corredor central à sua esquerda. Dez minutos após o término da missa, alguns frequentadores ainda permaneciam no local. Alguns fiéis estavam ajoelhados nos bancos da frente, em oração profunda. Outras pessoas caminhavam pelo corredor central com os pescoços esticados para cima, admirando o teto ornamentado e a beleza esplêndida da catedral. Algumas outras pessoas tiravam fotos.

Avery o viu caminhando pelo corredor lateral. André se movia lentamente e agia como os outros turistas, olhando para o teto e para o interior cavernoso. Ele usava jeans e blazer. Sua barriga ameaçava estourar o único botão que fechava o paletó. Com seus olhos em forma de conta, protegidos por minúsculos óculos ovais, André disparou um olhar. Avery notou um grande envelope pardo na mão direita dele. Ele entrou no banco pelo corredor lateral e caminhou por toda extensão dele até se sentar ao lado dela.

— O que está acontecendo? — Avery perguntou baixinho.

— Você está sendo seguida.

— O quê? Como você sabe disso?

— Você foi descoberta da pior maneira possível. Provavelmente, nosso amigo em comum também. Lamento dizer.

O sotaque alemão-brooklyniano tornava sua fala rápida difícil de seguir. André pôs o envelope pardo no banco entre eles.

— Está tudo dentro.

— O passaporte?

André fez que sim com a cabeça e se levantou para ir embora.

— Quem está me seguindo?

Ele apontou para o envelope.

— Tudo o que você precisa saber está aí. Boa sorte.

— Eu ainda devo dinheiro para você — Avery disse.

André fez que não com a cabeça.

— Eu devia um favor a ele. Avise-o que agora estamos quites. E seja o que for que você tenha planejado, eu faria isso rapidamente. Duvido que você tenha muito tempo.

André passou por ela e pegou o corredor central. No banco, Avery se virou e o viu sair da igreja, descer os degraus e desaparecer na multidão. Ela permaneceu sentada imóvel por mais um minuto. Então, finalmente pegou o envelope pardo, resistiu à vontade de olhar dentro e saiu da igreja rapidamente.

Da Catedral Antiga de São Patrício, foi uma caminhada rápida e direta até a Broadway e, em seguida, na direção leste até o Lowell. Doze quarteirões que Avery percorreu em dez minutos em um passo acelerado. Atravessou o saguão e entrou no elevador segurando o envelope junto ao peito o tempo todo. Por fim, abriu o envelope pardo depois de trancar e acorrentar a porta do quarto do hotel. Sentada na beira da cama, atrapalhou-se com o fecho de botão e barbante do envelope. Depois de finalmente abrir a aba, despejou o conteúdo na cama. Um passaporte caiu sobre o edredom. Avery o examinou. Parecia exatamente um documento americano, com o exterior azul e as letras douradas em relevo. Ela abriu a capa e viu a foto que tinha dado a André na semana anterior.

— Aaron Holland — Avery leu em voz alta.

A leitura do nome soou de um modo prazeroso.

Apesar da alegria de ter conseguido o passaporte, uma outra coisa estava dando um frio na barriga de Avery. Ela não sentia nenhum alívio por ter chegado tão longe. Sentia medo e pavor, e não conseguia conter a sensação de que o envelope pardo continha seus piores temores. Deixou o passaporte na cama e olhou para o interior do envelope. Captou o reflexo de fotos brilhosas e enfiou a mão para pegá-las. Eram várias fotos de tamanho 8 × 10. Avery viu que cada uma era uma foto de Walt Jenkins.

56

Manhattan, Nova York
Quarta-feira, 7 de julho de 2021

AVERY ESTAVA SENTADA JUNTO A UMA PEQUENA MESA EM seu quarto do hotel. As fotos de Walt estavam diante dela, espalhadas pela superfície. Avery tinha examinado atentamente cada foto. Como André ressaltou, elas diziam a Avery tudo o que ela precisava saber. A primeira foto era de Walt de jeans, jaqueta e boné. Ao fundo, estavam as lápides do cemitério Green-Wood. Ele a tinha seguido no dia seguinte ao primeiro encontro deles, quando ela havia ido visitar o túmulo de sua mãe. A segunda foto era de Walt agachado ao lado da lápide de Christopher, segurando um celular ao ouvido. A seguinte era uma imagem de Walt parado nas sombras entre duas casas geminadas no Brooklyn. Finalmente, havia fotos de Walt usando óculos escuros e sentado ao volante de um SUV e a cabana da Ma Bell em segundo plano.

Walt a tinha seguido até a casa de André. Walt a tinha seguido até o cemitério. Walt a tinha seguido até o lago Placid. Uma combinação de espanto, raiva e vergonha se apossou dela, ao mesmo tempo que ela observava as fotos. Ela tinha sido tão ingênua a ponto de acreditar que o governo dos Estados Unidos pararia de procurar seu pai? Ela havia acreditado que suas tentativas amadorísticas de passar despercebida em sua viagem a Nova York realmente enganariam o Federal Bureau of Investigation? Os agentes do FBI a tinham localizado em Los Angeles alguns anos antes e fizeram muitas perguntas sobre seu pai. Ela não tinha mentido quando disse a eles que não tinha ideia de onde o pai estava. Na época, ela não sabia. Só depois que o cartão-postal chegou foi que Avery descobriu.

A ideia de que Walt tinha transado com ela para obter informações sobre o paradeiro de seu pai fez a bile borbulhar em seu esôfago e deixou um gosto amargo em sua boca. Mais bile borbulhou quando ela admitiu que tinha se permitido sentir algo por ele. Ela era uma juíza de caráter tão medíocre para não perceber todos os sinais de alerta? Estava tão desesperada por companhia que permitiu que a história de traição dele se identificasse com a dela? Aquela parte do passado de Walt era mesmo verdadeira? Ela não conseguiu ver o quão conveniente era tudo aquilo? O fato de que o detetive do caso Cameron Young, agora um agente aposentado do FBI, estava tão ansioso para ajudar quando ela ligou? Será que o seu ego como jornalista de tevê respeitada obscureceu sua razão?

— Merda! — Avery gritou, jogando as fotos no chão.

Foi então que bateram à porta. Avery tirou os olhos da mesa e ficou paralisada. Depois de um momento, uma nova batida: três tapinhas apressados. Rapidamente, ela recolheu as fotos do chão, notando que uma havia deslizado para baixo do sofá. Avery as enfiou de volta no envelope e, em seguida, enfiou a mão embaixo do sofá para recuperar a última foto. Por coincidência, ou talvez um presságio da situação em que se encontrava, quando enfiou a mão embaixo do sofá para recuperar a foto, também encontrou o cartão-postal do pai. A foto que tinha deslizado para baixo do sofá era de Walt em seu SUV, observando a cabana quando ele a seguiu até o lago Placid.

Avery afastou a preocupação sobre o que tudo aquilo poderia significar — o fato de que não só Walt Jenkins sabia tudo a respeito do que ela tinha planejado meticulosamente no ano anterior, mas também o governo dos Estados Unidos. Outra batida veio da porta. Ela enfiou a foto e o cartão-postal no envelope pardo e o largou sobre a mesa. Avery checou seu reflexo no espelho, frustrada porque os olhos avermelhados e o rosto inchado revelavam sua vulnerabilidade e permitiriam que Walt percebesse que suas ações a tinham machucado. Ela odiava o sentimento de fraqueza, mas não havia como escondê-lo, e não estava disposta a fugir daquele confronto. Na verdade, ansiava por aquilo. Caminhou até a porta e a abriu com força.

Natalie Ratcliff estava no corredor.

— Olá — Natalie disse. — Não é uma boa hora?

Avery piscou algumas vezes.

— Não, não — disse e balançou a cabeça. — Eu não esperava vê-la, só isso.

— Tudo bem?

Avery reconheceu a preocupação na voz de Natalie. Enquanto os homens recuam em paranoia à vista de uma mulher chorando, as mulheres agarram a oportunidade para ajudar.

— Resolvendo uma besteira relacionada a um homem, só isso — Avery respondeu.

— Existe outro tipo?

Avery forçou um sorriso.

— Posso entrar? — Natalie perguntou.

Avery assentiu e se pôs de lado. Natalie passou por ela.

— Como você sabia onde eu estava hospedada?

— Mexi uns pauzinhos — Natalie respondeu.

— Ou seja?

— Ou seja, eu precisava falar com você depois de como você deixou as coisas no outro dia. E não queria esperar que você me ligasse de volta. Então, descobri onde você estava hospedada.

— Bastante justo — Avery disse e fechou a porta. — O que você tem em mente?

— Você não pode fazer o que está prestes a fazer.

Avery abriu o frigobar e tirou uma garrafa de água.

— O que estou prestes a fazer? — perguntou e tomou um gole.

Natalie respirou fundo e expeliu o ar com força.

— Você acha que sabe a história toda, mas não sabe.

— Tenho certeza de que não sei nem a metade. Mas estou certa de que descobri a parte mais importante. Victoria não está morta, não é?

Um silêncio ensurdecedor tomou conta do quarto, interrompido apenas pelo som vindo da rua de uma buzina ocasional de um carro.

— Victoria estava em uma posição insustentável. Ela não era nenhuma santa e nunca afirmaria o contrário. Ela estava tendo um caso com um homem casado. Mas ela considerava o fato de que iria para a prisão por um crime que não cometeu.

Avery viu Natalie engolir em seco, prestes a chorar.

— Ela não matou Cameron Young — Natalie afirmou.

— Eu sei. Ou, pelo menos, acho que sei. Mergulhei fundo no processo, nas provas e em algumas outras coisas que não foram divulgadas acerca da investigação.

— De que jeito?

— Com o detetive que conduziu a investigação — Avery afirmou, sentindo que até mesmo dizer o nome de Walt de forma periférica quase a levou às lágrimas.

— Você pode provar isso? — Natalie perguntou.

— Que Victoria é inocente? Não. Não tantos anos depois. Mas, sem dúvida, posso apresentar um argumento convincente de que a cena do crime foi encenada para parecer que foi ela. E isso é tudo que preciso fazer para o meu programa.

Enquanto elas se entreolhavam, houve uma longa pausa.

— Victoria fez a única coisa que podia fazer para sobreviver — Natalie disse finalmente. — Ela desapareceu porque não havia outro jeito, e não porque ela era culpada.

— Ela não poderia ter feito isso sozinha.

— Ela não fez. Eu a ajudei.

— E Emma?

Natalie fez uma pausa antes de responder.

— Não. Emma não sabe de nada.

Avery refletiu a respeito e analisou as possibilidades.

— Avery, estou pedindo para que você não faça isso. Haverá consequências muito sérias e reais se você contar para as pessoas a respeito disso.

— Isso arruinaria sua carreira de escritora, com certeza. Provavelmente, você iria para a prisão.

— Não me importo com minha carreira. Não é minha preocupação. Minha preocupação é Victoria. Sou apenas uma intermediária.

— Ela escreve os originais, não é? Envia-os para você e então você os publica com seu nome.

Natalie assentiu.

— É uma colaboração, mas, sim, é isso mesmo — ela confirmou e se aproximou mais um passo de Avery. — Mas não é uma carreira literária que você estaria arruinando. É uma vida. Uma nova vida, batalhada e conquistada com muita dificuldade e contra todas as probabilidades.

— Victoria está na Grécia, não está? De alguma forma, você a ajudou a chegar à ilha de Santorini. A família do seu marido possui um palacete ali. Você vê Victoria todos os anos para finalizar o novo original.

Avery viu uma expressão de confusão surgir em Natalie quando um segredo de vinte anos foi colocado diante dela.

— Por favor, não exponha o que você sabe sobre Victoria. Eu te imploro, Avery.

Avery olhou para a mesa e para o envelope pardo que continha as fotos de Walt Jenkins. Em seguida, olhou de volta para Natalie Ratcliff.

— Talvez haja uma maneira de nos ajudarmos.

— Como?

— A família do seu marido é dona de uma empresa de cruzeiros marítimos. É uma empresa de capital fechado. Sem influências externas. Acho que foi assim que você e Victoria conseguiram. De alguma forma, você usou a empresa de cruzeiros marítimos do seu marido para tirar Victoria do país depois do Onze de Setembro. Não consigo entender totalmente, mas preciso saber como você fez isso.

— Por quê? Se não for para expô-la, por que você precisa ficar sabendo dos detalhes?

Avery voltou a olhar para o envelope pardo sobre a mesa e, em seguida, de volta para Natalie Ratcliff.

— Porque eu também preciso tirar alguém do país.

57

Lago Placid, Nova York
Quinta-feira, 8 de julho de 2021

UM EXAME MINUCIOSO DOS DOIS CAMINHANTES PERCOR- rendo as trilhas das montanhas Adirondack perto do lago Placid revela-ria botas muito novas, roupas bastante limpas e mochilas cheias de equipamentos de vigilância estranhos até para os observadores de pássaros mais fervorosos. Mas, felizmente, os dois caminhantes — um homem e uma mulher — nunca viram outra alma na trilha.

— Acho que a bolha no meu pé acabou de estourar — ele disse.

— Você é homem — a mulher afirmou.

— Isso dói pra cacete.

— O parto dói. Bolhas nos dedos do pé são só um aborrecimento — ela disse, avançando e o forçando a correr atrás dela.

Eles percorreram cerca de cinco quilômetros desde o parque nacional onde tinham estacionado o carro. Levaram quase uma hora, principalmente por causa da baixa tolerância à dor do parceiro dela, para chegaram ao precipício da colina que oferecia uma visão panorâmica do vale abaixo. Uma trilha descia até ele e seguia em torno do lago ao fundo. Os picos das Adirondack se erguiam diante deles e marcavam o limite norte do lago Placid. Em outro dia, seria um momento de pausa e de fruição da beleza da natureza, da majestade da manhã e do esplendor do lago Placid no meio do verão. Mas aquele dia não era qualquer manhã. Os dois caminhantes tinham informações a coletar e um prazo a cumprir. A mulher começou a descer a trilha. Alguns minutos depois, seu parceiro avançou mancando atrás dela.

Ao chegaram ao lago, eles tiveram uma visão clara das casas empoleiradas nos sopés diante deles. A agente tirou a mochila dos ombros e abriu o zíper. Ela tirou uma câmera Nikon equipada com uma teleobjetiva e conseguiu ajustar o foco perfeitamente no momento em que o parceiro se juntou a ela.

— Essas botas novas estão te maltratando? — ela perguntou.

— Como minha ex-mulher.

Em desaprovação, ela ergueu a sobrancelha direita e olhou para ele com o canto do olho.

— Malvada e rancorosa — ele disse.

— Pegue seu equipamento e comece a observar os pássaros — ela disse.

O agente abriu o zíper da sua mochila e tirou um binóculo que pareceu tão inócuo quanto o telescópio de uma criança. A agente ficou atrás dele para se proteger e pegou um binóculo muito mais potente. Ela o segurou junto aos olhos e focalizou a cabana em forma de A do outro lado do lago. No alto de uma pequena colina, o binóculo de longo alcance dava a ela a capacidade de ver pelas janelas da cabana de uma distância de quase quatrocentos metros.

O vizinho mais próximo da cabana ficava a uma distância considerável ao norte. A área naquele lado da casa consistia em um deque de madeira e uma longa escada que descia até a água. Havia um plátano na beira da água, onde uma corda pendia de um galho e balançava sobre a superfície do lago. A agente largou o binóculo e pegou a Nikon.

— Limpo? — ela perguntou.

Seu parceiro levou um momento para confirmar que ninguém os estava observando.

— Limpo — ele respondeu.

A agente começou a tirar fotos da cabana em forma de A, do lago e da área arborizada em ambos os lados da residência. As imagens seriam utilizadas para organizar o ataque tático que os agentes do FBI estavam planejando contra a cabana isolada. Mas eles precisavam de um mandado antes que pudessem derrubar a porta da frente. Para conseguir um, teriam que confirmar que seu alvo estava presente ali dentro e provar a um juiz que era Garth Montgomery.

— O.k. — a agente disse, recolocando a câmera e o binóculo na mochila. — Vamos ver o quão perto conseguimos chegar.

58

Manhattan, Nova York
Quinta-feira, 8 de julho de 2021

AVERY TINHA UMA TOALHA ENROLADA NO ALTO DA CABEÇA, segurando seu cabelo molhado. Na quinta-feira de manhã, pouco depois de sair do banho, ela estava diante do espelho do banheiro de jeans e sutiã, se maquiando e pensando em como resolver seus muitos problemas. Desde sua conversa com Natalie Ratcliff no dia anterior, o peso constante da preocupação afetou seu estômago como um nó indigesto de gordura e cartilagem que com certeza causaria sérios danos em suas entranhas. Ela e Natalie haviam repassado tudo com cuidado e passado a noite toda planejando e discutindo as possibilidades. Mas por mais que organizassem as coisas, faltava uma peça no quebra-cabeças muito complicado que Avery estava tentando montar. Ela ficaria empacada até descobrir e tinha muito pouco tempo para solucionar o problema.

Avery ouviu uma batida na porta e parou com o pincel aplicador de rímel a alguns centímetros dos cílios. Na segunda batida na porta, atarraxou o pincel na embalagem, dirigiu-se à porta e olhou pelo olho mágico. Walt estava no corredor e, apesar de como estava vestida, Avery não hesitou em abrir a porta.

— Uau! — ele exclamou, balançando a cabeça como se tivesse acabado de levar um soco no queixo.

Desafiadora, Avery pôs as mãos nos quadris, com os seios cobertos apenas pelo sutiã. Por um momento, ela ficou encarando Walt sem piscar, então voltou para o banheiro e fechou a porta atrás dela. Após um minuto inteiro, ela ouviu a voz de Walt.

— O que está acontecendo, Avery? — ele disse através da porta.

Na última vez em que ele esteve no quarto do hotel dela, a cama estava coberta com os originais de Victoria. Naquela manhã, estava coberta com as fotos de Walt a seguindo. Avery queria que ele as visse. Queria que ele soubesse que ela sabia.

— Avery, ela foi sacaneada. Alguém plantou o sangue de Victoria na cena do crime. E sua urina. Eu tenho as provas. O sangue veio de um... A propósito, você usa absorventes de algodão? Porque, em caso afirmativo, você tem que parar de usar imediatamente — Walt afirmou.

Do outro lado da porta, Avery se sentia bem confusa. Ela queria responder a Walt. Queria perguntar o que ele tinha descoberto sobre Victoria, mas se controlou e ficou em silêncio. A história de Victoria Ford ficara em segundo plano em virtude do seu problema mais urgente. Mais do que tudo, ela queria que ele visse as fotos que estavam sobre a cama. Finalmente, Avery ouviu Walt fechar a porta do quarto. Ouviu os passos dele entrando no quarto. Imaginou-o olhando para as fotos. Depois de mais um minuto, ela o ouviu do lado de fora do banheiro.

— Ei, nós precisamos conversar — ele disse em voz baixa.

— Sério? — Avery falou, abrindo a porta.

Avery passou por Walt. Ele a seguiu, mas ela fez questão de ficar do outro lado da cama, para que as fotos ficassem entre eles. Avery levantou um dedo, mas fez uma pausa antes de falar, organizando os pensamentos e escolhendo as palavras.

— Você transou comigo para conseguir informações sobre minha família?

— Não — Walt respondeu com algum ímpeto. — Transei com você porque...

Avery mostrou a palma da mão erguida para ele para impedi-lo de continuar falando. Funcionou.

— A história sobre Meghan era mesmo verdadeira?

— Cada palavra.

— Você me promete?

— Pela minha vida.

— Ótimo. Então, preciso da sua ajuda.

Por um momento, Walt fez uma pausa.

— Com o quê?

— Meu pai — Avery respondeu e engoliu em seco.

PARTE V

O GRANDE JOGO

59

Manhattan, Nova York
Quinta-feira, 8 de julho de 2021

A CAIXA DE COLETA DA FEDEX SE SITUAVA NA AVENIDA MADI-son, entre as ruas 57 e 58. Três da tarde era o último horário de coleta do dia. Avery agarrou o envelope junto ao peito ao deixar o Lowell e seguiu na direção sul. Percorreu com os olhos as calçadas e o outro lado da rua, tentando reparar se alguém a estava seguindo ou se havia algo fora do comum que a impediria de enviar o envelope. Ao chegar à caixa de coleta, uma sensação indefinida de apreensão a fez continuar andando.

Avery atravessou a rua 57 e entrou no átrio da Trump Tower. Caminhou pelo saguão e pegou a escada rolante para subir ao nível superior, ficando de olho na entrada. As pessoas entravam e saíam, mas ninguém parecia preocupado com ela. No alto da escada rolante, Avery caminhou até a beira do corrimão e ficou observando a entrada por vários minutos. Depois de se convencer de que ninguém a estava seguindo, pegou a escada rolante para descer para o saguão. Caminhou por ele, saiu do prédio, virou à direita e atravessou a rua 57 novamente. Daquela vez, ao chegar à caixa de coleta, rapidamente abriu a portinhola. Pouco antes de deixar o envelope cair no interior dela, Avery verificou a etiqueta do endereço uma última vez.

CONNIE CLARKSON
922 HWY 42
SISTER BAY, WISCONSIN
(CABANA 12)

Avery soltou o envelope e ele caiu na escuridão. Dentro estava o passaporte de Aaron Holland e instruções detalhadas a seguir.

60

Manhattan, Nova York
Sexta-feira, 9 de julho de 2021

WALT FEZ A LIGAÇÃO NA NOITE DE QUINTA-FEIRA DO QUARTO do hotel de Avery depois que eles tiveram uma discussão longa e difícil. A discussão abordou não só o que tinha acontecido entre eles na semana anterior — os verdadeiros sentimentos que se desenvolveram e a tristeza que Walt sentiu pela maneira como tinha traído Avery —, mas também o que ela esperava realizar e como tudo funcionaria. Se tudo funcionasse.

O plano agora dependia de Walt e do quão convincente ele conseguiria ser. A pessoa para quem ele ligou pareceu surpresa ao ouvi-lo e o pedido dele de um café da manhã a dois na sexta-feira foi recebido com perplexidade.

— Preciso ver você — foi tudo o que Walt disse.

— Algo errado? — ela perguntou.

— Sim.

Eles marcaram o café da manhã em um lugar no Upper East Side. Agitado, já sentado em uma mesa, Walt pôs dois potinhos de creme em seu café e fechou os olhos por um momento, lembrando-se do estranho talento de Avery em perceber sua predileção referente ao consumo de um café. Nenhuma mulher tinha memorizado detalhes sobre ele, íntimos ou não, por anos.

Walt a avistou do lado de fora, apenas um borrão quando ela passou pela janela ao lado dele. Através das persianas, ele a observou caminhar pela calçada em direção à frente do restaurante. Esperou que os sentimentos normais que ela provocava nele se materializassem. Esperava-os, de fato. Porém, o acesso de raiva habitual não se manifestou. Nem a amarga sensação de ressentimento emergiu. Mesmo a mágoa que sentia ao vê-la não apareceu, substituída naquela manhã por um contentamento tranquilo. As coisas iriam correr bem, ele sabia.

Quando ela passou pela porta da frente, logo o localizou. Walt ergueu a mão em um aceno amigável e deu um sorriso sincero. Ele ficou de pé quando ela alcançou a mesa e os dois se abraçaram de modo caloroso.

— Levei um choque com sua ligação — Meghan Cobb disse, com a boca perto do ouvido dele.

— Desculpe fazer isso com você sem avisar — Walt afirmou.

— Há quanto tempo você está na cidade?

— Algumas semanas.

Walt sentiu a mágoa de Meghan pelo fato de ele não ter ligado antes para ela. Ele também captou a compreensão dela de que algo estava diferente nele.

— Por que você não me ligou antes? — Meghan perguntou, mas não havia convicção na voz dela. — Poderíamos ter passado algum tempo juntos.

— Esse encontro é sobre outra coisa.

Nenhum dos dois falou por alguns momentos.

— Qual é o nome dela? — Meghan perguntou.

— Quem?

— Essa mudança — ela disse. — Só uma mulher poderia ter causado isso.

Walt não respondeu.

— Eu gosto dessa sua versão. Lembra-me do velho Walt Jenkins. O homem que eu amava. Que bom, Walt. Fico feliz por você — Meghan disse e pigarreou. — Você disse que há algo errado. O que é?

— Preciso da sua ajuda.

61

Manhattan, Nova York
Sexta-feira, 9 de julho de 2021

NA SEXTA-FEIRA À NOITE, AVERY CRIOU CORAGEM PARA LIGAR para ele. Sentiu sua mão tremer quando pegou o celular e o colocou na mesa de centro com cuidado. Ela ativou o viva-voz e digitou o número de telefone que lembrava da infância. Também tinha os três setes do endereço e Avery não sabia que o número ainda estava em sua cabeça até decidir que aquele era o melhor movimento que ela poderia fazer. Avery esperava que funcionasse.

Quatro longos toques soaram em seu quarto do hotel, cada um deles fazendo seu coração bater mais forte no peito. Então, ele atendeu.

— Alô?

Avery tentou falar, mas não conseguiu. O som da voz dele depois de tanto tempo provocou uma paralisia em suas cordas vocais.

— Alô? — ele repetiu.

— Pai? Sou eu.

Naquele momento, o pai ficou mudo. Com certeza, o som da voz dela tinha causado a mesma reação nele.

— Claire?

— Sim, sou eu.

— Você recebeu o cartão — ele afirmou. — Eu sabia que você saberia o que fazer.

— Tenho que te ver, pai. Não tenho muito tempo.

— Eu adoraria revê-la. Onde?

— Eu vou até aí. Até a cabana do lago Placid. É o jeito mais seguro.

— Quando?

— Domingo.

— Tudo bem.

Por um momento, nenhum dos dois falou.

— Claire, eu queria te dizer…

— Não pelo telefone, pai. Saia do telefone fixo. Vejo você no domingo.

— O.k.

Avery desligou. Naquele momento, sua mão estava tremendo mais do que antes.

— Você acha que vai funcionar? — ela perguntou.

Na mesa de centro, ao lado do telefone, estava a caixinha de metal contendo os aparelhos de escuta que Jim Oliver havia dado a Walt. Momentos antes, Walt tinha tirado um deles, ativado e colocado ao lado do celular de Avery para que toda a conversa pudesse ser gravada.

— Não tenho certeza — Walt respondeu. Ele estava sentado no sofá ao lado dela. — Mas é sua melhor opção se você quiser manter os caras do FBI ocupados e concentrados na cabana.

Walt pegou o aparelho de escuta da mesa, levantou-se e o colocou no bolso.

— Agora começa a parte difícil. Você tem certeza de que está pronta para isso?

Avery assentiu. Alguns minutos depois, eles pegaram um táxi na frente do Lowell. Do assento traseiro, Walt disse ao motorista para onde estavam indo.

— Javits Federal Building. Federal Plaza 26.

Era a sede do FBI em Nova York.

62

Nova Orleans, Louisiana
Domingo, 11 de julho de 2021

QUANDO AS COISAS ACONTECERAM, ACONTECERAM RAPIDAmente. De repente, meses no limbo foram substituídos por ação. Anos de planejamento mudaram no último minuto. Ele teve pouquíssimas horas para embalar seus pertences e se mexer. Tudo se resumiu àquele momento.

Não houve tempo para pensar. Nem tempo para planejar. Nem tempo para usar a lógica ou o pensamento crítico para ter certeza de que as coisas funcionariam ou não. Porém, ficar parado e entrincheirado na cabana não era mais uma opção. Os agentes do FBI estavam à espreita e mais perto do que nunca. Era agora ou nunca.

Estimulado por meia dúzia de bebidas energéticas, ele dirigiu noite adentro. Queria acelerar e deixar o máximo de quilômetros para trás, mas não podia se arriscar a ser multado. Conduziu o carro pela faixa do meio e programou o piloto automático no limite de velocidade designado para cada estado que passou. Eram cinco da manhã quando finalmente conseguiu chegar a Nova Orleans. O *timing* foi perfeito. Se tivesse chegado mais cedo, teria muitas horas para gastar. Mais tarde, seria em cima da hora.

Deixou o carro em um estacionamento da locadora de veículos a cerca de um quilômetro do terminal. Suas pernas estavam doloridas por causa da viagem, que foi sem escalas, a não ser para idas ao banheiro. Ao chegar ao terminal de cruzeiros marítimos Julia Street, caminhou até a cerca e olhou para o Golfo do México no exato momento em que o horizonte estava começando a se alaranjar com o amanhecer. O céu cada vez mais claro e o brilho alaranjado do mar o encheram de esperança de que logo estaria livre. Que talvez, quem sabe, aquilo pudesse funcionar.

Caramba, ele esperava que Claire soubesse o que estava fazendo.

63

Manhattan, Nova York
Domingo, 11 de julho de 2021

NO DOMINGO DE MANHÃ CEDO, OS DOIS AGENTES DO FBI encostaram o carro junto ao meio-fio em frente à residência do juiz e desembarcaram. A agente usava uma calça folgada e um blazer e, assim como quando os dois percorreram as montanhas do lago Placid na quinta-feira, ela estava no comando. Seu parceiro, vestindo um terno cinza novo em folha, a seguiu até a porta da frente. Ele mancou um pouco por causa das bolhas. Os agentes sabiam que as manhãs de domingo eram um momento para café e jornais antes de o juiz ir à igreja com a família. A presença deles não seria bem recebida, mas simplesmente não havia mais tempo para esperar.

A agente bateu na porta e, pouco depois, o juiz Marcus Harris a abriu. O juiz estava usando camiseta, short e chinelos. Uma expressão de aborrecimento tomou conta do seu rosto.

— Bom dia, senhor. Sou a agente especial Mary Sullivan. Esse é o meu parceiro, James Martin.

— Isso é mesmo necessário em uma manhã de domingo? — o juiz perguntou.

— Receio que sim, senhor.

O FBI tinha uma pista sobre um dos seus criminosos de colarinho--branco mais procurados e, após anos de busca, seu paradeiro fora finalmente descoberto. Esperar pela manhã de segunda-feira, pelo horário comercial e pelo horário das salas de audiência não era uma opção.

O juiz Harris acenou para que os dois entrassem.

— Vamos ver o que vocês têm. Estou indo para a igreja em uma hora.

Dez minutos depois, a bancada da cozinha do juiz estava coberta com as fotos de vigilância que os agentes tiraram no lago Placid, incluindo algumas fotos através das janelas da cabana que captaram uma figura embaçada no interior dela. Durante trinta minutos, os agentes apresentaram suas provas ao juiz, que tomava goles de café enquanto ouvia. Eles explicaram a operação e atualizaram o juiz a respeito da busca de Garth Montgomery pelo Bureau, e como eles, apenas naquela semana, conseguiram a prova mais contundente que os convenceu de que o fugitivo estava escondido na cabana exibida nas fotos.

— Veja, agente Sullivan — o juiz Harris disse. — É um caso premente e o Bureau deve ser aplaudido pelo trabalho árduo que está investindo nele. Mas, para assinar um mandado, vou precisar de mais do que fotos embaçadas de uma figura irreconhecível. Vou precisar de uma prova de que é Garth Montgomery antes de permitir que uma equipe da SWAT irrompa pela porta da frente.

— Nós temos essa prova, senhor — a agente Sullivan disse. — Essas fotos são apenas para mostrar ao senhor que investimos no trabalho de campo — ela prosseguiu, apontando para as fotos sobre a bancada da cozinha.

Então, a agente Sullivan pegou seu celular.

— Jim Oliver se encontrou com Claire Montgomery, a filha de Garth Montgomery, na sexta-feira à tarde — ela informou. — Claire nos forneceu a prova de que o pai tinha tentado contatá-la por meio de um cartão-postal que revelava a localização dele. Isso foi confirmado por um telefonema que ela fez para o pai na cabana do lago Placid. Uma ligação que ela gravou e depois entregou ao Bureau, por conta própria e sem coerção.

A agente Sullivan tocou na tela do celular e a voz de Avery se fez ouvir.

Alô?

Pai? Sou eu.

Claire?

Sim, sou eu.

Você recebeu o cartão. Eu sabia que você saberia o que fazer.

Tenho que te ver, pai. Não tenho muito tempo.

Eu adoraria revê-la. Onde?

Eu vou até aí. Até a cabana do lago Placid. É o jeito mais seguro.

Quando?

Domingo.

Tudo bem.

Claire, eu queria te dizer…

Não pelo telefone, pai. Saia do telefone fixo. Vejo você no domingo.

O.k.

A agente Sullivan interrompeu a reprodução da gravação.

— Sabemos que Garth Montgomery está na cabana e sabemos que ele está lá hoje. Amanhã, ele pode não estar.

— Dê-me o mandado para assinar — o juiz Harris disse, pousando a caneca de café na bancada.

64

Nova Orleans, Louisiana
Domingo, 11 de julho de 2021

ELE SE SENTOU EM UM CAFÉ AO AR LIVRE E ESPEROU. OS ÚLTImos dois dias foram cheios de movimento. Ele teve que se apressar, empacotar tudo e acelerar por estradas escuras. Naquele momento, esperava, e aquilo o estava deixando louco. As quantidades abundantes de cafeína e taurina circulando em suas veias por causa dos energéticos não estavam ajudando.

Uma dúzia de mesas redondas ocupava o pátio externo ao lado do terminal de cruzeiros marítimos. Usando óculos escuros que escondiam seus olhos injetados, ele deu uma olhada rápida e abrangente nas pessoas ao redor. Ao longo dos anos, tivera o cuidado de confiar apenas em algumas poucas pessoas, em cujas mãos se sentia tranquilo em entregar sua vida. Contudo, tudo isso tinha mudado nas últimas 48 horas. Naquela manhã, ele esperava por uma estranha, uma mulher que não conhecia, mas cuja presença era essencial para a próxima etapa da jornada impossível iniciada anos atrás.

Ele usava calça casual, camisa de colarinho abotoado, blazer azul-claro e sapatos mocassim sem meia. Ele mantinha as aparências. A garçonete se aproximou e ofereceu mais um pouco de café. Ele aceitou, mas pediu descafeinado. O homem já estava bastante elétrico. Consultou seu relógio. O embarque começaria em dez minutos. Com a testa coberta de suor, percorreu o café com os olhos. A cadeira defronte a ele fez barulho no chão ao ser arrastada para longe da mesa. Uma mulher se sentou naturalmente.

— Meghan? — ele perguntou.

Meghan Cobb não denotou nenhuma perturbação. Apenas assentiu com um gesto de cabeça.

Ele recostou-se na cadeira e baixou a cabeça aliviado.

— Graças a Deus. Achei que tínhamos nos desencontrado.

— Não, só fiz aquilo que me mandaram fazer para ter certeza de que ninguém estava me seguindo.

— E?

— Como diabos vou saber? Sou apenas uma decoradora de interiores. Tudo isso foi jogado pra cima de mim dois dias atrás.

— O.k., sinto muito — o homem disse. — Estou aqui há uma hora. Acho que estamos bem — prosseguiu e olhou para o cais. — Estão começando a embarcar. É melhor irmos andando.

Ele deixou o dinheiro sobre a mesa para pagar a conta do café da manhã. Então, os dois ficaram de pé e se encaminharam até o gigantesco navio de cruzeiro. Meghan pegou a mão dele quando entraram na fila de passageiros esperando o embarque.

65

Manhattan, Nova York
Domingo, 11 de julho de 2021

JIM OLIVER FICOU SABENDO DURANTE SEU ENCONTRO COM Claire Montgomery que a cabana pertencia a Annabelle Gray, prima de segundo grau por casamento de Garth Montgomery. A linhagem não era difícil de seguir uma vez que estava na cara. O irmão de Garth Montgomery era casado com uma mulher cujo tio tinha sido dono da cabana no lago Placid situada na rua Stonybrook Circle 777. O tio morreu anos atrás e deixou em testamento a propriedade para a filha: Annabelle Gray, prima da cunhada de Garth Montgomery. O depoimento de várias horas que Claire Montgomery tinha dado na sexta-feira à noite revelou que Annabelle Gray era chamada de "Ma Bell" pelas crianças Montgomery. Sua cabana tinha sido o destino de fim de verão para o clã Montgomery.

A confirmação de que Garth Montgomery era, de fato, o atual ocupante da cabana veio da conversa telefônica gravada que Claire tinha fornecido ao FBI. Não tinha preço. Se um mandado fosse concedido, a gravação — além da colaboração de Claire Montgomery — seria o que faria acontecer.

O telefonema veio às nove da manhã de domingo.

— Oliver — ele disse ao atender.

— Conseguimos — a agente Sullivan informou.

— Sério?

— O juiz Harris assinou usando pijama e chinelos e tomando café na mesa da cozinha. Estamos a caminho agora.

— Quanto tempo?

— Dez minutos.

Jim Oliver tinha deixado sua equipe de prontidão. Esperavam apenas o mandado. Ele fez a chamada para colocá-los em movimento. Levaria quatro horas para chegar à cabana no lago Placid. Naquele meio-tempo, desde a manhã de quinta-feira, agentes foram enviados para as trilhas ao redor da cabana. O trabalho deles tinha mudado de vigilância para segurança. O objetivo agora era não deixar que Garth Montgomery abandonasse a cabana.

Trinta minutos depois, Jim Oliver e sua equipe estavam a caminho. Uma caravana de SUVs saiu de Manhattan em direção às montanhas do lago Placid. O celular dele tocou novamente.

— Oliver.

— Senhor — o agente disse. — Temos uma visão da cabana e a confirmação de um único ocupante dentro.

— Aguente firme — Oliver pediu. — Estamos a caminho. Ninguém sai dessa cabana, entendido?

— Sim, senhor.

66

Nova Orleans, Louisiana
Domingo, 11 de julho de 2021

ANSIOSAMENTE, ELES ESPERAVAM NA FILA DE PASSAGEIROS que se preparavam para embarcar no *Emerald Lady*. Ele tinha dobrado e desdobrado a parte superior do cartão de embarque que se projetava do seu passaporte inúmeras vezes. Meghan pegou a mão dele com delicadeza para interromper aquele gesto de inquietação. Havia apenas algumas coisas que seu nível de ansiedade poderia transmitir: ele se sentia nervoso a respeito de embarcar em um navio de cruzeiro por medo que a embarcação afundasse. Ou ele estava apreensivo quanto à tempestade tropical Bartolomeu, que estava atingindo o Caribe oriental e que os meteorologistas previam que chegaria ao Golfo do México. Era muito cedo para se preocupar com a temporada de furacões, mas a tempestade prometia chuvas torrenciais e águas agitadas. Qualquer suposição era melhor do que a verdade: ele estava inquieto porque estava fugindo do país sob um nome falso e, se fosse pego, enfrentaria anos de prisão.

Ele deteve a inquietação bem a tempo de ficar cara a cara com a jovem e bonita ajudante de convés, que usava um uniforme branco impecável com listras douradas nos ombros, como se ela fosse dona de alguma patente militar. Ela sorriu calorosamente para eles, esperando o mesmo em retribuição. Afinal, todos os passageiros que ela abordava naquela manhã estavam prestes a embarcar em um cruzeiro épico pelo mar do Caribe, visitando suas fabulosas ilhas, que incluíam Grand Cayman, Jamaica, Cozumel, Belize e Roatán, na América Central. Quem não estava ali para se sentir feliz e animado? Ele e Meghan sorriram de volta para ela.

— Passaporte e cartão de embarque — a jovem pediu.

Meghan tomou a iniciativa, entregando-os. Seu passaporte era verdadeiro e ela, despreocupada, esperou enquanto a ajudante de convés verificava o documento. Pouco depois, a mulher sorriu e devolveu o passaporte para Meghan.

— Sra. Cobb, bem-vinda a bordo do *Emerald Lady*.

— Obrigada — Meghan disse.

Com um sutil tremor na mão, o homem entregou o passaporte. Se as coisas fossem por água abaixo, a verificação do seu passaporte falso seria o começo. Mas tudo que aconteceu depois que a jovem colocou o documento virado para baixo no aparelho de leitura óptica foi um toque sonoro agradável e uma luz verde brilhante.

— Sr. Holland, bem-vindo a bordo do *Emerald Lady*.

— Obrigado — Aaron Holland respondeu com uma gagueira quase inaudível na garganta.

— Vocês estão na cabine 3318. Quantas malas cada um de vocês têm?

— Apenas uma para cada um de nós — Meghan respondeu.

— Muito bem — a ajudante de convés disse, enrolando uma etiqueta em torno da alça de cada mala. — Vocês podem deixar suas malas aqui — ela prosseguiu, apontando para a coleção de bagagens que estava organizada ao lado. — Serão entregues em sua cabine em breve.

Aaron Holland e Meghan Cobb sorriram e deixaram suas malas com as outras.

— Carlos irá acompanhá-los até a cabine de vocês. Tenham uma boa estadia.

— Obrigado — o sr. Holland disse em um tom consideravelmente mais relaxado do que alguns minutos antes.

Eles seguiram Carlos até a cabine 3318. O primeiro obstáculo tinha sido superado. Muitos mais esperavam. Por enquanto, Claire estava se saindo muito bem.

67

Lago Placid, Nova York
Domingo, 11 de julho de 2021

O MANDADO AUTORIZAVA OS AGENTES FEDERAIS A INVADIR a cabana sem aviso prévio. O comboio consistia em dois Humvees e três Suburbans pretos com vidros escuros. A caravana parecia tão despropositada na tranquilidade das montanhas que, mesmo sem as sirenes tocando ou as luzes piscando, os outros carros pararam no acostamento para permitir a passagem. Oito agentes usando trajes antimotim ocupavam os Humvees. Dez outros agentes, incluindo Jim Oliver, embarcaram nos Suburbans e estavam usando trajes da SWAT com jaquetas do FBI sobre seus coletes à prova de balas. Eles portavam armas de fogo sob seus braços. E cada um deles, conforme os termos que Claire Montgomery tinha negociado para viabilizar aquele ataque-surpresa, fora equipado com câmeras e microfones corporais que capturariam cada movimento e cada palavra.

A pequena brigada entrou na rua sombreada e dois agentes de vigilância que estavam observando a cabana apareceram. Eles apontaram para o acesso de carros e a caravana avançou. Antes que um Humvee parasse totalmente, as portas se abriram e os agentes desembarcaram. Eles estavam armados com submetralhadoras penduradas no peito e Glocks presas nos lados. Escondiam-se sob capacetes de kevlar e viseiras de proteção inquebráveis. Deslizaram para um lado para permitir que o grupo de agentes do FBI invadisse a cabana.

68

Nova Orleans, Louisiana
Domingo, 11 de julho de 2021

AARON HOLLAND PLANEJAVA FICAR NA CABINE DURANTE A maior parte do cruzeiro. Era um espaço pequeno e apertado e não haveria muito a fazer além de assistir à televisão e se preocupar. Ele preferiria relaxar à beira da piscina ou talvez pegar uma bebida no bar. Mas isso o exporia aos demais passageiros, e cada aventura fora da cabine representava uma oportunidade para a ocorrência de algum incidente memorável. Quer fosse uma conversa casual que alguém recordasse posteriormente ou um ligeiro contratempo, como deixar sua bebida cair, não havia como saber se outro passageiro poderia se lembrar. Quanto menos pessoas ele visse, maior a chance de Aaron Holland existir apenas por alguns dias antes de desaparecer do mundo.

É claro que sem Meghan Cobb, o desaparecimento de Aaron Holland seria impossível. A tripulação e o pessoal de apoio, assim como a equipe de limpeza designada para cada cabine a bordo do navio, eram bem treinados. Se o sr. Holland simplesmente desaparecesse e sua cabine ficasse vazia, sinais de alerta seriam disparados. O pessoal de limpeza saberia seguir protocolos rígidos se ninguém em uma cabine o atendesse. Um aposento vazio deveria ser relatado. O medo de que passageiros, sobretudo turistas que bebiam demais, caíssem no mar sempre era uma preocupação. Ao longo dos anos, tinha havido bastante publicidade negativa a respeito de navios de cruzeiro e passageiros desaparecidos para que procedimentos rígidos fossem implantados para identificar tais peculiaridades.

Mas a presença de Meghan Cobb resolveu aquele problema, pois impediria o disparo de qualquer sinal de alerta. Ela ficaria visível em todos os dias do cruzeiro de dez dias. O fato de que seu recluso companheiro de viagem raramente deixasse a cabine passaria despercebido. O fato de que ela acabaria deixando o navio sem ele no término do cruzeiro seria irrelevante, porque naquele momento ela estaria registrada como passageira individual. Se Claire conseguisse cumprir o que prometeu, em algum momento durante os dez dias de cruzeiro no mar, o nome do sr. Aaron Holland desapareceria do registro formal de passageiros.

69

Lago Placid, Nova York
Domingo, 11 de julho de 2021

COM SUAS PISTOLAS GLOCK CALIBRE .40 APONTADAS PARA a frente, a equipe da SWAT vasculhou a sala da frente, a cozinha e o quarto da cabana em forma de A. O fato de todos os cômodos estarem vazios fez Jim Oliver se dar conta de que talvez, de alguma forma, suas informações fossem ruins. Ou estavam na cabana errada ou seus agentes não perceberam a fuga do alvo da propriedade. Em fuga há tanto tempo, não era surpreendente que Garth Montgomery tivesse tomado precauções para aquele momento. E por mais que Oliver acreditasse que tinha executado uma operação impecável, sabia que foi apressada. Se houvesse mais tempo disponível, ele teria colocado vigilância por mais tempo do que apenas três dias. Teria insistido em uma confirmação mais definitiva da presença do alvo da operação, em vez de confiar em fotos embaçadas e meia-boca que conseguiram obter através de janelas sujas e protegidas por cortinas.

De repente, Jim Oliver sentiu sua carreira se esvaindo. Tinha investido tudo em sua promessa de tirar Walt Jenkins da aposentadoria e entregar Garth Montgomery. A operação havia corrido melhor do que o previsto e foi um triunfo maior do que o que ele tinha vendido aos seus superiores. No final, Claire Montgomery havia fornecido as informações decisivas necessárias sobre o paradeiro do pai e foi o motivo pelo qual um mandado fora obtido tão depressa.

Mas naquele momento, ali estava ele, em uma cabana vazia nas montanhas; completamente errado a respeito de quem encontraria ali dentro ou apenas um momento tarde demais. Jim Oliver procurou não pensar em outra possibilidade: a de que tinha sido enganado. Não perdeu tempo com aquilo, porque qualquer que fosse a situação, significaria o fim de sua carreira.

— Banheiro! — um dos agentes gritou.

Jim Oliver piscou os olhos e voltou ao presente. Ergueu sua Glock e avançou pela sala da frente, passou por seus agentes que estavam posicionados e prontos para a ação, com as armas apontadas para a porta fechada do banheiro. Naquele momento, o som da água pressurizada correndo pelo encanamento era audível no interior silencioso da cabana. Jim Oliver assumiu sua posição do lado de fora do banheiro, com as costas apoiadas contra a parede. Ele acenou com a cabeça e os agentes do aríete apareceram. No silêncio pouco antes do som de madeira lascando, um chuveiro se fez ouvir jorrando água.

70

Nova Orleans, Louisiana
Domingo, 11 de julho de 2021

A IMPONÊNCIA DE UM DOS MAIORES NAVIOS DE CRUZEIRO DO mundo era o chamariz, e os folhetos exibiam fotos magníficas do convés espaçoso, da piscina gigantesca e dos salões de baile grandiosos. Os aposentos minúsculos, onde os passageiros dormiam depois de um dia inteiro fora deles, não recebiam muita atenção nos folhetos da RICL. A cabine 3318 era pequena e apertada. Depois de uma hora de Meghan e Aaron se chocando, ela estabeleceu algumas regras básicas. Uma linha de travesseiros dividia a cama em duas metades. As malas foram guardadas debaixo dela. Ele se sentou em uma cadeira espremida no canto. Meghan ocupou um lugar do lado dela da cama.

— Obrigado por fazer isso — ele disse. — Não importa como você se envolveu nessa história.

— Eu devia um favor a uma pessoa — Meghan afirmou.

Eles repassaram o plano e o que esperavam realizar nos próximos dias.

— Então, você não pode sair desta cabine? — Meghan perguntou.

— Para mim, o melhor é não sair. Vou andar pelos corredores todos os dias quando o pessoal da limpeza aparecer, mas ficarei escondido o máximo possível. Por outro lado, você deve sair por aí. Deixar que a vejam.

Meghan assentiu.

— Pretendo pelo menos me bronzear um pouco por conta desse negócio.

— Vou largar do seu pé em dois dias. Então, você terá a cabine só para você.

— Você acha que isso vai funcionar?

— Não tenho certeza, mas confio na pessoa que bolou o plano.

— Seu nome não é Aaron, é?

— Não.

— Como devo chamá-lo, então?

Ele fez uma breve pausa antes de responder.

— Provavelmente, o melhor é que você me chame mesmo de Aaron — ele disse.

71

Lago Placid, Nova York
Domingo, 11 de julho de 2021

A PORTA DO BANHEIRO SE DESINTEGROU SOB O PESO DO aríete e os agentes invadiram o banheiro. O vapor flutuava no ar e embaçou suas viseiras de proteção, que eles rapidamente ergueram.

— Agentes federais! — eles gritaram. — Ponha as mãos para cima. Mãos para cima!

Oliver enxergou vislumbres através dos corpos e do vapor ao entrar no banheiro. Um homem estava nu debaixo do chuveiro. Ele não ofereceu nenhuma resistência. Simplesmente levantou as mãos de maneira amedrontada e derrotada. Dois agentes puxaram o homem nu para fora do chuveiro e o forçaram a se deitar no chão, onde algemaram suas mãos atrás das costas.

— Limpo — outro agente gritou antes de desligar o chuveiro.

Os agentes pegaram o homem pelos cotovelos e o puseram de pé. Nu e encharcado, ele parecia patético. Teria sido apropriado, já que ele não apresentou resistência, oferecer ao homem uma toalha para se cobrir. Contudo, Jim Oliver não tinha a intenção de minorar a humilhação do homem.

Oliver se aproximou do fugitivo que procurava havia anos. Mesmo com o cabelo ensopado grudado nas orelhas, Oliver reconheceu o Ladrão de Manhattan.

— Garth Montgomery — Oliver disse. — Quero que você fique sabendo de duas coisas. Primeiro, você está preso. E segundo, sua filha é o motivo pelo qual o encontramos.

72

Montego Bay, Jamaica
Terça-feira, 13 de julho de 2021

O *EMERALD LADY* ATRACOU NA ILHA POUCO DEPOIS DO MEIO-dia do terceiro dia do cruzeiro. Da varanda do segundo convés, Aaron Holland observou as hordas de passageiros que obstruíam as saídas do navio para logo tomar de assalto as arapucas para turistas e comprar joias baratas, bolsas e quinquilharias para os netos. Pacientemente, ele esperou que as multidões diminuíssem e voltou para a cabine 3318. Meghan Cobb estava sentada na cama.

— Bem — ele disse. — Acho que é isso.

— Você vai ficar bem?

Ele deu de ombros.

— Cheguei até aqui. Obrigado por tudo. Não sei como você se envolveu em tudo isso, mas não teria chegado tão longe sem você.

— E se alguém perguntar a seu respeito? O pessoal da limpeza ou a tripulação?

— Eles não vão perguntar.

- Tem certeza?

Não.

Meghan assentiu. Não havia mais nada a dizer.

— Boa sorte.

Ele fechou o zíper de sua compacta mala e saiu da cabine. Atravessou o longo corredor e entrou no elevador que o deixou no andar principal. Ao alcançar a saída, registrou-se com o funcionário do navio entregando seu passaporte, que foi lido opticamente e inserido no banco de dados do navio: um registro cuidadoso de cada passageiro que desembarcava. Isso assegurava que o número exato de passageiros retornasse em segurança a bordo antes de o *Emerald Lady* zarpar do porto. Era nesse ponto que se apresentava outra oportunidade de fracasso. Se Claire não fosse capaz de ter êxito ali, então a procura por Aaron Holland aconteceria ainda naquele dia. A polícia de Montego Bay seria posta em alerta. As autoridades jamaicanas seriam convocadas e, se não conseguissem localizar o americano desaparecido, o *Emerald Lady*, por protocolo, entraria em contato com as autoridades americanas. Haveria uma progressão através da cadeia de entidades governamentais, começando pelo consulado americano no Caribe e, finalmente, envolvendo o Departamento de Estado. A sucursal internacional do FBI acabaria se envolvendo.

Vamos, Claire, ele pensou enquanto descia a rampa de desembarque e pisava no cais. *Faça sua mágica.*

Sem olhar para trás, caminhou pelo cais e, por fim, colocou os pés na terra firme da Jamaica. Tinha estudado o mapa e sabia o caminho de cor. Abdicando dos táxis e ônibus, optou por percorrer a pé os cinco quilômetros até a cidade. Estava quente e úmido e, ao chegar ao restaurante Jimmy Buffet's Margaritaville, estava com a camisa ensopada. No bar, ele pediu uma cerveja Red Stripe e bebeu avidamente.

Conforme o plano, ele se misturou com os demais turistas. Após se refrescar, pagou a conta em dinheiro e se dirigiu ao mercado, onde pechinchou com os vendedores ambulantes por quinze minutos. Quando se sentiu suficientemente tranquilo, desvencilhou-se da multidão e atravessou a via principal até encontrar a avenida Hobbs. Caminhou quatrocentos metros, seguindo as instruções, com sua maleta de rodinhas fazendo o possível para acompanhá-lo. Ela continha todas os seus bens. Toda a sua existência reduzida a uma única maleta.

Depois de fazer uma curva na estrada, ele viu o Jeep Wrangler verde-neon no acostamento. O veículo estava sem capota nem portas. Um jamaicano com *dreads* estava sentado ao volante. Ele se aproximou e acenou.

— Sim, *mon*. Aaron Holland?

— Sim, sou eu — ele respondeu.

— Sem problemas, *mon*. Vamos.

O homem fez um gesto para que ele entrasse. O Wrangler verde deu meia-volta e partiu para o coração da Jamaica. O *Emerald Lady* desapareceu atrás deles.

73

Trelawny, Jamaica
Terça-feira, 13 de julho de 2021

EM TRELAWNY, PARÓQUIA DA JAMAICA, O HOMEM CONDU-ziu o Jeep Wrangler por estradas de terra batida até chegar à entrada de uma propriedade imensa. Por sua pesquisa, e por todas as informações que Claire havia fornecido no envelope da FedEx que tinha chegado à cabana 12 em Sister Bay na semana anterior, ele sabia que estava na

Hampden Estate, uma das destilarias de rum mais antigas da Jamaica. Ele agarrou uma alça quando o Wrangler entrou em uma estrada que consistia em dois sulcos de terra separados por um montículo de grama e ficou chacoalhando o tempo todo. Os troncos retos das palmeiras ladeavam a estrada e passavam tremidos. Finalmente, chegaram a uma clareira onde ficava uma casa coberta de hera. Os freios rangeram quando o Wrangler parou diante da casa.

— Sim, *mon*. Tudo certo.

— Isso é tudo?

— Sim, *mon*. Jerome vai ajudá-lo a partir de agora.

Aaron Holland tirou um envelope com dinheiro do bolso e o entregou ao motorista.

— Obrigado.

— Sim, *mon*. Sem problemas.

Assim que ele tirou a mala da parte de trás do veículo, o Wrangler partiu a toda velocidade em meio a uma nuvem de poeira. Aaron saiu da nuvem e se dirigiu para a casa. Antes que pudesse bater, a porta se abriu.

— Você conseguiu! Eu sou Jerome — ele disse. O sotaque jamaicano deu ao nome uma pronúncia distinta de *Gee-roam*. — Podemos almoçar e depois faremos um passeio. Talvez possamos provar um pouco de rum antes de você partir?

— Talvez — ele respondeu, embora rum fosse a coisa mais distante de sua mente. Ele tinha uma longa viagem pela frente pelas colinas da Jamaica e apenas uma ligeira noção de para onde estava indo. Para conseguir fazer aquilo, ele precisava da cabeça no lugar, não embaçada pelo rum. No entanto, ele estava morrendo de fome e, então, aceitou a generosa oferta de almoço, mas recusou as numerosas ofertas de rum Hampden Estate.

Uma hora depois, ele se sentou ao volante de um Toyota Land Cruiser bastante usado e deu a partida, Após alguns segundos de protesto, o motor roncou.

Jerome ficou com as duas mãos apoiadas na janela aberta do lado do passageiro.

— Boa sorte, meu amigo — Jerome desejou.

— Como faço para devolver o Land Cruiser para você?

320

— Sem problemas, *mon*. O sr. Walt é um bom amigo. Ele não vai deixar que o carro não volte para mim. Vou avisá-lo de que você chegou. Alimente o cachorro dele quando chegar lá. Isso vai me poupar uma viagem. O nome do cachorro é Bureau.

Aaron Holland assentiu como se tudo aquilo fizesse sentido para ele. Ele tinha precisado de sorte para chegar até ali e certamente precisaria de mais ainda nas semanas vindouras. Ele esperava que aquela primeira mágica perdurasse por tempo suficiente para levá-lo pelo interior da Jamaica e ao extremo oeste da ilha, até a paróquia de Negril e para a casa que pertencia a um homem chamado Walt Jenkins. Sem celular e com o indicador da gasolina do Land Cruiser apontando para pouco menos de meio tanque, ele se deu conta de que precisaria de toda sorte que pudesse encontrar. Finalmente, engatou a primeira marcha do carro e arrancou.

Ele estava se afastando de mais do que apenas uma destilaria de rum jamaicana e de mais do que apenas um estranho que tinha voluntariamente entregado seu veículo para ele. Christopher Montgomery estava se afastando de sua antiga vida. Do estresse de passar anos escondido. Afastando-se do papel que tinha desempenhado sem saber como gerente de portfólio do fundo de hedge do pai.

Mas, naquele momento, talvez ele pudesse se livrar de tudo aquilo. Tão livre quanto um fugitivo poderia ser.

PARTE VI
RETRIBUIÇÃO

74

Westmoreland, Jamaica
Quinta-feira, 21 de outubro de 2021

A VIAGEM TINHA COMEÇADO EM SISTER BAY, EM WISCONSIN,
de onde o barco seguiu para o norte, saindo de Green Bay antes de contornar a Washington Island e descer toda a extensão do lago Michigan. Passou pelas eclusas em Chicago onde o barco subiu e desceu com outras embarcações e navios. As velas nunca foram içadas. Em vez disso, o motor do barco queimou gasolina e óleo. Era o jeito mais rápido. O objetivo daquela viagem era transporte, não aventura.

Após passar pelas eclusas de Chicago, a tripulação apontou o Moorings 35.2 para o sul e desceu o rio Illinois. Dali, conectaram-se ao Mississippi e, após um tempo, encontraram a hidrovia Teen-Tom, que os levou a Mobile, no Alabama. Durante uma etapa da viagem, os mastros tiveram que ser abaixados para passar pelas pontes suspensas. Mas finalmente, após catorze dias de viagem, o Beneteau alcançou o Golfo do México. A partir dali, ainda navegando a motor, seguiu até o extremo sul da Flórida, onde a tripulação içou as velas. Naquela altura, o barco precisava abrir as asas. Os Estados Unidos desapareceram atrás deles. A ilha da Jamaica só se tornou visível depois de três dias.

Walt Jenkins sentou-se para almoçar em um botequim no extremo sul da ilha. Comeu frango assado com banana e bebeu uma Red Stripe, observando a eficiência dos operadores de guindaste e ouvindo o rangido dos navios. Raros turistas visitavam a paróquia jamaicana de Westmoreland.

Distante das praias de areia branca e *resorts* impecáveis, não acontecia muita coisa em Westmoreland para atrair visitantes. A pequena paróquia era um centro para o funcionamento industrial e comercial da ilha. Depois do turismo, a economia da Jamaica era alimentada pela exportação de bananas. Grande parte dos negócios de exportação da ilha aconteciam ali, no porto de Savanna-la-Mar, onde os petroleiros atracavam e os guindastes erguiam milhares de engradados de frutas e os depositavam nos porões dos navios para o transporte para terras estrangeiras.

No lado norte do porto, havia uma pequena marina onde embarcações de recreio estavam ancoradas. Não havia muitas. Os barcos grandes de turistas ricos escolhiam outros locais mais deslumbrantes e convenientes para atracar seus imensos veleiros e iates. Montego Bay e Ocho Rios estavam entre os mais populares. Havia um porto muito disputado no lado norte de Negril que exigia influência para garantir uma vaga. Mas ali, em Westmoreland, a marina estava ocupada por pequenos barcos a motor e embarcações de pesca que estavam ali para manutenção. Walt garantiu que era o local perfeito para o desembarque.

Ele terminou de almoçar e tomou uma segunda Red Stripe, consultando o relógio e vigiando a marina o tempo todo. Após trinta minutos, ele viu o veleiro aparecer a oeste, com as velas bem enfunadas e majestosas. Novato em navegação à vela, para Walt o barco pareceu grande demais para seu propósito. Ele pagou a conta e se dirigiu até o cais, observando o veleiro se aproximar. As velas foram recolhidas e o barco pegou um acesso mais direto na direção dele. Walt alcançou o final do cais e acenou. Enquanto isso, os quatro tripulantes conduziram com habilidade o barco até a rampa, o amarraram e o prenderam antes que Walt pudesse pensar em dar uma mão.

Walt leu o nome do barco, escrito na popa, e confirmou que aquele era, de fato, o barco que estava esperando. A tripulação parecia exausta. Todos os quatro tripulantes estavam com barbas espessas, cabelos desgrenhados que brotavam sob seus chapéus e as peles queimadas pela ação do vento.

— Senhores, parece que vocês tiveram uma jornada dos diabos — Walt disse.

O comandante da tripulação pulou no cais, tirou o chapéu e os óculos escuros, e passou o dorso da mão na testa para enxugar o suor.

— Digamos que o voo de volta para casa será muito mais fácil. Você é o Jenkins?

— Sim, senhor — Walt disse, mostrando sua carteira de motorista e seu passaporte americanos.

O comandante pegou os documentos e os prendeu sob o fecho da sua prancheta. Anotou informações da identidade de Walt no recibo de entrega, ticou alguns quadradinhos e devolveu tudo a Walt.

— Assinatura na linha inferior.

Walt obedeceu.

— Deixe-me repassar algumas coisas sobre o barco. Nada importante, mas existem alguns problemas mecânicos que precisarão ser reparados. Nada estrutural. Ele é uma fera, com certeza.

— Bom saber — Walt disse, como se fizesse ideia a respeito do que tornava um veleiro uma fera ou um fardo.

Durante vinte minutos, Walt seguiu o comandante pelo barco e assentia enquanto o sujeito inspecionava as velas, os molinetes e a borda. Walt o acompanhou até a sala de máquinas e fingiu compreender as coisas que foram mencionadas sobre as bombas de combustível, as hélices e o sistema de propulsão. Walt foi informado de que houve uma pequena falha nos equipamentos eletrônicos. Ele fez questão de mostrar que fez uma anotação mental daquilo.

— Fizemos uma lista durante a viagem — o comandante afirmou.

— Sei que estou relatando muitas coisas para você, mas nosso voo sai em três horas.

— Contanto que você tenha feito uma lista, posso rever tudo depois de levar vocês ao aeroporto.

Duas horas depois, Walt deixou os quatro homens no aeroporto em Montego Bay. Assim que eles entraram no terminal, ele pôs o Land Cruiser em movimento e se encaminhou para Negril.

75

Negril, Jamaica
Sexta-feira, 22 de outubro de 2021

AVERY SENTIU A UMIDADE PEGAJOSA DO CARIBE ASSIM QUE
pisou em terra. Seu voo durou seis horas, direto de Los Angeles para Montego Bay. Ela passou pela imigração e pegou sua mala na esteira. O aeroporto estava cheio de turistas esperando em longas filas para embarcar em ônibus e vans que os levariam para as praias da ilha, onde beberiam rum e se esforçariam para bronzear suas peles pálidas.

Avery saiu do terminal e ouviu uma buzina tocar duas vezes. Ela abriu caminho no meio da multidão e viu Walt parado junto ao Land Cruiser com a porta aberta do lado do motorista e acenando para ela sobre o teto. Avery sabia que era o mesmo carro que o irmão dirigiu três meses antes quando chegou à Jamaica. Avery se apressou e se acomodou no assento do passageiro, ao mesmo tempo que Walt colocava a mala dela no porta-malas.

— Como foi seu voo? — ele perguntou, movendo o carro para fora do terminal.

— Longo. Como ele está?

— Sossegado e curtindo a vida na ilha. Posso ou não tê-lo feito ficar muito interessado pelo rum jamaicano.

Avery sorriu.

— Ele está muito ansioso para ver você.

— O barco já chegou?

— Ontem, dentro do prazo. Christopher quis inspecioná-lo, mas disse a ele que tínhamos que esperar por você.

— O que te pareceu?

— O barco? Fantástico, mas eu não sei nada sobre barcos.

— É um belo barco — Avery disse, lembrando-se do dia em junho em que ela e Connie Clarkson o levaram para navegar por Green Bay. Aquela navegação matinal tinha sido a inspeção final durante a qual Avery se certificou de que o barco podia fazer o que era necessário.

— Confio em sua palavra — Walt afirmou.

Então, durante um bom tempo, os dois ficaram em silêncio enquanto Walt saía do aeroporto e pegava a rodovia principal que os levaria a Negril. Após meia hora, ele finalmente falou:

— Senti sua falta.

— Continuo achando que você é um babaca — Avery afirmou, olhando para ele.

— A esse respeito, não tenho nenhum contra-argumento. Saiba que estou trabalhando muito para mudar isso.

Um minuto se passou até que Avery falasse.

— Também senti sua falta.

— Vou considerar isso — Walt afirmou, mantendo os olhos na estrada. — Vou considerar isso sem pensar duas vezes.

Walt pegou a mão dela. Avery não resistiu.

Boa parte da viagem até Negril era pela estrada principal, que apresentava um trânsito intenso de ônibus de turismo, vans e motocicletas. O mar estava à direita de Avery. A água era cristalina perto da costa, oferecendo um vislumbre dos corais sob sua superfície. Mais distante da costa, a água virava cor de cobalto. As palmeiras estavam por toda parte. Na cidade de Negril, saíram da estrada principal e seguiram em direção ao interior da ilha, longe dos ônibus de turismo, do mar e das praias. As estradas naquela etapa da viagem eram estreitas e sombreadas por uma vegetação densa. Em certos trechos, a estrada era tão estreita que Walt tinha que se desviar para o lado para permitir a passagem do tráfego em sentido contrário.

Quanto mais para dentro da floresta tropical Walt avançava, mais animada Avery ficava. Ela ficou em silêncio nos últimos trinta minutos da viagem. Tudo o que ela queria era chegar ali e vê-lo.

— Mais cinco minutos — Walt disse.

Aqueles minutos pareceram horas até que Walt finalmente reduziu a velocidade do carro, fez uma curva à direita e pegou o acesso de carros para uma casa azul bem conservada em um recanto de palmeiras e manguezais. O vizinho mais próximo ficava a uma distância considerável e quase fora do alcance da visão. Foi o lugar perfeito para Christopher ficar enquanto Avery finalizava o último dos seus planos. Walt tinha prometido que seria.

— Obrigada — ela disse.

Walt apontou para a casa.

— Entre lá.

Avery abriu a porta do carro e pisou no acesso de carros de brita. Um cachorro desceu correndo pelo acesso para saudá-la. A porta da frente da casa se abriu e Christopher apareceu no pátio da frente. Avery correu na direção dele.

76

Negril, Jamaica
Sexta-feira, 29 de outubro de 2021

CHRISTOPHER MONTGOMERY ERA TRÊS ANOS MAIS VELHO que a irmã. A idade, porém, proporcionou pouca influência e nenhuma vantagem. Avery era melhor do que ele na maioria das coisas: ela tinha sido melhor aluna e era uma melhor velejadora. Avery era mais carismática e extrovertida. Se as coisas saíssem do controle entre eles, ela provavelmente conseguiria dominá-lo em uma luta corporal. Mas havia uma coisa em que Christopher ganhava dela: matemática. Ele era um gênio quando se tratava de números. A matemática e todos os seus ramos eram fáceis para ele. Na verdade, Christopher nunca sentiu necessidade de aprender a matéria. De alguma forma, o conhecimento já estava em seu cérebro. A matemática lhe era inata. Tudo o que ele precisava fazer era organizar as informações e aplicá-las a qualquer ramo da matemática. Na faculdade, ele se especializou em matemática. Após a faculdade, ele obteve um mestrado em matemática aplicada e computacional. Se tivesse tido um pai normal, talvez Christopher Montgomery teria se tornado um professor ou um atuário do setor de seguros. Em vez disso, ele levou seu cérebro matemático para Wall Street e ingressou na Montgomery Investment Services como analista.

Christopher se dedicou a estudar o mercado financeiro e determinar as probabilidades e estatísticas de ganhar dinheiro negociando ações e commodities. Previsivelmente, ele era muito bom naquilo. Tão bom, na verdade, que ascendeu ao topo da hierarquia na empresa do pai e logo começou a oferecer conselhos não só ao pai, mas a todos os sócios, a respeito de quais setores investir os fundos de hedge. Christopher ficou tão perdido na análise estatística dos fundos da empresa que não conseguia enxergar o todo. Até certa noite em que estava sozinho e trabalhando até tarde. Sua mente funcionava melhor quando os escritórios da Montgomery Investment Services estavam vazios. Foi quando ele começou a desvendar a fraude que estava acontecendo. Christopher precisou de semanas trabalhando durante a noite para dissecar os crimes financeiros da empresa.

Os escritórios da Montgomery Investment Services ocupavam todo o quadragésimo andar do edifício Prudential em Lower Manhattan. Logo que Christopher sentiu o cheiro de fraude, ele não se importou com as consequências. Tarde da noite, após a saída da equipe de limpeza, ele entrou no escritório do pai e vasculhou o computador dele. Fez o mesmo em relação a cada um dos sócios. O que os agentes do FBI levaram dois anos para descobrir, Christopher tinha ficado sabendo em duas semanas. A Montgomery Investment Services estava mais suja que pau de galinheiro, e o nome e a capacidade intelectual de Christopher estavam por trás de quase todos os negócios que tinham sido feitos.

Tão rápido quando reconstituir a fraude, Christopher também compreendeu que seria considerado tão culpado quanto qualquer pessoa da empresa. Suas impressões digitais estavam em quase todos os negócios. Ele seria incriminado no esquema de pirâmide tanto quanto o pai ou qualquer um dos sócios. Incriminado, processado, indiciado e preso. E os agentes do FBI estavam chegando, ele sabia. Um velho amigo com quem tinha estudado matemática aplicada trabalhava para a Receita Federal e havia confirmado as suspeitas de Christopher. Ele pediu um favor e o amigo atendeu. Enquanto Christopher passou duas semanas desvendando os crimes financeiros da Montgomery Investment Services, seu amigo fez algumas ligações e também bisbilhotou. Ele contou para Christopher que não tomou conhecimento dos detalhes, mas ficou sabendo que havia uma investigação em andamento que envolvia os Math Geeks do FBI: o apelido usado pelos contadores forenses que trabalhavam para o governo. Seu amigo até tinha conseguido obter o nome da operação: Castelo de Cartas.

Christopher poderia ter feito muitas escolhas. Poderia ter procurado os agentes do FBI e fechado um acordo de colaboração. Poderia ter propiciado todo o acesso que eles precisavam. Poderia ter confrontado o pai e exigido que as coisas mudassem, apesar de saber que as coisas tinham ido longe demais. Poderia ter tentado apagar suas impressões digitais dos negócios e alegar ignorância. Mas cada uma daquelas escolhas tinha defeitos. Ligada a todas elas estava a probabilidade de que ele iria para a prisão. Assim, em vez disso, ele tinha contado a Claire a respeito do fundo de hedge, da fraude e dos bilhões em ativos que não passavam de uma miragem. Tinha contado que estava metido até o pescoço naquilo tudo, ainda que até recentemente não soubesse nada a respeito daquilo. Então, ele tinha pedido a ajuda dela.

Não havia maneira perfeita de simular a própria morte. Contudo, ele fora inflexível quanto à necessidade de fazer aquilo antes que os agentes do FBI arrombassem as portas. Porque simular a morte após um indiciamento era suspeito demais. Simular a morte um ano antes que alguém da Montgomery Investment Services sofresse indiciamento federal era possível. Se eles fizessem aquilo da maneira certa.

Avery tinha precisado de algum tempo para se convencer a sacrificar seu Oyster 625, mas depois que Christopher explicara que o barco — assim como todo o resto na vida deles — tinha vindo de dinheiro sujo, Claire acabou concordando. Sabendo que a marina tinha câmeras de vigilância, ele e Claire subiram a bordo do *Claire Vidente*, prepararam o barco para velejar e zarparam. Só depois que chegaram ao alto-mar, Christopher tinha embarcado no bote e voltado para terra firme, para uma outra marina onde a vigilância era menos rigorosa. Então, ele havia rezado para que Claire sobrevivesse.

A tempestade foi tão violenta quanto o previsto, e Christopher fez o possível para acompanhar o noticiário enquanto dirigia. A viagem entre

Manhattan e Sister Bay durava dezesseis horas e ele só parou para reabastecer. Durante o reabastecimento, manteve os óculos escuros no rosto e o boné puxado para baixo sobre os olhos. Ao chegar ao acampamento de vela de Connie Clarkson, eram seis da manhã e o sol estava nascendo. Quando abriu a porta da cabana 12, sentiu o cheiro de café fresco e panquecas e fez uma prece silenciosa de agradecimento por ter Connie em sua vida. Ele acessou o noticiário e comeu como um animal faminto.

Seu maior arrependimento — ainda maior do que pedir a Claire que sacrificasse o Oyster 625 e arriscasse a vida por ele — era que o dinheiro que Connie Clarkson dera ao seu pai para protegê-lo havia desaparecido. Como muitas das vítimas do pai, Connie Clarkson não percebera a fraude até que tomou conhecimento da verdade nua e crua de que todo dinheiro dado a Montgomery Investment Services havia virado fumaça.

Só ao meio-dia, Christopher encontrou a matéria no site da CNN. Um veleiro havia afundado na costa de Manhattan durante uma violenta tempestade. Uma passageira fora resgatada pela Guarda Costeira. Uma operação estava em andamento para busca e resgate de um segundo passageiro.

Até aquele momento, as coisas funcionaram. Christopher tinha planejado se esconder no acampamento de Connie durante algumas semanas. Ele nunca imaginou que levaria três anos para deixar a cabana 12 e o acampamento de vela.

77

Westmoreland, Jamaica
Sexta-feira, 29 de outubro de 2021

O PORTO DE SAVANNA-LA-MAR FICAVA A TRINTA MINUTOS DE carro de Negril. Avery estava sentada no assento do passageiro e Walt dirigia o Land Cruiser em direção ao litoral. Na semana anterior, Walt recebera o veleiro na pequena marina situada ali. O recibo se referira a um aluguel por um mês mediante pagamento integral e adiantado. Foram necessários apenas três dias para a realização dos reparos especificados na *checklist* após a longa viagem a partir de Sister Bay. Nos três dias anteriores, armazenaram no barco alimentos não perecíveis, água e todo o resto que alguém pudesse precisar para passar semanas no mar.

O objetivo de Christopher era desaparecer por um ano para se certificar de que ninguém estava atrás dele. Até lá, haveria certeza de que sua fuga fora perfeita. A única preocupação era que seu pai, ao encarar o fato de ter que passar o resto da vida na prisão, dissesse aos agentes do FBI que acreditava que o filho ainda estava vivo. Nem Christopher nem Avery achavam que o pai soubesse a verdade. Ainda assim, era mais seguro Christopher sair para o mar enquanto o pai era processado. Não havia como dizer a que extremo ele poderia chegar para diminuir sua sentença. O fato de que a própria filha o tivesse traído e entregado ao FBI era certamente uma pílula amarga que Garth Montgomery não engoliria facilmente. Mas fizera parte do grande jogo que Avery concebeu quando o cartão-postal do pai chegou pelo correio. Os detalhes finais foram planejados com a ajuda de Walt. Ele dissera a ela que a melhor maneira de garantir que os olhos do FBI ficassem fora dos aeroportos, fronteiras e portos era desviar a atenção dos agentes. E a captura de um dos maiores alvos deles era a melhor maneira de fazer aquilo.

Em um ano, quando a barra estivesse limpa, o plano era que Christopher voltasse à Jamaica e começasse uma nova vida. Seu emprego na destilaria Hampden Estate estaria esperando por ele, e havia maneiras piores de passar o tempo como homem livre. Esconder-se em uma cabana em Sister Bay, em Wisconsin, e trabalhar no acampamento de vela de Connie Clarkson tinha sido um arranjo temporário e que tinha ido muito além do aspecto prático. Ali na Jamaica, Christopher Montgomery — também conhecido como Aaron Holland — poderia ser realmente livre.

Quando Walt parou no estacionamento na marina, Avery semicerrou os olhos e olhou pelo para-brisa. Os mastros dos outros veleiros se projetavam para o céu, mas ela reconheceu o barco de Christopher imediatamente. Avery abriu a porta do carro e saiu andando. Walt e Christopher a seguiram. Ela desceu até o cais e parou quando alcançou a popa do barco.

334

O nome estava impresso em letras cursivas e Avery ficou emocionada com o resultado. Connie tinha feito um trabalho espetacular.

Claire Vidente II

Claire sentiu o braço de Christopher envolver seu ombro.

— Eu já disse antes, mas só quero ter certeza de que você sabe como sou grato por tudo o que fez — ele disse.

— Eu sei.

— Eu vou reembolsar você de alguma forma.

— Não, você não vai.

— Provavelmente não — Christopher disse, sorrindo.

— Mas quando a poeira baixar, você pode me levar para passear pelo Caribe nesse barco maravilhoso.

— Fechado.

— Você acha que vai ficar bem?

Christopher assentiu e continuou a contemplar o barco.

— Ficarei bem. Será que é difícil se acostumar com um novo nome?

— Depende de por que você mudou.

— Para encontrar a liberdade.

— Então é fácil. Você é Aaron Holland de agora em diante. Você mora em um barco e veleja pelo Caribe. De vez em quando, você volta para a Jamaica para trabalhar em uma destilaria de rum. Há coisas piores do que isso.

— Estou preocupado com o dinheiro. Não me sinto bem em tirar de você.

— Já está feito — Avery disse. — Tarde demais para se preocupar.

O contrato de Avery com a HAP News fora assinado no início do outono. Designava Avery como a apresentadora do *American Events* pelos próximos cinco anos. Dwight Corey negociara de forma incansável, e Mosley Germaine e David Hillary aprovaram os detalhes finais do contrato que pagaria a Avery três milhões de dólares por ano, durante cinco anos. Mesmo diante de tal valor, Avery tinha considerado que fora subvalorizada. Os índices de audiência mais recentes do programa demonstraram que ela tinha razão. O programa especial sobre Victoria Ford, que

335

se estendeu por três episódios, trouxera a segunda maior audiência da história de *American Events*. O fato de a reportagem investigativa de Avery, e as novas provas que ela reveloú, terem estimulado a reabertura da investigação do caso Cameron Young só adicionaram notoriedade ao seu já poderoso nome. O caso Cameron Young estava de volta ao noticiário e questões importantes estavam sendo suscitadas a respeito de quem o tinha matado. As provas que anteriormente tinham apontado tão claramente para Victoria Ford estavam naquele momento sendo questionadas. A ideia de que o sangue e a urina foram manipulados e plantados na cena do crime ficou sob imenso escrutínio. Até mesmo o Innocence Project tinha se envolvido, prometendo continuar a cruzada para provar a inocência de Victoria Ford.

O programa especial de *American Events* não tinha apresentado nomes de quem poderia ter plantado as provas, porque fazê-lo era um risco que a emissora não tinha se disposto a correr. E nunca fora o objetivo de Avery solucionar o caso. Ela apenas havia feito duas promessas. Para Emma Kind, de que faria todo o possível para mostrar ao mundo que Victoria era inocente. E para Natalie Ratcliff, de que, em troca da ajuda dela, permaneceria em silêncio a respeito da verdade sobre o desaparecimento de Victoria. Avery cumpriu o que prometeu em ambos os casos.

O programa especial sobre Victoria Ford só foi superado em audiência pela reportagem de Avery sobre o pai, o Ladrão de Manhattan. A série de dois episódios abordou a vida de Claire Montgomery, também conhecida como Avery Mason, e apresentou em detalhes como Avery havia trabalhado com o FBI para localizar o pai e levá-lo à Justiça. Durante as negociações a respeito de como Avery entregaria o pai, ela insistira que os agentes federais usassem câmeras e microfones. As imagens das câmeras nos corpos dos membros da equipe da SWAT arrombando a porta da cabana isolada e solitária nas montanhas do lago Placid foram algo imperdível. E ninguém perdeu. Vinte e dois milhões de telespectadores assistiram à reportagem. Para Avery, a reportagem foi catártica em muitos sentidos.

No final, apesar de seus protestos moderados, Avery sabia que o contrato firmado com a HAP News propiciou tudo o que ela havia pedido e muito mais. Dwight estruturou o negócio de modo que Avery recebesse um pagamento antecipado de três milhões de dólares. Ela fez duas coisas com aquele dinheiro. Primeiro, abriu uma conta no Cainvest Bank and Trust, em Grand Cayman, em nome de Aaron Holland, com um depósito inicial de cem mil dólares. Seria o suficiente para Christopher começar sua nova vida. A segunda coisa que Avery fez foi pagar o veleiro. Ela enviou o cheque administrativo na noite anterior e sabia que chegaria ao destinatário ainda naquele dia.

Avery olhou ao redor da marina.

— É melhor você ir andando, mano.

Não havia câmeras de vigilância ali e Avery sabia que não havia mais interesse do governo em seu paradeiro. Walt tinha se certificado daquilo antes de permitir que ela fosse para a Jamaica. A fama de Avery, porém, atraía paparazzi ocasionais, e a última coisa de que Avery precisava eram fotos dela e do irmão morto aparecendo nos tabloides. Ela não estava muito preocupada. Aquele porto estava fora dos caminhos mais conhecidos e longe das áreas turísticas da ilha. Ainda assim, mesmo sem ninguém prestando atenção aos três americanos no cais, Avery sabia que se esperassem muito mais um deles poderia desistir do plano. Eles tinham vindo de muito longe para amarelarem naquele momento.

Christopher assentiu com um gesto de cabeça. Ele se virou para Walt.

— Obrigado por toda a sua ajuda.

— Certo — Walt disse. — Você sabe onde eu moro se precisar de alguma coisa.

Christopher se virou para Avery. Ela sentiu o beijo dele em sua testa. Ele não disse mais nada. Não havia mais nada a dizer. Então, embarcou em seu novo barco. Avery soltou as cordas e o motor foi ligado.

— Cuide-se — Avery disse.

Dez minutos depois, o *Claire Vidente II* estava navegando a motor para fora da marina. Uma vez em mar aberto, Avery viu a vela grande subir no mastro e se enfunar. Em seguida, na proa, a genoa se abriu e o barco adernou ligeiramente para a esquerda ao assumir uma amura a leste e seguiu em direção ao sol matinal.

— Então, quanto tempo você vai ficar?

— Estou de folga por uma semana.

— E aí?

— Você me diz — Avery afirmou.

Walt pegou a mão dela e começaram a caminhar ao longo do cais.

— Estava pensando que eu deveria começar a passar um pouco mais de tempo nos Estados Unidos.

— Achei que você odiasse Nova York — Avery disse, olhando para ele.

— Eu odeio. Estou achando que a Califórnia faz mais o meu estilo.

78

Sister Bay, Wisconsin
Sexta-feira, 29 de outubro de 2021

O FURGÃO MARROM DA UPS TRAFEGAVA PARA O NORTE PELA península de Door County. Entre as paradas do motorista, incluíam-se as cidades de Fish Creek e Ephraim, antes de ele seguir para Sister Bay. Às duas e meia da tarde, ele parou no estacionamento do acampamento de vela de Connie Clarkson, pegou o envelope da pilha ao lado dele, passou o leitor óptico pelo código de barras e o jogou na varanda do escritório principal. Tocou a campainha e voltou apressado para o furgão. Ele estava se afastando quando a porta da frente se abriu.

Connie abaixou os olhos e viu o envelope da UPS no chão. Pegou-o e voltou para a cozinha, onde o largou na mesa. Uma chaleira com água estava no fogão e tinha começado a assobiar naquele momento. Connie desligou o fogo e despejou a água quente em uma caneca com os fios de dois sachês de chá pendurados na borda. Deixou-os em infusão por dois minutos, então tirou os sachês da caneca e os jogou no lixo. Levou a caneca para a mesa e se sentou. Em seguida, abriu a parte superior do envelope da UPS. Viu que havia ali uma única folha de papel, junto com um envelope de ofício branco.

Connie virou o envelope e o conteúdo caiu sobre a mesa. Pegando a folha de papel, ela a desdobrou. Continha uma mensagem curta escrita à mão:

Querida Connie,

   Você fez mais do que qualquer outra pessoa teria feito. Mais do que qualquer um de nós esperava. Devemos tudo a você e nunca poderemos retribuir. Mas podemos pelo menos dar a você o que foi levado.

Com amor,
Claire e Christopher

Connie presumiu que o barco tinha chegado em segurança à Jamaica. Ela largou a folha de papel, pegou o envelope de ofício branco e o abriu. Em seu interior, havia um cheque administrativo. Depois de tirá-lo do envelope, olhou demoradamente para o número impresso nele. Teve dificuldade em entender se era real. Era um cheque de dois milhões de dólares, o valor exato que Connie tinha entregado a Garth Montgomery anos antes.

79

Santorini, Grécia
Quarta-feira, 15 de dezembro de 2021

PELA PRIMEIRA VEZ EM VINTE ANOS, NATALIE RATCLIFF ATRA-sou-se na entrega de um original. Seu histórico impecável de pontualidade fora abalado daquela vez, e por um bom motivo. Tanta coisa acontecera desde o verão para frustrar sua criatividade e produtividade. Mas naquele momento, finalmente, ela estava tentando dar os retoques finais em sua última história de Peg Perugo. E bem na hora certa. O mundo estava esperando. O livro estava agendado para publicação na primavera seguinte.

Ao longo dos anos, Natalie Ratcliff e Victoria Ford desenvolveram uma rotina. Victoria escrevia a primeira versão de cada original e a enviava para Natalie, que retrabalhava a história, identificando os defeitos e as inconsistências. Depois de tantos anos, as duas conheciam Peg Perugo igualmente bem. Mas cada uma conhecia a personagem de maneira diferente. A vantagem que Victoria tinha por ter criado originalmente a personagem afável havia mais de vinte e cinco anos se combinava com a compreensão de Natalie de como moldar a personalidade de Peg Perugo em favor do máximo apelo comercial. Juntas, elas desenvolveram um diálogo fluente que, embora nunca escapasse totalmente da discordância, sempre evitava discussões. Até aquele ano. Até o décimo sexto romance de Peg Perugo. Daquela vez, houve disparidades profundas a respeito de como cada uma achava que o enredo deveria ser estruturado. Enviar por correio eletrônico as opiniões delas e tentar resolver os problemas a milhares de quilômetros de distância apenas tinha posto lenha na fogueira. Assim, Natalie providenciou uma viagem a Santorini para tratar dos detalhes.

Victoria e Natalie estavam sentadas no magnífico palacete de propriedade dos Ratcliff na pequena ilha de Santorini. Elas passaram a semana lendo e relendo o original, ajustando e retrabalhando a história em uma tentativa de encontrar um denominador comum de concordância. Natalie se esforçara para convencer a amiga de que elas deveriam seguir a fórmula que havia gerado quinze *best-sellers* e a venda de cem milhões de exemplares. Por outro lado, Victoria queria pegar uma direção diferente. Uma direção mais sombria e ousada que nunca estivera presente nas histórias anteriores de Peg Perugo.

Natalie havia percebido aquela mudança na escrita da amiga desde o verão. Um componente na escrita de Victoria que não coincidia com o estilo da década e meia anterior de trabalho. Elas escreviam livros sobre uma detetive dura na queda, e não suspenses sombrios. E tiveram um sucesso espetacular daquela maneira. O público leitor delas esperava um determinado gênero, e usar a querida protagonista delas de uma maneira tão sombria não seria bem recebido. Mas por mais que Natalie chamasse a atenção para aquilo, Victoria se recusava a ouvir. Ela simplesmente voltava com ideias ainda mais sombrias.

Natalie estava sentada na varanda do palacete e lia a última versão do texto que Victoria tinha escrito. Victoria saiu de repente e abriu uma garrafa de Dom Pérignon. O mar Egeu estava diante delas e o ar estava fresco. A Natalie, pareceu que enchia Victoria de vigor. Mais do que isso, na verdade. Natalie se sentiu desafiada na maneira como Victoria carregava a garrafa de champanhe e enchia as taças.

— Então? — Victoria perguntou. — O que você acha? É o nosso melhor?

Natalie sentiu um arrepio estranho percorrer a espinha. Havia algo no modo pelo qual Victoria fez a pergunta que fez Natalie hesitar em expressar sua opinião verdadeira. Ainda assim, ela tentou uma última vez.

— Vic, não é isso que nossos leitores querem de nós. Não é o que querem de Peg Perugo.

Victoria entregou a Natalie uma taça de champanhe cheia até a borda.

— Por que você diz isso? Não faz mal se Peg errar em uma investigação. Isso vai forjar sua personalidade em livros futuros.

— Com certeza — Natalie disse. — É que… A maneira como isso acontece. Não tenho certeza se devemos seguir nessa direção.

— Claro que devemos — Victoria replicou. — É a única maneira de Peg Perugo se enganar. Anda de mãos dadas com o título que sugeri.

Victoria estendeu sua taça e tocou na de Natalie.

— Além disso, é tarde demais para mudar as coisas agora. Já mandei o original para Nova York.

Outro arrepio percorreu a espinha de Natalie quando Victoria sorriu para ela. Parecia que Victoria a estava desafiando a protestar. Algo lhe disse para não fazer aquilo. Então, ela obedeceu. Em vez disso, Natalie ergueu a taça de champanhe e sorriu para a amiga.

80

Santa Mônica, Califórnia
Sábado, 16 de abril de 2022

WALT NÃO TINHA FEITO A MUDANÇA OFICIAL DA JAMAICA para a Califórnia, mas era inevitável. Ele ia para lá cada vez com mais frequência, a ponto de Avery lhe ter dado a chave da casa dela. Ela estava se acostumando com as tardes de sexta-feira em que voltava do estúdio e encontrava um carro alugado na garagem e Walt fazendo o jantar na cozinha, com uma taça de vinho esperando por ela. Após passar grande parte da sua vida na Costa Leste, Walt prometeu nunca mais passar outro inverno em um lugar em que a temperatura caísse abaixo dos dez graus Celsius negativos. No ano anterior, ele disse para Avery que gostou muito de ficar alternando entre o Caribe e o sul da Califórnia.

Naquela visita, Walt pretendia ficar uma semana, e eles estavam aproveitando a rara folga que Avery tinha antes que ela se ocupasse gravando os últimos casos da sua segunda temporada completa como apresentadora de *American Events*. Após aquele fim de semana, eles só voltariam a se ver quando Avery fosse à Jamaica, em julho, para passar um mês durante as férias de verão do programa. Ela não via Christopher desde o outubro anterior e estava ansiosa para saber sobre suas aventuras no mar. Walt fornecera atualizações ao longo dos meses, informando a Avery sempre que Christopher passava pela Jamaica para se reabastecer de suprimentos. O *Claire Vidente* II estava provando ser uma embarcação tão formidável quanto Avery previra, e Christopher estava curtindo sua nova vida como Aaron Holland.

Avery e Walt voltaram para casa depois de um jantar tardio. Walt ligou a tevê em um jogo dos Yankees, que disputava uma partida contra o Oakland A's. Avery serviu uma taça de vinho para cada um e, enquanto Walt se entretinha com o jogo, ela voltou ao livro que estava lendo — o último romance de Peg Perugo, que estava se revelando tão impossível de parar de ler quanto todos os outros que tinha lido nos últimos meses.

Aquele, porém, a estava deixando tensa de uma maneira que os outros livros da série não a deixaram. Era mais sombrio do que os anteriores e mais intenso.

O jogo dos Yankees terminou e Walt desligou a televisão.

— Vou para a cama — ele disse.

— Daqui a pouco, eu subo — Avery respondeu. — Só faltam dois capítulos.

Walt a beijou e desapareceu escada acima. Antes de retornar à leitura, Avery tomou um gole de vinho. Enquanto seus olhos percorriam os capítulos finais, o tempo pareceu parar e as páginas passavam voando. O final do livro se concretizou e Avery antecipou a reviravolta durante a leitura. Seria a primeira vez na célebre carreira de Peg Perugo que ela erraria em uma investigação de homicídio. Seria a primeira vez que a adorável personagem seria enganada. A forma como aquilo aconteceu deixou Avery toda arrepiada. Foi uma maneira inteligente e perspicaz, e o único jeito de a cativante heroína ser enganada. Nem mesmo Peg Perugo suspeitaria que o assassino plantou o próprio sangue na cena do crime para levar os detetives na direção errada.

Avery sentiu a mente girar ao ler a última página. Finalmente, ela fechou o livro e olhou para a tela apagada da televisão onde o jogo do Yankees tinha sido disputado alguns minutos antes. Em seguida, ela voltou para o livro e olhou para a capa. A taça de vinho caiu de sua mão e se espatifou no chão quando ela releu o título com uma nova compreensão do que tudo aquilo significava.

O CRIME PERFEITO
UM ROMANCE PROTAGONIZADO POR PEG PERUGO

Epílogo

A noite da morte de Cameron Young

14 de julho de 2001

VICTORIA FORD VOLTOU PARA O QUARTO USANDO APENAS um robe de seda curto e desabotoado, revelando a fenda entre os seios, o seu abdômen sarado e o fato de que não estava usando mais nada. Ela manteve a mão direita escondida atrás das costas. Cameron estava deitado com as mãos amarradas em cada coluna da cama. Ela tinha se certificado de dar os nós com mais força do que o normal.

Cameron ainda ofegava por causa do que Victoria fizera nele. Naquela noite, a leveza normal da relação sexual deles desaparecera e Victoria viu os vergões roxos nas coxas e nos ombros dele. Ela havia sido especialmente violenta com o chicote, mas ele não tinha protestado. Victoria precisava que o corpo dele parecesse muito diferente do vídeo caseiro que ela tinha gravado secretamente de ambos. Ela se dirigiu até a cama e subiu em cima de Cameron, sentando-se de pernas abertas na cintura dele. O robe de seda escorregou dos seus ombros e se amontoou atrás dele. Victoria se inclinou e pôs os lábios no ouvido dele, sussurrando da maneira sedutora que ela sabia que o excitaria.

— Quero ter a certeza de que você sabe o que sinto por você esta noite.

Enquanto beijava a orelha do amante, Victoria lentamente arrastou o pedaço de corda que tinha escondido atrás das costas pela lateral do rosto e por sobre a cabeça de Cameron até que ficou ao redor do seu pescoço. Imediatamente, ela sentiu a excitação dele e entendeu que seria mais fácil do que imaginava. Victoria puxou a corda para cima e o nó corrediço se apertou junto à pele de Cameron. Os quadris dele se ergueram para ela. Victoria estendeu a ponta da corda na cama. A corda ziguezagueou sobre os travesseiros como a cauda de uma serpente. Em seguida, ela o beijou de novo, daquela vez na boca. Foi um beijo intenso, quase violento. Ela sentiu que o deixou em um estado de euforia. Então, beijou o queixo, o pescoço, a garganta e o peito dele. Continuou a descer ao longo do esterno de Cameron e até o seu umbigo, onde parou por um momento para observá-lo. Ele estava ofegante como um cachorro. Esperando. Querendo. Tão vulnerável e distraído que ele nunca teria uma chance.

Victoria terminou sua descida e ouviu Cameron gemer. Ela queria levá-lo à beira do êxtase, mas não mais além. Ela queria que ele morresse no mesmo lugar proverbial onde ele tinha acabado com ela: no auge da felicidade e alegria, e completamente pega de surpresa. Ao perceber que ele estava perto do clímax, Victoria parou e rapidamente pulou de cima dele. Dois passos rápidos a colocaram na cabeceira da cama, onde ela agarrou a corda antes que Cameron abrisse os olhos. Victoria enrolou a corda nas mãos e puxou com toda a força. Com as mãos amarradas nas colunas da cama, Cameron estava impotente. Aquilo durou quase um minuto, até que a corda que prendia o pulso direito dele se soltasse e ele unhasse a garganta, tentando, mas não conseguindo, afrouxar a corda com a qual Victoria o estava estrangulando.

Demorou mais um minuto antes que o corpo de Cameron relaxasse. Outro minuto até que Victoria tivesse certeza de que ele estava morto. Quando ela finalmente soltou a corda e olhou para o corpo sem vida de Cameron, seu rosto estava roxo e seus lábios estavam pretos. Seu pênis estava inchado, mas mole, caindo pateticamente pelo quadril. Foi a maneira perfeita de ele morrer.

Rapidamente, Victoria começou a trabalhar. De sua bolsa, tirou os itens necessários. Sua urina estava em um recipiente de plástico lacrado. Sua pesquisa lhe dizia que, naquela altura, as enzimas já teriam se decomposto em amônia, alertando os peritos de que não havia nenhuma possibilidade de que a urina pudesse ter saído do organismo dela nas vinte e quatro horas anteriores. Seria a primeira pista para os peritos de que a cena tinha sido forjada. O absorvente feminino estava em um saco plástico ziploc. Desde o aborto, Victoria sangrava com frequência e em quantidade expressiva. A ideia de pôr seu sangue na cena do crime naquela noite em uma iniciativa para levar os peritos a Tessa Young tinha surgido quando os resquícios do seu filho em gestação saíram do seu corpo. Tessa carregava a criança que Cameron estava destinado a dar a Victoria, e os dois deveriam ser punidos. Victoria sabia que aquele sangue estava contaminado com os produtos químicos tóxicos presentes nos absorventes de algodão. Seria outra pista para os peritos.

O próximo item que Victoria tirou da bolsa foi a taça de vinho que estava manchada com seu batom e marcada com suas impressões digitais. Victoria a tinha escondido durante o fim de semana do Quatro de Julho, no final da noite, depois que Tessa colocara todos os copos no lava-louças. O fato de que aquele copo também continha as impressões digitais de Tessa levaria os peritos ainda mais até ela. A faca grande de cozinha que Victoria utilizara durante o feriado para cortar verduras também continha as impressões dela e de Tessa. O último item na bolsa foi o pen drive que continha o vídeo de sexo caseiro. Victoria planejara o vídeo cuidadosamente, para dar a impressão de que nem ela nem Cameron sabiam que estavam sendo gravados. Acabou ficando ainda melhor do que ela imaginava. Victoria deixou o pen drive na gaveta da escrivaninha do escritório de Tessa.

Cada item sozinho talvez não fosse suficiente. Mas todos juntos, e somados aos nós lais de guia que Victoria passara horas aprendendo a dar, criariam um quadro claro de uma esposa rejeitada tentando incriminar a amante do marido pelo assassinato. Victoria tinha certeza daquilo. Ela acreditava que havia calculado tudo perfeitamente. Contudo, Victoria nunca imaginou que uma promotora se recusasse a seguir as provas ou que um detetive bajulador se recusasse a seguir seus instintos.

Quando Victoria terminou de forjar a cena, havia apenas mais uma coisa a fazer. Ela dirigiu sua atenção a Cameron. Mover o corpo inanimado dele era como levantar um saco pesado cheio de lixo. Mas ela conseguiu e, finalmente, suspendeu Cameron Young sobre a varanda e o jogou durante a noite.

Agradecimentos

Minha imensa gratidão a todos que ajudaram a tornar este livro uma realidade. Principalmente, a minha família, que durante anos arcou com os altos e baixos da montanha-russa emocional que faz parte do processo de escrita. Não poderia ter feito isso sem vocês, e realmente não ia querer.

A Amy e Mary, minhas primeiras leitoras, você foram providenciais para tornar esta história o que ela é.

A minha agente literária, Marlene Stringer, por seu apoio e suas habilidades de leitura dinâmica.

Ao meu editor, John Scognamiglio, por me ajudar a colocar no papel o que está na minha cabeça.

A Mark Desire, diretor assistente de biologia forense do Instituto Médico Legal de Nova York, por atender minhas ligações e explicar de forma tão eloquente o que ele e sua equipe fazem para honrar as vítimas dos ataques terroristas do Onze de Setembro. Seus esforços são heroicos.

E para os leitores: como sempre, agradeço pelo fato de vocês terem resgatado meu romance de um mar de opções de entretenimento.

OUTROS LIVROS DO AUTOR:

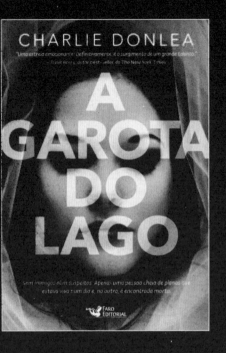

Em *A Garota do lago,* seu livro de estreia, conhecemos a história de Becca Eckerley e a repórter investigativa Kelsey Castle. Becca tinha a vida perfeita e era amada por todos, mas o destino trágico dessa jovem brutalmente assassinada numa pacata cidade faz com que a repórter Kelsey mergulhe numa investigação por respostas desse crime, e ao mesmo tempo, fará com que ela enfrente os próprios demônios.

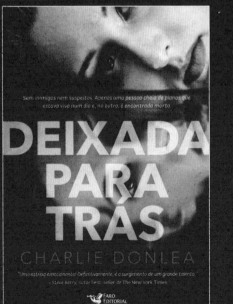

Deixada para trás foi considerado como o melhor suspense de 2017 pelos leitores. Narra a história de duas garotas sequestradas na mesma noite, mas apenas uma delas escapou para dizer o que aconteceu naquele dia. E após um ano do sumiço de Nicole e Megan, a médica-legista Lívia Cutty, irmã de Nicole, ainda quer respostas sobre o que aconteceu com a irmã, nem que seja o paradeiro de seus restos mortais.

Uma garota inocente injustiçada ou uma assassina fria e manipuladora? O destino de Grace Sebold toma um rumo inesperado e trágico, durante uma tranquila viagem com o namorado. O rapaz é assassinado e todos os sinais apontam para Grace. Condenada por um crime surreal, ela embarca em um pesadelo que parece não ter fim.

Ao limpar o escritório de seu pai, falecido há uma semana, a investigadora forense Rory encontra pistas e documentos ocultados da justiça que a fazem mergulhar num caso sem solução ocorrido 40 anos atrás. Traçar conexões entre passado e presente é a única maneira de colocar um ponto final nessa história, mas Rory pode não estar preparada para a verdade...

Dentro dos muros de uma escola de elite as expectativas são altas, e as regras, rígidas. Na floresta, além do campus bem cuidado, há uma pensão abandonada que é utilizada pelos alunos como ponto de encontro noturno. Para quem entra, existe apenas uma regra: não deixe sua vela apagar — a menos que você queira encontrar o Homem do Espelho...

ASSINE NOSSA NEWSLETTER E RECEBA INFORMAÇÕES DE TODOS OS LANÇAMENTOS

www.faroeditorial.com.br

CAMPANHA

Há um grande número de portadores do vírus HIV e de hepatite que não se trata. Gratuito e sigiloso, fazer o teste de HIV e hepatite é mais rápido do que ler um livro.
FAÇA O TESTE. NÃO FIQUE NA DÚVIDA!

ESTA OBRA FOI IMPRESSA EM JULHO DE 2025